Tina

ROSE SNOW

17

DAS VIERTE BUCH DER ERINNERUNG

Deine Zukunft ist ungewiss.

Impressum

Besuchen Sie uns im Internet:
www.rosesnow.de

Umschlaggestaltung und Satz: © shutterstock, Mary Ro / Rose Snow, Hamburg

Ist die Zeit auch hingeflogen
die Erinn‘rung weichet nie;
Als ein lichter Regenbogen
steht auf trüber Wolke sie.

Ludwig Uhland

EINS

„Schatz, kannst du mir mal bitte den Grillkäse rausbringen?", rief mein Vater aus dem Garten.

„Ich glaube, er meint dich, Jo", erklärte Lea, die sich gerade gähnend auf die Couch im Wohnzimmer fallen ließ. Lilli hatte in den letzten Tagen unruhig geschlafen und diese Unruhe konnte man deutlich in Leas Gesicht ablesen. Obwohl sie geschminkt war, waren die Schatten unter ihren Augen kaum zu übersehen.

„Sicher, dass er nicht dich meint?", bemerkte ich schmunzelnd, schnappte mir aber den Teller, der auf dem Küchentisch stand.

„Danke, Jo", murmelte Lea mir zu und lächelte schwach. „Ich mache nur kurz die Augen zu, solange Lilli schläft, nur ganz kurz, okay?"

„Klar, ruh dich einfach ein wenig aus", erwiderte ich freundlich und ging nach draußen. Der Himmel war blau und die Sonne schien mir ins Gesicht. Es war ungewöhnlich warm für Ende März und obwohl ich nur ein weißes T-Shirt und Jeans trug, fand ich es angenehm. Die frische Luft roch bereits nach Frühling und das Zwitschern der Vögel hörte sich an, als würden die Amseln und Meisen um die Wette trillern. Meinen Vater entdeckte ich auf der Terrasse. Er stand mit aufgekrempelten Hemdsärmeln vor seinem neuen Grill, von dem eine graue Rauchwolke über die Hecke zum Grundstück der Biederbeck wehte. Von unserer Nachbarin war nichts zu sehen, dafür waren ihre beiden neuen Gärtner wieder draußen, die offenbar ein größeres Projekt vor sich hatten und im Moment damit beschäftigt waren, das Laub vom Rasen zu rechen. Einer war ungefähr so alt wie Frau Biederbeck, der andere schien Mitte zwanzig zu sein.

Ich hielt meinem Vater den Teller mit dem Käse hin.

„Sehr gut", sagte er und schwenkte seine Grillgabel stolz in der Luft, bevor er die Käsestücke behutsam in die Aluschale legte.

Es tat gut, meinen Vater so entspannt zu sehen, und obwohl ich ihn schon in den letzten Monaten so erlebt hatte, war es noch immer schön. Nur zu gut konnte ich mich noch an die Zeit erinnern, in der ihm meine Gabe und die Existenz der Jägerschaft große Sorgen bereitet hatten, nur zu gut konnte ich mich daran erinnern, wie wir von Stadt zu Stadt gezogen waren.

Aber die Jägerschaft existierte nicht mehr.

„Sind die anderen schon da?", wollte mein Vater wissen und fuhr sich über seinen kahlen Kopf, der in der Sonne glänzte.

Ich schielte auf die Uhr. „Noch nicht, aber sie müssten bald kommen."

Mein Vater ließ seine Grillgabel sinken und strahlte mich an. „Sehr gut. Es ist schon längst an der Zeit, dass wir alle mal wieder gemütlich zusammensitzen."

Ich legte den Kopf schief. „Sicher, dass du dich deshalb so freust? Oder liegt es vielleicht doch an deinem neuen Grill?" Ich spähte auf seine glänzende Neuanschaffung. „Schon seit Wochen schleichst du um das Ding herum und ich glaube, wenn keiner hinsieht, streichelst du ihn sogar."

Mein Vater lachte auf und widmete sich wieder seinem aufgeschlagenen Grillexperten-Buch, das auf einem kleinen Tischchen neben ihm lag. „Sag mal, hast du meine Brille vielleicht gesehen?", fragte er und kniff die Augen zusammen, um die Schrift entziffern zu können.

„Nein, leider nicht", sagte ich.

„Ich glaube, die hat Beine“, erklärte mein Vater ernst.

Meine Augenbrauen wanderten nach oben. „Ich glaube, du wirst vergesslich.“

„Willst du etwa andeuten, dass ich alt werde?“

„Paps, du wirst nicht alt“, sagte ich und beugte mich etwas zu ihm hin. „Du bist es schon.“

„Bloß ein Gerücht“, murrte er und zwinkerte mir zu.

In dem Moment erklang die Türglocke.

„Ich gehe mal rein, Lea ist sicher bereits ins Koma gefallen“, sagte ich und trat durch die Terrassentür nach drinnen. Lea lag tatsächlich auf der Couch und schnarchte leise. Vorsichtig ging ich an ihr vorbei in die Diele und öffnete die Eingangstür.

„Hi, Jo“, begrüßte mich Conny und grinste dabei breit. Sie trug ein oranges Kleid mit gelben Punkten, dazu eine grellgrüne Jeansjacke und weiße Turnschuhe. Ihre dunklen Locken hatte sie zu einem Pferdeschwanz gebunden und sie hielt mir einen Strauß rosaroter Tulpen entgegen.

„Danke, Conny, das ist lieb von dir“, erwiderte ich und nahm den Strauß entgegen. „Komm doch rein.“

Sie trat über die Schwelle und ich schloss die Eingangstür hinter ihr. „Sorry, der ist aber für Lea“, bemerkte sie und zog sich die Jacke aus.

„Das dachte ich mir schon“, sagte ich. „Du hast mir noch nie Blumen mitgebracht.

„Höre ich da einen Vorwurf heraus?“, neckte mich Conny und ich schüttelte schnell den Kopf. „Natürlich nicht. Aber das nächste Mal“, ich straffte den Rücken, „erwarte ich Schokolade.“

„Ich weiß nicht, ob *die* den Weg bis hierher überleben würde“, spaßte Conny und ich musste lächeln. „Meine Mutter war wieder einmal überhöflich und hat darauf bestanden, dass ich etwas mitbringe, wenn ich zum Essen eingeladen bin", erklärte sie weiter, schlüpfte aus ihren Schuhen und schielte in unseren Wohnbereich. „Sag mal, schnarcht da wer?", fragte sie und kniff die Augen zusammen.

„Lea hat in den letzten Tagen nicht viel geschlafen", entgegnete ich und war selbst überrascht, wie schnell sich Leas Schnarchen von Lautstärke zwei auf Lautstärke sechs gesteigert hatte.

„Hört sich nach Typ Keucher an", bemerkte Conny mit absoluter Selbstverständlichkeit.

„Typ Keucher?", wiederholte ich und hob fragend eine Augenbraue.

„Keucher ist einer der fünf Schnarchtypen", erklärte Conny und zupfte sich ihren Zopf zurecht. „Mein Vater ist eine typische Motorsäge, obwohl ich viel lieber einen Gurgler oder Flüsterer hätte. Selbst ein Darth Vader wäre mir lieber – das sind die Leute, die gleichbleibend laut ein- und ausatmen. Das ist zwar penetrant, aber noch immer besser als die Motorsäge."

Ich musste lachen. Schon allein, dass Conny solche Sachen überhaupt wusste, überraschte mich mittlerweile gar nicht mehr.

„Das ist überhaupt nicht witzig, Jo. Mein Vater schnarcht so laut, dass ich ihn über *mehrere* Räume hinweg höre", sagte sie. „Und wenn er neben dem Fernseher einschläft, hast du keine Chance, *Germany's Next Topmodel* zu Ende zu sehen."

„Dein Vater schaut *Germany's Next Topmodel*?"

„Du verkennst den Ernst der Lage", schnaufte Conny und holte tief Luft. Dann atmete sie ein paar Mal durch die Nase ein und aus und machte dabei ein Geräusch, das nach einer grunzenden Trompete klang. „Darum geht es“, erklärte sie mir todernst. „Dieses Schnarchen begleitet mich bei jeder einzelnen Fernsehsendung – glaub mir, darüber macht man keine Witze.“

„Okay“, kicherte ich und Conny musste selbst schmunzeln, als ihr Magen plötzlich laut knurrte. „Das ist nichts im Vergleich zu meinem Vater“, sagte sie und schielte in die Küche. „Gibt's denn schon Essen?“

„Mein Vater grillt im Garten.“

„Ihr grillt jetzt schon?“, fragte sie und folgte mir in die Küche.

„Er hat sich schon seit Weihnachten auf das Grillen gefreut“, erklärte ich, holte eine Vase und stellte die Blumen hinein. Hinter uns wurde Leas Schnarchen noch etwas lauter.

„Sie steigert sich“, bemerkte Conny. „Aber in einem Schnarch-Contest gegen meinen Vater hätte sie dennoch keine Chance.“

Ich grinste und begann das Baguette zu schneiden, das schon auf dem Brett lag. Conny schnappte sich ein Stück und biss davon ab. Dann nahm ihr Gesicht einen ernsteren Ausdruck an. „Wie weit bist du mit dem Lernen?“

„Es geht“, sagte ich und fühlte die Nervosität in mir aufkeimen. In ein paar Wochen würden wir alle Abitur machen, wobei mich nicht das Abitur an sich nervös machte, sondern die Frage, was danach kommen würde.

Sollte ich mich den Seherinnen anschließen und in ihrer neuen Zentrale arbeiten? War dies meine Pflicht, meine Aufgabe als Seherin, und hätte meine Mutter das so gewollt?

Es fühlte sich so unwirklich an, was letztes Jahr passiert war. Der Kampf gegen Marius, die brennenden Erinnerungsfelder, das alles war schon so weit weg, als würde es zu einem anderen Leben gehören. Dabei lagen nur etwas mehr als drei Monate zwischen jetzt und dem Zeitpunkt, als wir gemeinsam die Jägerschaft vernichtet hatten.

Seitdem war viel passiert. Wir hatten mithilfe des USB-Sticks so viele Seherinnen wie möglich kontaktiert und über den Niedergang der Jägerschaft informiert. Anfangs hatten uns nicht alle geglaubt, dass die Jäger wirklich keine Gefahr mehr darstellten – aber dann hatten sich immer mehr Frauen der neu entstandenen Gemeinschaft der Seherinnen angeschlossen. In dieser Zeit hatte ich endlich aufatmen können und eine Normalität in mein Leben lassen dürfen, die mir bis dahin unbekannt gewesen war. Endlich mussten wir nicht mehr flüchten, endlich war ich angekommen.

Endlich hatte ich eine Familie.

„Bin ich eingeschlafen?“, fragte Lea plötzlich und richtete sich abrupt auf.

„Nur kurz“, sagte ich. „Wirklich ganz kurz.“

„Hallo, Frau Meinherz“, sagte Conny und lächelte Lea an. „Ich habe Ihnen Blumen mitgebracht.“

„Hallo, Conny. Ach, wie schön“, erwiderte Lea und rieb sich über die Augen. Conny hielt die Vase mit den Blumen in die Höhe. „Die sind ja hübsch.“

„Gewöhn dich nicht daran, Lea“, sagte ich. „Das nächste Mal bringt Conny Schokolade mit.“

Conny stieß mich mit dem Ellbogen leicht in die Seite. „Träum weiter“, flüsterte sie mir zu.

„Schokolade ist auch gut, aber Conny, du musst überhaupt nichts mitbringen, das weißt du doch“, sagte Lea und stand auf, um durch die Terrassentür in den Garten zu spähen. Dann blickte sie mich an. „Grillt dein Vater noch immer?“

„Mit voller Leidenschaft“, gab ich zurück.

„Gut, dann werde ich mal nach ihm sehen“, sagte sie gähnend und fuhr sich durch ihre kurzen blonden Haare. „Nicht, dass er aus Leidenschaft wieder mehr grillt als nur das Essen.“ Sie zwinkerte mir zu und verschwand mit trägen Schritten im Garten.

„Was meint sie damit?“, fragte Conny und biss noch einmal von ihrem Baguette ab.

„Mein Vater ist letztens beim Kochen eingeschlafen. Lea war krank, Finn und ich waren in der Schule und mein Vater musste sich allein um Lilli kümmern. Irgendwann ist er auf der Couch weggenickt und hat die Pfanne mit den Eiern auf der heißen Platte stehen gelassen. Als er wieder wach wurde, war schon die ganze Küche verraucht, aber zum Glück ist nichts passiert.“ Ich senkte die Stimme. „Lilli hat ihn anscheinend ziemlich fertiggemacht.“

Conny nickte. „Gut so.“

„Wie bitte?“, fragte ich irritiert.

„Na, dass sich auch die Männer um die Kinder kümmern. Das ist absolut richtig und wichtig. Apropos Männer – wo sind denn Finn und Ad-“ Conny hatte den Satz noch nicht zu Ende gesprochen, da wurde der Schlüssel wie aufs Stichwort ins Schloss der Haustür geschoben. Kurz darauf hörte ich Finn und Adrian durch die Eingangstür kommen.

„Mann, hab ich einen Hunger“, sagte Finn und streckte den Kopf in die Küche. „Hallo, Mädels“, begrüßte er uns lässig. „Habt ihr uns schon was Leckeres gekocht?“

„Also ich nicht“, bemerkte Conny trocken. „Aber ich hab Blumen mitgebracht – falls du die probieren willst.“ Sie grinste Finn herausfordernd an und er schüttelte nur den Kopf.

„Die kannst du behalten“, erwiderte er. „Ich brauche Fleisch. Hoffentlich hat Jens nicht nur den verdammten Tofu mit etwas Gemüse auf den Grill gepackt.“

„Sag nichts Abwertendes über Gemüse … vor allem nicht über Karotten“, sagte Conny streng.

„Ich habe heute ganz schön gepumpt, Conny, und mein Körper braucht jetzt einfach was Richtiges. Meine steinharten Muskeln verlangen Männeressen.“

„Männeressen?“, wiederholte Conny skeptisch. „Wirst du sogar beim Essen sexistisch?“

Finns Lächeln vertiefte sich. „Ich bin nicht sexistisch, ich bin voll tolerant. So tolerant, dass ich dir die ganzen Karotten übrig lasse“, erklärte er grinsend bevor er über die Treppe nach oben verschwand.

Kopfschüttelnd blickte Conny ihm hinterher und mein Herz klopfte, als ich Adrian ansah, der seine Sporttasche abstellte und auf uns zukam.

„Hey, Conny“, sagte er und blieb nach wenigen Schritten vor mir stehen. „Hey, du.“ Seine tiefe Stimme klang so sexy, dass mein Herz einen kleinen Sprung machte. Es war absurd, aber seine Wirkung auf mich war in den letzten Monaten kein bisschen weniger geworden, im Gegenteil.

Noch immer fühlte ich das wilde Kribbeln in meinem Bauch, wenn er mir nahe kam. Und wenn ich ihn mir ansah, mit seinem markanten Gesicht, den dunklen Haaren und den stechend grünen Augen, konnte ich noch immer nicht glauben, dass wir zusammen waren. Seit gut drei Monaten war Adrian mein Freund, das war ein absoluter Rekord für mich.

„Hi“, sagte ich und versuchte dabei, nicht wie das verliebte Mädchen zu klingen, das ich nun einmal war.

Adrian zog mich zu sich und drückte mir einen Kuss

auf den Hals. „Du riechst gut."

„Du auch", sagte ich leise.

„Ich kann euch hören", bemerkte Conny gedehnt und machte einen großen Schritt von uns weg. „Diese Verliebtheit", schnaufte sie und wedelte mit der Hand, als habe sie Angst, sich anzustecken, „ist ganz schön anstrengend."

„Ach ja?", sagte ich nur und neigte den Kopf in ihre Richtung. „Ist sie das?"

Conny warf mir einen undeutbaren Blick zu. „Bei euch schon", meinte sie lächelnd. „Ich schau mal lieber auch in den Garten, ob dein Vater irgendwas anbrennen lässt. Ihr lasst hier schließlich nichts anbrennen", sagte sie, legte das geschnittene Baguette in den Brotkorb und verschwand damit durch das Wohnzimmer nach draußen.

Für einen kurzen Moment sah ich ihr hinterher und fragte mich unwillkürlich, was zwischen ihr und Finn lief – und ob da überhaupt etwas lief. Zu Weihnachten war ich mir noch ziemlich sicher gewesen, dass die beiden Gefühle füreinander hatten, doch dieser Eindruck hatte sich nicht bestätigt. Conny vermied dieses Thema konsequent und vielleicht lag es auch an dem Abi-Stress, dass sie sich damit nicht beschäftigen wollte – Fakt war, ich wusste es einfach nicht.

Und auch wenn es mich enorm reizte, mir die Wahrheit einfach in Connys oder Finns Erinnerung anzusehen, hielt ich mich zurück. Erstens wollte ich ihre Privatsphäre respektieren und zweitens war es klüger, Distanz zu wahren, denn wer wusste schon, in *welche Erinnerung* ich eintauchen würde.

„Es ärgert dich", bemerkte Adrian in dem Moment.

Ich kräuselte die Stirn und drehte mich wieder zu ihm

um.

„Was soll mich ärgern?“

„Dass du nicht weißt, was da zwischen Conny und Finn abgeht.“ Adrian strich mir eine blonde Haarsträhne aus dem Gesicht. „Es nagt an dir, es ist wie ein Geheimnis, das du noch nicht gelüftet hast.“

„Weißt du denn etwas?“, fragte ich. „Immerhin warst du mit Finn beim Sport. Und beim Sport erzählen sich die Jungs doch alles.“

„Tun sie das?“, entgegnete Adrian amüsiert. „Hast du das in irgendeiner Erinnerung gesehen?“ Er machte eine kurze Pause und seine Augen funkelten. „Oder in einem schlechten Film?“

Ich nickte. „Natürlich. Das muss ich aus dem Film haben, den wir uns letztens im Kino angesehen haben, weil *du* ihn unbedingt sehen musstest.“

Adrian betrachtete mich unbewegt. „Ich kann mich nicht mehr erinnern.“ Er hielt kurz inne. „Keine Ahnung, was du meinst.“

„Soll ich vielleicht nachhelfen?“, fragte ich und ließ meine Finger über seinen muskulösen Oberarm Richtung Handgelenk wandern. Adrian hob beschwichtigend die Hände.

„Okay, schon gut, die Erinnerung ist wieder da. Der Film war wirklich nicht meine beste Wahl“, gab er etwas leiser zu und zog mich dabei zu sich heran. „Aber meine Wahl hier“, er sah mich eindringlich an, „die war verdammt gut.“

„Ach, war sie das?“

„Und wie“, bestätigte er und sein Blick blieb an meinem Mund hängen. Und dann beugte er sich zu mir herunter und senkte seine Lippen auf meine. Eine unglaubliche Wärme ging von seinem Kuss aus und ich schlang meine Arme um Adrians Hals. Behutsam legte er seine Hände auf meine Taille und zog mich noch enger an sich heran, bis nichts mehr zwischen uns passte. Das Glücksgefühl, das mich durchflutete, ließ mich für einen Moment vergessen, dass wir noch immer in der Küche standen, während wir uns leidenschaftlich küssten.

„Ich muss gleich kotzen“, hörte ich Finns Stimme plötzlich neben uns und Adrian und ich lösten uns voneinander.

„Könnt ihr das nicht woanders tun?“, fragte er und sah uns angeekelt an. „Könnt ihr dafür nicht einfach in ein Hotel oder – noch besser – in eine Erinnerung gehen?“, sagte er etwas leiser. Bis auf Lea und Lilli wussten alle hier von meiner Gabe, aber mein Vater hatte beschlossen, dass wir Leas Alltag nicht noch mehr durcheinanderbringen und ihr deswegen vorerst nichts von meiner Fähigkeit erzählen sollten. Und Lilli war noch viel zu jung, um es zu verstehen – aber wenn die Zeit reif war, würde ich meine Schwester in mein Geheimnis einweihen, das wusste ich.

Finn öffnete die Kühlschranktür und schnappte sich eine Flasche Mineralwasser.

„Du musst ja nicht hinsehen“, bemerkte ich. „So wie ich auch des Öfteren nicht hinsehe.“

„Was meinst du?“, fragte Finn, öffnete die Flasche und trank mit gierigen Schlucken davon.

„Darf ich dich an deine Sportklamotten erinnern, die gewöhnlich überall rumliegen? Oder die leeren Bifi-Packungen, die du sowohl auf der Couch als auch dem Fußboden verteilst, fast als würdest du damit eine Spur zurück nach Hause legen?“

Finn wischte sich mit dem Handrücken den Mund ab. „Das ist doch ganz normal, das tun Männer eben, nicht wahr, Adrian?“

Adrian schüttelte nur den Kopf. „Da halte ich mich raus.“

„Mann, ich sehe es an deinem Gesicht, dass du mir recht gibst. Siehst du, Jo, zwei zu eins. Ich gewinne.“

„Blödsinn“, erwiderte ich, „du siehst gar nichts in Adrians Gesicht.“

„Hast du das gehört? Das war jetzt aber nicht nett“, feixte Finn und grinste dabei so breit, dass ich mich fragte, wann ihm das Grinsen wohl aus dem Gesicht fallen würde.

Adrians Telefon klingelte und er zog es aus seiner hinteren Hosentasche. „Da muss ich rangehen“, sagte er ernst, als er auf das Display schielte. Schnell drückte er mir einen Kuss auf die Stirn und verschwand dann durch die Eingangstür nach draußen.

„Klingt ja ganz schön geheimnisvoll“, bemerkte Finn. „Da ist was im Busch, Jo“, flüsterte er verschwörerisch und seine Mundwinkel zuckten. „Das konnte ich übrigens auch aus seinem Gesicht ablesen.“ Er machte eine kurze Pause. „Wenn du willst, gehe ich ihm nach, um zu erfahren, worum es geht. Vielleicht ist auch eine andere Frau im Spiel – und für diesen kleinen Freundschaftsdienst müsstest du mir auch nur einen klitzekleinen Gefallen tun.“ Er hob auffordernd die Augenbrauen.

„Vergiss es, Finn“, erwiderte ich. „Ich werde dir nicht beim Schummeln helfen.“

„Mann, deine Superheldenfähigkeit ist bei dir komplett verschwendet. Du könntest so viel damit anstellen, du nutzt ihre Möglichkeiten überhaupt nicht aus.“

„Ich werde nicht in die Erinnerungen der Lehrer gehen und die Abi-Fragen ansehen“, beharrte ich, „nur damit du nicht lernen musst."

„Ach komm schon, Jo. Tu's für das Gemeinwohl."

„Für das Gemeinwohl? Du meinst doch eher für *dein Wohl*", erwiderte ich. „Nie im Leben." Dann stellte ich die Grillsaucen aus dem Kühlschrank auf den Küchentisch.

„Essen ist in fünf Minuten fertig!", hörten wir meinen Vater aus dem Garten rufen und ich drückte Finn eine Schüssel mit Rucolasalat in die Hand.

„Und was soll ich jetzt damit?", fragte er leicht angepisst.

Ich strich mir eine Haarsträhne hinters Ohr und fixierte Finn. „Lies es aus meinem Gesicht."

Mein Vater hatte sich wirklich alle Mühe gegeben. Der Tisch bog sich unter den vielen Schüsseln und war mit fast allem gedeckt, was man Grillen konnte. Es gab Gemüse, Würstchen, Spieße und verschiedene Steaks. Die bunten Salate und Soßen schmeckten wirklich lecker und während wir gemeinsam vor uns hin schlemmten, unterhielten wir uns über Gott und die Welt – wobei das Thema auch immer wieder auf das bevorstehende Abitur kam.

„Ich bin total entspannt", meinte Finn und trank einen Schluck von seiner Cola, während er mir einen leicht vorwurfsvollen Blick zuwarf. „Das Wissen wird schon noch zu mir kommen."

Lea räusperte sich. „Es wäre mir lieber, wenn du nicht ganz so entspannt wärst. Du musst schon lernen, Finn. Das Abitur wird nicht einfach, du solltest es keinesfalls auf die leichte Schulter nehmen."

„Zu viel Stress ist auch nicht gut", konterte Finn. „Ich meine, sieh dir Conny an, die zuckt bei dem Wort *Abitur* doch schon zusammen."

„Stimmt gar nicht", bestritt Conny und packte sich noch ein paar gegrillte Karotten auf ihren Teller. „Ich nehme es im Gegensatz zu dir einfach nur ernst."

„Du büffelst die ganze Zeit", gab Finn zurück.

Sie kniff die Augen zusammen. „Mir ist es eben nicht egal, auf welche Uni ich gehe – und dafür brauche ich einen super Notendurchschnitt."

„Diese Einstellung ist sehr löblich", bemerkte mein Vater und lächelte Conny an. „Was willst du denn studieren?"

„Medizin", erwiderte Conny wie aus der Pistole geschossen.

„Und du, Jo?", wollte Lea wissen, nachdem sie sich ihren Mund mit einer grünen Serviette abgetupft hatte. „Hast du dich schon für ein Studium entschieden?"

Ich zuckte mit den Schultern und sah aus den Augenwinkeln, wie Adrian mich betrachtete. Seitdem er vorhin telefonieren gegangen war, wirkte er viel ernster und automatisch fragte ich mich, ob der Anruf etwas mit den Seherinnen zu tun gehabt hatte.

Immerhin arbeitete er seit dem Niedergang der Jägerschaft mit ihnen in der Zentrale zusammen und unterstützte sie dabei, die alten Dokumente zu sichten und schwer auffindbare Jäger ausfindig zu machen, um ihre Erinnerungslücken zu füllen.

Die Seherinnen hatten die ganzen letzten Monate mit dieser Aufgabe verbracht, aber sie war noch immer nicht abgeschlossen. Es gab zu viele Jäger und zu wenige Springerinnen, die sich darum kümmern konnten – außerdem waren das Springen und das Füllen mit neuen Erinnerungen sehr kräfteraubend. Natürlich hatte ich Henriette angeboten, zu helfen, doch die alte Seherin hatte darauf bestanden, dass ich mich auf mein Abitur konzentrierte.

„Ich weiß es noch nicht“, antwortete ich Lea wahrheitsgemäß. „Ich könnte mir vorstellen, Kunst zu studieren.“

„Kunst?“, wiederholte Finn und gähnte demonstrativ. „Geht’s noch langweiliger?“

„Geht’s noch vorhersehbarer?“, konterte ich. „Dass du dich für Sport entscheiden wirst, ist auch keine Überraschung.“

„Moment“, sagte Finn und stützte sich mit den Ellbogen auf unseren riesigen Gartentisch. „Das ist noch gar nicht gesagt. Immerhin steht die Weltreise noch zur Diskussion, wobei die Diskussion bald beendet sein wird, das habe ich so im Gefühl.“

„Da habe ich aber ein anderes Gefühl“, mischte sich Lea ein und stand auf, um den Sonnenschirm aufzuspannen. „Muss es denn wirklich ein ganzes Jahr sein, Finn?“

„Wieso denn nicht? Ich werde noch mein ganzes Leben arbeiten, das ist *die* Gelegenheit, mir eine Auszeit zu nehmen. Außerdem warst du auch in London.“ Finn schnitt sich ein Stück von seinem Steak ab, tunkte es in die Chilisoße und schob es sich in den Mund.

„*Für zwei Monate*, das ist ein kleiner Unterschied. Du kannst doch nicht einfach ein ganzes Jahr lang wegbleiben“, sagte sie und presste die Lippen aufeinander. „Du würdest ein Lebensjahr von Lilli komplett versäumen.“

Mein Vater tätschelte Lea die Schulter. „Aber es gibt doch Skype. Wir könnten ihn trotzdem noch sehen und er auch Lilli“, meinte er. „Außerdem finde ich es wichtig, dass die jungen Leute ihre Erfahrungen machen. Und ich muss es wissen. Schließlich bin ich schon sehr, sehr“, er sah mich bezeichnend an, „alt."

Ich unterdrückte ein Grinsen. „Das heißt, ich sollte auch eine Weltreise machen?"

Mein Vater nickte. „Wenn du das möchtest."

Ich hatte tatsächlich überlegt, mir nach den ganzen Strapazen eine Auszeit zu gönnen, aber bislang war der Funke noch nicht übergesprungen. Vielleicht lag es daran, dass ich in den letzten Jahren ständig umgezogen war und es nun genoss, längere Zeit an einem Ort zu bleiben. Vielleicht wollte ich mich auch nicht zu weit von den Seherinnen entfernen. Schließlich waren sie gerade dabei, etwas Neues aufzubauen und die isolierten Seherinnen zu einen, und irgendwie hatte ich das Gefühl, dass ich noch bleiben musste.

Meine Augen huschten zu Adrian, der mich anlächelte, doch seine Miene wirkte noch immer angespannt.

„Jetzt bringen wir erst mal die schriftlichen Prüfungen hinter uns und dann machen wir eine Woche Malle", sagte Finn. „Das wird mega. Wir werden die Sonne genießen, am Strand abfeiern und endlich nichts mehr lernen."

„Na ja, für die mündliche im Juni müssen wir schon noch lernen", gab Conny zu bedenken. „Vielleicht nehme ich mir einfach mein iPad mit."

„Was willst du denn mit einem iPad am Strand?", meinte Finn und lehnte sich entspannt auf seinem Stuhl zurück. „Das wird doch nur nass."

„Wieso? Weil du es bei deinen unzähligen Sport-Sessions mit Schweiß durchtränkst?", erwiderte Conny und verschränkte die Arme vor der Brust.

„Du hast es erfasst", grinste er. „Möglicherweise bekommt es auch eine Ladung Meerwasser ab, wenn seine Besitzerin die ganze Zeit nur büffelt, statt zu chillen.

Schließlich sind es dann noch immer sieben Wochen bis zur mündlichen Prüfung."

Conny spießte ein Stück gegrillte Zucchini auf, ohne Finn anzusehen. „Möglicherweise würde eine andere Ladung Meerwasser nachts den Weg in dein Bett finden, wenn du mich und mein iPad nicht in Ruhe lässt."

Es klang nach einer Kampfansage und ich fragte mich nicht zum ersten Mal, wie erholsam ein Urlaub mit den beiden tatsächlich werden würde.

„Habt ihr denn schon gebucht?", wollte mein Vater wissen.

„Nö", sagte Finn. „Wir warten auf die besonderen Schnäppchen."

„Fahrt ihr zu viert oder kommt noch jemand aus der Klasse mit?", wollte Lea wissen und blinzelte in die Sonne.

„Zu viert", sagte ich. „Oder wollt ihr noch jemanden mitnehmen?"

Conny schüttelte den Kopf und Finn zuckte mit den Schultern. „Ich könnte Kilian fragen."

„Bitte nicht", seufzte Conny theatralisch und schenkte sich etwas Wasser ein. „Es soll doch schließlich ein schöner Urlaub werden."

Nachdem wir gegessen und uns mit den anderen noch unterhalten hatten bis Conny heimging, verschwanden Adrian und ich auf mein Zimmer.

„Was ist los?", fragte ich und setzte mich mit untergeschlagenen Beinen aufs Bett. „Was war das vorhin für ein Anruf?"

Adrian setzte sich neben mich. „Es war ein Anruf aus der Zentrale", sagte er und seine Stimme klang ernst. „Etwas, das ich befürchtet hatte, ist eingetroffen."

„Und was?“, wollte ich wissen.

Er ließ sich auf dem Bett zurückfallen und ich drehte mich zu ihm.

„Du weißt ja, dass ich die letzten Monate damit verbracht habe, den Seherinnen zu helfen, die Jäger aufzuspüren.“

Ich stützte mich auf der Matratze ab und nickte. „Ja, weil es zu wenige Springerinnen gibt und die Seherinnen die Jäger direkt berühren müssen, um ihre Erinnerungslücken mit frischen, unverfänglichen Erinnerungen zu füllen.“

Adrians Blick verfinsterte sich. „Letztens ist mir ein Jäger untergekommen, der seine Erinnerung nicht verloren hat.“

„Was?!“, fragte ich und fühlte, wie das Adrenalin durch meine Adern schoss. „Es gibt Jäger, die sich noch an alles erinnern können?“

Die Gedanken wirbelten durch meinen Kopf und ein schweres Gewicht drückte auf meinen Magen. Hatten wir es doch nicht geschafft, alle Erinnerungen an die Jägerschaft auszumerzen?

„Es war nur ein Jäger, Jo“, sagte Adrian und wandte sich mir zu. „Und ich hatte gehofft, dass es sich bei ihm schlichtweg um eine Ausnahme handelt. Er lebt sehr abgeschieden und hatte der Jägerschaft vor Jahren den Rücken gekehrt, darum hatte er auch nichts von ihrer Zerstörung mitbekommen.“

„Aber was soll das heißen? Willst du mir sagen, er war doch keine Ausnahme? Gibt es noch mehr Jäger, die von uns wissen?“ Automatisch befand sich mein Körper in Alarmbereitschaft und in meinem Kopf spielten sich die wüstesten Szenarien ab, von einer Jägerschaft, die zurückkehrte, einer Jägerschaft, die wieder hinter den

Seherinnen her war.

„Er ist nur einer von wenigen“, sagte Adrian. „Und wir können im Moment auch nichts tun – die Seherinnen haben alles im Griff, ich hätte es nur lieber einfacher gehabt.“

„Was heißt: *Er ist nur einer von wenigen?*“

Adrian zog tief die Luft ein. „Wie du weißt, hat die Jägerschaft immer wieder Experimente durchgeführt. Sie haben versucht, einen Weg zu finden, euch von eurer Gabe zu“, er stockte einen kurzen Moment, „zu befreien.“

Ich nickte und fand es nach wie vor schrecklich, dass sich die Jägerschaft dies zum Ziel gesetzt hatte, nur weil sie nicht verstanden, woher unser Fähigkeit kam. Nur weil sie uns als widernatürlich empfanden – dabei hatte uns doch gerade die Natur zu dem gemacht, was wir waren.

„Vor etwa dreißig Jahren haben sie nicht nur diese, sondern auch andere Experimente durchgeführt. Dabei haben sie geforscht, inwieweit es möglich ist, die Jäger vor eurer Erinnerungsfähigkeit zu schützen.“

Ich schluckte und mir dämmerte, worauf Adrian hinauswollte. Das Gefühl in meinem Magen wurde beängstigender.

„Die Experimente schlugen alle fehl. Zumindest dachten sie das“, erklärte er weiter. „Anscheinend muss eines der Seren, das sie vor so langer Zeit den Versuchspersonen injiziert haben, seine Wirkung erst Jahre später entfaltet haben, als niemand mehr daran glaubte. Offenbar hat das Serum nicht bei jedem gewirkt, sondern nur bei bestimmten Personen, wobei wir nicht wissen, woran das lag – es muss wohl etwas mit ihrer Genetik zu tun haben.“ Er machte eine kurze Pause und richtete sich auf. „Die Seherinnen haben die Forschungsunterlagen durchgesehen. In der Gruppe von damals waren acht Probanden, fünf davon wurden bereits überprüft – zwei von ihnen konnten ihre Erinnerungen behalten. Die Seherinnen haben sie bereits aufgesucht und ihnen das eingelagerte Anti-Serum aus den Forschungslaboren verabreicht, um ihre Erinnerungen verändern zu können. Drei Probanden sind noch nicht gefunden worden und die Seherinnen sind gerade auf der Suche nach ihnen. Wir können also nichts tun und müssen abwarten."

Ich schüttelte den Kopf. „Es fühlt sich nicht richtig an, nichts zu tun", erwiderte ich.

„Du musst dich da sowieso raushalten", bemerkte Adrian. „Du machst jetzt dein Abitur. Konzentriere dich darauf. Henriette und die Seherinnen erledigen den Rest", sagte er und lächelte mich an. „Wichtig ist, dass du dich auf deine Prüfungen fokussierst. Ich kann mich erinnern, wie anstrengend das war." Er hielt kurz inne und seine dunklen Augen blitzten mich an. „Außer, du willst dir deine Gabe zunutze machen."

Ich schüttelte den Kopf. „Nein, das würde sich nicht richtig anfühlen. Auch wenn es verführerisch ist, mir die Antworten aus meinen Erinnerungen zusammenzusuchen, das mache ich nicht. Das wäre total unfair."

„Hat Finn dich denn schon darauf angesprochen?"

Ich verdrehte die Augen. „Schon gefühlte hundert Mal. Er lässt einfach nicht locker."

„Das klingt ganz nach ihm", sagte Adrian und sein Blick glitt zu dem Bücherstapel auf meinem Tisch. „Soll ich dich jetzt lernen lassen?", fragte er.

„Nein, du darfst nicht gehen", murmelte ich und schmiegte mich an ihn. „Außerdem wäre mein Kopf sowieso nur bei dir."

„Wäre er das? Nur dein Kopf?“, fragte Adrian und seine Stimme klang dabei so sexy, dass die Schmetterlinge in meinem Bauch wild zu flattern begannen. Adrian beugte sich zu mir, als plötzlich mein Handy piepte.

„Vergiss nicht, was du gerade tun wolltest“, sagte ich schmunzelnd, sprang auf und holte das Handy von meinem Tisch. „Henriette hat eine WhatsApp-Nachricht geschrieben“, sagte ich und schluckte. „Wir sollen zu ihr kommen.“

ZWEI

Die Sonne fiel schräg durch die hohen Bäume und beleuchtete die gepflegten Rasenflächen der ehemaligen Jägerschaft. Das herrschaftliche Gebäude erinnerte mich an ein englisches Schloss und bestand aus einem massiven Haupthaus mit zwei schmalen Seitenflügeln, die ihm ein trutziges Aussehen verliehen. Ich ließ meinen Blick an dem alten grauen Mauerwerk nach oben wandern und griff unbewusst nach Adrians Hand, als mein Blick die Buntglaskuppel in der Mitte des Daches streifte, unter der ich eine der schrecklichsten Stunden meines Lebens verbracht hatte. Adrians Finger strichen über meine und ich fühlte den beruhigenden Druck seiner Berührung, während wir nebeneinander auf der weißen Kiesauffahrt des weitläufigen Anwesens standen.

„Es ist seltsam, wieder hier zu sein", sagte ich und strich mir mit dem Handrücken meine blonden Haare aus dem Gesicht, die der Wind aufgewirbelt hatte.

„Ich weiß, was du meinst", entgegnete Adrian und richtete seine dunkelgrünen Augen auf mich. „Brauchst du noch einen Moment?"

Ich schluckte und schüttelte den Kopf. „Nein. Die anderen Seherinnen sollen nicht denken, dass ich Angst vor diesen Mauern habe. Ich wette, sie beobachten uns schon die ganze Zeit mithilfe ihrer unzähligen Überwachungskameras."

„Wir könnten einen Abstecher auf mein Erinnerungsfeld machen", erwiderte er leichthin. „Auf die Weise kannst du dir so viel Zeit nehmen, wie du möchtest, ohne dass es die anderen mitkriegen."

Ich blickte zu ihm auf. Es verblüffte mich noch immer,

mit welcher Selbstverständlichkeit er diese Möglichkeit inzwischen in Betracht zog.

Ich lächelte ihn an. „Das ist lieb von dir. Aber ich glaube nicht, dass ich mich besser fühle, wenn ich die Sache aufschiebe."

Die Mundwinkel in seinem kantigen Gesicht zuckten nach oben und er zog mich mit einer schnellen Bewegung an sich.

„Das kommt wahrscheinlich darauf an, welche Erinnerungen wir uns aussuchen", flüsterte er in mein Ohr und der Klang seiner tiefen Stimme sorgte für wohlige Schauer überall auf meinem Körper.

Noch bevor ich antworten konnte, wurde das doppelflügelige Eingangstor zum ehemaligen Zentrum der Jägerschaft geöffnet und Henriette trat vor die Tür. Die ältere Seherin mit den kurzen grauen Haaren lächelte mich warmherzig an und ich freute mich, sie wiederzusehen.

„Jo, Adrian. Vielen Dank, dass ihr so schnell gekommen seid."

„Letzte Chance", hörte ich Adrians Stimme ganz knapp neben meinem Ohr und ich schüttelte beinahe unmerklich den Kopf. Ich wollte herausfinden, warum uns Henriette sehen wollte, wollte wissen, ob die Jägerschaft noch immer eine Bedrohung für uns darstellte. Wenn es stimmte, dass einigen Jägern die Erinnerungen an die Jägerschaft geblieben waren, konnte es uns im schlimmsten Fall passieren, dass sie sich neu formierten – auch wenn Adrian diese Befürchtung als extrem unrealistisch abgetan hatte. Aber eines hatte ich im letzten Jahr und durch die Entdeckung meiner Fähigkeit gelernt: Es konnte im Leben wirklich alles passieren.

„Hallo, Henriette. Ich freue mich, dich zu sehen“, sagte ich, löste mich aus Adrians Griff und ging zum Eingangstor, um die ältere Seherin zu umarmen. Sie drückte mich kurz an sich und hielt mich dann auf Armeslänge entfernt, während sie mich mit ihren wachen Augen musterte. Obwohl Henriette schon über sechzig sein mochte, so umgab sie doch ein jugendliches Leuchten.

„Du siehst müde aus“, meinte sie dann.

„Ich habe im Moment viel zu lernen.“

Sie nickte. „Ja, ich dachte mir schon, dass du deinen Abschluss auf die ehrenhafte Weise schaffen willst.“ Sie deutete mit ihrer schlanken Hand auf das Innere des Gebäudes. „Aber jetzt kommt herein, die anderen warten schon auf euch.“

Sie ließ mich und Adrian durch die Tür treten und ich war froh, seine warme Hand auf meiner Hüfte zu fühlen, da es mich Überwindung kostete, den Ort zu betreten, an dem meine Mutter gestorben war. Ganz abgesehen von meinen eigenen Erinnerungen daran.

„Wieso sind wir hier?“, fragte Adrian direkt, als Henriette sich an die Spitze unseres Zuges setzte und vor uns durch die gewundenen weißen Gänge ging, die einen starken Kontrast zu dem zerfurchten grauen Stein der Außenfassade bildeten. Statt ihres weißen Jogginganzuges trug Henriette heute eine sonnengelbe Tunika zu einer hellen Leinenhose, die bei jedem Schritt leise raschelte.

„Wir haben … Aufzeichnungen entdeckt“, antwortete sie gedämpft und wich einer Gruppe beschäftigt wirkender Frauen aus, die einen Haufen Aktenordner durch die Gänge schleppten. Aufgrund der Art, wie sie ihnen nachblickte, hatte ich das Gefühl, dass es ihr nicht recht war, hier darüber zu sprechen.

„Welche Art von Aufzeichnungen?“, hakte Adrian unbeeindruckt nach.

„Ich werde eure Fragen gleich beantworten“, sagte Henriette. „Zuerst möchte ich euch noch ein paar anderen Seherinnen vorstellen.“

Sie brachte uns zu einem Aufzug und wir fuhren in eines der oberen Stockwerke. Von dort gingen wir durch einen weiteren weißen Korridor und ich ließ meinen Blick neugierig in die einzelnen Zimmer schweifen. Adrian hatte seit dem Sieg über die Jägerschaft die meiste Zeit hier verbracht, aber ich war zum ersten Mal wieder hier. Und es hatte sich viel getan. Die ehemaligen Laboratorien waren zu Büros umfunktioniert worden, in denen auch einige Männer saßen. Ich nahm an, dass es sich um ehemalige Jäger handelte, die nach dem Erinnerungsbrand von den Seherinnen mit neuen Aufgaben bedacht worden waren. Nach einer demokratischen Abstimmung war mit großer Mehrheit entschieden worden, aus der Jägerschaft ein Zentrum für Umweltschutz zu errichten. Dazu waren verschiedene Aufgaben verteilt worden: Die meisten Seherinnen beschäftigten sich mit der Entwicklung und Bearbeitung verschiedener Umweltinitiativen und der Finanzierung ihrer Projekte, wobei die Konten der Jägerschaft reich gefüllt waren. Nur jene Seherinnen, die fremde Erinnerungen verändern konnten – also alle Spielerinnen –, waren ausgeschickt worden, um die Erinnerungslücken der ehemaligen Jäger mit sinnvollen neuen Inhalten zu füllen. Das war notwendig, damit das Unterbewusstsein nicht aktiv wurde und die Erinnerungen an die Jägerschaft nicht in Form von Träumen oder Halluzinationen wieder an die Oberfläche gelangten. Außerdem mussten die Familien der Jäger überprüft werden, um herauszufinden, ob sie etwas über die wahre Tätigkeit der Männer gewusst hatten. Wenn ja, wurden sie ebenfalls von den Spielerinnen „überschrieben" und mit den Informationen über das Umweltschutzzentrum gefüttert.

Die wenigen Springerinnen kümmerten sich um jene Jäger, deren Aufenthaltsort nicht so leicht zu ermitteln war.

„Wir sind gleich da", sagte Henriette in diesem Moment und führte uns zu einer Tür, deren Anblick ein ungutes Gefühl bei mir weckte. Ich atmete tief durch und versuchte die Unruhe abzuschütteln. Adrian warf mir einen kurzen Blick von der Seite zu und schien zu spüren, wie es mir ging, denn der Druck seiner Hand auf meiner Hüfte wurde etwas stärker.

„Das hier war ursprünglich Marius' Büro", sagte Henriette und öffnete die Tür zu dem Raum. Ich blieb an der Schwelle stehen und ließ meinen Blick über die Einrichtung schweifen.

Tatsächlich sah es noch genauso aus wie damals, als ich mich in den Erinnerungen der Wölfin zum ersten Mal hier aufgehalten und sie versucht hatte, mich umzubringen. Die Einrichtung wirkte so, als wäre sie von einem Innenarchitekten entworfen worden. Klare Kanten, dunkle Farben sowie viel Glas und Metall dominierten den Raum. An den Wänden fanden sich nüchterne Regale, unterbrochen von Bildern in abstrakter Kunst und in der Ecke stand ein graues Sofa mit einem niedrigen Glastisch.

„So, wir sind allein. Sagst du uns nun, was los ist?", fragte Adrian, nachdem Henriette die Tür hinter uns geschlossen hatte.

Henriette blieb in der Mitte des Raumes stehen und

nickte. „Wir haben ein geheimes Zimmer entdeckt“, erklärte sie dann.

„Wo? Hier?“, fragte ich und sah mich prüfend um. Der Raum strahlte eine Kälte aus, die nichts mit unserer Umgebungstemperatur zu tun hatte.

Henriette nickte abermals. „Wie ihr wisst, arbeiten wir daran, die letzten Geheimnisse der Jägerschaft aufzudecken.“

„Nicht immer erfolgreich“, bemerkte Adrian und verschränkte die Arme vor der Brust. Ich wusste, dass er auf den Unfall anspielte, bei dem einige – vermutlich wertvolle – Dokumente der Jägerschaft durch einen automatischen Selbstzerstörungsmechanismus vernichtet worden waren, als eine unvorsichtige Seherin den falschen Zugangscode zu einem Laboratorium eingegeben hatte.

„Nicht immer, aber in großem Maße erfolgreich“, korrigierte ihn Henriette und ihre Züge wurden härter. „Wir tun hier alle unser Bestes, Adrian, das weißt du.“

Er nickte. „Das weiß ich. Nur manchmal reicht es nicht, wenn alle ihr Bestes versuchen. Manchmal muss man auch *zuvor* entscheiden, wer für welche Aufgaben in Betracht kommt. Man braucht Regeln und klare Strukturen.“

„Fängst du jetzt wieder mit dem leidigen Kodex an?“, erklang die Stimme einer dunkelhaarigen Frau, die in dem Moment die Tür öffnete. Ich drehte mich um und erkannte Ingeborg. Sie reckte ihre lange Nase in die Luft und sah Adrian herausfordernd an. Dann schweifte ihr Blick zu mir und sie nickte mir kurz zu. „Hallo, Johanna.“

„Hallo“, sagte ich und hob grüßend die Hand. Die hagere Seherin kümmerte sich seit dem Niedergang der Jägerschaft um die Koordination und Organisation der Spielerinnen und Springerinnen.

„Mir ist klar, dass das Wort *Kodex* bei euch negativ behaftet ist“, sagte Adrian ruhig. „Aber es würde nicht schaden, wenn sich auch die Seherinnen zu einem gemeinsamen Regelwerk bekennen würden, das dabei hilft, solche Unfälle und Missgeschicke in Zukunft zu verhindern. Vieles läuft einfach noch zu chaotisch ab.“

Ingeborg holte tief Luft und Henriette hob rasch die Hand. „Jetzt nicht“, sagte sie streng. „Mir ist bewusst, dass die Diskussion für oder gegen einen Kodex der Seherinnen heftige Emotionen auslöst, zumal die Idee einer Gemeinschaft für viele noch komplett neu ist. Doch jetzt ist nicht der richtige Zeitpunkt dafür. Wir können uns keine Spannungen erlauben und müssen unser Augenmerk auf das richten, was wir entdeckt haben.“

„Du meinst dieses geheime Zimmer“, nahm ich den Faden wieder auf.

Henriette nickte und streckte den Rücken durch. „Es geht weniger um das Zimmer an sich, als darum, was wir darin gefunden haben“, murmelte sie. „Auch wenn wir es noch nicht in seiner Gänze verstehen.“

„In Momenten wie diesen wünschte ich tatsächlich, der Erinnerungsbrand hätte bei dem Scheusal noch etwas übrig gelassen“, fauchte Ingeborg und verschränkte die knochigen Arme vor der Brust.

„Wie geht es Marius aktuell?“, fragte ich Henriette, da ich wusste, dass der Erinnerungsbrand beim Anführer der Jägerschaft zu weitreichenderen Konsequenzen geführt hatte als beim Rest.

Henriette zupfte an einem Ärmel ihrer langen Tunika und seufzte. „Es geht … ihm nicht gut.“

„Was genau bedeutet das?“

Sie richtete ihre klugen Augen auf mich. „Ich zeige es dir, Jo.“ Sie streckte mir ihr Handgelenk entgegen und ich machte einen Schritt auf sie zu.

„So schlimm?“, fragte ich leise.

„Ich fürchte, schlimmer“, erwiderte sie tonlos.

Meine Fingerspitzen fanden ihr Handgelenk und dann wurde ich mit einem Ruck aus der Gegenwart gezogen.

Ich stürzte gemeinsam mit Henriette auf ihr wogendes Erinnerungsfeld, das heute von einem dunkelvioletten Himmel überspannt wurde. Die Luft roch nach Regen und eine elektrische Spannung lag in der Luft, als ob jeden Moment ein Gewitter losbrechen würde.

Mit klopfendem Herzen drehte ich mich im Kreis.

„Du hast Angst“, stellte ich fest. Die Farbe des Himmels und die knisternden Vibrationen des Feldes ließen keinen Zweifel daran aufkommen.

Henriette senkte für einen Moment den Blick. „Sagen wir so … ich bin besorgt“, relativierte sie meine Einschätzung und straffte die Schultern. Dann deutete sie auf einen einzelnen golden leuchtenden Grashalm. „Das ist meine Erinnerung an den Moment, als ich Marius das letzte Mal gesehen habe.“

Seite an Seite mit Henriette ging ich über das silberne Feld mit den hüfthohen Gräsern zu dem Erinnerungshalm.

„Wann war das?“, fragte ich, als wir davor stehen geblieben waren.

„Gestern“, antwortete sie. „Ich bin in die Erinnerungen des Pflegers gesprungen, der sich aktuell um ihn kümmert.“

„Er benötigt noch immer einen Pfleger?“, hakte ich erschrocken nach.

Henriette nickte. „Die alte Kraft hat bei ihm nachhaltige Spuren hinterlassen.“ Mit diesen Worten griff sie nach meiner Hand und berührte mit der anderen ihren eigenen Erinnerungshalm.

Im nächsten Moment befanden wir uns in einem steril wirkenden weißen Raum. Die Wände hatten keine Fenster, da war nur eine Tür mit einem Glaseinsatz in Augenhöhe, außerdem ein Bett, ein Tisch und ein Stuhl.

Auf dem Stuhl saß eine zusammengesunkene Gestalt. Sie trug eine hellgrüne Hose mit passendem Oberteil und starrte ins Nichts. Voller Unbehagen trat ich näher. Ein Pfleger war gerade dabei, den Mann zu füttern, dessen tief liegende Augen sich anscheinend nicht mehr auf ein bestimmtes Objekt fokussieren konnten.

Aus seinem Mundwinkel tropfe etwas Suppe in seinen grauen Bart, die der Pfleger mit einer Serviette abwischte.

„Sehr gut", sagte er nun. „Noch ein Löffel und wir sind fertig."

Marius reagierte nicht auf ihn, er öffnete nur leicht den Mund, als der Suppenlöffel gegen seine Lippen drückte, und schluckte automatisch.

„Wieso ist er so?", fragte ich Henriette und schüttelte ungläubig den Kopf. Natürlich wusste ich, dass dieser Mann für unzählige Verbrechen und Morde verantwortlich war, dennoch befriedigte es mich nicht, ihn nun so zu sehen. Ich sprach es nicht aus, aber mir kam der Gedanke, dass der Tod wahrscheinlich noch die bessere Alternative für ihn gewesen wäre.

„Wir wissen es auch nicht", antwortete Henriette auf meine Frage. „Solche Nebenwirkungen treten bei einer Erinnerungslöschung – selbst wenn sie sehr massiv ist – normalerweise nicht auf. Vielleicht hat es etwas mit dem Kampf auf seinem Erinnerungsfeld zu tun. Vielleicht leidet er darunter, dass die alte Kraft dort zu wirken begonnen hat."

„Denkst du wirklich?", fragte ich und wollte eigentlich nur schnell weg. „Gibt es noch Hoffnung, dass er sich erholt?"

Henriette schüttelte den Kopf. „Ich glaube es nicht. Vielleicht hat auch Tanjas Tod etwas mit seinem Zustand zu tun. Als sie starb, wurde er von seinem eigenen Feld katapultiert. Vielleicht hat sich dabei so etwas wie ein Kurzschluss in seinem Gehirn ergeben."

Mich schauderte und ich trat einen Schritt zurück.

„Verdammt", murmelte ich leise. „Und allen anderen Jägern geht es gut?"

Henriette nickte. „Selbst Nikolai, der ja auch auf dem Feld war."

Dann verschwand die weiße Zelle und wir kamen wieder im neuen Zentrum der Seherinnen an.

Ich ließ Henriettes Handgelenk los und fuhr mir über die Stirn.

„So schlimm?", fragte Adrian.

„Sagen wir so: Marius wurde vom Schicksal für seine Taten bestraft", antwortete Henriette an meiner Stelle. Dann trat sie an eines der gläsernen Regale in Marius' früherem Arbeitszimmer und drückte gegen zwei Metalleinsätze an den Ecken. Ein leises Klicken ertönte, ansonsten geschah aber nichts.

„Und nun?", fragte ich und sah mich in dem Zimmer um, das unverändert auf mich wirkte. Adrian jedoch hatte diesen besonderen konzentrierten Ausdruck in seinem Gesicht, der mich daran erinnerte, dass er ein ausgebildeter Jäger gewesen war, bevor er sich dazu entschieden hatte, sich auf die Seite der Seherinnen zu stellen.

„Das Geräusch kam vom Sofa", meinte er knapp und ging mit großen Schritten auf die Sitzgarnitur zu. Henriette hob anerkennend eine schmale Augenbraue, während Ingeborg nur die lange Nase rümpfte. Ich folgte Adrian und beobachtete, wie er mit einer sicheren

Handbewegung das Sofa zur Seite schob und eine Öffnung im Boden mit einer nach unten führenden Treppe zum Vorschein kam.

„Gratuliere", sagte Henriette lächelnd zu Adrian, als sie sich neben ihn stellte. „Ingeborg und ich haben dafür ungefähr eine halbe Stunde länger gebraucht."

„Pah", murmelte die andere Seherin und drängte sich an uns vorbei. „Wahrscheinlich wusste er schon vorher, wo sich der Geheimgang befindet", murrte sie.

Adrian erwiderte nichts und ich bewunderte ihn für seine stoische Ruhe und die Gleichgültigkeit, mit der er Ingeborgs Sticheleien begegnete. Dann stieg ich hinter den beiden anderen Seherinnen die dunkle Treppe hinunter. Sie wurde von einer kühlen Metallwand zu beiden Seiten begrenzt und führte in einen überraschend großen Raum, der ebenso nüchtern eingerichtet war wie das Arbeitszimmer. Gläserne Regale befanden sich zu beiden Seiten an den Wänden und eine moderne Halogenlampe an der Decke tauchte unsere Umgebung in ein kaltes elektrisches Licht. In der Mitte des Raumes stand ein großer schwarzer Tisch, auf dem mehrere dicke Bücher sowie einige Schriftrollen lagen. Bei unserem Eintreten sahen vier Seherinnen auf, die gerade mit dem Studium der Schriftstücke beschäftigt waren.

„Bärbel, Marlene, Kim und Alexis – das ist Jo", stellte Henriette uns einander vor. Ich sah die vier Seherinnen zum ersten Mal. Bärbel und Marlene waren beide ungefähr in Henriettes Alter, unterschieden sich aber wie der Tag von der Nacht. Während Bärbel mich an eine alte Bergbäuerin erinnerte, hatte Marlene eine deutlich jüngere Ausstrahlung und trug eine schicke cremefarbene Seidenbluse mit einer zarten Goldkette, alles passend zu ihren kurzen brünetten Haaren. Ich ließ meinen Blick weiter schweifen und begegnete der verschlossenen Miene der zierlichen Asiatin namens Kim. Sie war etwa Mitte dreißig und schürzte die Lippen, als hätte ich sie gerade bei etwas Wichtigem gestört. Abgesehen von Kim lächelten mich die anderen jedoch alle an und ich lächelte zurück. Dabei fiel mir die Bewunderung in Alexis' elfenzartem Gesicht auf, die ungefähr in meinem Alter sein musste. Sie hatte lange rote Haare und betrachtete mich mit glänzenden Augen. Seit ich den Erinnerungsbrand ausgelöst hatte, passierte es mir immer wieder, dass ich mit besonderer Ehrfurcht behandelt wurde, ganz egal wie oft ich erklärte, dass es die Kraft aller 17 Seherinnen gewesen war, die zur Erfüllung der Prophezeiung geführt hatte. Doch das schien jene, die mich als ihre Retterin feiern wollten, nicht zu interessieren.

„Die vier haben sich bereiterklärt, die Bücher in dieser Geheimkammer zu studieren und nach Hinweisen zu suchen, die uns bei der Interpretation der neuen Prophezeiung helfen könnten", erklärte Henriette weiter.

„Ihr habt hier eine neue Prophezeiung entdeckt?", fragte ich und griff unwillkürlich nach Adrians Hand, der lautlos neben mir aufgetaucht war.

Marlene, die Seherin mit der cremefarbenen Bluse und jeder Menge sympathischer Fältchen rund um ihre hellblauen Augen, nickte ernst und deutete auf ein schmales, ledergebundenes Buch in der Mitte des Tisches.

„Schlag es bei dem Lesezeichen auf", verlangte sie ruhig. Ich gehorchte und spürte Nervosität in mir aufkeimen. Die anderen Seherinnen schwiegen und mein Blick fiel auf die handgeschriebenen ockerfarbenen Buchstaben, die wie pures Gold schimmerten.

„Lies es ruhig laut vor, Jo", forderte mich Henriette

auf. „Es schadet nicht, wenn wir es noch einmal hören."
Ich räusperte mich und begann zu lesen:

Der Eine besiegt
die Schlacht wohl geschlagen
das Feuer gewütet
die Wandlung ertragen
Doch fühlt ihr euch sicher
im Feindeshaus
So fordert das Schicksal
euch wieder heraus
Die größte Gefahr
droht euch zu verschlingen
und jene, die nah
Verderben euch bringen
Einigkeit ist eure Kraft
die Träumerin muss sie sehen
sonst wird eure zeitlose Welt
für immer in Flammen vergehen

„Fuck", murmelte Adrian und sprach mir damit direkt aus der Seele. Mit zitternden Fingern klappte ich das Buch wieder zu und mein Blick saugte sich an dem Namen fest, der in das dunkle Leder geprägt worden war. *Saphira.*

Der Name meiner Urahnin, die von der Jägerschaft als Hexe verbrannt worden war, löste noch immer ein Gefühl der Beklemmung in mir aus. „Ist das … ist das ihr Tagebuch?", flüsterte ich und wünschte, Henriette würde jetzt einfach behaupten, dass alles nur ein geschmackloser Scherz war.

Stattdessen nickte sie langsam.

„Ich bin durch die Zeit gesprungen", erklärte sie mit

ruhiger Stimme. „Leider haben sich unsere Hoffnungen, dass dieses Buch eine Fälschung der Jägerschaft ist, als nicht zutreffend herausgestellt."

„Was soll das heißen? Konntest du beobachten, wie sie", ich deutete auf das alte Tagebuch, „wie Saphira diese Worte hineingeschrieben hat?"

„Nein." Henriette schüttelte den Kopf. „Das habe ich nicht."

„Woher weißt du dann ..."

„Ich war in ihren Erinnerungen", fiel sie mir ins Wort. „Und ich habe gesehen, wie diese Worte im Traum zu ihr gekommen sind. Sie hat sie geflüstert, Jo. Die ganze Prophezeiung. Der Text ist echt."

„Dann müssen wir herausfinden, was zu tun ist, damit unsere Welt nicht in Flammen vergeht", sagte Adrian mit Bestimmtheit. „Mal wieder", fügte er trocken hinzu.

„Deine Urahnin scheint tatsächlich einen Hang für Feuer und Dramatik gehabt zu haben", bemerkte Kim und betrachtete mich aus ihren leicht schräg stehenden Augen. Ihre glatten schwarzen Haare umrandeten ihr blasses Gesicht, in dem ich keinen Funken Freundlichkeit erkennen konnte.

Ich wandte mich an die anderen drei Seherinnen. „Konntet ihr schon irgendwelche Hinweise darauf finden, wer die Träumerin ist?", fragte ich.

Alexis nickte und errötete ein wenig. „Das ... das bin vielleicht ich", flüsterte sie und wickelte sich das Ende von ihrem langen roten Zopf um ihren Zeigefinger.

Ich runzelte die Stirn und auch Adrian betrachtete sie mit neuem Interesse, woraufhin ihre Gesichtsfarbe noch dunkler wurde.

„Alexis' Fähigkeit ist besonders und geht über die anderer Seherinnen hinaus", kam ihr Henriette zu

Hilfe. „Sie kann die Träume der Menschen sehen – und beeinflussen."

„Du kannst die Träume der Menschen beeinflussen? Aller Menschen?", wiederholte ich ungläubig und versuchte mir vorzustellen, was für eine unglaubliche Kraft in dieser zarten jungen Frau stecken musste.

Alexis biss sich auf die Lippen. „Es funktioniert nicht immer. Ich habe meine Fähigkeit auch noch nicht wirklich unter Kontrolle, sie kam erst vor einigen Wochen zu mir. Und es ist anders als bei den Erinnerungen."

„Inwiefern?", wollte ich wissen.

„Mir fremde Erinnerungen anzusehen, funktioniert ohne Anstrengung, ich werde einfach durch die Berührung des Handgelenks auf das Erinnerungsfeld gezogen. Aber bei den Träumen, da ist es anders … Manchmal klappt es – und sehr oft eben noch nicht."

„Wie ist es, wenn es funktioniert?", hakte ich völlig fasziniert nach. „Gibt es da auch eine Art … Traumfeld?"

Alexis lächelte leicht. „Es ist mehr ein Wolkenfeld und mich begleitet diese wunderschöne Klaviermusik, wenn ich darüber schreite, aber sonst ist es dem Erinnerungsfeld sehr ähnlich."

„Und du tippst dann einfach eine Wolke an?", fragte ich und kam mir bei der Frage selbst etwas blöd vor.

„Es ist mehr ein Wolkenhalm, aber ja."

Ich strich mir eine blonde Haarsträhne hinters Ohr. „Und du kannst dir die Träume aller Menschen ansehen?"

Alexis schüttelte sanft den Kopf. „Nein, ich kann mir nur die Träume von Menschen ansehen, von denen ich weiß, wie sie aussehen – und das, wie gesagt auch nicht immer."

„Das heißt, dir reicht ein Foto, um die Träume von jemandem zu beeinflussen?", fragte Adrian skeptisch und schien sichtlich nicht erfreut darüber, über welche unbekannten Beeinflussungsmöglichkeiten die Seherinnen noch verfügten.

„So ist es“, mischte sich Bärbel harsch ein. Es war das erste Mal, dass die alte Seherin sprach, und sie hatte eine überraschend tiefe Stimme. „Es gibt ein paar wenige Spielarten unserer Kräfte, von denen du keine Ahnung hast, Jungchen. Wir Seherinnen haben dafür gesorgt, dass die Jägerschaft nicht alle unsere Geheimnisse kannte.“

„Was gibt es denn noch?“, fragte ich, da ich bisher immer davon ausgegangen war, dass Saphiras besondere Gabe, in die Zukunft statt nur in die Vergangenheit zu blicken, einzigartig gewesen war.

„Es wird auch von einer Seherin berichtet, die die Erinnerungen verschiedener Menschen tauschen kann“, erklärte Ingeborg neben mir. „Auch von der Übertragung alter Erinnerungen auf Kinder habe ich gehört.“

Henriette schüttelte den Kopf. „Ein schrecklicher Frevel. Kindern die Erinnerungen von Sterbenden zu geben, so etwas verschlägt mir vor Entsetzen die Sprache.“

Ich presste die Lippen aufeinander, denn natürlich hatte auch ich schon von Kindern gelesen, die glaubten, sich an ein früheres Leben zu erinnern. Konnte es wahr sein, dass mächtige Seherinnen hinter solchen Phänomenen steckten?

„Und genau aus diesem Grund ist es so wichtig, einen Kodex zu etablieren“, sagte Adrian bestimmt. Seine tiefe Stimme hallte durch den Raum und ich sah, wie sich ihm sechs Augenpaare zuwandten. „Nicht nur für die wenigen Seherinnen, die über spezielle Kräfte verfügen, sondern für alle.“

„Ein Kodex. Denkst du wirklich, damit die Kräfte der Seherinnen reglementieren zu können?“, erwiderte Kim abfällig.

„Es wäre zumindest ein Anfang“, gab Adrian unbeeindruckt zurück. „Ein notwendiger Anfang.“

„Ich sehe das ähnlich“, mischte sich Henriette ein. „Ein Kodex – oder nennen wir es: *eine Vereinbarung* – würde helfen, Richtlinien herauszugeben und Seherinnen davor zu bewahren, ihre Fähigkeiten zu missbrauchen.“

Kim schüttelte den Kopf. „So eine Vereinbarung ist doch völlig sinnlos“, zischte sie bissig.

„Wie kommst du darauf?“, fragte ich. „Wir haben den Seherinnen zu einem freieren Leben verholfen. Im Gegenzug benötigt unsere neue Gemeinschaft Regeln, um zu funktionieren.“

„Aber wieso sollten sie sich an die Regeln halten?“, gab Marlene ernst zu bedenken. Obwohl sie sicherlich schon über sechzig war, war sie immer noch eine sehr schöne Frau. „Viele Seherinnen wollen sich keine Einschränkungen auferlegen lassen, jetzt, wo sie endlich frei sind“, fuhr sie fort und ließ den Anhänger ihrer zarten Goldkette durch ihre schlanken Finger gleiten. Er hatte die Form einer Lilie und passte zu ihrer eleganten Ausstrahlung.

„Trotzdem sollten wir es zumindest versuchen“, erwiderte Henriette entschieden.

„Das kannst du vergessen“, bemerkte Bärbel mit ihrer tiefen Stimme. „Die Seherinnen haben bisher im Alleingang gehandelt und werden es auch weiterhin tun. Vor allem jene, die über besondere Kräfte verfügen.“

Die Asiatin namens Kim schnalzte abfällig mit der Zunge. „Wie viele Seherinnen mit besonderen Kräften hast du denn schon erlebt?“, wollte sie wissen. „Es gibt ein paar Springerinnen, und ja, unsere kleine Träumerin hier – aber sonst? Die Geschichten darüber, was für außergewöhnliche Kräfte manche haben, sind doch nur Märchen, die man sich damals erzählt hat, um den Seherinnen in ihrer Isolation etwas Hoffnung zu schenken. Oder hast du tatsächlich schon einmal eine Seherin erlebt, die Erinnerungen tauschen kann? Oder in der Lage ist, alte Erinnerungen auf Kinder zu übertragen? Diese Fähigkeiten sind genauso Unfug wie die Märchen über die Erinnerungsseuchen und die Erinnerungsfelder aus einem früheren Leben. Oder glaubst du etwa auch an die andersartigen Kinder?"

„Genug", sagte Henriette scharf. „Dass es mächtige Seherinnen gibt, ist kein Märchen. Denk doch nur an Saphira. Durch ihre Prophezeiung und Jos Kraft konnte die Jägerschaft vernichtet werden."

Daraufhin sagte Kim nichts mehr, aber an ihren geschürzten Lippen konnte ich erkennen, dass sie nicht einer Meinung mit Henriette war. Unwillkürlich musste ich an die Zeile der Prophezeiung denken, die von Bedrohung sprach. *Und jene, die nah, Verderben euch bringen …* Waren damit die Seherinnen selbst gemeint? Würden wir beginnen, uns gegenseitig zu bekämpfen, jetzt, wo die Jägerschaft nicht mehr existierte?

„Über die Vereinbarung können wir uns später Gedanken machen", fuhr Henriette mit Bestimmtheit fort. „Aktuell ist es wichtig, die Prophezeiung zu entschlüsseln. Marlene hat ein Talent dafür, Rätsel zu knacken, und wird gemeinsam mit den anderen in den Büchern nach weiteren Hinweisen suchen. Ich werde mich währenddessen auf Spurensuche in Saphiras Erinnerungen begeben. Sobald wir etwas herausgefunden haben, werde ich eine gemeinsame Versammlung einberufen." Sie machte eine kurze Pause. „Aber nun müssen wir gehen, denn es ist schon spät und ich erwarte noch Besuch von Kai – und den sollte ich besser nicht warten lassen."

„Wer ist Kai?", fragte ich, als wir nacheinander über die Treppe hinauf in Marius' ehemaliges Arbeitszimmer zurückkehrten. Die vier Seherinnen hatten sich uns ebenfalls angeschlossen und sahen schweigend zu, wie Adrian das dunkelgraue Sofa wieder über den geheimen Eingang schob.

„Kai ist einer der letzten Beschützer", sagte Henriette und ging zur Tür, um hinaus auf den weißen Korridor zu treten.

„Es gibt noch Beschützer?", fragten Adrian und ich gleichzeitig. Ich hatte in den letzten Monaten angenommen, dass Adrian der einzige noch lebende Beschützer war – und dass ihn der Erinnerungsbrand vielleicht auch deshalb verschont hatte, weil er zu dem Zeitpunkt im Herzen kein Jäger mehr gewesen war.

Henriette nickte. „Ja, aber es sind wenige und sie sind nicht besonders glücklich mit der aktuellen Situation. Schließlich waren alle Beschützer früher Jäger und das Misstrauen vor unseren Kräften sitzt noch immer tief in ihnen. Da die Jägerschaft nun ausgemerzt ist, befürchten sie, dass die Seherinnen ihre Macht missbrauchen könnten."

Die anderen Seherinnen verabschiedeten sich und ich hörte sie noch weiter über die Sinnhaftigkeit eines Kodex streiten, als sie in den Korridoren verschwanden.

„Mein Vater hat mir erzählt, der letzte Beschützer sei vor fünfundzwanzig Jahren gestorben", sagte Adrian, während wir mit Henriette durch den gewundenen weißen Gang zu ihrem Büro marschierten.

„Nun, dann ist dein Vater offenbar schlecht informiert gewesen", erklang eine tiefe Stimme vor uns und ein muskulöser Mann mit schwarzen Locken löste sich von der Wand neben Henriettes Bürotür. Er trug einen dunklen Rollkragenpullover und eine schwarze Hose.

„Sie haben mich warten lassen, Henriette."

„Bitte verzeihen Sie, Kai", erwiderte Henriette höflich. „Wir hatten noch Wichtiges zu besprechen."

„Wichtiger als die Tatsache, dass Jäger entdeckt wurden, die völlig immun auf den Erinnerungsbrand reagiert haben?", konterte er herausfordernd und ich erkannte auf seinem Handrücken einen eintätowierten Falken.

Henriette betrachtete Kai ruhig. „Woher wissen Sie davon?"

„Wir haben schließlich auch Seherinnen", gab er zurück und verschränkte die Arme hinter dem Rücken. Dabei musste ich automatisch an die Frauen denken, die schon jahrelang mit den Beschützern im Verborgenen zusammengelebt hatten.

„Haben diese Seherinnen nicht einen Eid geschworen, ihre Gabe nicht einzusetzen?", fragte Adrian im nächsten Moment.

Kai fixierte Adrian. „Besondere Zeiten erfordern besondere Maßnahmen", sagte er kalt. „Das müsste dir nach dem Untergang der Jägerschaft doch bewusst sein, oder?"

„Wir würden Eure Seherinnen gern einladen, um mit ihnen zu sprechen", warf Henriette rasch ein. „Wir denken, dass es von großem Nutzen ist, die Seherinnen endlich zu einen und alle zu sammeln."

Kai schürzte abfällig die Lippen. „Wir beschützen unsere Frauen, Henriette. Das haben wir schon immer getan und das werden wir auch nach wie vor tun. Unsere Seherinnen wissen von der Gefahr ihrer mächtigen Gabe und haben den Missbrauch weiß Gott nicht im Sinn – aber leider können wir das nicht von allen behaupten, nicht wahr?“

„Es wird vereinzelt immer schwarze Schafe geben“, erwiderte Henriette und straffte die Schultern. „Das bedeutet aber nicht, dass man alle Seherinnen über einen Kamm scheren sollte.“

Kai schnaubte leise und fuhr sich durch seine schwarzen Locken. „Uns ist zu Ohren gekommen, dass es innerhalb Ihrer Gruppe ordentlich kriselt, Henriette. Viele – und dazu zähle ich Sie – verschließen mit Gewalt die Augen davor, dass der Zusammenschluss der Seherinnen nicht funktioniert, weil die meisten es viel zu sehr genießen, ihre Kräfte nach dem Niedergang der Jägerschaft endlich frei ausleben zu können.“

„Das ist nicht wahr“, widersprach Henriette ruhig. „Es stimmt, dass wir uns noch in der Findungsphase befinden – aber Ihr könnt versichert sein, dass von den Seherinnen keine Gefahr ausgeht.“

Kais dunkle Augen fixierten Henriette. „Was macht Sie so sicher, Henriette? Sie haben doch nicht einmal Kontakt zu allen Seherinnen aufbauen können“, fuhr er kalt fort und ging Richtung Tür. Dabei drehte er sich noch einmal um. „Wir Beschützer haben die Maßnahmen der Jägerschaft nicht gutgeheißen, aber sie haben dafür gesorgt, dass die Seherinnen ihre Gabe nicht missbraucht haben.“ Er stieß hörbar die Luft aus. „Können Sie das denn auch garantieren?“

Kapitel 3

Nachdem mich Adrian zu Hause abgesetzt hatte, war ich noch immer in Gedanken versunken. Immer wieder musste ich darüber nachdenken, was Kai gesagt hatte und welche Spannungen ich selbst zwischen den Seherinnen wahrgenommen hatte. Vielleicht war es naiv gewesen, zu glauben, dass endlich alles vorbei wäre, nur weil es uns gelungen war, die Jägerschaft zu besiegen. Ihre Schreckensherrschaft zu beenden, war das große Ziel gewesen, doch nun schienen wir vor einer ganz neuen Herausforderung zu stehen: die Seherinnen zu einen. Ich hatte unterschätzt, wie viele Jahre sie allein im Untergrund verbracht hatten und welch großer Schritt es für sie war, wieder zusammenzufinden. Zu lange waren sie isoliert voneinander gewesen, zu lange hatten sie ihre Gabe versteckt halten müssen. Die Fähigkeiten, die manche Seherinnen beherrschten, waren faszinierend und erschreckend zugleich. Seherinnen, die Träume verändern, die Erinnerungen übertragen konnten … Was gab es sonst noch? Die Worte der Prophezeiung flogen durch meinen Kopf und lösten ein hässliches Gefühl in mir aus, ein Gefühl der Bedrohung. *Die größte Gefahr droht euch zu verschlingen und jene, die nah, Verderben euch bringen. Einigkeit ist eure Kraft, die Träumerin muss sie sehen, sonst wird eure zeitlose Welt für immer in Flammen vergehen.*

Ich atmete die kühle Abendluft ein, kramte in meiner Tasche herum und fand endlich meinen Schlüsselbund, um die Eingangstür aufzuschließen. Von drinnen erklang Frank Sinatra und ich zog müde meine Schuhe aus, schlüpfte aus meiner Jacke und ging ins Wohnzimmer. Mein Vater saß auf der Couch, auf ihm lag Lilli, die er in seinen Armen hin und her schaukelte. Dabei kicherte Lilli wie verrückt und ich musste sofort lächeln. Ihre blonden Locken standen ihr wild vom Kopf ab und die zwei kleinen Zähne, die aus ihrem Mund hervorblitzten, waren einfach nur entzückend.

„Ihr habt ja Spaß“, sagte ich.

„Selbstverständlich“, antworte mein Vater. „*Wir* machen heute einen drauf. Lea schläft schon.“

Ich beäugte die Babyflasche, die vor ihm auf dem Couchtisch stand. „Mit Leas Muttermilch?“, fragte ich skeptisch.

„Die ist natürlich nicht für mich“, sagte mein Vater und deutete auf das Glas Wasser, das neben der Babyflasche stand. „Ich stehe schließlich auf härtere Sachen“, bemerkte er selbstironisch und blickte mich an. „Hattest du noch einen schönen Tag, Jo?“

Ich nickte, denn ich wollte ihn nicht mit meinen Gedanken deprimieren. Es war das Beste, wenn ich ihn mit den Seherinnen in Ruhe ließ – immerhin konnte er nichts tun und wenn er sich auch noch Sorgen machte, wurde die Sache davon nicht besser. Im Gegenteil.

„Ich werde mich gleich hinlegen, ich bin schon müde“, sagte ich, drückte ihm noch schnell einen Gute-Nacht-Kuss auf die Wange, streichelte Lilli über den Kopf und verschwand dann die Treppe hinauf nach oben. Dabei hörte ich meinen Vater noch murmeln, während Sinatra gerade New York besang: „Was ist nur mit den Frauen in der Familie los, Lilli? Alle fallen früh ins Bett – aber wir beide und Franky halten durch, oder?“

In der Nacht schlief ich nicht gut. Immer wieder musste ich an die Jägerschaft, die Beschützer und die Seherinnen denken und Bilder vom gestrigen Tag tauchten schemenhaft in meinen Träumen auf. Ingeborg und die anderen Seherinnen, die Begegnung mit Kai und auch Henriettes Erinnerung, in der Marius von seinem Pfleger gefüttert worden war, spielten sich in einer Dauerschleife in meinem Kopf ab und als das erste Licht durch mein Fenster fiel, war ich erleichtert, dass die Dunkelheit endlich der Morgensonne gewichen war.

Ich blinzelte und schielte auf mein Handy. Es war kurz nach sieben und der Wecker würde gleich klingeln. Gähnend richtete ich mich auf, stellte die Alarmfunktion ab und schlüpfte langsam aus dem Bett. Das Haus war noch still und ich genoss für einen kurzen Moment die Ruhe, die bald wieder zu Ende sein würde.

Dann ging ich kurz unter die Dusche, trocknete mich ab und zog mir eine graue Jeans und ein weißes T-Shirt über. Meine Haare band ich heute zu einem hohen Dutt, tuschte meine Wimpern und trug ein wenig Lipgloss auf. Als ich kurz darauf die Treppe hinunterging, saßen Lea und mein Vater bereits am Esstisch und unterhielten sich, während sie abwechselnd auf das iPad starrten.

„Wir geben einfach eine Anzeige auf", sagte Lea. „So schwer wird es schon nicht sein, jemanden zu finden."

„Aber wir wollen auch nicht *irgendjemanden* finden", sagte mein Vater. „Wir brauchen eine verlässliche Hilfe. Mit viel Erfahrung. Und am besten mit einem Führungszeugnis."

„Guten Morgen", sagte ich und schnappte mir einen Apfel. „Worum geht's?"

„Guten Morgen, Jo", sagte Lea und zog sich ihren Morgenmantel enger. „Es geht um eine Babysitterin für Lilli. Ich würde gern eine Anzeige im Internet aufgeben und die Leute zu uns nach Hause einladen, um sie kennenzulernen, und dann nach Bauchgefühl entscheiden, dein Vater hätte jedoch gern vorab eine Urinprobe."

Mein Vater, der bereits in Jeans und kariertem Hemd am Tisch saß, schüttelte vehement den Kopf. „Das habe ich nicht gesagt. Wobei …" Er stockte kurz und kratzte sich an seinem Kinn. „Das ist gar keine so schlechte Idee. Glaubst du, die würden das machen?"

„Das ist nicht dein Ernst, oder?", fragte Lea und holte sich aus der Küche die Teekanne. „Bitte sag, dass das nicht dein Ernst ist." Sie sah mich verzweifelt an und unter ihren Augen waren wieder die Schatten einer langen Nacht zu sehen. Lilli schien noch immer nicht gut zu schlafen – zumindest nicht dann, wenn sie sollte. „Es ist doch nicht sein Ernst, oder, Jo?"

„Ich glaube nicht", sagte ich und kniff automatisch die Augen zusammen, als mich mein Vater vielsagend ansah.

„Vielleicht muss es ja auch kein Urintest sein, vielleicht finden wir auch eine andere Möglichkeit, die Vertrauenswürdigkeit der Bewerber zu testen", murmelte er und betrachtete mich dabei eindringlich. Ich seufzte leise und wusste natürlich, worauf er hinauswollte. Es war schon verblüffend, wie schnell sich seine Einstellung zu meiner Gabe verändert hatte – seit die Gefahr durch die Jägerschaft gebannt war, fand er sie plötzlich ganz praktisch.

„Vielleicht", sagte ich nur und biss in meinen Apfel. In dem Moment kam Finn in Jeans und einem roten Sportshirt die Treppe heruntergepoltert.

„Nicht so laut", zischte Lea. „Lilli schläft endlich."

„Jetzt?", bemerkte Finn spöttisch. „Sollte sie das nicht in der Nacht tun?"

Lea legte nur den Kopf schief und sandte einen derart finsteren Blick in Finns Richtung, dass dieser schnell die

Hände hob.

„Okay, okay – sensibles Thema. Verstehe." Er ging auf seine Mutter zu und gab ihr einen Kuss auf die Wange. „Also ich habe supergut geschlafen", erklärte er breit grinsend.

„Finn, das ist nicht lustig", entgegnete Lea.

„Doch, ist es, sogar ziemlich", erwiderte Finn und seine blauen Augen blitzten belustigt. „Immerhin machst du jetzt die Nacht durch, obwohl ich doch geeigneter dafür wäre."

„Du kannst gern mal eine Nachtschicht übernehmen", erwiderte Lea spitz.

Finn schob seine Hände in die Hosentaschen. „Sorry, ich muss fürs Abi lernen."

„Jetzt auf einmal?", fragte Lea ungläubig, setzte sich an den Tisch und schenkte sich eine Tasse Tee ein.

Finn setzte eine ernste Mine auf. „Ja, nachdem du mir gestern ins Gewissen geredet hast, weiß ich plötzlich, was wichtig ist. Deine Worte sind einfach direkt in mein Hirn und Herz gesickert."

„Das hat bislang noch nie funktioniert", konterte Lea und trank ein paar Schlucke aus ihrer Tasse.

„Irgendwann ist es immer das erste Mal", bemerkte Finn, schnappte sich eine Schale und schüttete sich seine Cornflakes und Milch hinein.

Mein Vater schielte derweil aufs iPad und tippte mit den Fingern wild darauf herum.

„Was machst du da?", fragte ich. „Das sieht gefährlich aus."

„Ich will die Schrift größer machen, um die Babysitter-Anzeigen lesen zu können", erklärte er.

„Hast du deine Brille noch immer nicht gefunden?", fragte Lea und mein Vater schüttelte den Kopf.

„Keine Ahnung, wo sie ist, ich kann mich einfach nicht erinnern, wo ich sie hingelegt habe." Sein Blick wanderte zu mir und er sah mich Hilfe suchend an.

„Ihr sucht eine Babysitterin?", fragte Finn und seine blauen Augen weiteten sich. „Soll ich euch bei der Auswahl behilflich sein?"

„Nein danke", sagten Lea und mein Vater gleichzeitig und ich musste unwillkürlich lachen. Die Vorstellung, dass Finn sich um die Rekrutierung von Lillis Babysitterin kümmern wollte, versetzte sie schier in Panik.

„Was habt ihr denn? Ich kann klasse Interviews führen, ich check das schon", meinte Finn. „Und natürlich will ich für Lilli nur die Beste und Hübscheste."

„Inwiefern ist *hübsch* ein Kriterium für eine Babysitterin?", fragte ich, obwohl ich die Antwort nicht wirklich wissen wollte.

„Hey, Lilli muss sie doch ansehen können, sonst kriegt die doch permanent einen Schreikrampf", antwortete Finn absolut ernst und schob sich einen Löffel Cornflakes in den Mund. „Und ich muss sie mir schließlich auch ansehen können. Sonst brüll ich auch noch die ganze Zeit rum – also wenn schon eine Fremde zu uns ins Haus soll, dann bitte schön eine hübsche Fremde."

„Das ist so sexistisch", sagte ich und schenkte mir Orangensaft in ein Glas ein.

„Finn, du wirst definitiv nicht die Babysitterin aussuchen, sie soll sich ja nicht um dich kümmern", bemerkte Lea mit Nachdruck.

„Sie kann sich ruhig um mich kümmern, zumindest wenn sie heiß ist", sagte Finn und grinste übers ganze Gesicht.

„Das wird niemals passieren", erklärte mein Vater voller Inbrunst. „Niemals. Deshalb suchen auch *wir* sie aus und nicht du. Aber wo ist nur meine Brille?“ Er sah sich suchend um und richtete dann seinen eindringlichen Blick auf mich.

„Na gut“, formte ich mit dem Mund, woraufhin mich mein Vater anstrahlte. Ich schlenderte zum Esstisch, griff nach einem Croissant und streifte dabei mit den Fingern unauffällig das Handgelenk meines Vaters. Sofort sog mich die Energie weg und ich landete auf seinem Erinnerungsfeld.

Die silberfarbenen Grashalme wiegten sich sanft im Wind und über mir wölbte sich ein orangefarbener Himmel, vereinzelt waren Sterne zu sehen. Das Feld um mich herum erstreckte sich in alle Richtungen. Ein zarter Wind wirbelte meine blonden Haare auf und ich dachte kurz daran, wie friedlich das hier alles wirkte, ganz anders, als es früher war.

„Wo hast du deine Brille hingelegt?“, rief ich über die Ebene und schlagartig leuchtete ein Halm golden auf. Mit wenigen Schritten war ich bei ihm und wurde prompt in die Erinnerung gezogen.

Mein Vater befand sich in unserem Haus und trug die schreiende Lilli durchs Wohnzimmer. Dicke Tränen rannen ihr über die Wangen und mein Vater summte ein Lied, was die Sache nur noch schlimmer machte. Dabei wiegte er meine kleine Schwester liebevoll im Arm, aber sie hörte nicht auf, zu brüllen, bis sie irgendwann nach seiner Brille griff. Erst dann wurde sie plötzlich ruhig und drehte das Gestell in ihren kleinen Händen.

„Ah … Die gefällt dir, oder?“, fragte mein Vater sichtlich erleichtert. Doch schon im nächsten Moment ließ Lilli die Brille fallen und begann wieder inbrünstig zu schreien. Mein Vater versuchte es erneut mit Singen und Wiegen und

übersah dabei, dass er die Brille, die auf dem Parkettboden lag, mit dem Fuß wegschob.

Ich nahm mir das Croissant und betrachtete meinen Vater. „Hast du denn schon auf dem Boden gesucht?“, fragte ich.

„Auf dem Boden?“, wiederholte er, während sich Finn und Lea über die notwendigen Qualifikationen von Babysittern unterhielten, wobei ihre Ansichten deutlich auseinandergingen.

„Vielleicht unter der Couch“, fügte ich etwas leiser hinzu.

„Danke“, flüsterte mein Vater, stand auf und ging zur Couch, um sich zu bücken. „Da ist sie ja!“, sagte er fröhlich und zog die Brille hervor. „Zum Glück.“

„Ja, zum Glück“, wiederholte ich kopfschüttelnd, verabschiedete mich und machte mich auf den Weg in die Schule.

Als ich aus der Tür trat, fiel mein Blick auf das Grundstück der Biederbeck. Sie stand in ihrem Garten und unterhielt sich mit dem älteren Mann, den ich schon gestern Mittag bemerkt hatte. Er war groß und schlank, hatte weiße Haare, einen Vollbart und eine Nase, die zu groß für sein Gesicht zu sein schien. Eine gewisse Ähnlichkeit mit dem Schauspieler Donald Sutherland war nicht zu übersehen und seine Attraktivität schien auch Frau Biederbeck aufzufallen, denn sie schlug dem Herrn im grünen Overall immer wieder spielerisch auf die Schulter und kicherte dabei wie ein junges Mädchen.

Irgendwie war es schön, sie so glücklich zu erleben, und ich war nicht die Einzige, die das zu bemerken schien. Unweit von den beiden entfernt stand der junge Mann an der Hecke, der mir schon gestern aufgefallen war. Er hatte braune Haare, die ihm verwegen ins Gesicht fielen, und dunkle Augen. Oberhalb seiner linken Oberlippe zeichnete sich eine kleine Narbe ab, die sein rebellisches Aussehen noch unterstrich. Als sich unsere Blicke trafen, war es mir für einen Moment fast unangenehm, doch er lächelte mich einfach nur an.

Ich lächelte kurz zurück, als Finn hinter mir hergejoggt kam. „Hat die Biederbeck etwa einen Lover?“, fragte er und schüttelte sich am ganzen Körper. „Die Frage ist nur“, er senkte den Kopf etwas zu mir und grunzte, „ob es der junge oder der alte Typ ist.“

„Du bist widerlich, Finn“, sagte ich.

„Wieso? Du hast mir doch vorgeworfen, sexistisch zu sein – und hiermit siehst du, wie offen und tolerant ich bin. Ich traue der alten Schachtel ein Verhältnis mit einem knackigen Toy Boy zu, das nenne ich mal tolerant.“

„Hat sie dich denn auch schon angemacht?“, fragte ich, als wir die Straße entlanggingen.

Finn presste die Lippen aufeinander. „Die Sache mit dem Baum, damals, du erinnerst dich?“

„Wie könnte ich das vergessen“, schnaufte ich und dachte an den Kastanienbaum, wegen dem sie uns über Wochen in den Ohren gelegen hatte, weil er doch endlich gefällt werden musste.

„Meiner Meinung nach war die Sache mit dem Baum nur erfunden“, behauptete Finn ernst. „Das war einfach nur ihr Versuch“, er richtete sich auf und grinste mich überheblich an, „mich ins Bett zu bekommen.“

„Das ist so viel Stoff, den wir zu lernen haben“, seufzte Conny in der großen Pause, nachdem wir eine Stunde

Mathe gehabt hatten. Sie zupfte an ihrem grünen Shirt herum, das sie mit einer roten Jeans kombiniert hatte. „Wie soll denn das alles in meinen Kopf hinein?", fragte sie und deutete verdrossen auf die Bücher, die vor uns auf dem Tisch lagen. Dann kramte sie in ihrer Tasche und zog eine Tupperdose mit einigen Karotten heraus. „Willst du auch eine?", fragte sie mich.

Ich schüttelte den Kopf. „Nein danke."

Conny biss beherzt in das orangefarbene Gemüse. „Wie kannst du nur so entspannt bleiben?", fragte sie und presste die Lippen aufeinander. „Immerhin wird in nur wenigen Wochen über unser Schicksal entschieden."

Ich ließ mich auf dem Stuhl zurückfallen. „Conny, es ist nur das Abitur. Es geht nicht um Leben und Tod."

Sie ächzte und schüttelte ihren Kopf so schnell, dass ihre dunklen Locken nur so durch die Luft flogen. „Natürlich geht es um Leben und Tod", widersprach sie und stockte kurz, als sie meinen Blick auffing. „Okay, vielleicht nicht auf die Ich-bin-ein-Jäger-und-bring-dich-tatsächlich-um-Art", sagte sie etwas leiser, „aber die Geschichte ist doch schon ausgestanden. Nur das Abi steht vor der Tür und kommt jeden Moment näher. Ticktack."

„Ich bin mir nicht sicher, ob die Geschichte ausgestanden ist", flüsterte ich und erntete einen erschrockenen Blick von Conny. Und dann erzählte ich ihr von meinem Besuch in der Zentrale der Seherinnen, von dem Beschützer Kai und der Prophezeiung.

„Mann", sagte sie leise, als sie alles erfahren hatte. „Das hört sich ja nicht so gut an."

Ich zog eine Augenbraue hoch.

„Okay, es hört sich ziemlich beschissen an", gab sie zu. „Und kannst du jetzt etwas machen? Musst du jetzt in den Krieg ziehen oder so?"

Ich runzelte die Stirn. „In den Krieg? Ich wüsste ja noch nicht mal, gegen wen. Wenn die Seherinnen tatsächlich gemeint sind, dann wüsste ich nicht, um wen es im Speziellen geht."

„Und was die Traumtante damit zu tun hat", gab Conny zu bedenken und ein seltsames Funkeln stahl sich in ihre Augen. „Das ist schon abgefahren, dass sie die Träume eines Menschen verändern kann. Vielleicht könnte sie mir mal einen netten Traum mit Chris Hemsworth bescheren."

„Du stehst auf Chris Hemsworth?"

Conny blickte mich entrüstet an und wedelte mit ihrer Karotte vor meinem Gesicht herum. „Jeder steht auf Chris Hemsworth. Sogar Chris Hemsworth muss auf Chris Hemsworth stehen."

„Ich stehe nicht auf ihn."

Conny verdrehte die Augen. „Aber nur, weil du in Adrian verschossen bist. Auf eine ganz schreckliche Art."

Ich schmunzelte. „Auf eine ganz schreckliche Art?", wiederholte ich.

Sie nickte. „Ihr zwei seid so verliebt, dass man schon blind sein müsste, um es nicht zu sehen. Euer Glück strahlt förmlich aus euch heraus, das ist total furchtbar und kitschig. Ihr könntet es nicht einmal verheimlichen, selbst wenn ihr wolltet. Ich bin nur froh, dass er nicht mehr in unsere Klasse geht und ihr euch nicht mehr den ganzen Tag anschmachtet – das wäre kaum auszuhalten."

Ich seufzte leise und hätte es durchaus schön gefunden, Adrian jeden Tag in der Schule zu sehen. Allerdings wäre das seltsam gewesen, da er sein Abitur längst hinter sich gebracht hatte und nur wegen der Observierung von Frau Engel in meine Klasse gekommen war. Glücklicherweise hatte sein plötzlicher Austritt aus der

Schule für verhältnismäßig wenig Gerüchte gesorgt – was wahrscheinlich daran lag, dass die Leute einfach mit ihren Prüfungen beschäftigt waren.

„Weißt du, was wirklich kaum auszuhalten ist? Deine schlechte Laune", neckte ich Conny ein wenig. „Liegt das nur am Prüfungsstress oder vielleicht doch an etwas anderem? Oder jemand anderem?"

„Was meinst du damit?", fragte Conny und bekam rote Flecken im Gesicht.

„Finn", erwiderte ich schlicht. „Habt ihr vielleicht …"

„Was? Nein!", behauptete sie schnell. „Wie kommst du denn auf den Schwachsinn?"

„War nur so ein Gedanke. Du weißt, dass du mit mir über alles sprechen kannst." Ich spielte mit dem Haargummi um mein Handgelenk und sah sie eindringlich an.

Conny lächelte betont entspannt. „Natürlich weiß ich das. Aber es gibt nichts zu besprechen. Außerdem konzentriere ich mich jetzt auf mein Abitur", sie reckte ihr Kinn in die Höhe, „damit ich später einmal eine saugute Ärztin werde, die dich dann immer wieder zusammenflicken kann, wenn du aus dem Krieg zurückkommst. Und deswegen", sie beugte sich zu ihrer Tasche hinunter und zog ein paar Bücher hervor, die sie auf dem Tisch abstellte, „brauche ich die nicht mehr. Momentan habe ich von Büchern echt die Nase voll." Sie schob sie mir hin. „Aber danke fürs Borgen."

„Gern", sagte ich und steckte die Bücher in meinen Rucksack, dabei fiel mir auf, dass eines fehlte. „Und *Das Schicksal ist ein mieser Verräter* willst du noch lesen, weil du dich momentan mit dem Titel identifizierst?", fragte ich.

Conny schüttelte den Kopf. „Wenn, dann wäre mein

Titel eher *Das Abi ist ein mieser Verräter* – aber das Buch hast du mir nicht geborgt", sagte sie.

Ich runzelte die Stirn. „Doch, das war dabei."

„Nein, war es nicht", widersprach sie. In dem Moment klingelte die Pausenglocke und ich kam nicht umhin, Connys sehnsuchtsvollen Bick zu bemerken, als Finn mit den restlichen Schülern ins Klassenzimmer kam, dicht gefolgt von unserem Deutschlehrer Nott.

Am Nachmittag war ich allein zu Hause. Finn war beim Sport und Lea war mit Lilli spazieren, sodass ich die Zeit zum Lernen nutzte. Auch wenn meine Gedanken immer wieder abschweiften, versuchte ich mich auf das Abi vorzubereiten, so wie ich es Henriette versprochen hatte. Immerhin hatte sie mir mehrfach eingeschärft, dass sie und die anderen Seherinnen an der Entschlüsselung der Prophezeiung dran waren und ich im Moment ohnehin nichts tun konnte.

Gerade als ich das Englischbuch zuklappte, meldete sich Pippa über Skype.

„Hey, Süße. Na? Bist du schon nervös?", fragte sie, als ich den Anruf annahm. Sie lümmelte in einem grauen Overall auf ihrem Bett und sah total leger aus, bis auf die stark getuschten Wimpern und die rot geschminkten Lippen, die einen starken Kontrast zu ihrer hellen Haut bildeten.

„Nervös? Wegen dem Abi?"

„Matura heißt das", berichtigte mich Pippa.

„Bei euch – bei uns heißt es Abitur", widersprach ich ihr und lehnte mich auf meinem Schreibtischstuhl zurück.

„Immer diese Fremdsprachen", seufzte Pippa belustigt und richtete sich auf. „Aber das meine ich doch nicht.

Dein achtzehnter Geburtstag steht vor der Tür, Jo! Endlich Freiheit! Du kannst tun und lassen, was du willst, und niemand kann dich aufhalten.“ Pippas Augen bekamen einen ganz aufgeregten Glanz.

„Darüber habe ich mir noch gar nicht so wahnsinnig viele Gedanken gemacht“, sagte ich wahrheitsgemäß.

Pippa schüttelte ungläubig den Kopf. „Seit ich auf der Welt bin, träume ich von meinem achtzehnten Geburtstag“, behauptete sie, schnappte sich ein Kissen und umschlang es mit beiden Armen.

„Und, was wirst du machen?“

„Also ich werde gleich nach der Matura nach Australien fliegen und durch dieses unglaubliche Land wandern, solange die Kohle reicht. Mein ganzes Leben lang schwärmt mir mein Onkel schon davon vor und ich besuche ihn deswegen extra noch im Mai in Italien, um ein paar heiße Tipps für Australien zu bekommen. Dieses Land muss einfach der Wahnsinn sein, Jo.“ Sie machte eine kurze Pause. „Ich wünschte, du würdest mitkommen.“

„Mitkommen?“, wiederholte ich überrumpelt.

Pippa legte das Kissen weg und nickte eifrig. „Ich vermisse dich total, seit du weggezogen bist. Es wäre so schön, dich mal wiederzusehen. Also in echt zu sehen“, setzte sie seufzend hinzu.

„Das finde ich auch“, erwiderte ich ehrlich.

„Mal sehen, vielleicht überrasche ich dich ja, wenn du am wenigsten mit mir rechnest, das wäre doch echt cool“, antwortete sie schelmisch und hatte wieder dieses Funkeln in ihren Augen, das sie immer dann bekam, wenn sie sich etwas fest vornahm. „Ich soll dir von Franzi übrigens liebe Grüße ausrichten.“

„Danke. Wir geht es ihr denn?“, fragte ich.

Pippa seufzte theatralisch. „Die hat nur noch Augen für ihren Typen."

„Noch immer der Zwilling? Beziehungsweise – schon wieder?"

Sie nickte und verzog das Gesicht. „Ja, schon wieder der Zwilling, mit dem sie nun Tag und Nacht rumhängt – es ist noch schlimmer als nach ihrer ersten Trennung. Das ist so anstrengend", erklärte sie und ich musste an Conny denken, die Adrian und mich anscheinend ebenso mühsam empfand. „Nico hier, Nico da", ätzte Pippa und hielt dann kurz inne. Ihre dunklen Augen verengten sich. „Was hat denn Finn nach dem … Abitur", sie sprach das Wort wie eine unheilbare Krankheit aus, „vor? Hat er schon irgendwelche Pläne?"

„Er will sich eine Auszeit nehmen."

Pippa klatschte freudig in die Hände. „Genau mein Fall. Ich sollte euch jetzt wirklich bald besuchen kommen", lachte sie und dann quatschten wir noch eine halbe Stunde, bis Pippa plötzlich zu ihrem Gitarrenunterricht musste, den sie ganz vergessen hatte – aber nach eigenen Angaben total ernst nahm. Immerhin konnte sie sich für die Zeit nach ihrem Australientrip eine Zukunft in einer Rockband vorstellen.

Ich büffelte noch etwas und freute mich, als Adrian mir eine WhatsApp-Nachricht schickte, um mir mitzuteilen, dass er am Abend noch kurz bei mir vorbeischauen wolle, um mir meine Kette zu bringen, die ich bei ihm vergessen hatte.

Danach befasste ich mich mit der Interpretation literarischer Texte, bis mein Kopf so voll war, dass ich eine Pause benötigte. Müde steckte ich mir die Kopfhörer meines iPhones in die Ohren, streckte mich auf meinem Bett aus und machte kurz die Augen zu.

Ich träumte, dass ich durch unsere Schule ging. Die Korridore waren völlig leer und außer mir schien niemand hier zu sein. Unruhig kontrollierte ich den Rucksack auf meiner Schulter. War heute nicht der Tag, an dem wir unser Abitur schrieben? Plötzlich hörte ich eine helle Kinderstimme durch die leeren Gänge wehen. Sie sang leise vor sich hin und ich folgte den Tönen bis zu einem Klassenzimmer, dessen Tür offen stand. Augenblicklich verstummte der Gesang und ich zögerte kurz an der Schwelle, bevor ich das Klassenzimmer betrat. Auf den ersten Blick schien es leer zu sein, doch dann entdeckte ich ein kleines Mädchen, das in der Ecke auf dem Boden saß. Sie hatte gelockte rote Haare und eine Menge Sommersprossen auf der Nase. Als sie mich kommen hörte, blickte sie auf und sah mich aufmerksam an.

„Du wirst schon bald sehr traurig sein“, erklärte sie mir ernst. Im nächsten Moment explodierten die Fenster und ich schrie auf, als die Welt dahinter plötzlich in Flammen aufging.

Mit einem Keuchen fuhr ich in die Höhe. Von unten war Lilli zu hören und ich rieb mir mit den Fingern über die Augen. Mein Herz klopfte wie verrückt und ich versuchte zu verstehen, was das zu bedeuten hatte. War es einfach nur ein Traum gewesen? Oder hatten die Worte womöglich etwas mit der Prophezeiung zu tun? Zittrig schwang ich die Beine auf den Boden und ging die Treppe hinunter.

Lea war gerade dabei, die Einkäufe in den Schränken zu verstauen, und Lilli entdeckte ich auf einer Decke am Fußboden, wo sie ein kleines Stoffhäschen mit dem Mund bearbeitete.

„Hallo, Jo“, sagte Lea und öffnete die Kühlschranktür. „Hast du Hunger?“

Ich schüttelte den Kopf und ging vor Lilli in die Hocke. „Nein danke – ich habe mir vorhin schon etwas zu essen gemacht“, murmelte ich und versuchte die seltsame Beklemmung, die der Traum bei mir hinterlassen hatte, zur Seite zu schieben.

Lilli lächelte mich an und ich streichelte ihr über den Kopf. In dem Moment klingelte es an der Haustür und ich zuckte zusammen. „Ich mach schon auf“, sagte ich zu Lea und ging in die Diele, um die Eingangstür zu öffnen.

Vor mir stand der ältere Mann mit der großen Nase, den ich bei Frau Biederbeck im Garten gesehen hatte. Auch heute erinnerte er mich an Donald Sutherland, während er mir freundlich lächelnd einen Schlüsselbund entgegenhielt.

„Ja?“, fragte ich.

„Das scheint eurer zu sein“, sagte er, woraufhin ich die Stirn runzelte. „Zumindest steckte er bei euch im Schloss“, erklärte er weiter und kratzte sich an seinem weißen Bart.

Ich brauchte einen Moment, um zu kapieren, dass Lea den Schlüssel stecken gelassen hatte.

„Danke“, sagte ich und nahm den Schlüsselbund entgegen.

„Das ist mir auch schon mal passiert“, erzählte der ältere Mann belustigt. „Aber wir wollen es den Einbrechern ja nicht gar so leicht machen.“ Dann zwinkerte er mir noch einmal zu und ich schloss die Eingangstür, um Lea den Schlüsselbund zu überreichen.

„Wer war das? Herrje, hab ich den stecken gelassen?“, fragte sie und schob sich eine blonde Haarsträhne zurück.

Ich nickte. „Der Gärtner von Frau Biederbeck war so nett und hat geklingelt.“

Lea schüttelte nur den Kopf und räumte Äpfel und

Bananen in den Obstkorb. „Ich weiß auch nicht, wo ich mit meinen Gedanken bin. Wir brauchen wirklich bald eine Babysitterin. Und dann muss ich natürlich überlegen, wie ich das mit meinem Job mache“, seufzte sie. „Der Freund, der die Firma für mich einstweilen leitet, hält es leider nie lange an einem Ort aus.“ Sie kaute kurz auf ihrer Lippe und sah mich dann an. „Aber wir werden für alles eine Lösung finden, nicht wahr?“, sagte sie mehr zu sich selbst als zu mir. „Und außerdem müssen wir jetzt erst einmal sehen, wie wir deinen Geburtstag feiern, Jo. Achtzehn“, fügte Lea gedankenverloren hinzu. „Das ist so ein schönes Alter, dann bist du eine Erwachsene.“ Sie machte eine kurze Pause und hob Lilli auf, die gerade zu ihr gekrabbelt kam und ihre Arme nach oben reckte. „Also, Jo, was wünschst du dir denn?“

Dass ich mir wünschte, dass die Prophezeiung niemals aufgetaucht, dass die Bedrohung nicht real wäre und endlich Ruhe einkehren sollte, konnte ich kaum sagen. Deshalb zuckte ich nur mit den Schultern. „Ich weiß es noch nicht“, sagte ich. „Aber ich werde mir was überlegen.“

Lea lächelte mich an. „Noch hast du ja ein bisschen Zeit.“ Dann hob sie Lillis Kuscheldecke auf und ging mit der Kleinen die Treppe hinauf.

Ich warf einen Blick auf die Uhr. Mittlerweile war es schon nach sieben und Adrian würde bald kommen. Ich holte mir ein Glas Orangensaft aus der Küche und trat damit auf die Terrasse. Die Abenddämmerung setzte gerade ein und ich genoss die Stille, die mich draußen empfing.

„Hallo“, sagte plötzlich eine Stimme neben mir und ich schrak kurz zusammen. Mein Blick wanderte zum Grundstück der Biederbeck und erst jetzt sah ich den jungen Mann, der im Garten eine Zigarette rauchte.

„Sorry, ich wollte dich nicht erschrecken“, sagte er und fuhr sich durch die dunklen Haare. Es war der Typ, den ich heute früh schon bei der Biederbeck gesehen hatte und den Finn für den Toy Boy unserer Nachbarin hielt.

„Schon gut, ich hatte nur nicht erwartet, dass noch jemand draußen ist“, sagte ich und trank einen Schluck von meinem Orangensaft.

„Ein kleiner Nachttrunk?“, fragte er und stellte sich dicht an den Zaun. Er trug noch immer den grünen Overall und sah mit der Narbe über seiner Oberlippe nicht wie ein Gärtner, sondern eher wie ein Rockstar aus.

„Orangensaft“, sagte ich.

„Also bist du eine ganz Gesunde“, erklärte er mit rauer Stimme.

„Im Gegensatz zu dir“, erwiderte ich und deutete auf seine Zigarette, an der er zog.

„Ein Laster“, bemerkte er. „Aber was wäre das Leben ohne sie?“

„Lasterfrei?“, entgegnete ich und er lachte. In dem Moment klingelte es an der Eingangstür. „Ich muss jetzt“, sagte ich.

„Ja, ich muss auch wieder rein und den beiden Alten beim Flirten zusehen.“ Er lächelte charmant und als ich schon fast drinnen war, rief er mir nach: „Zu wem musst du denn?“

„Zu meinem Freund“, rief ich zurück.

„Aha. Zu deinem Freund“, sagte er und ich konnte den amüsierten Ton in seiner Stimme nicht überhören, als ich die Terrassentür schloss.

Kaum hatte ich mich umgedreht, stand Adrian vor mir. Er trug eine dunkle Jeans mit einem schwarzen T-Shirt und küsste mich zur Begrüßung auf den Mund.

„Hey“, flüsterte ich überrumpelt. „Wer hat dich reingelassen?“

„Finn“, erwiderte er knapp. „Ist gerade vom Sport heimgekommen und gleich duschen gegangen.“ Er hielt meine Kette hoch, die ich nach dem Duschen bei ihm vergessen hatte. „Dreh dich um, dann lege ich sie dir an.“

Gehorsam drehte ich mich um und hob meine Haare hoch.

„Und mit wem hast du dich gerade noch unterhalten?“, fragte Adrian, während er den Verschluss schloss.

„Mit dem Gärtner“, entgegnete ich über die Schulter.

„Ihr habt einen Gärtner?“

„Nein, die Biederbeck hat einen“, erklärte ich und ließ die Haare wieder sinken, als Adrian fertig war. „Also eigentlich sind es zwei. Der ältere hat Lea heute ihren Schlüsselbund gebracht, nachdem sie ihn draußen stecken gelassen hat.“

Adrians Blick verfinsterte sich und er machte einen Schritt auf die Terrassentür zu, um mit dunkler Miene nach draußen zu sehen. Sein ganzer Körper schien sich anzuspannen.

„Ist irgendetwas?“, fragte ich, als er zehn Sekunden später noch immer nach draußen starrte.

„Du musst vorsichtiger sein“, sagte er.

Ich setzte mich auf das Sofa und strich mir über den Anhänger meiner Kette. „Wie meinst du das?“

„Der Schlüssel, die Gärtner – es war der junge, mit dem du dich unterhalten hast?“

„Ja.“ Ich zog die Augenbrauen zusammen. „Wieso? Bist du etwa eifersüchtig?“

Adrian schüttelte den Kopf und drehte sich zu mir um. „Darum geht es nicht, Jo. Du musst einfach vorsichtiger sein.“ Seine Gesichtszüge wurden hart.

Ich stand auf und ging zu ihm. Er griff nach meiner Hand und unsere Finger fanden einander.

„Geht es um die Prophezeiung?“, wollte ich wissen.

„Ja und nein“, erklärte er. „Von der Prophezeiung geht kaum eine Gefahr direkt für dich aus. Aber es ist mir lieber, wenn du nicht jedem vertraust, den du nicht kennst.“

„Du bist *doch* eifersüchtig“, entgegnete ich und schmunzelte. „Du bist eifersüchtig auf den jungen Gärtner. Nur weil er wie ein Rockstar aussieht?“

Adrians Kiefer spannte sich an. „Findest du das denn?“, fragte er und zog mich langsam zu sich heran. „Wenn der wie ein Rockstar aussieht, dann wie einer von der bösen Sorte. Einer, dem du nicht trauen solltest.“

„Vielleicht stehe ich auf böse Jungs“, sagte ich und strich ihm zärtlich über die Wange.

„Tust du das?“, fragte er rau. „Und was willst du dann mit mir?“ Er beugte sich hinab und begann, meine Halsbeuge mit sanften Küssen zu bedecken und sich langsam nach oben zu arbeiten. Ein warmes Prickeln durchflutete meinen Körper und ich warf einen schnellen Blick über die Schulter, um sicherzugehen, dass nicht plötzlich Lea oder Finn hinter mir stand.

„Wir sind allein“, flüsterte Adrian und hielt inne, als er an meinem Ohr angekommen war. „Aber ehrlich, Jo, sei ein wenig auf der Hut.“ Ich spürte seinen warmen Atem auf meiner Haut und hätte ihn am liebsten sofort geküsst.

Adrian richtete sich jedoch wieder auf und seine dunkelgrünen Augen bohrten sich in meine. Sein Blick wurde zu dem eines Jägers, undurchdringlich, bestimmend. „Die Seherinnen sind noch viel zu unorganisiert und zerstreut“, sagte er. „Wir wissen nicht, was es mit der Prophezeiung auf sich hat. Zumindest noch nicht. Versprich mir, ein wenig aufzupassen."

„Und nicht mehr mit fremden Rockstars zu sprechen?", fragte ich herausfordernd.

„Und nicht mehr mit fremden Rockstars zu sprechen", wiederholte er mit Nachdruck.

Ehrenhaft hob ich meine Hand, so wie es die Pfadfinder tun. „Gut, ich verspreche es. Bist du dann beruhigt?"

„Ein wenig", antwortete er und schielte auf die Uhr. „Shit."

„Musst du schon los?", fragte ich und hoffte, dass er verneinen würde.

Er nickte jedoch und es war ihm anzusehen, dass er zerrissen war und noch gern bei mir geblieben wäre. „Ich habe es meinem Vater versprochen. Er wollte sich heute Abend mit mir einen Film ansehen."

„Wie geht es ihm denn?"

„Gut, die Seherinnen haben bei ihm ganze Arbeit geleistet. Er geht voll in seinem Start-up auf. Es ist tatsächlich so, als hätte es die Jägerschaft nie gegeben, als wäre eine große Last von seinen Schultern gefallen. Er ist viel gelöster und entspannter als früher."

„Das ist schön", sagte ich und dachte kurz an Marius, bei dem der Erinnerungsbrand und die Veränderung seiner Erinnerungen nicht so gut vonstattengegangen waren.

„Und was ist mit Louis?", wollte Adrian wissen. In den letzten Wochen hatte ich Louis immer nur sporadisch gesehen, aber er schien mit seiner Vergangenheit und der Tatsache, dass Mark nicht sein Vater war, gut zurechtzukommen. Und es wunderte mich letztendlich kaum – denn schließlich war Louis auch mehr der Typ für die Gegenwart und den Moment.

„Es geht ihm gut. Er ist dabei, alles, was einen Rock trägt, anzubaggern“, sagte ich und grinste. „Also so wie immer.“

Kapitel 4

Die nächsten Wochen vergingen wie im Flug und als ich eines Tages aufwachte, war ich keine siebzehn mehr.

„Happy Birthday, Schwesterherz", begrüßte mich Finn, als ich nach unten kam. Er saß in Jeans und T-Shirt am Küchentisch und schaufelte gerade eine Schüssel Cornflakes in sich hinein. Neben ihm lag das aufgeschlagene Mathebuch und auf der Küchenanrichte stand ein zweistöckiger Schokoladenkuchen mit Glasur und achtzehn Kerzen.

„Wow", murmelte ich und blickte gerührt auf den Kuchen, den Lea offenbar in der Nacht für mich gebacken hatte – und von dem ich heute Morgen wahrscheinlich kein einziges Stück hinunterbekommen würde.

„Ganz schön beschissenes Timing, an seinem Geburtstag Abi zu schreiben", bemerkte Finn in dem Moment und klappte das Mathebuch mit Schwung zu.

Ich hob eine Augenbraue. „Was du nicht sagst." Dann setzte ich mich zu ihm an den Tisch. „Hast du genug gelernt?"

Er zuckte mit den Schultern. „Keine Ahnung. Das werde ich wohl erst sehen, wenn die Aufgaben ausgeteilt werden."

Ich nickte und versuchte das flaue Gefühl in meinem Magen zu ignorieren. Wie ich Conny wiederholt gesagt hatte, ging es schließlich nicht um Leben und Tod. Es war nur eine Prüfung.

„Hey", Finn schob seine Schüssel zur Seite und beugte sich nach vorn, „falls etwas kommt, womit du … deine Probleme hast … dann könntest du doch beim Karner nachsehen, wie –"

Kategorisch schüttelte ich den Kopf. „Ich werde nicht

bescheißen, Finn."

Er sah mich mit zusammengekniffenen Augen an. „Dir ist schon klar, dass das nie jemand rauskriegen würde?"

Ich zuckte mit den Schultern. „Erstens kann ich mir da nicht sicher sein. Und zweitens würde *ich* es wissen."

„Schon klar." Er nickte und lehnte sich wieder auf seinem Stuhl zurück. „Find ich gut. Du hast deine Prinzipien. Aber die müssen ja nicht zwangsläufig auch für mich gelten." Er grinste schelmisch und ich stöhnte.

„Ich werde auch nicht dafür sorgen, dass du bescheißt", erklärte ich nachdrücklich.

Er zog einen weißen Umschlag aus seiner Jeans und schob ihn mir über den Tisch zu. „Das würde ich doch nie von dir verlangen", behauptete er. „Ich dachte mir, du teilst vielleicht einfach ein paar deiner Erinnerungen mit mir. Dann ist es fast so, als ob wir zusammen gelernt hätten."

„Mit dem Unterschied, dass ich als Einzige gelernt habe", bemerkte ich trocken und deutete mit dem Kinn auf den Umschlag. „Was ist das?"

„Wonach sieht es denn aus?"

„Nach einem Bestechungsversuch."

Finn grinste. „Das würdest du mir zutrauen?"

„Ich trau dir noch viel mehr zu."

Er lachte leise. „Mach es einfach auf."

Leicht skeptisch griff ich nach dem weißen Briefumschlag und riss ihn an der Seite auf. Darin war eine Geburtstagskarte, auf der stand: *Glückwunsch, du bist 18! Ab sofort darfst du alles, was du bisher heimlich gemacht hast, ganz legal tun!*

Ich grinste. „Danke, Finn."

Er räusperte sich. „Die Joints schließt das aber nicht mit ein."

Ich verdrehte die Augen. „Das war nur ein einziger Joint“, flüsterte ich. „Und ich bin davon geheilt.“

Finn hob beide Hände in die Höhe. „Hey, ab sofort ist es ohnehin deine Sache.“ Dann deutete er auf die Karte. „Mach mal auf.“

Ich klappte sie auf und lächelte. „Gutscheine für Sport mit dir?“

Er nickte. „Seit die Sache mit der Jägerschaft vorbei ist, hast du dich ganz schön gehen lassen. Da gab es nur *Adrian hier* und *Adrian dort …*“

„Du hörst dich schon an wie Conny.“

Er schnaubte. „Weil heute dein Geburtstag ist, sag ich dazu jetzt nichts. Auf alle Fälle solltest du das Training wieder aufnehmen. Wäre doch bescheuert, wenn du alles wieder vergisst, was ich dir auf Malle beigebracht hab.“

„Unglaublich, dass das schon wieder fast ein Jahr her ist“, murmelte ich.

In dem Moment hörte ich hinter mir die Treppenstufen knarzen.

„Was ist schon wieder fast ein Jahr her?“, fragte mein Vater, der gerade herunterkam. Er trug Lilli auf dem Arm, die mich freudestrahlend angrinste.

„Unser Urlaub auf Malle“, erklärte Finn. „Mann, ich freu mich schon so, wenn der Flieger endlich abhebt.“

„Oh ja, ich auch“, murmelte ich und dachte voller Sehnsucht zurück an die unglaubliche Landschaft und die wundervollen Tage, die wir dort verbracht hatten. Wobei es diesmal noch um Welten besser werden würde – einfach nur, weil Adrian dabei war.

„Ach ja, wo ist nur die Zeit geblieben“, seufzte mein Vater und drückte mir einen Kuss auf die Stirn. „Happy Birthday, mein Schatz. Wie geht es dir denn?“

„Ein bisschen nervös“, gab ich zu.

„Das versteh ich. Willst du ein Stück Kuchen?"
Ich schüttelte den Kopf.
„Wo ist Mama?", fragte Finn.
„Schläft noch", erwiderte mein Vater und öffnete eine Küchenschublade. „Sie hat mich gebeten, sie wegen Jos Geburtstag zu wecken, aber bisher sind alle meine Versuche gescheitert."
„Das macht nichts", sagte ich schnell. „Wir können doch heute Abend feiern."
Mein Vater nickte. „Ja, das finde ich auch." Dann drückte er Lilli ein zusammengerolltes Stück Papier in die Hand. „Aber das hier kann dir deine kleine Schwester geben."
Er trug sie zu mir und Lilli krähte vergnügt, während sie die Rolle in ihrer kleinen Hand schwenkte. Es handelte sich dabei um ein Bild mit lauter Fuß- und Handabdrücken meiner kleinen Schwester.
Ich lächelte und gab ihr einen Kuss auf die Wange. „Danke, Lilli."
„Wir müssen los", sagte Finn und schob geräuschvoll den Stuhl zurück. „Also dann, wünsch uns Glück."
„Viel Glück", sagte Paps und lächelte. „Achtzehn", meinte er dann versonnen und unsere Augen trafen sich. „Die Zeit fliegt viel zu schnell dahin." Während er das sagte, huschte ein Schatten über sein Gesicht und auch ohne meine Gabe wusste ich, dass er an meine Mutter dachte.

„Oh Gott. Ich glaub, ich muss gleich kotzen", empfing uns Conny vor der Schule. Sie hatte ihre Locken heute nach hinten gebunden und trug eine schwarze Jeans zu einem grauen T-Shirt. Es war das erste Mal, dass ich sie so dunkel gekleidet erlebte, und wenn ich nicht so mit meiner eigenen Nervosität beschäftigt gewesen wäre, hätte ich mir wahrscheinlich Sorgen gemacht.

„Wenn du kotzen musst, dann bitte nicht auf meine Schuhe. Die sind neu“, sagte Finn und rückte lässig den Riemen seines Rucksacks auf seiner Schulter zurecht.

„Oh Gott“, keuchte Conny und beugte sich genau über Finns Schuhe, der augenblicklich einen Schritt zurücksprang.

„Feigling“, bemerkte Conny lächelnd und richtete sich mit funkelnden Augen wieder auf.

„Psycho“, erwiderte er und grinste. „Okay, Ladies. Viel Glück – und Jo, falls du deine Meinung änderst, du weißt ja, wo du mich findest.“ Mit diesen Worten zwinkerte er mir zu und joggte dann die Treppe hinauf.

Conny sah ihm einen Tick zu lange hinterher und wandte sich dann mir zu. „Was hat er damit gemeint?“

Ich zog mein Handy aus der Tasche, das leise vibriere. „Er will, dass ich ihm meine Erinnerungen an das Mathelernen einpflanze.“

Ein eigenartiger Ausdruck glitt über Connys Gesicht. „Das würde gehen?“, fragte sie interessiert nach.

Ich stöhnte. „Nicht du auch noch. Außerdem weiß ich gar nicht, ob ich das könnte.“ Dabei warf ich einen Blick auf das Display. Franzi hatte mir geschrieben und alles Gute für die Prüfung und zu meinem Geburtstag gewünscht.

„Jetzt ist es wahrscheinlich ohnehin zu spät. Außerdem finde ich den Gedanken auch nicht schön, dass du mir irgendetwas einpflanzt“, sagte sie und nestelte mit wichtiger Miene ein winziges Päckchen aus ihrer Tasche. „Hier. Für dich.“ Sie sah mich auffordernd an und grinste. „Jetzt mach schon auf.“

Ich riss lächelnd die Geschenkverpackung herunter

und hielt wenig später einen USB-Stick in der Hand.
„Da sind alle Alben von NEBEN drauf", meinte Conny. „Außerdem hab ich uns eine Playlist für unseren Urlaub zusammengestellt, wenn der ganze Wahnsinn hier endlich vorbei ist."
„Danke, Conny." Spontan umarmte ich sie. „Das ist echt lieb von dir."
„Ja, so bin ich. Selbst in der schrecklichsten Woche meines Lebens", erwiderte sie völlig ernst.
Ich sah sie schmunzelnd an. „Die schrecklichste Woche deines Lebens? Schlimmer als die, als du zu Karneval mit Fieber und Keuchhusten im Bett lagst, während deine ganze Klasse verkleidet ins Kino gegangen ist?"
Sie kniff die Augen zusammen. „Das war in der Grundschule."
„Aber du hast gesagt, es war schrecklich."
„War es auch. Aber das hier ist schrecklicher." Sie warf einen Blick auf ihre Uhr und wandte sich zur Treppe. „Komm, lass uns reingehen."
Gemeinsam stiegen wir die Stufen hinauf.
„Schrecklicher als die Woche, nachdem du herausgefunden hast, dass der Weihnachtsmann gar nicht existiert?"
Sie schnaubte. „Viel, viel schrecklicher."
„Auch schrecklicher als der Moment, als du deine Großeltern beim Sex erwischt hast?"
Sie blieb mit offenem Mund stehen. „Woher weißt du das?"
„Das hast du mir erzählt."
„Nein, hab ich nicht."
„Doch, hast du."
Sie verengte misstrauisch ihre Augen zu Schlitzen. „Sicher, dass du das nicht in meinen Erinnerungen

gesehen hast?“

Trotz der nahenden Matheprüfung musste ich lachen. „Conny, glaubst du wirklich, dass ich mir *so was* freiwillig ansehen würde?“

Sie lachte kurz. „Auch wieder wahr.“

Wir gingen weiter und schlugen nicht den Weg zur Klasse, sondern zum Festsaal ein, wo die Prüfungen stattfinden würden. Eine kleine Traube an Schülern hatte sich schon vor den verschlossenen Türen gebildet und ich sah Finn, der mit dem offenen Mathebuch in der Hand an der Wand lehnte.

„Nur eine Woche noch“, murmelte Conny neben mir und schluckte. „In einer Woche ist das alles nur noch eine einzige furchtbare Erinnerung.“

„Oh mein Gott. Endlich vorbei!“, stöhnte Finn ein paar Stunden später auf dem Weg nach Hause. Ich nickte und fing den Blick eines kleinen Mädchens auf, das mit seiner Mutter vor uns auf der Straße ging. Die Kleine war vielleicht sieben Jahre alt, hatte rote Locken und sah mich ernst an. Obwohl sie anders aussah als das Mädchen aus meinem Traum, machte mein Herz einen Satz. Angespannt rückte ich den Riemen meines Rucksacks auf der Schulter zurecht und verlangsamte unwillkürlich meine Schritte.

„Hey. Was ist los, Schwesterchen?“ Finn rempelte mich im Gehen leicht an und grinste. „Du solltest an deinem Geburtstag nicht so ein Gesicht machen. Oder lief es bei der Prüfung so scheiße?“

Ich starrte noch immer auf das kleine rothaarige Mädchen, das eben mit seiner Mutter die Straße überquerte, und atmete erleichtert aus, als die beiden außer Sichtweite waren.

„Sorry“, murmelte ich dann. „Ich war mit den Gedanken woanders.“

„Und wo?“, fragte Finn und nestelte eine Flasche Cola aus seinem Rucksack. „Moment. Sag’s mir lieber nicht“, fügte er dann schnell hinzu, während er den Schraubverschluss aufdrehte. „Ich will nicht wissen, wenn du an Sex mit Adrian gedacht hast.“

Ich verdrehte die Augen und schüttelte den Kopf. „Mich beschäftigen auch andere Dinge.“

„Echt?“, grunzte Finn. „Hat in den letzten Monaten nicht so ausgesehen.“

„Hey!“, rief ich und boxte ihm gegen den Oberarm.

Er grinste. „Das nennst du einen Schlag? Wir müssen echt wieder trainieren.“

„Vielleicht müssen wir das wirklich“, erwiderte ich ernst und wandte mich ihm zu.

Finn wollte gerade einen Schluck von seiner Cola nehmen, fing meinen Blick auf und hielt mitten in der Bewegung inne.

„Scheiße“, erwiderte er. „So ernst?“

Ich zuckte mit den Schultern und nickte gleichzeitig. „Mein Gefühl sagt mir Ja“, murmelte ich dann. Ich wusste selbst nicht, warum das gerade aus mir herauskam. Eigentlich hatte ich Finn nicht mit dem ganzen Prophezeiungszeug belasten wollen, solange er sich auf seine Prüfungen vorbereiten musste. Doch in diesem Moment hatte ich das Gefühl, ihn einfach zu brauchen.

Er sah mich scharf an und nickte dann. „Okay“, murmelte er und blickte einmal die Straße rauf und runter. „Komm mit, ich weiß genau, was du jetzt brauchst.“

Zehn Minuten später saßen wir mit zwei riesigen

Tüten Eis auf einer Parkbank.

„Ich hätte gedacht, du willst mich abfüllen“, murmelte ich, während ich genüsslich an meinem Erdbeereis schleckte.

Er grinste. „Daran hatte ich auch gedacht. Schätze aber, das kommt bei Jens nicht so gut an, wenn ich ihm seine Tochter an ihrem Achtzehnten besoffen nach Hause bringe.“

Ich grinste und versuchte das hässliche Gefühl in meiner Magengrube zu ignorieren, das einfach nicht mehr weggehen wollte, seit ich das kleine Mädchen auf der Straße gesehen hatte.

„Also. Was ist los?“, fragte Finn und sah mich scharf an.

„Es gibt eine neue Prophezeiung“, erwiderte ich. „Eine, die vorhersagt, dass unsere Welt in Flammen aufgehen wird. Henriette sagt mir so gut wie jede Woche, dass sich die Seherinnen darum kümmern, aber irgendwie scheinen sie keine Fortschritte zu machen.“

„Fuck“, murmelte Finn. „Ich dachte, wir hätten den ganzen Scheiß hinter uns.“

„Das dachte ich auch“, meinte ich bedrückt und spürte, wie mir etwas Eiscreme auf das Handgelenk tropfte.

„Was sagt Adrian dazu?“

„Er sorgt sich um mich“, antwortete ich und richtete den Blick auf die beiden Kirschbäume auf der anderen Seite des Weges, die in voller Blüte standen. „Gleichzeitig möchte er, dass ich mich jetzt ganz auf das Abi konzentriere.“ In dem Moment hatte ich das Gefühl, Rauch wahrzunehmen, und blinzelte nervös. „Riechst du das auch?“

Finn sah mich an. „Was meinst du? Den Grillgeruch?“

Ich seufzte erleichtert und aß weiter von meinem Eis.

„Ich hatte vor ein paar Wochen so einen blöden Traum“, murmelte ich dann. „Darin kam ein kleines Mädchen vor, das mir sagte, dass ich schon bald sehr traurig sein würde. Irgendwie geht mir der Traum nicht aus dem Kopf.“

„Ich träume auch oft Blödsinn“, erwiderte Finn. „Das muss nichts bedeuten.“

Ich nickte. „Du hast recht. Ich habe selbst keine Lust, mich deswegen fertigzumachen.“

In diesem Moment bekam ich eine WhatsApp-Nachricht. Rasch zog ich mein Handy aus dem Rucksack und warf einen Blick darauf.

„Was ist?“, fragte Finn, als er meinen Gesichtsausdruck bemerkte.

„Die ist von Adrian“, erklärte ich ihm. „Er schreibt, dass er es nicht zu meinem Geburtstagsessen schafft.“

„Echt jetzt?“, fragte Finn. „Hat er vergessen, dir ein Geschenk zu besorgen?“

Ich schluckte und schüttelte den Kopf. „Er ist einem Jäger auf der Spur, der möglicherweise sein Gedächtnis behalten hat.“

Finn riss die Augen auf und starrte mich an. „Verarschst du mich? Es gibt Jäger, die noch von euch wissen?“

Ich nickte unglücklich und schrieb Adrian schnell zurück, dass er vorsichtig sein sollte. „Ich wollte dich damit nicht belasten“, erklärte ich Finn.

„Nicht belasten?“, wiederholte er hart. „Ich bin immerhin so was wie dein verdammter Bru-“ Er unterbrach sich und schüttelte den Kopf.

„Es tut mir leid“, sagte ich. Und dann erzählte ich ihm die ganze Geschichte.

Die nächsten Tage zogen irgendwie an mir vorüber.

Nachdem ich Finn mein Herz ausgeschüttet hatte, ging es mir ein wenig besser, gleichzeitig machte ich mir Sorgen um Adrian, der diesem Jäger auf der Spur war. Das Abi kam mir deshalb beinahe wie ein Segen vor, weil mich die vielen Prüfungen von meinen Sorgen ablenkten.

Als wir nach einer Woche schließlich den letzten Test geschrieben hatten und die erste große Abi-Feier am Abend bevorstand, fühlte es sich noch total unwirklich an. Adrian war noch immer nicht zurück und eigentlich hatte ich überhaupt keine Lust, hinzugehen, doch Finn laberte mich voll, dass wir das Schlimmste jetzt geschafft hatten und ich mein Leben genießen müsse – und da ich Conny nicht im Stich lassen wollte, ging ich einfach hin.

Die Musik dröhnte laut in meinen Ohren, als ich die Tür zu dem Club aufdrückte. Drinnen herrschte eine ausgelassene Stimmung und viele Leute tanzten schon, während die bunten Lichter der Scheinwerfer über die mattschwarze Tanzfläche flirrten.

„Das nenn ich mal eine anständige Party“, brüllte mir Finn von links zufrieden ins Ohr, während er seinen Blick über die Location schweifen ließ. Der Club hatte ganz neu eröffnet und war innerhalb kürzester Zeit zu einem Geheimtipp avanciert. Der Vorschlag, die Abi-Party hier zu veranstalten, war von Louis gekommen – und seine Idee hatte großen Anklang gefunden. Deshalb feierte nun hier unsere gesamte Stufe die überstandenen schriftlichen Prüfungen – weshalb der Club nun beinahe aus allen Nähten platzte.

„Da ist Kilian“, sagte Finn und deutete mit dem Finger in das Gewusel voller aufgekratzter Leute direkt vor uns.

„Und dort ist Conny“, sagte ich und winkte ihr. Sie trug heute ein kurzes schwarzes Kleid, das an der Schulter mit roten Stoffblumen verziert war, und saß auf einem Hocker an der beleuchteten Bar. Mir fiel auf, dass sie abgenommen hatte, was vielleicht an dem ganzen Stress in den letzten Wochen lag.

Rasch drängte ich mich zu ihr durch und umarmte sie.

„Hey, bist du schon lange da?"

Sie lächelte schwach und schüttelte den Kopf. „Eben erst gekommen." Dabei rührte sie in einem orangefarbenen Cocktail vor ihrer Nase.

„Was ist das?", fragte ich, da es irgendwie gesund aussah, obwohl wahrscheinlich Alkohol darin war.

„Es heißt *Remember the Rabbit*", klärte mich Conny auf. „Scheint so was Ähnliches wie eine *Bloody Mary* mit Karottensaft zu sein." Ihre Stimme klang ein wenig abgelenkt und ich bemerkte, wie sie die Menge hinter mir scannte. „Ist Finn gar nicht gekommen?"

„Doch, der hat bloß schon Kilian entdeckt", erwiderte ich und winkte dem schlaksigen blonden Barkeeper, der mit routinierten Bewegungen die Getränke in einem Affenzahn zubereitete und eben eines Vicki vor die Nase stellte, die in einem superkurzen Minirock ebenfalls an der Bar saß.

„Wenn man vom Teufel spricht", sagte Conny mit Grabesstimme, als Finn mit Kilian im Schlepptau neben uns auftauchte.

„Hey, knallt ihr euch schon die Birne weg, jetzt, wo alles vorbei ist?"

„Noch ist es nicht vorbei", entgegnete Conny.

Finn machte eine wegwerfende Handbewegung. „Ja, aber so gut wie. Leute, wir haben in den letzten Tagen Unglaubliches geleistet. Vier verdammte Prüfungen!"

„Viele neigen dazu, die mündliche zu unterschätzen", warf Conny ein. „Und dann versaut es ihnen den

Schnitt."

Finn fuhr sich frustriert durch seine gestylten hellblonden Haare. „Das hatten wir doch alles schon, Conny. Bis zur mündlichen vergehen noch sieben Wochen. Da kannst du zwischendurch doch mal loslassen."

„Apropos loslassen, hast du jetzt schon den Urlaub gebucht?", wollte sie von Finn wissen, der mit seinem Superschnäppchen unbedingt bis zum letzten Augenblick warten wollte.

Er grunzte. „Das Hotel hat noch nicht geantwortet, aber die Reservierung ist draußen." Während er das sagte, sah er rüber zu Vicky und blieb mit dem Blick an ihrem superknappen Mini hängen.

„Vielleicht sollten wir die ganze Sache abblasen", meinte Conny plötzlich und saugte heftig an dem Strohhalm in ihrem Cocktail.

Finn runzelte die Stirn und wandte sich ihr wieder zu. „Du willst sieben Tage Sonne und Meer absagen, weil wir noch so eine bescheuerte mündliche Prüfung haben, die wir sowieso mit links schaffen?", fragte er ungläubig.

„Wir sollten die mündliche nicht auf die leichte Schulter nehmen", murmelte sie und zog ihr Handy aus der Tasche, um ein Foto von ihrem Karottendrink zu machen.

Finn war mit einem Schritt bei ihr und nahm ihr das Telefon aus der Hand. Erschrocken starrte sie ihn an und ich fühlte richtiggehend, wie die Funken zwischen ihnen hin und her flogen, als er sich ganz nah zu ihr beugte.

„Hör mir zu", erklärte Finn eindringlich. „In zwei Tagen düsen wir los, machen eine Woche blau und dann kannst du wieder mit deinen Büchern kuscheln. Aber bis dahin genießt du verdammt noch mal dein Leben."

Conny öffnete den Mund, doch noch bevor sie eine Antwort geben konnte, legte Finn das Handy auf den Tresen und gab Kilian mit dem Kopf einen Wink. Kurz darauf verschwanden die beiden in der Menge.

„Alles okay bei dir?“, fragte ich Conny und griff spontan nach ihrer Hand. Sie zog blitzschnell ihre Finger zurück und ich runzelte die Stirn, weil es sich so anfühlte, als hätte sie Angst gehabt, dass ich in ihre Erinnerungen blicken könnte.

„Ja, alles in Ordnung“, behauptete Conny sofort und zog schnell an ihrem Strohhalm. Ich hatte das Gefühl, dass das nicht ganz stimmte, doch da stand sie schon auf. „Ich geh mal kurz aufs Klo“, erklärte sie und schielte zur Getränkekarte. „Und nach dem *Remember the Rabbit* probiere ich dann gleich den *Forget the Elephant*.“

Ich nickte und sah ihr nach. Dabei entdeckte ich Louis am anderen Ende der Bar. Er flirtete mit zwei Mädchen gleichzeitig und zwinkerte mir zu, während sich von der Seite eine große, breitschultrige Gestalt zu mir durchschob. Ich bemerkte, dass Vicki mitten im Satz verstummte und ihre Augen sich an einem Punkt neben mir festsaugten, und wandte mich um. Das Erste, was ich wahrnahm, waren kurze schwarze Haare, gefolgt von funkelnden dunkelgrünen Augen und einem kantigen Gesicht. Bei seinem Anblick begann es in meinem Bauch zu flattern und ich konnte nicht anders, als ihn anzustrahlen.

„Hey“, murmelte ich, als er direkt vor mir stand. „Du bist wieder da.“

„Hey“, flüsterte er mit tiefer Stimme zurück und umfasste mein Gesicht mit beiden Händen. Wir hatten uns nur fünf Tage nicht gesehen, aber es hatte sich so viel länger angefühlt. Seufzend schmiegte ich mich an ihn und genoss es, ihm endlich wieder so nah zu sein. Schon allein die Berührung seiner Hände raubte mir den Atem, doch als er dann auch noch seine Lippen auf meine senkte, hatte ich das Gefühl, innerlich zu verbrennen.

„Sucht euch ein Zimmer“, murrte ein Mädchen neben mir, aber ich beachtete sie gar nicht. Mein Körper sehnte sich so sehr nach Adrian, dass es mir egal war, ob irgendjemand es widerlich fand, dass wir uns hier küssten. Die Musik von NEBEN vibrierte durch den Raum und ich presste meinen Körper an Adrian, während ich die Arme um seinen Nacken schlang und einfach nur dankbar war, dass er unversehrt zu mir zurückgekommen war.

Mit heftig pochendem Herzen löste ich mich schließlich wieder von ihm und strich ihm glücklich über die Wange. Er griff nach meinen Fingern und legte ein kleines schwarzes Päckchen hinein, das mit einer roten Schleife verziert war.

„Happy Birthday, Jo“, flüsterte er und sein Blick schien sich direkt in meine Seele zu brennen.

„Was ist das?“, murmelte ich.

„Mach es auf.“

Ich spürte, wie sich mein Herzschlag beschleunigte, und zog an der roten Schleife, die das Päckchen zusammenhielt. Dann öffnete ich die kleine Schachtel. Darin befand sich ein silberner Ring mit der filigranen Gravur eines Schlüssels.

Atemlos starrte ich auf das Geschenk. „Er ist wunderschön“, hauchte ich und ließ es zu, dass Adrian mir den Ring an den Finger steckte.

„Ich wollte dir etwas schenken, das zu deiner Kette passt“, murmelte er und küsste meine Fingerknöchel.

„Danke“, flüsterte ich und betrachtete überwältigt das

Geschenk.

„Willst du tanzen?“, fragte er mich als Nächstes und strich mit dem Zeigefinger über mein Schlüsselbein. Die Berührung verursachte mir eine Gänsehaut und ich fing Vickis ungläubigen Blick auf. Sie hatte ihre rot geschminkten Lippen fest aufeinandergepresst und schien nicht glauben zu können, dass Adrian und ich jetzt zusammen waren. Noch ein paar andere Mädchen starrten uns unverhohlen an und mir wurde bewusst, dass mir in ihren Augen etwas gelungen war, woran sich bisher alle anderen die Zähne ausgebissen hatten: nämlich Adrians Freundin zu werden.

Da ich nicht wollte, dass sie herkamen und diesen Moment zerstörten, nickte ich schnell und ließ mich von ihm auf die Tanzfläche ziehen.

Gerade eben wechselte ein Techno-Song zu einem langsameren Lied und ich genoss es, dass Adrian mich ganz selbstverständlich an sich zog und seine Hände auf meine Hüften legte. Bevor ich mich an ihn schmiegte, sah ich Conny, die wieder an der Bar aufgetaucht war und sich mit einem Mädchen aus unserer Klasse unterhielt.

„Wie war dein Geburtstag?“, fragte er leise, als wir uns im Takt mit der Musik wiegten und ich das ganze Drumherum ausblendete. „Es tut mir leid, dass ich nicht da war.“

Ich schmiegte mich an ihn, während ich seinen wahnsinnig anziehenden Duft tief in meine Lungen sog. „Das macht nichts. Hattest du denn Erfolg?“

Adrian schüttelte knapp den Kopf und zog mich noch ein bisschen enger an sich. „Die Spur war eine Sackgasse. Ingeborg meinte, sie würde zu einem der Jäger führen, die durch das Serum gegen den Erinnerungsbrand immun geworden waren – aber es hat sich als Fehlinformation herausgestellt."

Ich schloss kurz die Augen. „Kommt es nur mir so vor oder treten wir, was diese ganze Sache anbelangt, auf der Stelle?"

Adrian atmete tief ein und ich spürte den bekannten Anflug von Beklemmung, obwohl sich sein Körper so nah an meinem einfach nur fantastisch anfühlte. „Mach dir keine Sorgen", murmelte er dann. „Egal was passiert, ich beschütze dich."

„Und wer beschützt dich?", fragte ich leise zurück und blickte ihm direkt in seine dunkelgrünen Augen.

„Ich kann auf mich selbst aufpassen", versprach er mir.

„Vielleicht sollte ich aber auch auf dich aufpassen", gab ich zurück und schlang meine Arme um seinen Nacken.

„Sehr gern", erwiderte Adrian und dabei wanderten seine Hände aufreizend langsam über meinen Rücken. „Ich werde dich im Urlaub daran erinnern." Er lächelte verführerisch. „Jeden Tag."

Zwei Tage später warf ich gerade meinen Bikini in den Koffer, als Finn in mein Zimmer gestürmt kam.

„Hast du meine grünen Shorts gesehen?", blaffte er mich an.

„Grüne Shorts?", fragte ich abgelenkt, da ich im Kopf gerade die Packliste durchging. „Nein, waren die nicht in der Wäsche?"

„Fuck!", murrte Finn und fuhr sich durch die Haare. „Das darf doch nicht wahr sein."

„Nimm eben andere mit."

„Klar", knurrte er und verließ mein Zimmer. Dabei knallte er die Tür hinter sich zu. Im nächsten Moment klingelte mein Handy.

„Hey", hörte ich Adrians angenehme Stimme am

anderen Ende. „Schon aufgeregt?"

Ich atmete tief durch und nickte lächelnd, da mich das Reisefieber tatsächlich gepackt hatte. „Total. Und du?"

„Kein bisschen."

„War ja klar."

„Schließlich passt du doch auf mich auf", sagte Adrian.

Ich lachte. „Was ich versprochen habe, muss ich natürlich …", begann ich, doch mein Satz wurde von Finns lautem Fluchen unterbrochen.

Alarmiert öffnete ich meine Zimmertür.

„Fuck! Nein, fuck!", brüllte er immer wieder und ich runzelte die Stirn.

„Adrian? Ich muss Schluss machen. Irgendwas scheint passiert zu sein. Ich melde mich später wieder." Mit diesen Worten legte ich auf. Dann ging ich über den Flur und hinüber in Finns Zimmer, der völlig außer sich auf das Handy in seiner Hand starrte. Auch Lea war mit Lilli auf dem Arm aus dem Wohnzimmer nach oben gekommen.

„Was ist denn los?", fragten wir beinahe gleichzeitig.

Finn krampfte seine Hand um das Telefon und für einen Moment war ich überzeugt, er würde es gegen die nächste Wand werfen.

„Unser Angebot wurde gecancelt. Sowohl der Flug als auch das Hotel. Das ist passiert!", presste er wütend hervor.

Ich runzelte die Stirn. „Aber wie kann das denn gecancelt werden?"

„Ich verstehe nicht", meinte auch Lea. „So etwas kann doch nicht einfach so storniert werden?"

„Anscheinend ist die Firma, die diese Superschnäppchen übers Internet anbietet, pleitegegangen", fauchte Finn und ließ sich auf sein Bett fallen. Dabei presste er beide

Hände gegen die Augen. „Verdammt! Verdammter Mist!"

Ich lehnte mich gegen seinen Türrahmen und fühlte mich, als hätte man alle Luft aus meinem Körper gelassen. Nach all dem Lernstress der letzten Wochen – und der zusätzlichen Sorge um die Zukunft der Seherinnen – hatte ich mich wirklich schon auf eine Auszeit gefreut.

„Und kann man nicht …", setzte Lea an, doch Finn fiel ihr ins Wort.

„Nein, Mama, man kann nicht", fuhr er sie an. „Die Seite ist down, das Hotel hat sich nie gemeldet und es gibt keinen Link, über den wir einchecken könnten. Der Urlaub ist gelaufen." Er machte eine kurze Pause. „Ich kann höchstens Kilian fragen, wo er untergekommen ist. Er und ein paar Kumpels wollten auch nach Malle."

„Ich verstehe das alles nicht", sagte Lea. „Da muss es doch rechtliche Absicherungen geben."

Sie und Finn begannen zu diskutieren und ich hörte, wie Lilli zu schreien anfing. Und am liebsten hätte ich irgendwie gleich mitgemacht.

Am Abend kam Adrian vorbei. Müde schlurfte ich die Treppe hinunter und machte die Tür auf. Die Sonne war gerade am Untergehen und beleuchtete von hinten seine athletische Gestalt. Sein Anblick brachte wie immer dieses kleine Glücksgefühl zurück, doch im Vergleich zu sonst war es ziemlich winzig.

„Hey", sagte er und lächelte. „Wie geht's dir?"

„Gut", antwortete ich schulterzuckend.

„Hast du mit Conny geredet?"

Ich nickte. „Wir haben telefoniert. Alles, was sie dazu sagte, war: Ist vielleicht besser so."

„Verstehe", murmelte Adrian. „Und dein Koffer? Ist

der noch gepackt?“

Unwillkürlich warf ich einen Blick über die Schulter. „Ja, der steht noch in meinem Zimmer. Ich …“ Ich seufzte, denn es kam mir blöd vor, was ich als Nächstes sagen wollte. Ich war wirklich enttäuscht, dass der Urlaub ins Wasser fiel, ich hatte mich nach den intensiven Lernwochen schon auf Sonne und Meer gefreut. „Ich hatte irgendwie nicht die Energie, ihn wieder auszupacken.“

„Wunderbar“, meinte Adrian und schulterte eine schwarze Reisetasche, die mir erst jetzt auffiel. „Dann lass uns aufbrechen.“

„Aufbrechen?“, wiederholte ich stupide. „Aufbrechen wohin?“

„Zum Flughafen“, meinte Adrian. „Ich hab nämlich eine Überraschung für dich.“

Kapitel 5

Ich befand mich in einem dunklen Haus. Es hatte große, kühle Räume und eine Terrasse mit einem Swimmingpool. Einzelne Solarlichter erleuchteten die nächtliche Umgebung.

Ich blieb vor der Terrassentür stehen und schrak zusammen, als ich die Spiegelung einer weiß gekleideten Gestalt darin erkannte. Rasch drehte ich mich um, aber hinter mir stand niemand. Erst als ich an mir selbst herunterblickte, bemerkte ich, dass ich die Spiegelung in der Glastür gewesen war und ein weißes Kleid trug, das mir bis zu den Knöcheln reichte.

In diesem Moment hörte ich ein Geräusch. Es erinnerte mich an ein Kinderlachen und schien aus dem hinteren Teil des Hauses zu kommen. Automatisch wandte ich mich um und ging barfuß über den gefliesten Boden in Richtung einer großzügig geschnittenen Küche. Gegenüber der Anrichte führte eine offene Tür einige Stufen hinunter in absolute Finsternis.

Ich trat an den Treppenabsatz und blickte hinunter. Von unten hörte ich eine Art Singsang, der mich Stufe für Stufe tiefer in den Keller lockte. Schritt für Schritt näherte ich mich dem leisen Singen, das mir irgendwie bekannt vorkam. Es hatte etwas Bedrohliches an sich, doch ich musste ihm folgen. Auf der letzten Stufe angekommen, sah ich eine schwebende Kerze in der Dunkelheit brennen, die die Gestalt eines kleinen Mädchens mit langen Haaren beleuchtete. Sie hatte ein blasses Gesicht und riesige schwarze Augen, aus denen sie mich anstarrte.

„Du wirst schon bald sehr traurig sein“, flüsterte sie mir zu. Ich blieb wie erstarrt stehen und schrie auf, als die Haare des kleinen Mädchens plötzlich Feuer fingen und sich

in ein Flammenmeer verwandelten, das sich rasend schnell ausbreitete und auf mich zubrauste.

Mit einem Ruck wurde ich wach.

„Folgen Sie der Straße Via de la Carlatia für zwei Kilometer“, tönte die Stimme des Navis, als der Wagen über den Kiesweg bretterte. Hochgewachsene Zypressen säumten die Straße und um uns herum reihte sich ein Feld an das andere.

„Alles okay?“, fragte Adrian und warf mir einen besorgten Seitenblick zu.

Ich atmete tief durch. „Es war nur … ein Albtraum“, murmelte ich.

Sein besorgter Gesichtsausdruck verstärkte sich. „So wie der vor ein paar Wochen?“, hakte er nach.

Ich schloss für einen Moment die Augen und nickte. „Ich habe wieder ein kleines Mädchen gesehen. Sie sagte mir, dass ich schon bald sehr traurig sein würde. Und dann“, ich stockte, „dann ging sie in Flammen auf.“

Adrian schwieg für einen Moment. „Vielleicht hat das gar nichts zu bedeuten“, meinte er dann, doch ich glaubte ihm nicht. Nur weil er und Henriette sich keinen Reim auf die Träume machen konnten, bedeutete das nicht, dass sie grundlos zu mir kamen.

„Hey.“ Er griff nach meiner Hand und drückte sie. „Entspann dich. Ich habe vor unserer Abfahrt mit Henriette gesprochen. Sie meinte, Marlene würde einer Spur folgen, die vielleicht Licht in die Prophezeiung bringen könnte. Bis dahin ist es am besten, du versuchst, dich vom Stress der vergangenen Wochen zu erholen.“

Ich nickte und wusste, dass er recht hatte. Dann blickte ich gedankenversunken aus dem Fenster. Die wildromantische Landschaft der Toskana flog an uns vorüber und endlich spürte ich wieder die Vorfreude in mir aufkeimen.

„Wo genau fahren wir eigentlich hin?“, fragte ich Adrian, der sich bis jetzt mit seinen Infos zurückgehalten hatte. Gut, wir waren in Italien, das hatte ich bemerkt, schon bevor wir in Florenz gelandet waren und den Mietwagen, einen roten Fiat 500, abgeholt hatten.

„Du kannst einfach nicht damit aufhören“, sagte Adrian und schaltete schmunzelnd einen Gang höher.

„Natürlich nicht. Schließlich hast du mich quasi entführt.“

Adrian lachte leise. „Entführt? Also ich glaube, deine letzte Entführung sah anders aus.“

Ich seufzte. „So meinte ich das nicht“, erklärte ich. „Aber ja, beim letzten Mal dachte ich, dass ich sterben muss.“

Adrian schüttelte den Kopf. „Das ist diesmal hoffentlich anders. Außer du findest eine Woche allein mit mir sterbenslangweilig.“

„Eine Woche … allein mit dir?“, wiederholte ich langsam und spürte, wie sich das Glück in mir ausdehnte. „Ganz allein?“

„Ganz allein“, wiederholte Adrian rau.

„Ohne irgendwelche Hotelgäste?“

Sein Mundwinkel zuckte nach oben. „Ohne irgendwelche Hotelgäste.“

Mein Herz hämmerte gegen meine Brust. „Nur du und ich?“

„Nur du“, er machte eine kurze Pause und lächelte auf diese total umwerfende Art, „und ich.“

Spontan beugte ich mich vor und küsste ihn auf die Wange. Die Vorstellung, sieben Tage mit Adrian allein zu verbringen, weg von der Zivilisation und irgendwelchen

Problemen, trieb ein absolutes Hochgefühl durch mich hindurch.

„Hey", sagte Adrian amüsiert. „Ich muss mich aufs Autofahren konzentrieren. Nicht, dass wir einen Unfall bauen und du diesen Urlaub tatsächlich nicht überlebst."

Ich schüttelte den Kopf und meine blonden Haare wirbelten herum. „Zeit mit dir allein – vollkommen ungestört? Das würde ich mir niemals nehmen lassen."

Die gelben Felder zogen an uns vorbei und auf einem kleinen Hügel vor uns erhob sich ein Anwesen, das auf dem Navi mit der Zielflagge markiert war. Es war ein Landhaus aus Naturstein, das von vereinzelten Pinien umringt war und viel zu groß für zwei Personen wirkte.

„Das ist es?", flüsterte ich und Adrian nickte. „Aber … das ist riesig. Nur für uns zwei?", fragte ich atemlos.

„Es gehört meinen Vater", erklärte Adrian. „Bislang hat er es kaum genutzt, aber für diese Woche gehört es uns. Uns allein."

Adrian lenkte den Wagen über den Kiesweg zu dem Haus und stellte den Motor ab.

„Wir sind da", sagte er und zog den Zündschlüssel ab. „Das ist deine Überraschung."

Wir stiegen aus und eine ungewohnte Hitze empfing mich. Auch wenn die Klimaanlage des Fiats angenehm gewesen war, so genoss ich doch die pralle Sonne, die ich aus Hamburg nicht kannte. Ich mochte dieses heiße Klima, ich mochte die Landschaft, die sich durch sanfte Hügel, gelbe Sonnenblumenfelder und Pinien auszeichnete, ich mochte Adrians Überraschung. Spontan fiel ich ihm um den Hals. „Danke", sagte ich.

„Sehr gern", antworte er. „Das hast du dir verdient."

„Weil ich mein schriftliches Abi abgelegt habe?"

Er schüttelte den Kopf. „Nein, weil du so bist, wie du

bist."

Er drückte mir einen Kuss auf den Mund und öffnete dann den Kofferraum, um die Gepäckstücke herauszuwuchten. Ich wollte soeben nach meinem Trolley greifen, doch er hielt mich davon ab. „Jo, das ist in der Überraschung inklusive."

„Das ist anscheinend eine All-inclusive-Überraschung", bemerkte ich, woraufhin Adrian leise lachte und das Auto abschloss. Dann nahm er die Gepäckstücke und ging zur doppelflügeligen Eingangstür, während ich meinen Blick über das Gebäude schweifen ließ. Es war zweistöckig und entsprach mit seiner Steinfassade und den grünen Fensterläden der typischen toskanischen Architektur.

Adrian steckte den Schlüssel ins Schloss. „Komm, wir gehen rein", sagte er und hob auffordernd die Augenbrauen. „Mal sehen, was uns drinnen erwartet."

Drinnen empfingen uns eine angenehme Kühle und ein stilvoll eingerichtetes Wohnzimmer, das direkt hinter der Eingangstür begann. Der Fußboden bestand aus rötlichen Terrakottafliesen und die gewölbte Decke, die sich in mehreren Bögen über den Raum spannte, war aus hellem Backstein gefertigt. Vom großzügigen Wohnzimmer, das mindestens 70 Quadratmeter umfassen musste, gingen links eine offene Küche ab und rechts einige Türen sowie eine Treppe, die nach oben führte. An der Stirnseite des Raumes befand sich eine breite Fensterfront, die den Blick auf den Pool freigab.

Adrian stellte die Gepäckstücke ab.

„Wow", sagte ich und wusste gar nicht, wohin ich zuerst sehen sollte, „das ist umwerfend schön."

„Es freut mich, dass es dir gefällt."

Ich machte ein paar Schritte an einer riesigen grauen Sitzgarnitur vorbei Richtung Terrasse. „Der Pool ist ja gigantisch“, sagte ich und schluckte, da ich das Gefühl hatte, diesen Ausblick schon zu kennen. Hatte die Terrasse in meinem Traum nicht ähnlich ausgesehen?

Stirnrunzelnd drehte ich mich zu Adrian um, der so wirkte, als wäre er mit den Gedanken woanders.

„Meine Erinnerungen an dieses Haus sind sehr schwach“, erklärte er.

„Du warst schon einmal hier?“

Er nickte. „Als meine Eltern noch zusammen waren, haben wir hier Urlaub gemacht. Aber nach ihrer Trennung“, er hielt kurz inne und sein Gesichtsausdruck verhärtete sich, „dann nicht mehr.“ Unwillkürlich dachte ich an die Erinnerung, die mir Adrian einmal gezeigt hatte, auch wenn er es nicht beabsichtigt hatte. Wir waren damals in jenem Teil seiner Vergangenheit gelandet, in dem seine Mutter seinen Vater verlassen hatte, weil er eine andere Frau liebte und sie es nicht mehr länger ertragen konnte.

„Ist es wirklich okay für dich, hier zu sein?“, fragte ich vorsichtig und griff nach seiner Hand. „Oder löst es irgendwelche unschönen Erinnerungen aus?“

Adrian lächelte schwach. „Es löst kaum Erinnerungen aus“, sagte er. „Ich war damals noch klein und wir waren nur einmal hier.“

„Aber es gehört nach wie vor deinem Vater?“, wollte ich wissen. „Seid ihr denn niemals hierher zurückgekehrt?“

„Nein“, erklärte er. „Es wundert mich, dass er es mir jetzt so großzügig angeboten hat, obwohl er es bislang immer verschwiegen hat.“ Adrian fuhr sich durch seine dunklen Haare.

„Glaubst du, dass es etwas mit der Jägerschaft zu tun

hat?“, fragte ich.

„Ja, das glaube ich“, entgegnete er, „aber nicht direkt. Ich denke, dass die Jägerschaft meinen Vater über die Jahre belastet hat. Die Erinnerung an Frau Engel, die Beziehung, die nicht sein durfte und doch seine Ehe zerstört hat – die Regeln der Jägerschaft. Wie ich dir schon erzählt habe, wirkt er jetzt gelassener, gelöster, irgendwie befreiter. Vielleicht kann er sich nun besser seiner Vergangenheit stellen, wenn nicht mehr der Schatten der Jägerschaft auf ihm lastet.“

„Das könnte gut sein“, sagte ich und ließ meinen Blick durch das Haus wandern. Es war wirklich traumhaft und sehr schade, dass es die letzten Jahre über nicht genutzt worden war.

„Und deine Mutter, was ist mit ihr?“

„Da sie und mein Vater so gut wie gar nicht miteinander sprechen“, sagte Adrian, „und ihre Ehe nicht im Guten auseinanderging, war das Haus definitiv für sie tabu. Aber sie hat es auch nie erwähnt, ich glaube kaum, dass sie daran hängt. Außerdem reist meine Mutter stets in der Weltgeschichte herum und präferiert exotischere Orte.“ Er blickte mich an. „Du musst sie wirklich einmal kennenlernen, wenn sie von ihrer Foto-Tour zurückkommt.“

„Sehr gern“, sagte ich und ließ meine Hand über den weichen Stoff eines Ohrensessels gleiten. „Dafür, dass ihr so lange nicht hier wart, ist es aber bemerkenswert modern eingerichtet“, bemerkte ich und betrachtete die graue Sitzbank, den gläsernen Couchtisch und die dazugehörigen Ohrensessel sowie das gläserne Bücherregal, das in einer Ecke stand. „Und sehr sauber.“

Adrian drückte meine Hand. „Mein Vater hat das Haus über eine Agentur vermieten lassen. Es kommt jemand, der sich darum kümmert und nachsieht, ob alles in Ordnung ist. Und der auch ein gewisses Budget für Neuanschaffungen hat."

Adrian zog mich zu sich heran.

„Und kommt diese Woche auch jemand?", fragte ich und blickte zu ihm hoch.

Er schüttelte den Kopf. „Nein, diese Woche sind es nur wir zwei, wie ich es gesagt habe. Nur du und ich." Er machte eine Pause und seine dunkelgrünen Augen fixierten mich. „Der Kühlschrank ist gefüllt, der Pool ist gereinigt – wir können uns einschließen und die ganze Woche hier verbringen, ohne auch nur einmal hinauszugehen."

Ich lächelte schwach. „Das hört sich wunderbar an", sagte ich und hoffte, dass es Finn und Conny nun ebenfalls gut ging. Als wir abgereist waren, hatte sich Finn noch immer um ein Ersatzquartier bei Kilian auf Mallorca bemüht und Conny hatte zu mir am Telefon gesagt, dass sie sich eher erschießen wollte, als mit dem Idioten Kilian unter einem Dach zu wohnen. Da sie auch keine Ambitionen gezeigt hatte, Adrian und mich zu begleiten, war nun das eingetreten, wonach ich mich insgeheim schon lange gesehnt hatte. Endlich hatten wir mal Zeit für uns.

Seufzend schlang ich meine Arme um Adrians Hals und küsste ihn.

„Und das *fühlt* sich wunderbar an", sagte Adrian, als er sich von meinen Lippen löste. „Und nun – Lust auf eine Runde im Pool?"

Die letzten Stunden des Tages flogen nur so dahin. Wir verbrachten sie am Pool und als wir abends nach dem Genuss von ein paar Sandwiches ins Bett fielen, war ich einfach nur glücklich. Glücklich und entspannt.

Das Haus verfügte über mehrere Schlafzimmer, eines netter eingerichtet als das andere. Wir bezogen ein großes Zimmer mit einem riesigen Fenster, ein paar niedrigen Kommoden und einem dunklen Holzbett, dessen Bettzeug nach frischen Blumen duftete. Nach einer kurzen Dusche ließ ich mich einfach hineinfallen.

„Ich stehe nie wieder auf", rief ich müde.

„Ist das ein Versprechen?", meinte Adrian mit sexy Stimme, der gerade aus dem angrenzenden Badezimmer geschlendert kam. Er trug nur ein Handtuch um die Hüften und ich seufzte bei seinem Anblick.

„Ja", sagte ich, „das ist es." Er kam auf mich zu, ließ sich neben mich aufs Bett fallen und zog meinen Körper ganz nah an seinen.

„Das Angebot nehme ich gern an", raunte er mir zu und dann küsste er mich und in dem Moment wusste ich haargenau, wie sich der siebte Himmel anfühlen musste.

Der nächste Morgen weckte uns mit sanften Sonnenstrahlen, die durch das breite Fenster fielen. Wir lagen noch eine Stunde im Bett herum, kuschelten und irgendwann schwang sich Adrian auf, um Frühstück zu machen. Danach genossen wir den ganzen Tag in vollen Zügen. Wir lagen in der Sonne, erfrischten uns im Pool und stopften Unmengen von Pfirsichen und Erdbeeren in uns hinein, die hier einfach noch herrlicher und frischer schmeckten, als sie es in Hamburg jemals getan hatten.

Ich fühlte, wie der Stress der letzten Wochen von mir abfiel, und gab zu Hause Bescheid, dass es uns gut ging. Mit meinem Vater konnte ich nur kurz telefonieren, weil Lilli im Hintergrund schrie, aber das war mir nur recht.

Denn es tat gut, ein wenig Zeit mit Adrian allein zu verbringen, ganz ohne Familie. Seit wir zusammengekommen waren, hatten wir natürlich auch Nachmittage allein bei ihm zu Hause verbracht, denn sein Vater war meistens in seiner Firma – aber es war doch etwas anderes, gemeinsam Urlaub zu machen.

Unser erster gemeinsamer Urlaub.

Ich ließ mich auf die Sonnenliege fallen, setzte meine Sonnenbrille auf und las in meinem Agatha-Christie-Roman, der wirklich spannend war. Dennoch lenkte mich Adrian immer wieder unbewusst ab, der mit seinem durchtrainierten Körper durchs Wasser pflügte.

Stundenlang hätte ich ihm dabei zusehen können, denn er kraulte mit einer Geschmeidigkeit, die ich sonst nur bei professionellen Schwimmern im Fernsehen gesehen hatte. Ich schlürfte mein Glas Eistee und blickte mich entspannt um. Die Aussicht war einfach nur herrlich, die Terrasse bot einen Panoramablick über die Landschaft der Toskana.

Es hätte einfach nicht schöner sein können, daran dachte ich, als ein dumpfer Knall mich plötzlich zusammenzucken ließ. Automatisch fuhr ich herum und spürte das Adrenalin durch mich hindurchrauschen. Das Geräusch war eindeutig von drinnen gekommen.

Sofort stand ich auf, trat durch die Terrassentür ins Wohnzimmer und sah mich um. Es war noch genauso, wie wir es verlassen hatten, ein paar Kleidungsstücke lagen über der Couch – aber nirgends war jemand zu sehen. In meinen Flip-Flops ging ich durch den Raum und versuchte herauszufinden, woher der Laut gekommen war, als ich eine Tür gegenüber der Küche entdeckte, die anscheinend nicht geschlossen, sondern nur angelehnt war. Der Schlüssel steckte im Schloss und ich öffnete die

Tür vorsichtig, um hindurchzuspähen. Dahinter lag eine graue Steintreppe, die in einen Keller zu führen schien. Bei ihrem Anblick durchfuhr es mich heiß und kalt, da ich automatisch an meinen Traum während der Herfahrt denken musste. Bewusst atmete ich ein paar Mal tief durch und versuchte mich zu beruhigen.

Der Wind musste die Tür zugeschlagen haben, mehr war nicht gewesen. Außerdem war meine Erinnerung an den Traum inzwischen so vage, dass ich nicht mehr genau sagen konnte, wie die Kellertür tatsächlich ausgesehen hatte.

Nachdem ich mich etwas beruhigt hatte, legte ich mich wieder nach draußen in die Sonne.

„Alles okay?", wollte Adrian wissen, der mit aufgestützten Armen am Beckenrand lehnte.

„Ja", sagte ich, „ich hatte nur ein Geräusch gehört."

„Was für ein Geräusch?", hakte er sofort nach und stemmte sich über den Rand des Pools nach oben.

„Äh … von der Kellertür", erwiderte ich abgelenkt, da mich der Anblick seiner trainierten Bauchmuskeln, die sich bei der Bewegung automatisch anspannten, ein wenig aus dem Konzept brachte. Schnell sah ich ihm in die dunkelgrünen Augen, während einzelne Wassertropfen von seinen Haaren abperlten.

Adrian zog die Augenbrauen zusammen, schnappte sich ein weißes Handtuch von der Liege neben meiner und trocknete sich ab. „Du bleibst hier", befahl er mir streng. „Ich gehe nachsehen."

„Es wird nur der Wind gewesen sein", sagte ich und zupfte mir nervös meinen rot gestreiften Bikini zurecht. „Die Tür zum Keller war offen. Warst du vorhin unten?"

Adrian strich sich durch seine nassen Haare und schüttelte den Kopf. „Bislang noch nicht." Mit diesen

Worten ließ er mich stehen und verschwand im Inneren des Hauses.

Ich sah ihm nach und lauschte seinen Schritten. Nach einigen Minuten, die mir wie eine Ewigkeit vorkamen, kam er zurück und setzte sich neben mich auf die Liege.

„Der Keller ist leer", sagte er und griff nach der Sonnencreme. „Ich hab die Tür abgeschlossen und auch den Rest des Hauses überprüft. Wir sind allein."

„Ich hab dir doch gesagt, dass es nur der Wind gewesen sein kann", erwiderte ich und war erleichtert, dass es eine so harmlose Erklärung für das Geräusch gab.

Adrian nickte. „Komm her, ich crem dich ein", sagte er dann und ich setzte mich auf. Meine Haut war die Sonne nicht gewöhnt und es konnte nicht schaden, mich öfter einzucremen, wenn ich nicht die Farbe meines Bikinis annehmen wollte. Adrian sprühte die Sonnencreme auf meinen Rücken und begann, sie langsam zu verteilen. Seine Berührung war so angenehm, dass ich die Augen schloss und für einen Moment all meine Sorgen vergaß.

„Kannst du dich schon etwas entspannen?", fragte er und ich nickte.

„Und wie", antwortete ich. „Und du?"

„Und wie", wiederholte er und küsste mich auf die linke Schulter.

„Es war eine großartige Idee, hierherzukommen", sagte ich. „Der Urlaub mit Finn und Conny wäre sicher auch lustig geworden – aber das hier ziehe ich dem Ganzen vor." Ich drehte mich zu Adrian um und öffnete die Augen. Dabei kräuselte ich die Stirn. „Ist es schlimm, dass ich so etwas sage?"

Adrian schüttelte den Kopf. „Mach dir da keine Gedanken, Jo. Conny und Finn geht es sicher gut. Conny kann sich auf ihre mündliche Prüfung vorbereiten und

Finn ist sicher mit Kilian nach Malle geflogen."

Ich nickte. „Du hast recht, außerdem können wir auch noch ein anderes Mal mit ihnen Urlaub machen."

„Willst du das denn?", fragte Adrian nüchtern und zog eine Augenbraue hoch.

„Klar", sagte ich, „Conny ist schließlich meine Freundin. Und Finn", ich lächelte, „ist fast wie ein Bruder für mich."

„Wenn er das hört", bemerkte Adrian und cremte meine Schultern ein.

„Hast du seit unserer Ankunft etwas von Henriette gehört?", fragte ich, weil meine Gedanken immer wieder zu ihr und den Seherinnen zurückkehrten.

Adrian nickte. „Ich habe ihr von deinem Albtraum erzählt. Sie meinte, du sollst dich deswegen nicht fertigmachen. Am wichtigsten ist im Moment, die Ruhe zu bewahren. Natürlich durchforsten die Seherinnen nach wie vor die Bücher, Marlene verfolgt noch immer ihre Spur und Henriette springt parallel durch die Erinnerungen von Saphira, in der Hoffnung, doch noch mehr herauszufinden." Er machte eine Pause und nahm einen Schluck von meinem Eistee. „Die Prophezeiung hat eine Unruhe in eure Gruppe gebracht, die die Seherinnen jetzt überhaupt nicht gebrauchen können."

„Du meinst, weil sie erst zueinander finden müssen?"

Adrian nickte. „Die Seherinnen sind in Wirklichkeit eine riesige Organisation, und jede Organisation dieser Größenordnung braucht Zeit, um sich zu strukturieren. Es ist notwendig, dass sie sich zu dieser Vereinbarung durchringen. Henriette ist auch davon überzeugt, dass es ohne sie nicht funktionieren wird." Er sprühte Sonnencreme auf meinen Nacken, während er mit der anderen Hand meine Schulter massierte. Das tat unendlich gut. Dann wischte er seine Hände am Handtuch ab und schlang von hinten die Arme um mich, sodass ich mich an ihn lehnen konnte. „Aber wir zwei sind jetzt hier und genießen unseren Urlaub."

„Und wie wir das tun", sagte ich, drehte mich um und griff nach Adrians Händen, die sich mit meinen verwoben. „Habe ich dir überhaupt schon gesagt, wie großartig es hier ist?"

„Wenn die hundert Male davor nicht zählen", er grinste mich an, „dann nicht."

Adrian und ich kochten zusammen und weil wir in Italien waren, mussten es natürlich Spaghetti sein. Ich hatte ihn bislang nicht kochen gesehen und die Routine, mit der er es tat, machte mir noch einmal bewusst, dass er ohne Mutter aufgewachsen war. Dass er sich schon früh um sich selbst hatte kümmern müssen.

Er schnitt die Zwiebel mit einer Schnelligkeit und Präzision, die mich wieder einmal daran erinnerte, dass er auch als Jäger ausgebildet worden war. Dann holte er eine Pfanne aus einem der hellen Küchenschränke, goss Öl hinein und fügte die perfekt geschnittenen Zwiebeln hinzu.

Inzwischen war es schon dunkel geworden und Adrian trug ein graues Shirt zu einer leichten schwarzen Hose. Seine Haut war bereits gebräunt von den paar Stunden, die wir draußen verbracht hatten, wohingegen meine Haut einfach nur hell blieb. Nur an den Beinen hatte ich mir tatsächlich einen leichten Sonnenbrand geholt, weil ich sie zu wenig eingecremt hatte.

„Ich mag es, wenn du kochst", erklärte ich und hielt ihm das Brett mit den geschnittenen Tomaten entgegen. Dann setzte ich den Topf mit den Nudeln auf und ließ

Adrian in der Küche hantieren, um draußen den Tisch zu decken.

Als wir wenig später auf der Terrasse saßen, wurde bestätigt, was ich vermutet hatte: Adrian konnte tatsächlich kochen.

„Das schmeckt himmlisch“, sagte ich und füllte mir den zweiten Teller mit Nudeln und der leckeren Tomatensoße voll, die Adrian mit frischem Basilikum und anderen Kräutern verfeinert hatte. Wir saßen uns an einem langen gedeckten Tisch aus Teakholz gegenüber, der durch die Kerzen eines silbernen Kandelabers beleuchtet wurde. Hinter Adrian erhob sich die Landschaft der Toskana in der Dunkelheit und vereinzelt schimmerten Sterne am Horizont. Es war total romantisch und ich genoss den Moment. Und das Essen.

„Ich mag es, wenn es dir schmeckt“, sagte Adrian.

„Wir werden mit Übergewicht zurückkommen“, erwiderte ich und schob mir noch eine Gabel Spaghetti in den Mund, „und daran bist nur du schuld.“

Adrian lachte leise. „Ich glaube, das kann ich verantworten.“

„Wenn du meinst“, sagte ich. „Aber ich will später keine Beschwerden hören.“

Er tupfte sich seinen Mund mit einer hellen Serviette ab. „Also keine Reklamation? Ich kann dich nicht zurückgeben?“

Ich runzelte die Stirn. „Willst du das denn?“

Er beugte sich über den Tisch nach vorn und seine dunkelgrünen Augen leuchteten im Kerzenschein. „Niemals, Jo“, sagte er mit rauer Stimme, die mir kurz den Atem raubte und die Schmetterlinge in meinem Bauch tanzen ließ. „Nie, niemals.“

Adrian und ich verbrachten eine wunderschöne Nacht miteinander, doch ich schlief später schlecht. Vielleicht hatte ich es doch mit meinen drei Portionen Nudeln übertrieben, vielleicht lag es am Sonnenbrand – jedenfalls wachte ich immer wieder auf. Adrian schlief entspannt neben mir, sein Atem ging ruhig und gleichmäßig und als ich dann doch irgendwann einnickte, sank ich in einen seltsamen Traum.

Ich träumte von einer Frau mit dunklen langen Haaren, die mit Feuer in ihrer Hand spielte. Sie trug einen grauen Umhang und ließ die Flammen zwischen ihren Fingern tanzen, so als würden sie dem Rhythmus einer unhörbaren Musik folgen. Das Gesicht der Frau konnte ich nicht erkennen, aber ich spürte eine Beklommenheit, die ich schon lange nicht mehr empfunden hatte – es war, als würde eine kalte Hand nach meinem Herzen greifen. Nebel waberte um die Gestalt der Frau, die Stück für Stück näher rückte und damit meinen Herzschlag beschleunigte. Ich hatte den Drang, wegzulaufen, konnte es aber nicht. Ich konnte mich überhaupt nicht bewegen, ich stand einfach nur da und musste das Unausweichliche geschehen lassen. Irgendwo hörte ich ein Kind lachen und dann in einen leisen Singsang verfallen, während die Frau in dem Kapuzenumhang langsam auf mich zukam. Die Flammen in ihrer Hand formten die Umrisse eines kleinen Mädchens und ich taumelte zurück, als das Feuer immer größer wurde, bis alles, was ich sehen konnte, bis alles, was ich spüren konnte, in den dunkelroten Flammen aufging, aus denen plötzlich pures Blut tropfte.

Mit klopfendem Herzen fuhr ich in die Höhe.

„Alles okay?“, fragte Adrian, der sich neben mir

aufrichtete. Sein Blick wirkte besorgt. „Du hast im Schlaf etwas gemurmelt, das ich nicht verstehen konnte."

Ich wischte mir über die Stirn und atmete mehrmals tief ein. „Alles okay", sagte ich dann. „Ich hatte nur wieder einen Albtraum."

Adrian biss die Zähne zusammen und zog mich an sich.

„Was war es diesmal?", fragte er dann und legte einen Arm um mich. Die Sonnenstrahlen fielen durch das Fenster und die Uhr zeigte, dass es schon elf war; wir waren auch erst spät ins Bett gekommen.

„Ich habe von einer Frau geträumt", sagte ich leise und versuchte mich an die Einzelheiten zu erinnern. „Sie konnte Flammen auf ihrer Hand tanzen lassen – und ich weiß, dass ich Angst vor ihr hatte."

„Das war alles?", fragte Adrian gepresst.

Ich schüttelte den Kopf. „Ich habe auch wieder eine Kinderstimme gehört. Was hat das zu bedeuten?"

„Ich weiß es nicht", murmelte er. „Aber ich werde Henriette Bescheid geben. Wir kriegen das hin." Er blickte mich ernst an und küsste mich dann auf den Mund, ganz sanft. Automatisch schlang ich die Arme um seinen Nacken und zog ihn noch näher an mich heran. Der Albtraum war durch Adrians Nähe schnell vergessen und als ich Adrians Lippen auf mir fühlte, gab es nur noch ihn und mich. Seine Hände gingen gerade auf Wanderschaft, als jemand plötzlich gegen die Eingangstür hämmerte.

Adrian stieß einen knurrenden Laut aus. „Nicht jetzt", murrte er.

„Wer kann das sein?", fragte ich und Adrian sprang auf, schlüpfte in seine Hose und atmete geräuschvoll aus.

„Keine Ahnung", sagte er. „Aber ich werde es gleich

herausfinden." Es klang fast wie eine Drohung und es war ihm deutlich anzusehen, dass er nicht begeistert war, gerade jetzt von jemandem gestört zu werden.

Was ich nur zu gut verstehen konnte.

„Die Agentur?", mutmaßte ich.

Adrian schüttelte den Kopf. „Die haben strikte Anweisung, das Haus für diese Woche nicht zu betreten." Er sah mich an und schnaubte leise. „Egal wer es ist, ich wimmle ihn ab", sagte er und lächelte dann. Es war dieses entwaffnende Lächeln, das mich um den Verstand brachte. „Vergiss nicht, wo wir waren."

Ich grinste ihn an und zog die Bettdecke heran. „Das werde ich nicht vergessen."

„Gut so", sagte er und seine Augen funkelten amüsiert, „sonst musst du in deiner Erinnerung nachsehen." Mit diesen Worten verschwand er die Treppe nach unten und ich ließ mich auf dem Bett zurückfallen und schloss kurz die Augen.

„Jo!", hörte ich Adrian ein paar Sekunden später rufen. „Komm bitte runter!"

Ich runzelte die Stirn, stand aber auf und zog mir schnell Unterwäsche und ein blau gestreiftes Sommerkleid über. Dann rannte ich barfuß die Treppe hinunter zur Eingangstür, in der Adrian stand und den Blick auf die Person dahinter versperrte. Und während ich noch überlegte, wen Adrian denn nicht allein abwimmeln konnte, erkannte ich nicht nur eine, sondern zwei Personen, die schwitzend und mit zwei Koffern bepackt dastanden.

Ich riss die Augen auf.

Was machten Conny und Finn hier?

Kapitel 6

„Was … was macht ihr denn hier?“, entfuhr es mir verdutzt, woraufhin mich Conny perplex ansah.

„Ich dachte, du freust dich, uns zu sehen“, sagte sie und strich sich über ihr gelb-rotes Ringelshirt, das sie zu einer pinkfarbenen Hose kombiniert hatte. Dazu trug sie grüne Ballerinas.

„Ich freue mich ja auch“, sagte ich schnell und erntete einen ungläubigen Seitenblick von Adrian, „aber ich bin einfach überrascht. Ich hatte überhaupt nicht mit euch gerechnet.“

„Aber Adrian hat uns doch eingeladen“, behauptete Finn und hievte seinen Koffer über die Schwelle. „Hat er dir das nicht erzählt?“

Nun war ich es, die Adrian einen ungläubigen Seitenblick zuwarf.

„Moment“, sagte er und räusperte sich kurz. „Wann genau soll das gewesen sein?“

„Na vor eurem Abflug“, erwiderte Finn stirnrunzelnd. „Was soll das, Mann? Leidest du unter Gedächtnisschwund?“ Dann blickte er sich um und pfiff durch die Zähne. „Schicke Hütte.“

Conny folgte ihm und sah sich ebenso staunend um.

„Wow“, murmelte sie. „Und das gehört alles deinem Vater?“

Adrian nickte knapp. „Finn, wegen dieser Einladung“, begann er noch mal und wirkte sichtlich angespannt.

„Ach du heilige Scheiße! Conny, hast du schon den Pool gesehen?“, rief Finn in diesem Moment und drehte sich dann zu Adrian um. „Verdammt, Mann, wieso hast du nicht gleich gesagt, dass ihr so eine riesige Finca in

Italien habt? Da hätten wir uns den Scheiß mit dem Schnäppchenurlaub doch komplett sparen können."

„Das Haus gehört meinem Vater, es ist sonst vermietet", sagte Adrian und schloss die doppelflügelige Eingangstür hinter Conny und Finn. Sein Gesichtsausdruck war dabei nicht allzu glücklich.

„Dein Alter hat einen klasse Geschmack", meinte Finn und trat auf die Terrasse, wo er sich kopfschüttelnd umsah und immer wieder „Scheiße, ist das geil hier" murmelte. Conny erkundete in der Zwischenzeit summend das Haus und stieg beschwingt die Treppe hoch. Ich überlegte, ob ich das Lied irgendwoher kannte, als Adrian einen Schritt auf mich zumachte.

„Ich hab die beiden definitiv nicht eingeladen", flüsterte er mir ins Ohr.

„Aber sie scheinen es zu glauben", gab ich ebenso leise zurück.

In dem Moment hörte ich es laut platschen und sah Wasser aus dem Schwimmbecken hochspritzen.

„Wohooo!", brüllte Finn, der sich in das kühle Nass gestürzt hatte. Er sah dabei so glücklich aus, dass ich lächeln musste. Es schien ihm hier wirklich sehr zu gefallen.

Adrian hingegen atmete hörbar aus. Ich sah, wie sein Blick zu den verstreut herumliegenden Kleidungsstücken wanderte, die Finn auf dem Terrassenboden fallen gelassen hatte, bevor er in den Pool gesprungen war.

„Habt ihr eigentlich auch Schokolade?", fragte Conny, die von ihrem Rundgang offenbar schon wieder zurück war. Sie ging schnurstracks in die Küche und ich hörte, wie sie eine Küchentür nach der anderen öffnete.

„Ich weiß es nicht", rief ich zurück und drückte sanft Adrians Hand.

„Wir brauchen Musik!“, rief Finn aus dem Pool. „Dazu noch ’ne Luftmatratze mit Getränkehalter und ich bin im Himmel.“

„Es gibt hier keine Luftmatratzen“, erklärte Adrian nachdrücklich und ließ sich auf die graue Polstergarnitur im Wohnzimmer fallen.

Finn schwang sich mit einer geschmeidigen Bewegung über den Beckenrand und trat mit seinen tropfenden Boxershorts ins Wohnzimmer. „Aber dafür sicher eine Hausbar“, meinte er und steuerte zielsicher eines der gläsernen Wandregale an, das einen Milchglaseinsatz hatte.

„Äh, Finn, draußen gibt es auch Handtücher“, warf ich ein, als ich Adrians Blick bemerkte, der von Sekunde zu Sekunde härter wurde.

„Brauch ich nicht“, sagte Finn leichthin über die Schulter, während er das Regal öffnete. „Ich spring sowieso gleich wieder rein.“ Dann schnalzte er zufrieden mit der Zunge. „Wusste ich es doch, dass es hier auch ’ne Bar gibt.“

„Habt ihr eigentlich schon was gegessen?“, wollte Conny wissen und kam wieder aus der Küche. Dabei strich sie mit den Fingerspitzen über jedes einzelne Möbelstück auf dem Weg hierher.

„Nein, wir sind gerade erst aufgestanden“, antwortete ich.

„Jetzt erst?“, fragte Conny und grinste mich vielsagend an. „Diese Kulisse!“, rief sie im nächsten Moment laut aus. „Die Bilder werden traumhaft!“

„Nicht, wenn du jedes mit einer Karotte verschandelst“, bemerkte Finn über die Schulter.

Conny hielt in der Wohnzimmerbegehung inne und sah Finn herausfordernd an. „Meine Karotten sind nicht das Problem“, meinte sie dann. „Ich muss nur aufpassen, dass du nicht zufällig auf einem der Fotos bist.“

„Klar, weil dann keiner mehr die Karotten beachten würde“, gab er grinsend zurück. „Wetten, dass du mit einem einzigen Foto von mir mehr Herzen einsackst als mit drei Bildern von deinem dämlichen Gemüse?“

Conny zog eine Augenbraue hoch. „Worum wetten wir?“

Finn drehte sich zu ihr herum. „Worum willst du denn wetten?“ Seine Stimme hatte einen leicht anzüglichen Klang angenommen und mir entging nicht, dass Connys Wangen sich sanft röteten, als ihr Blick über seinen muskulösen Körper huschte. Seine nassen Boxershorts klebten an ihm und einzelne Wassertropfen perlten noch immer über seine glatte Haut zu seinem durchtrainierten Sixpack hinunter.

„Ah, ich sehe schon, worum du wetten möchtest“, meinte Finn spöttisch und sein Grinsen vertiefte sich.

„Ach ja? Und was meinst du, gesehen zu haben?“, bemerkte Conny mit blitzenden Augen.

Finn verschränkte lächelnd die Arme vor der Brust, sodass seine Oberarmmuskeln hervortraten. „Meine Bauchmuskeln. Du willst sie mal anfassen.“

„Du hast sie ja nicht alle“, entgegnete sie.

„Tu nicht so. Ich sehe doch, dass du es willst“, wiederholte Finn selbstsicher und ich verzog angewidert das Gesicht.

„Okay, lass uns gehen“, sagte ich zu Adrian und stand vom Sofa auf.

„Will ich nicht!“, schnaufte Conny.

„Klar willst du.“ Finn lächelte. „Ist doch okay. Du bist ja nicht die Einzige.“

Conny schnappte nach Luft und ich spürte, wie

Adrian nach meiner Hand griff und mich mit sich zur Treppe zog.

„Unser Schlafzimmer ist das mit der breiten weißen Tür, direkt gegenüber vom Treppenaufgang“, sagte er zu Finn und Conny. „Ihr könnt euch eines der anderen am Ende des Flurs neben dem Arbeitszimmer aussuchen, es sind genügend da. *Leider*.“ Mit diesen Worten verstärkte er den Druck um meine Finger und zog mich hinter sich die Stufen hinauf.

Zurück in unserem Schlafzimmer schloss er mit Nachdruck die Tür hinter sich, aber Connys und Finns Stimmen waren weiterhin gedämpft zu hören.

„Verdammt“, murmelte er und lehnte sich mit dem Rücken gegen die Tür. „Keine Ahnung, was sich Finn einbildet, aber ich schwöre, dass ich sie nicht eingeladen habe.“

Ich ging zu unserem zerwühlten Bett und ließ mich rückwärts auf die Matratze fallen. „Sie scheinen es aber beide anzunehmen.“

„Offenbar tun sie das“, murmelte Adrian düster.

„Soll ich einen Blick in deine Erinnerung werfen?“, fragte ich halb lachend und er schüttelte nur den Kopf.

„Finn hat vielleicht nur das gehört, was er hören wollte.“

Im nächsten Moment waren von unten ein spitzer Schrei und ein lautes Platschen zu hören. Ein paar Sekunden später hörte ich Conny schimpfen und Finn laut lachen.

Adrian zog die Augenbrauen zusammen und ging zum Fenster. Von dort warf er einen Blick runter in den Pool und zog dann die Vorhänge zu, bevor er sich neben mich ins Bett legte und seinen Kopf aufstützte. „Es war so ruhig, bevor sie gekommen sind."

„Sie sind unsere Freunde", sagte ich sanft und fuhr mit den Fingerspitzen durch seine kurzen dunklen Haare.

Er nahm meine Hand und küsste zart mein Handgelenk. Die Berührung seiner Lippen ließ mein Herz schneller schlagen und ich rutschte etwas näher an ihn heran. Er sah mich intensiv an und strich mir meine langen blonden Haare aus dem Gesicht.

„Du bist wunderschön", flüsterte er. „Und sehr freundlich. *Ich* würde sie am liebsten rausschmeißen."

Von unten war jetzt ein Türknallen zu hören und ich fuhr erschrocken zusammen.

„Lass uns von hier verschwinden und die Sache klären, Jo. Am besten sofort", sagte Adrian und griff nach meiner Hand. Doch statt mich vom Bett hochzuziehen, verschränkte er unsere Finger ineinander und presste sein Handgelenk auf meines.

Gemeinsam stürzten wir auf sein Erinnerungsfeld. Es leuchtete im reinsten Silber und ich atmete tief die frische Luft ein, während ich die Augen schloss.

Eine angenehme Ruhe umgab uns hier, so wie ein Gefühl der Sicherheit und Zeitlosigkeit. Hier gab es nur uns beide und die Erinnerungshalme, die sich sanft im Wind bewegten und auf der weiten Ebene wogten.

„Es ist so schön hier", sagte ich leise und blickte in den dunklen Himmel. Einzelne bunte Lichtfunken fielen wie Sternschnuppen auf uns nieder.

„Welche Erinnerung zeigt mein Gespräch mit Finn?", wollte Adrian wissen. Ich wiederholte seine Frage und blickte mich auf seinem Feld um. Sogleich leuchtete einer der Halme neben uns auf. „Diese hier", erwiderte ich und griff nach dem goldenen Grashalm.

Das Feld verschwand und ich sah Adrian bei sich zu Hause in seinem Zimmer stehen. Er hatte gerade seine schwarze Reisetasche fertig gepackt, zog den Reißverschluss zu und griff nach seinem Handy. Dann wählte er auf dem Display Finn aus, schulterte seine Tasche und ging die Treppe runter.

„Hey, ich bin's", hörte ich Adrian in der Erinnerung sagen. „Tut mit leid, dass der Flug gecancelt wurde."

Am anderen Ende hörte ich Finn auf die verdammte Website schimpfen und Adrian wartete seinen Ausbruch geduldig ab.

„Hör zu, ich wollte dir nur sagen, dass ich mit Jo trotzdem fliegen werde."

„In die Toskana", erklärte er auf Finns nächste Frage hin. „Mein Vater hat da ein Haus und meinte, ich kann es für die Woche haben. Wie sieht es mit Kilian aus? Hat er euch ein Quartier auf Mallorca besorgen können?"

„Muss ich erst checken", hörte ich Finn durch den Hörer sagen. „Jedenfalls ist das alles eine ziemlich große Scheiße."

„Verstehe", meinte Adrian. „Ich hoffe, das klappt noch mit Mallorca." Dann stieg er ins Auto und warf die Reisetasche auf den Rücksitz.

„Ja, ich auch", erwiderte Finn. „Deine Bude in der Toskana klingt aber auch spannend."

Adrian startete den Motor und nickte abgelenkt. „Ja. Wenn mein Vater nichts dagegen hat, kannst du sie dir ja mal ansehen kommen."

Dann setzte er den Blinker und beendete das Gespräch.

„Da hast du deine Einladung", sagte ich und ließ mich gemeinsam mit Adrian zurück auf sein Erinnerungsfeld ziehen.

Er schnaubte. „Das? Nein, Jo, das war doch keine Einladung, das war reine Höflichkeit. Und ich meinte damit irgendwann, *nicht jetzt.“*

Ich strich ihm beruhigend über den Arm. „Ich weiß“, murmelte ich. „Aber ich wette mit dir, dass Finns Erinnerung zu dem Gespräch anders aussieht.“

Adrian blickte mich an. „Weil er sich etwas einbildet.“

Ich strich mit den Fingerspitzen sanft über die funkelnden Gräser. „Das ist normal und passiert ganz oft. Die eine allgemeingültige Realität gibt es doch gar nicht. Jeder Mensch hat seine eigene Wirklichkeit, die durch seine Empfindungen, Wünsche und auch durch seine Vorurteile geprägt wird. Finn wollte von dir nach Italien eingeladen werden, also hat er diese Einladung aus deinen Worten herausgehört.“ Ich hielt kurz inne und lächelte Adrian an. „Und du wolltest einfach nur höflich sein und hast eine Einladung irgendwann in der Zukunft nicht ausgeschlossen. So etwas reicht schon als Missverständnis.“

Adrians Himmel über seinem Erinnerungsfeld bekam einen leichten roten Stich und er seufzte.

„Ärgere dich nicht“, flüsterte ich und küsste ihn. „Wir werden unsere Zeit trotzdem genießen.“

Er seufzte, nickte aber. „Wenn wir schon hier sind, dann könnten wir uns doch noch etwas anderes ansehen.“

„Klar“, sagte ich. „Was willst du sehen?“

„Ich wüsste gern, wie es früher in dem Haus ausgesehen hat. Meine Erinnerungen an meine Zeit hier als Kind sind nur vage.“

Ich nickte und ließ meinen Blick über Adrians Erinnerungsfeld schweifen. Weit in der Ferne, beinahe an der Grenze zum Horizont sah ich einige Gräser goldfarben funkeln. „Komm mit“, sagte ich und lief mit ihm zu dem Halm, der am stärksten leuchtete.

Das Feld verschwand und stattdessen fanden wir uns auf

der Terrasse unseres Urlaubsortes wieder. Die Erinnerung war empfindlich kühl und die Farben blass, dennoch war unsere Umgebung gut zu erkennen.

Adrian saß als kleiner Junge von vielleicht drei Jahren auf dem Boden und spielte mit ein paar Matchbox-Autos, während seine Mutter mit einer Zeitschrift auf einer Sonnenliege lag und immer wieder einen Blick in seine Richtung warf.

Der Pool lag glitzernd in der Sonne und ein leichter Wind wehte durch die Zypressenbäume.

„Deine Mutter war sehr schön", sagte ich und betrachtete die Frau mit den feinen Gesichtszügen und den langen schwarzen Haaren.

Adrian nickte. „Sie ist es noch", sagte er. „Allerdings hat sie sich von der Trennung von meinem Vater nie erholt. Er war ihre große Liebe."

In diesem Moment stand der kleine Adrian aus der Erinnerung auf und lief mit je einem Auto in der Hand ins Innere des Hauses. Die Terrasse mit seiner Mutter verblasste, stattdessen fanden wir uns nun im Wohnzimmer wieder, das ganz anders eingerichtet war als jetzt. Ein geblümtes Sofa stand dort statt der grauen Polstergarnitur – und die Regale waren zu dem Zeitpunkt nicht aus Glas, sondern aus Holz.

Staunend ging Adrian durch den Raum. „Unglaublich, wie detailliert das alles noch in meinem Gehirn abgespeichert ist", murmelte er. „Ich kann mich an nicht mehr viel erinnern … Ich weiß noch, dass wir in der Küche Eis gegessen haben – und dass mein Vater mit mir im Pool schwimmen war –, aber das hier, das ist unglaublich."

Kaum hatte er das gesagt, klingelte das Telefon in der Küche und Adrians Vater ging mit langen Schritten zum Apparat.

„Hallo?“, hörte ich seine angenehme Stimme, bevor sich im nächsten Moment seine Körperhaltung anspannte und er einen raschen Blick über die Schulter warf.

„Du kannst mich doch hier nicht anrufen“, flüsterte er in das Telefon und der erwachsene Adrian neben mir verspannte sich beinahe auf die gleiche Art und Weise wie sein Vater, weil wir beide wussten, mit wem er telefonierte. Mit seiner Geliebten, Frau Engel.

Ich sah Adrian an. „Möchtest du gehen?“, fragte ich leise.

Er schüttelte den Kopf.

Der kleine Adrian setzte sich neben seinem Vater auf den Boden und ließ zwei Matchbox-Autos immer abwechselnd gegen seinen Fuß donnern.

„Ich kann das nicht“, flüsterte Adrians Vater nun in den Hörer.

Und nach einer Pause. „Nein, Chris-“ Er warf einen kurzen Blick auf seinen kleinen Sohn am Boden und unterbrach sich mitten im Wort. „Ich kann mich nicht gegen sie wenden, du weißt, was mit Marius’ Vater geschehen ist“, fuhr er drängend fort.

Aus dem Telefon hörte ich eine Frauenstimme leise weinen und Adrians Vater seufzte schwer, während er sich mit der Hand über den Kopf fuhr.

„Ich melde mich bei dir. Aber ruf nicht mehr an. Versprich es mir.“ Dann hängte er den Hörer zurück in die Halterung des Wandtelefons.

„Wer war das, Papi?“, fragte der kleine Adrian und sein Vater beugte sich zu ihm hinunter, um ihn auf den Arm zu nehmen.

„Das war nur jemand von der Arbeit“, antwortete er und erstarrte mitten in der Bewegung, als er den Blick von Adrians Mutter auffing, die lautlos in die Küche gekommen war.

Adrian und ich drehten uns zu ihr um und in ihrem Gesicht war zu sehen, dass sie das ganze Gespräch mit angehört hatte. Oder zumindest genug, um die richtigen Schlüsse zu ziehen. Ihre Augen schwammen in Tränen, dann atmete sie tief durch und wandte sich ruckartig ab.

„Genug", sagte Adrian neben mir und ich ließ mich zurück auf sein Erinnerungsfeld ziehen.

„Es tut mir leid", sagte ich leise, als wir wieder auf unserem Bett in der Gegenwart angekommen waren. Noch immer lagen wir so nebeneinander, dass wir uns ansehen konnten.

„Es ist doch nicht deine Schuld", meinte Adrian und strich mir mit einem traurigen Lächeln über die Wange. „Es ist definitiv nicht die einzige Erinnerung der Art und irgendwann wurde es ihr einfach zu viel."

„Wie ist deine Beziehung jetzt zu ihr?", fragte ich und sah ihn aufmerksam an.

Er zuckte mit den Schultern. „Es ist okay. Ich weiß, dass sie mich liebt."

„Aber sie hat dich allein gelassen."

Er nickte. „Ja, das hat sie. Aber ich stelle mir gern vor, dass sie keine andere Wahl hatte. Ich war der Sohn eines Jägers, sie wusste, dass mich die Jägerschaft für sich beanspruchen würde und meine Ausbildung übernehmen wollte."

„Es tut mir leid, dass du dich durch mich wieder an alles so genau erinnerst", sagte ich aufrichtig.

„Das ist meine Vergangenheit, Jo", meinte er und strich mir mit dem Finger sanft über das Schlüsselbein. „Dafür musst du dich wirklich nicht entschuldigen." Und dann beugte er sich zu mir und küsste mich. Er tat es auf eine langsame und liebevolle Art, die mir das Gefühl gab, dass wir zueinander gehörten. Und während unser Kuss immer leidenschaftlicher wurde, verschwanden auch die bedrückenden Gedanken und ließen für nichts anderes Platz als das unglaubliche Gefühl, endlich mit ihm zusammen zu sein.

Als ich ein paar Stunden später hinunterging, wehte ein fabelhafter Geruch nach Essen durch das Haus. Mit knurrendem Magen folgte ich dem Duft in die Küche und sah dort Conny am Herd stehen. Ihre lockigen schwarzen Haare hatte sie sich zu einem Dutt hochgebunden und über ihrer kurzen Jeans und dem gelb-roten Ringelshirt trug sie eine weiße Kochschürze, die schon voller roter Sprenkel war.

„Mmhh … was kochst du denn da?“, wollte ich wissen und stützte mich auf der Kücheninsel ab, während ich genießerisch schnupperte.

„Lasagne“, sagte Conny und lächelte mich an. Dabei rührte sie in dem großen Topf mit der roten Sauce und bekam noch einen Spritzer auf ihre weiße Schürze.

Neben ihr lag aufgeschlagen mein Agatha-Christie-Roman und hatte ebenfalls einige Flecken abbekommen.

„Oh nein“, entfuhr es mir. „Verdammt, Conny – der gehört mir nicht.“

Sie sah mich irritiert an. „Mir gehört er auch nicht“, erwiderte sie ruhig.

„Nein, ich weiß, ich habe ihn aus der Bibliothek“, erklärte ich und schüttelte den Kopf. „Das ist nicht gut, jetzt hat er lauter Flecken.“

Sie zuckte mit den Schultern. „Dafür kann ich nichts, ich hab das Buch schließlich nicht hierhingelegt.“

„Hast du nicht?“, fragte ich und hob den Roman hoch. Er sah wirklich nicht gut aus.

Conny schüttelte den Kopf. „Glaubst du wirklich, ich würde eines deiner Bücher absichtlich beim Kochen in die Küche legen?“

Darauf sagte ich nichts und strich mir nur kurz über den Arm, auf dem sich eine Gänsehaut gebildet hatte. Irgendwie war es kalt hier und als ich mich umblickte, sah ich, dass die Tür zum Keller offen stand.

„Bist du im Keller gewesen?“, fragte ich sie und stand auf, um die Tür zu schließen.

Conny schüttelte den Kopf. „Nein, was sollte ich im Keller? Der Kühlschrank ist bis oben hin voll.“

Ich blieb für einen Moment vor der dunklen Kellertreppe stehen und versuchte das ungute Gefühl zu verbannen, bevor ich die Tür zudrückte und mich zu Conny umdrehte.

„Weißt du, wo die Jungs sind?“

„Wollten zusammen Sport machen“, gab sie knapp zur Antwort und wischte sich mit dem Handrücken über die Nase.

„Conny, ist alles okay?“, fragte ich und ging die paar Schritte zu ihr.

Sie nickte nach kurzem Zögern.

„Hey …“ Ich sah ihr direkt in die Augen. „Du kannst mir alles sagen, das weißt du doch, oder?“

Sie hielt beim Kochen inne und biss sich auf die Lippen.

„Wir hatten ein Date, das schlechteste Date aller Zeiten“, platzte es dann aus ihr heraus.

Überrascht starrte ich sie an. „Okay. Und mit *wir* meinst du …“

„Finn und mich, ich meine Finn und mich“, presste sie hervor und rührte noch heftiger in der roten Sauce. „Es war ein Desaster“, erklärte sie mir dann. „Wir waren bei einem Italiener, mit Kerzenschein und dem ganzen romantischen Zeug."

„Und was ist dann passiert?", fragte ich und setzte mich auf einen der hohen Barhocker, die rund um die Kücheninsel standen.

„Zuerst hat er mich eine Viertelstunde warten lassen", knurrte sie und holte mit Schwung eine längliche Auflaufform aus dem Ofen. „Und danach haben wir uns angeschwiegen."

„*Ihr beide* habt euch angeschwiegen?", wiederholte ich fassungslos und konnte nicht glauben, dass ein derart explosives Gespann wie Conny und Finn dazu überhaupt in der Lage war.

Sie schnaufte und begann, Lasagneblätter abwechselnd mit der Bechamel- und der Fleischsoße in die Auflaufform zu schichten. „Es war unglaublich peinlich", murmelte sie dann. „Es war, als hätte mir jemand alle Wörter geklaut, und ich saß einfach nur da und sah ihm dabei zu, wie er mit der dünnen Kellnerin geflirtet hat, die ungefähr alle zwei Minuten zu uns an den Tisch kam."

„Ach Conny", seufzte ich. „Das tut mir echt leid."

„Muss es nicht", erwiderte sie. „Finn und ich … wir passen einfach nicht zusammen. Das ist wie mit Karotten und Eiscafé oder Karotten und Karamellsauce. Manche Kombinationen funktionieren einfach nicht."

Ich runzelte die Stirn und verkniff mir die Frage, ob sie wirklich schon mal eine Karotte mit Eiscafé oder Karamellsauce gegessen hatte.

„Ich hatte bisher den Eindruck, dass ihr eher ein Karotte-Apfel-Mix seid", sagte ich vorsichtig. „Und den finde ich ziemlich lecker."

Sie hielt in ihrer Schicht-Tätigkeit inne und sah mich an. „Hast du gerade gesagt, dass du Finn und mich lecker findest?“

Ich musste lachen und schüttelte den Kopf. „Okay, streich das wieder. Aber ich glaube nicht, dass ihr wirklich die Eiscafé-Karamell-Karotten-Kombi seid. Vielleicht hattet ihr einfach nur einen schlechten Tag.“

„Nein, Jo. Wir funktionieren einfach nicht im Zweier-Modus“, behauptete sie. „Schon allein die Anreise war superanstrengend. Zuerst hat er mich geschlagene zwei Stunden zu früh zum Flughafen bestellt und dann hatte er den Nerv, sich dafür nicht einmal zu entschuldigen. Ich kenne keinen Menschen, der selbstverliebter ist als Finn.“

Darauf sagte ich nichts, da sie irgendwie recht hatte. Nur Pippa konnte Finn in Sachen Selbstbewusstsein das Wasser reichen.

„Bist du deshalb bei der Abi-Feier in dem Club vor mir so zurückgezuckt?“, fragte ich sie schließlich. „Weil du Angst hattest, dass ich mir die Erinnerung an euer Date ansehe? Du weißt schon, dass ich nicht ungefragt bei dir herumstöbere, oder?“

„Ja, das war blöd“, seufzte Conny. „Tut mir leid – ich wollte mich einfach nicht an diesen furchtbaren Abend erinnern. Am liebsten würde ich ihn ganz aus meinem Gedächtnis streichen.“

„Hey … es kann auch einfach nur Pech gewesen sein, dass der Abend so in die Hose gegangen ist“, versuchte ich sie aufzumuntern. „Manchmal hat man einfach einen schlechten Tag, und wenn ihr beide gleichzeitig einen schlechten Tag hattet, dann ist das ja in gewisser Weise auch eine Form der Gemeinsamkeit …“

Daraufhin zog Conny nur eine Augenbraue hoch und ich sagte auch nichts mehr, als ich hinter uns die Schritte von Adrian und Finn hörte.

„Mann, riecht das lecker. Viel besser als der vegetarische Kram, den wir bei Jens dauernd bekommen“, sagte Finn und hielt die Nase in die Luft.

„Zum Nachtisch hätte ich ein Schokoladensoufflé gemacht, aber ich hab keine einzige Tafel Schokolade gefunden“, bemerkte Conny und wich Finns Anblick aus, der schon wieder mit nacktem Oberkörper durchs Haus lief.

Adrian blickte kurz zwischen den beiden hin und her, bevor er sich räusperte. „Sollen wir einkaufen fahren, Conny? Ich wollte unseren Leihwagen sowieso noch tanken.“

Conny schüttete gerade die letzte Schicht Käse über die Lasagne und wischte sich die Hände an der Schürze ab.

„Das klingt nach einer fantastischen Idee“, meinte sie dann und nickte.

„Ich stell die Lasagne solange in den Ofen“, sagte ich und nahm Adrian dann zur Seite. „Die Kellertür war wieder offen“, flüsterte ich ihm zu. „Du hattest doch abgeschlossen, oder?“

Adrian nickte mit zusammengezogenen Augenbrauen und blickte hinüber zu der geschlossenen Tür, die ich vorhin zugedrückt hatte.

„War einer von euch beiden im Keller?“, wandte er sich dann an Conny und Finn.

Beide schüttelten den Kopf und ich sah Adrian zu, wie er die Tür kontrollierte und dann den Schlüssel herumdrehte, bevor er sich mit Conny fürs Einkaufen fertig machte.

Keine fünf Minuten später waren sie weg.

„Mann, ich habe schon einen Mordshunger, hoffentlich geben die zwei Gas“, bemerkte Finn, als Adrians

Wagen die Auffahrt hinuntergefahren war.

„Sie sind ja gleich wieder zurück“, erwiderte ich und ging zum Kühlschrank, um mir einen Eistee zu machen. Dabei bemerkte ich einen weißen Briefumschlag mit einem Goldrand auf der Anrichte, den ich noch nie zuvor gesehen hatte.

„Ist der Brief von dir?“, fragte ich Finn, der stirnrunzelnd nach dem Kuvert griff und hineinsah.

„Nein. Scheint leer zu sein“, meinte er dann und beförderte den Umschlag in den Abfalleimer. Im nächsten Moment knurrte sein Magen. „Hörst du, Jo?“

„Ich hoffe, das war dein Hunger und kein anderes Geräusch“, entgegnete ich.

Er grinste. „Bislang war es nur mein Magen, aber das können wir ändern, wenn du möchtest.“

Ich verzog das Gesicht. „Igitt, Finn, du bist so was von ekelhaft.“

„Ich bin nicht ekelhaft“, sagte er und tippte mit den Fingern unruhig auf den Küchentresen. „Ich bin nur verdammt hungrig. Hoffentlich trödelt Conny jetzt nicht wie bei unserer Abreise.“

„Wie meinst du das?“

„Na, ich hab am Flughafen stundenlang auf sie gewartet“, erklärte Finn und lehnte sich an den Küchentisch.

Verwirrt blickte ich ihn an. „Das hat sie aber ganz anders erzählt.“

„Na klar“, murmelte er und rieb sich über das Gesicht.

Ich stellte die Auflaufform in den Ofen und drehte ihn auf Ober- und Unterhitze. „Vielleicht solltet ihr einfach mal miteinander sprechen?“, schlug ich vor.

„Wer? Ich und Conny?“, fragte Finn betont unbeteiligt.

„Ja, du und Conny“, erwiderte ich.

„Darauf hab ich keinen Bock“, bemerkte er gelangweilt. „Wahrscheinlich ist sie noch immer angepisst, weil …“

„Weil?“, wiederholte ich fragend und zog eine Augenbraue hoch.

Er seufzte. „Hör zu, wir haben uns da mal getroffen und es war megamühsam. Zuerst war sie zickig, weil ich fünf Minuten zu spät gekommen bin, und dann hat sie ständig nur vom Abi und dem Notendurchschnitt gefaselt. Da hab ich gemerkt, dass wir echt unterschiedliche Ziele haben.“

„Und dein Ziel ist es, möglichst viele Kellnerinnen flachzulegen?“, fragte ich schneller, als ich denken konnte.

Finn ließ den Kopf sinken und stieß die Luft aus. „Fuck“, murrte er dann. „Du auch noch? Ist das so ein Virus, der sich ausbreitet und jedes Wesen mit Eierstöcken in biestige Eifersuchtszicken verwandelt?“

„Tut mir leid“, sagte ich. „Du hast recht, ich war nicht dabei.“

„Und ich lass dich auch nicht reinsehen“, murrte Finn. „Ich bin froh, dass der Abend rum ist. Außerdem kann ich nichts dafür, dass mich die Kellnerin heiß fand. Ich seh nun mal gut aus.“

Ich verdrehte die Augen und erwiderte nichts.

„Und was machen wir jetzt?“, fragte Finn und sah sich im Wohnzimmer um. „Lust auf eine Partie Poker?“

Ich überlegte. „Was hältst du davon, wenn ich mein Geburtstagsgeschenk jetzt einlöse?“

Finn ließ sich auf den Barhocker fallen. „Jetzt, Jo? Ich hab mich vorhin noch mit Adrian im Pool gebattelt, habe einen Riesenhunger und jetzt willst du mich auch noch vermöbeln?“

„Hast du denn Angst, dass ich dich besiege?“, fragte

ich schmunzelnd.

Er schüttelte den Kopf. „Also gut. In zehn Minuten auf der Terrasse. Und erwarte keine Gnade, wenn mein Hunger dich auffrisst."

Eineinhalb Stunden später saßen wir bei einem frühen Abendessen. Wir hatten wieder den Tisch auf der Terrasse gedeckt und selbst ich hatte jetzt einen Bärenhunger nach dem Training mit Finn. Connys Lasagne schmeckte hervorragend und ich lehnte mich zufrieden an Adrians Schulter, als wir schließlich nach dem Dessert noch draußen sitzen blieben und den Grillen beim Zirpen zuhörten.

„Fantastisch. Das war fantastisch", beteuerte Finn immer wieder, der mit Abstand am meisten von uns gegessen hatte. „Ich bereue, dass mein Magen nicht doppelt so groß ist, sonst würde ich die gleiche Menge noch einmal essen."

„Und ich bereue, dass ich nicht mehr Schokolade gekauft habe, dann wäre nach den Soufflés noch etwas mehr übrig geblieben", seufzte Conny und schielte auf die letzte Tafel, die angebrochen zwischen uns auf dem Tisch lag.

„Wisst ihr was? Ich bereue gar nichts", sagte ich, dachte an Pippas und Franzis Reuespiel und schmiegte mich an Adrian, der seine Arme wie selbstverständlich um mich legte. „Es ist ein wunderbarer Abend mit wunderbaren Freunden und ich bin … einfach glücklich."

„Dann bereue ich auch nichts", sagte Adrian leise und drückte mir einen Kuss auf die Stirn.

„Auf die Toskana! Auf unser Abitur und eine großartige Zukunft!", sagte Conny und hob ihr Glas. Dabei sah sie mich an, bevor ihre Augen zu Finn hinüberblitzten, der ihren Blickkontakt erwiderte. Einen Moment lang schauten sich die beiden an, bis Adrian und ich auch schnell unsere Gläser hoben und mit einstimmten.

Dabei lächelte ich, doch wenn ich an meine Zukunft dachte, hatte ich irgendwie gar kein gutes Gefühl.

Kapitel 7

Schon wieder war sie da, die Frau, die ihr Gesicht unter einer Kapuze verbarg. Sie spielte mit den Flammen zwischen ihren Fingern, die aufgeregt auf und ab tanzten, und ihre Gestalt in dem dunklen Umhang schwebte langsam auf mich zu. Je näher sie kam, desto präsenter wurde sie, bis sie überall gleichzeitig zu sein schien: vor meinem Körper, in meinem Kopf, in mir. Ein tiefes Gefühl der Bedrohung drang von allen Seiten auf mich ein und es fiel mir schwer, zu atmen. Es war kalt, so unglaublich kalt, zumindest zuerst. Denn die eisige Kälte wurde vertrieben durch ihr Feuer, das dem Tanz ihrer Finger folgte.

Zuerst wurde es nur wärmer, doch dann wurde die Temperatur schlagartig unerträglich und ich hörte Kinderlachen. Die Flammen loderten auf und gaben eine beißende Hitze ab, die sich tief in meine Lungen brannte. Währenddessen schwebte die Frau weiter auf mich zu – und mit ihr die Gefahr. Unbeirrt kam sie näher und näher. Das Feuer peitschte in die Höhe, erhob sich zu einer Flammenwand und vernichtete alles, was ihm im Weg stand. Zwischen den orangen Flammensäulen glaubte ich, noch jemanden wahrzunehmen, eine Person, die hinter der Frau stand.

„Die Rache wird unser sein“, flüsterte jemand, kaum wahrnehmbar, aber umso bedrohlicher und eine eigenartige Musik erklang. „Leidet.“

„Jo, alles okay?“, hörte ich eine Stimme und ich brauchte einen Moment, um mich zu orientieren. Ich blinzelte und erkannte die Umrisse des Schlafzimmers. Ich war nicht zu Hause, sondern in der Toskana. Neben mir lag Adrian mit aufgestützten Armen und sah mich besorgt an.

„Ich … ich muss schlecht geträumt haben“, murmelte ich stockend.

„Schon wieder?“, fragte er und sein ganzer Körper spannte sich an, während sich seine Augen verengten. Durch das große Fenster fiel Sonnenlicht herein, es musste bereits früh am Morgen sein. Das Haus war ruhig und Finn und Conny schienen noch zu schlafen.

„Dieses Mal habe ich schon wieder von der Frau geträumt, die mit dem Feuer spielt“, erklärte ich und wandte mich Adrian zu.

„War es dieselbe wie letztes Mal?“, fragte er und strich mir eine Haarsträhne hinter das Ohr.

„Ich glaube schon“, murmelte ich. „Aber ich kann es nicht mit Sicherheit sagen, da ich ihr Gesicht nicht erkennen konnte.“

„Und ihr Spiel mit dem Feuer? War das im übertragenen oder tatsächlichen Sinn?“

„Im tatsächlichen“, sagte ich. „Aber es könnte natürlich auch eine Metapher sein.“

Adrian legte seinen Kopf auf seinem Arm ab und streichelte mir sanft über die Wange. „Wofür?“

„Dafür, dass ich mit dem Feuer gespielt habe, dass ich etwas falsch gemacht habe?“, mutmaßte ich. „Eine Stimme hat im Traum zu mir gesagt: *Die Rache wird unser sein. Leidet.*“ Bei der Wiederholung dieser Worte lief mir eine Gänsehaut über den Rücken und ich rieb mir über die Augen. „Ich habe keine Ahnung, was das bedeuten soll. Vielleicht sagt es auch gar nichts aus und ich sollte dem überhaupt keine Bedeutung beimessen.“

„Glaubst du denn, dass es eine Bedeutung hat?“, wollte Adrian wissen und sein Blick war so intensiv auf mich gerichtet, als könnte er die Antwort in meinem Gesicht erkennen. „Bei den Leuten, die Rache wollen, könnte es sich um die Jägerschaft handeln“, fügte er hinzu und presste die Lippen zusammen. Dabei war ihm anzusehen, dass er diese Möglichkeit durchaus in Betracht zog.

Es tat mir gut, dass er mich ernst nahm und meine Träume nicht als irgendwelche Hirngespinste abtat, obwohl ich selbst nicht wusste, was ich davon halten sollte.

„Als ich damals von der Kirmes und der Wölfin geträumt habe, lag es daran, dass sich meine Gabe entfaltet hat und die überschriebenen Erinnerungen sich ihren Weg in mein Bewusstsein gebahnt haben.“ Ich machte eine kurze Pause und strich gedankenverloren über Adrians muskulösen Oberarm. „Aber meine Gabe hat sich nun bereits entfaltet. Und ich glaube nicht, dass meine Mutter noch weitere Hinweise in meine Erinnerungen gepflanzt hat.“ Ich seufzte und zupfte an der weißen Bettdecke herum. „Leider.“

„Du vermisst sie.“

Ich nickte. „Ja“, gab ich zu und fühlte wieder einmal, wie sehr sie mir fehlte. „Ich hätte sie einfach gern länger bei mir gehabt“, fügte ich leise hinzu.

Adrian legte seinen Arm um mich und zog mich zu sich heran. „Das verstehe ich.“

Mein Kopf lag auf seiner Brust und ich lächelte schwach. „Aber immerhin kann ich ihr in meinen Erinnerungen noch begegnen.“ Dafür war ich unendlich dankbar.

Adrian drückte mir einen Kuss auf die Stirn.

„Vielleicht verarbeitet mein Körper auch nur, was vor Monaten passiert ist“, versuchte ich mir selbst eine Erklärung für meine Albträume zu liefern und dachte dabei an die tanzenden Flammen.

„Oder es hat mit der Prophezeiung zu tun“, meinte Adrian. „Vielleicht löst sie etwas in dir aus.“

„Vielleicht“, sagte ich. „Vielleicht manifestieren sich auch einfach nur meine Ängste in meinen Träumen. Ich hatte gehofft, dass es zu Ende ist, aber nun wissen wir, dass es noch weitergeht.“

Adrian nickte. „*Einigkeit ist eure Kraft, die Träumerin muss sie sehen, sonst wird eure zeitlose Welt für immer in Flammen vergehen*“, wiederholte er die Worte der Prophezeiung. „Was ist, wenn *du* die Träumerin bist? Wenn du als Urahnin von Saphira etwas zu sehen bekommst, das von Bedeutung ist?“

„Und was?“

Adrian lachte. „Wenn ich das wüsste, müssten wir das Gespräch hier nicht führen.“

„Ich weiß nicht“, sagte ich verdrossen und seufzte gleich darauf. „Ich glaube – beziehungsweise hoffe –, dass ich mit der Prophezeiung nichts zu tun habe. Es ist egoistisch, ich weiß, aber irgendwie wäre ich froh, wenn es nicht an mir hängt, die zeitlose Welt zu retten.“

„Das verstehe ich“, sagte Adrian.

„Und du hältst mich deswegen nicht für egoistisch?“, fragte ich und drehte meinen Kopf, bis ich ihm direkt in die dunkelgrünen Augen sah, die mir immer wieder den Atem raubten.

„Egoistisch?“, wiederholte er amüsiert. „Jo, du warst der Schlüssel, um die Herrschaft der Jägerschaft zu beenden“, erklärte er, „da darfst du jetzt auch ein wenig egoistisch sein.“ Mit diesen Worten umfasste er meine Taille und zog mich mit einer kräftigen Bewegung zu sich, bis ich auf ihm lag. „Und ich auch“, hauchte er und presste seine Lippen auf meine, die zu einem unglaublichen Kuss verschmolzen – Egoismus hatte sich noch nie so gut angefühlt.

„Und was machen wir heute?", rief Finn uns zu, als wir zwei Stunden später nach unten gingen. Er saß mit seinen blauen Badeshorts am langen Eichentisch und löffelte gerade eine Schüssel Cornflakes in sich hinein. „Lust auf einen Ausflug?"

Ich gähnte nur und Adrian warf mir einen kurzen Seitenblick zu. Dann wandte er sich an Finn. „Du und Conny, ihr könnt gern einen Ausflug machen", bemerkte er nüchtern und lächelte mich an. Ich lächelte zurück. Das klang nach Zeit zu zweit.

„Nichts da", entgegnete Finn. „Ihr wollt doch sicher auch ans Meer."

„Muss ich nicht", sagte ich und ging in die Küche, um mir einen Tee zu machen.

„Es soll türkisblau sein", versuchte Finn mich zu ködern. „Türkisblau und wunderschön, Jo."

„Selbst wenn es rosarot mit Punkten wäre", sagte ich und schaltete den Wasserkocher ein. „Mir gefällt es *hier*, Finn." Ich sah kurz zu Adrian, der sich einen Apfel geschnappt hatte und hineinbiss. „Und ich habe hier alles, was ich brauche", ergänzte ich.

„Hörst du dir selbst zu?", fragte Finn. „Das klingt wie aus einer verdammten Schnulze. Ich glaube", er würgte gespielt und legte sich die Hand auf den Mund, „ich muss gleich kotzen." Dann stand er ruckartig auf, um seine Schüssel in die Küche zu tragen.

„Dann ins Klo, nicht in die Küche", bemerkte Adrian trocken und ließ sich auf dem grauen Sofa nieder.

Finn grinste breit. „Mann, ihr müsst doch mal raus hier. Wir können doch nicht die ganze Zeit faul am Pool

liegen. Wir brauchen auch etwas Action und Abenteuer."
„Also ich kann die ganze Zeit am Pool liegen", erklärte ich. „Ich brauche keine Action und auch kein Abenteuer."
„Ach Jo. Du kannst nachher noch immer mit Adrian kuscheln", nervte Finn weiter und legte demonstrativ den Arm um mich. „Aber heute fahren wir erst mal ans Meer, weil wir *mehr* wollen. Wir wollen doch, dass dies ein *unvergesslicher* Mega-Urlaub wird."
„Wollen *wir* das?", fragte ich.
Auf meine Frage hin nickte Finn und wurde beinahe ernst. „Natürlich wollen *wir* das, du musst nur tief in dich hineinhören."
Ich legte den Kopf schief. „Ich höre nichts", sagte ich, schaltete den Wasserkocher ab und goss heißes Wasser in eine grüne Tasse.
„Dann musst du noch tiefer hineinhören."
Ich kräuselte die Stirn. „Stille", erklärte ich und ließ einen Teebeutel in die Tasse sinken. „Nur Stille."
„Nun gut, dazu sage ich jetzt mal nichts", feixte Finn, „wenn in deinem Kopf nur Stille herrscht." Er sah mich bezeichnend an. „Aber du hörst mich, oder?", fragte er und seine hellblauen Augen leuchteten dabei unheilvoll.
„Heißt das, du nervst die ganze Zeit, bis wir endlich mitkommen?", fragte ich ungläubig. Im selben Moment kam Conny von der Terrasse herein, in der einen Hand ein leeres Glas, in der anderen ihr iPad. Sie trug einen kurzen, olivgrünen Hosenanzug mit pinkfarbenem Palmenmuster und dazu einen roten Sonnenhut. Auch sie hatte schon etwas Sonne abbekommen und das stand ihr gut. Sie hätte glatt als Italienerin durchgehen können.
„Wohin mitkommen?", fragte sie und stellte ihr Glas auf dem dunklen Tisch ab.

„Finn möchte ans Meer“, sagte Adrian. „Denn er möchte *mehr.*“

„Ein Ausflug ist doch eine coole Idee“, meinte Conny in die Runde.

„Sag ich doch“, erklärte Finn und schien beinahe einen Kopf größer zu werden. „Es ist entschieden: Wir fahren ans Meer.“

Conny schüttelte den Kopf. „Heute fahren wir erst einmal nach Volterra.“

„Nach Volterra?“, wiederholte Finn skeptisch. „Was sollen wir denn dort?“

„Das ist eine ganz besondere Stadt“, erklärte Conny und setzte ihren roten Hut ab. „Aus der Stadt kommen nämlich die Volturi …“, fügte sie gedehnt hinzu und betrachtete uns auffordernd, so als wäre es unsere Pflicht, den Satz zu beenden.

„Und soll mir das irgendetwas sagen?“, fragte Finn zurück.

„Ja. Das ist schließlich Allgemeinbildung. Oder, Jo?“, versuchte es Conny bei mir und sah mich drängend an.

„Volturi?“, wiederholte ich stirnrunzelnd. „Ist das diese Vampirfamilie aus *Twilight*?“

Conny nickte vehement, als hätte ich soeben die Millionenfrage richtig beantwortet, während Finn lauthals stöhnte. „Allgemeinbildung? Dieser Vampirscheiß? Echt jetzt?“

Conny reckte unbeeindruckt ihr iPad in die Höhe. „Die Stadt ist nur ein paar Stunden von hier entfernt. Wir könnten dort durch die Altstadt bummeln, ein wenig Vampirfeeling erleben und uns den Palazzo ansehen, in dem *Twilight* gedreht wurde. Außerdem können wir dort typisch Italienisch essen gehen und keiner von uns muss kochen.“

„Und außerdem kannst du dort Pics mit deiner Karotte machen?“, fragte Finn ungläubig und strich sich durch seine hellblonden Haare.

Conny schien zu überlegen. „Vielleicht“, sagte sie.

„Jetzt tu nicht so“, erwiderte Finn. „Das ist doch dein Plan.“

„Gute Idee, Finn“, sagte Conny und ihre Augen strahlten. „Was hältst du von einer Vampirkarotte? Mit kleinen spitzen Zähnchen?“

„Du hast einen Knall“, meinte Finn und nahm sich eine Flasche Wasser aus dem Kühlschrank.

„Sagt gerade der Richtige“, erwiderte Conny gelassen. „Wer hat denn schon hundert Fotos von sich und dem Pool geschossen?“

„Die waren für Kilian“, erwiderte Finn und trank direkt aus der Flasche. „Sein Pool ist nämlich kleiner.“

„Aber nur sein Pool, oder?“, fragte Conny schnippisch.

Finn schmunzelte und ging Richtung Essbereich. „Ich weiß nicht. Willst du vielleicht nachsehen?“, fragte er und zog demonstrativ am Bund seiner Badeshorts.

Adrian stand auf. „Mann, wenn sie nachsehen muss, dann spricht das nicht für dich“, sagte er kühl und klopfte Finn auf die Schulter.

„Vielleicht muss ich auch nicht nachsehen, sondern *suchen*“, bemerkte Conny.

Finn blieb unbeeindruckt stehen und sein Selbstbewusstsein sprach wirklich für ihn. „Also, willst du suchen, Conny? Du darfst auch bei den Bauchmuskeln anfangen.“

„Also, Jo, was sagst du?“, wandte sich Conny an mich, die das Gespräch mit Finn augenscheinlich nicht weiter vertiefen wollte. „Wenn du überlegst, Kunst zu studieren, dann ist doch so ein alter Palazzo in Volterra genau das

Richtige für dich, oder?“

In dem Moment klingelte es an der Tür. Adrian war gerade dabei, sein Handy an einer der Steckdosen im Wohnzimmer anzustecken.

„Ich mach schon“, sagte ich. „Erwartest du jemanden?“

Er schüttelte den Kopf. „Ich habe die ganze Woche *niemanden* erwartet“, sagte er und warf Finn und Conny einen bezeichnenden Blick zu, die diesen nicht bemerkten oder ihn bewusst ignorierten. Finn ließ sich auf einen der grauen Ohrensessel fallen und ich ging zur Eingangstür, um sie zu öffnen.

Im nächsten Moment traute ich meinen Augen nicht.

Vor mir stand Pippa, in einem bauchfreien schwarzen Top und einer knallengen kurzen Jeans.

„Überraschung!“, jubelte sie und fiel mir um den Hals.

„Pippa!“, rief ich ungläubig und drückte sie an mich. „Was machst du denn hier?“

„Ich habe dir doch versprochen, dass ich dich überrasche, wenn du am wenigsten damit rechnest“, grinste sie, als sie sich langsam wieder von mir löste. „Und da es mit Hamburg nicht geklappt hat, dachte ich mir, dass ich es jetzt einfach nachhole.“ Sie nahm ihre dunkle Sonnenbrille ab und steckte sie in ihre schwarzen kurzen Haare. Wie immer sah sie perfekt gestylt aus: Mit ihrem roten Mund, den dunkel geschminkten Augen und in ihrem knappen Outfit machte sie eine Topfigur.

„Dein Vater hat mir die Adresse von eurem Liebesnest verraten. Aber keine Sorge, Süße“, sagte sie etwas leiser, „ich weiß, dass das ein Lovetrip ist. Daher bringe ich dir nur schnell ein kleines Geschenk vorbei und hau dann wieder zu meinem Onkel ab. Schließlich will ich dich und Adrian nicht stören.“ Sie schielte an mir vorbei. „Aber du könntest ihn mir natürlich noch vorstellen.

Und mich kurz reinbitten."

„Aber klar doch", erwiderte ich und hielt ihr die Tür auf. „Komm doch rein."

Pippa schritt über die Schwelle und ich war noch immer überwältigt von ihrer Überraschung, mit der ich wirklich nicht gerechnet hatte.

„Wow", sagte Pippa als sie das Haus betrat, und grinste dann breit. „Du musst Adrian sein", bemerkte sie und ging auf ihn zu, der bei einem der gläsernen Bücherregale stand. „Das Wow galt übrigens dir, nicht diesem endgeilen Haus." Sie drehte sich kurz zu mir um und zwinkerte mir mit Daumen nach oben zu.

„Und du musst Pippa sein", entgegnete Adrian charmant. „Pippa mit der guten Menschenkenntnis."

Pippa lachte. „Gut aussehend und schnell im Kopf." Sie machte eine kurze Pause. „Jo hat wirklich einen guten Geschmack", sagte sie.

„Besonders bei ihrer Bruderwahl", meldete sich Finn breit grinsend zu Wort, der noch immer in dem Ohrensessel lümmelte.

„Hey", sagte Pippa und ihre Stimme wurde etwas rauchiger.

„Hey", erwiderte Finn lässig.

„Endlich sehe ich dich einmal in echt", sagte Pippa und biss sich dabei auf die Lippe. Das tat sie gern, wenn sie etwas haben wollte.

„Es ist wirklich schön, dich in echt kennenzulernen", erklärte Conny und ging auf Pippa zu. „Hat Jo dich auch hierher eingeladen?"

„Nicht direkt", sagte Pippa.

„Die anderen wurden auch *nicht direkt* eingeladen", bemerkte Adrian und erntete dafür einen bösen Blick von Finn.

„Und wie lange bleibst du?“, wollte Conny weiter wissen.

„Ich wollte eigentlich nur kurz vorbeisehen“, erwiderte Pippa und lächelte mich dann an. Im nächsten Moment zog sie ein kleines Päckchen aus ihrer riesigen Umhängetasche. „Ich bin für ein paar Tage bei meinem Onkel in Siena und wollte Jo kurz überraschen. Aber anscheinend war ich nicht die Einzige mit dieser Idee“, sagte sie und blickte von Conny zu Finn und dann zu mir. „Hier“, sagte sie und hielt mir das rote Päckchen mit der weißen Schleife hin. „Happy Birthday, Jo.“

„Das ist so süß von dir“, sagte ich und umarmte sie. „Du kommst extra her, um mir das Geschenk zu bringen?“

„Hey, das ist dein Achtzehnter, vergessen? Endlich Freiheit“, lachte sie. „Aber jetzt musst du es auch mal aufmachen.“

Ich setzte mich mit meinem Geschenk auf die graue Couch und packte es aus. Pippa ließ sich elegant neben mir nieder. Adrian stützte sich an der Rückenlehne eines Ohrensessels ab und Conny setzte sich neben uns auf die Armlehne. Alle schienen gespannt zu sein, was Pippa mir mitgebracht hatte.

„Du musst es nicht vorsichtig aufmachen“, sagte Pippa, als ich an dem Klebeband herumnestelte. „Reiß es einfach auf.“

„Gut, dann eben die schnelle Variante“, erwiderte ich und riss das Päckchen auf. Zum Vorschein kam ein roter Bikini, der äußerst knapp geschnitten war.

Finn pfiff anerkennend durch die Zähne. „Ganz schön kleines Teil.“

„Zu meiner Verteidigung“, begann Pippa und hob beide Augenbrauen, „ich dachte, Adrian und Jo sind allein hier.“

„Das dachte ich auch“, sagte Adrian und sein Mundwinkel zuckte.

„Glaub ihm kein Wort“, bemerkte Finn. „Sie sind froh, dass sie ein bisschen Gesellschaft haben. Auch wenn sie jetzt so tun, als hätten sie uns nicht eingeladen.“

Adrian wollte etwas erwidern, doch ich deutete ihm, still zu sein.

„Wir sollten dann langsam aufbrechen“, meinte Conny, richtete sich auf und schnappte sich ihren roten Hut, „wenn wir den Tag in Volterra noch genießen wollen.“ Sie schielte auf ihre Armbanduhr. „Immerhin ist es bald Mittag.“

Pippa legte den Kopf schief. „Ihr wollt nach Volterra? Dorthin, wo die Volturi herkommen?“

Conny nickte. „Genau.“

„Dort wollte ich schon immer hin“, sagte Pippa.

„Echt jetzt?“, fragte Finn und legte seine Füße lässig auf dem gläsernen Couchtisch ab. „Du stehst auch auf den Vampirscheiß?“

„Vampirscheiß?“, wiederholte Pippa und nahm ihre Sonnenbrille ab. „Hast du die Filme denn gesehen? Oder die Bücher gelesen?“

Finn schüttelte den Kopf. „Das habe ich auch nicht vor.“

„Vielleicht ändert sich das nach heute“, sagte Pippa und lehnte sich nach vorn. „Wollt ihr gleich aufbrechen?“

„Wir wollten eigentlich ans Meer“, sagte Finn.

„Du wolltest ans Meer“, berichtigte ihn Conny. „Das können wir auch noch ein anderes Mal machen.“

„Volterra kannst du auch ein anderes Mal machen“, entgegnete Finn und seine blauen Augen leuchteten herausfordernd.

„Will ich aber nicht“, sagte Conny und reckte ihr Kinn in die Höhe. „Jo, bist du dabei?“

Ich warf einen Seitenblick zu Adrian und war ihm dankbar, als er mir kurz zunickte. Es war ihm anzusehen, dass er nicht wirklich Lust auf diesen Trip hatte, doch er verstand, dass es Conny wichtig war.

„Okay“, sagte ich. „Ich bin dabei.“

„Gut, dann brechen wir auf“, erwiderte Conny fröhlich und setzte sich ihren Hut auf.

„Moment“, sagte Finn, „wir haben das noch gar nicht beschlossen. Adrian und ich haben auch ein Wörtchen mitzureden.“

„Ich glaube nicht“, entgegnete Pippa und stand grinsend auf. „Denn wir sind in der Überzahl.“

Die Stadt Volterra, die abgeschieden in einer kargen Hügellandschaft lag, versetzte uns direkt zurück in die Vergangenheit. Denn innerhalb ihrer Stadtmauer, die größtenteils noch stand, spürte man die Wirkung ihrer geschichtsträchtigen Atmosphäre und selbst Finn hielt für einen Moment den Mund. Ohne Plan flanierten wir durch die engen Gassen und kamen an zahlreichen Kirchen, Museen, Turmhäusern und Plätzen vorbei, bis wir irgendwann in einer kleinen Pizzeria vor dem Palazzo dei Priori landeten.

„Hier gibt es Pizza in Eisform“, sagte Pippa und ließ ihre Augen über die Menütafel *Pizza a Cono* schweifen, die an der Glasfront des kleinen Ladens fixiert war.

„Sieht lecker aus“, bemerkte Finn, der seine Badeshorts gegen helle Khakihosen und ein HSV-Shirt getauscht hatte. Er sah gerade dem Pizzabäcker dabei zu, wie er einem Gast über die Theke eine Pizzatüte reichte, die nach einer Margherita aussah. Dabei runzelte er die

Stirn. „Aber etwas klein."

„Dann musst du eben mehrere Tüten essen", sagte Pippa und schmunzelte. „Und ich vielleicht auch."

Finn setzte seine Sonnenbrille ab und musterte Pippa in ihrer knallengen Jeans und dem bauchfreien Top. „Du kannst mehr als eins von den Dingern verdrücken? Das sieht man dir nicht an."

„Du solltest nicht nur nach dem Äußeren gehen, Finn", konterte Pippa cool und hielt dann inne. „Obwohl." Sie grinste und strich sich eine dunkle Haarsträhne aus der Stirn. „Mach es ruhig."

Daraufhin musste auch Finn grinsen. In punkto Selbstverliebtheit hatten sich die zwei offenbar getroffen.

Ich drückte Adrians Hand und schielte zu Conny, die den ganzen Trip über schon etwas angespannt wirkte. Was wahrscheinlich an Pippas Überraschungsbesuch lag, der mich ungewollt in eine blöde Situation brachte. Natürlich freute ich mich über Pippas Anwesenheit und war glücklich, sie endlich wieder einmal zu sehen – gleichzeitig wollte ich aber nicht, dass Conny sich unwohl fühlte.

„Hier hat sich Bella durch die Menge geschlagen", erklärte Conny und ignorierte den Flirt zwischen Pippa und Finn, „um Edward zu retten."

„Ich kann mich erinnern", sagte ich. „Das waren die Leute in den roten Kapuzenumhängen, die irgendein Fest gefeiert haben?"

„Genau", sagte Conny und war sichtlich froh, etwas abgelenkt zu werden. Sie zog ihr Telefon aus ihrem olivgrünen Hosenanzug mit dem pinkfarbenen Palmenmuster und machte damit ein paar Fotos von ihrer Umgebung. Dabei hielt sie immer wieder eine Karotte ins Bild. „Das war der Tag des heiligen Markus.

Und Bella hat Edward davor bewahrt, Selbstmord zu begehen."

„Warum wollte er denn Selbstmord begehen?", fragte Adrian und ich war ihm dankbar, dass er sich an der Konversation beteiligte, auch wenn er für *Twilight* nicht viel übrighatte. Obwohl er durchaus in dem Film hätte mitspielen können, so wie er aussah. Vielleicht war seine Haut nicht blass genug, aber mit seinem athletischen Körper, den markanten Gesichtszügen und den dunkelgrünen Augen hätte er sicher einen verdammt guten Vampir abgegeben.

„Warum er sich töten wollte?" Conny seufzte und steckte ihre Karotte und das Handy in ihre kleine Umhängetasche. „Er dachte, Bella wäre tot."

„Und deswegen bringt er sich gleich um?", fragte Finn spöttisch.

Conny verengte die Augen. „Ja, *das* ist wahre Liebe. Aber davon verstehst du nichts."

Finn zuckte mit den Schultern. „Davon verstehe ich wirklich nichts", sagte er verächtlich. „Und will ich auch nicht. Das Leben ist sowieso schon tödlich, dann muss es die Liebe nicht auch noch sein."

„Ob das Leben oder die Liebe – alles ist dem Untergang geweiht", mischte sich ein alter Mann mit zischelnder Stimme in das Gespräch ein, der plötzlich neben uns stehen geblieben war. Er war spindeldürr und hatte einen starken italienischen Akzent.

„Wie bitte?", fragte Conny und sah den Alten irritiert an. Er trug einfache Kleidung, hatte schütteres graues Haar und eine blickdichte Sonnenbrille. Ohne auf Connys Frage einzugehen, wandte er den Kopf in meine Richtung und starrte mich direkt an.

„Deine Zukunft ist ungewiss", erklärte er mir dann

mit heiserer Stimme. *„Aber der Trauer kannst du nicht entgehen.“*

„Was soll das? Wer sind Sie?“, fragte Adrian und machte einen Schritt auf den alten Mann zu.

Er legte den Kopf mit der Sonnenbrille schief und Adrian griff nach seiner Schulter. „Ich habe Sie was gefragt.“

Der Alte schüttelte den Griff ab und begann so laut zu schimpfen, dass ein paar der umstehenden Leute auf die Situation aufmerksam wurden.

Innerhalb kürzester Zeit herrschte ein Aufruhr in der Straße und ich griff nach Adrians Arm.

„Lass uns von hier verschwinden“, bat ich ihn, während der Alte seine Brille verlor und von allen Seiten in Italienisch auf uns geschimpft wurde.

„Ich will wissen, wieso er das zu dir gesagt hat“, beharrte Adrian und ich zuckte zusammen, als mich der direkte Blick des alten Mannes traf. Er hatte milchig weiße Augen ohne erkennbare Pupillen und schien blind zu sein.

„Ich würde sagen, Jo hat recht“, murmelte Finn und zog Adrian von dem alten Mann weg, der wild gestikulierend auf Italienisch etwas schrie. „Jetzt ist nicht der Zeitpunkt für Heldentaten – jetzt ist der Zeitpunkt, um abzuhauen.“

„Was war denn mit dem los?“, fragte Pippa, als wir uns wenig später in einer ruhigen Gasse von dem Aufruhr erholten. „Passiert dir so was öfter?“, wandte sie sich dann an mich.

„Zum Glück bisher nicht“, murmelte ich bedrückt und versuchte den Angstknoten in meinem Magen wegzuatmen. Zuerst die Träume und jetzt dieser alte

Mann, der mir klipp und klar sagte, dass mich Trauer erwartete.

Welche Art von Trauer? Und wieso konnte er das wissen?

„Wir hätten ihn mitnehmen sollen", knurrte Adrian, der mit dem Ausgang der Situation sichtlich unzufrieden war.

„Um was zu tun?", fragte Finn. „Hattest du vor, ihm ein paar Zehennägel auszureißen, damit er dir sagt, was du hören wolltest?"

Darauf erwiderte Adrian nichts und sandte nur einen bösen Blick hinüber zu Finn.

„Geht's dir gut?", ließ sich Conny vernehmen und sah mich mitfühlend an. Ich nickte, obwohl das nicht stimmte.

„Das war sicher nur irgendein Verrückter", behauptete ich, um die Situation herunterzuspielen.

„Vielleicht ein verrückter Volturi", bemerkte Conny und lächelte schwach.

„Also ich muss jetzt jedenfalls etwas essen, sonst werde ich auch noch zum Vampir", warf Pippa ein und stellte sich bei einem kleinen Lokal an, in dem Pizza und Eis verkauft wurden.

„Gute Idee", sagte Finn. „Aber wie sicher ist es hier, so hinter dir? Wenn wir uns jetzt auch anstellen, werden wir doch nicht von dir gebissen, oder?

Pippa neigte den Kopf. „Die anderen nicht", sagte sie und hob die Augenbrauen. „Aber du vielleicht schon."

Nach der Pizza kosteten sich die anderen noch durch die verschiedenen Eissorten der Salons und ich versuchte ebenfalls, den Tag zu genießen. Doch genau wie bei Adrian wollte meine Anspannung nicht weichen und ich konnte die Worte des alten Mannes einfach nicht vergessen. Trotzdem versuchte ich mir meine gedrückte Stimmung nicht anmerken zu lassen und plauderte nach der Besichtigung des Palazzos endlich mal wieder in Ruhe mit Pippa – ganz ohne lästige Verbindungsstörungen bei Skype. Als wir uns in unser Auto setzten, war die Sonne bereits untergegangen und ich spürte, dass meine Alarmbereitschaft endlich nachließ. Aus dem Radio klang „Little Numbers" von Boy und Conny klopfte im Takt der Musik auf ihren Oberschenkel, während ich mich auf der Rückbank an Adrian schmiegte. Pippa saß neben mir und hatte ihren Kopf gegen die Scheibe gelehnt, aber auch sie wippte mit ihrem Fuß.

Finn lenkte den alten VW und bewegte seinen Kopf im Rhythmus des Songs. Er und Conny hatten einen grünen Fünftürer gemietet, der uns erlaubt hatte, mit nur einem Wagen nach Volterra zu fahren.

Ich war müde von dem Ausflug und sehnte mich nach dem riesigen Pool. Obwohl ich ein kurzes, ärmelloses blaues Kleid trug, war ich die Hitze der Toskana einfach nicht gewöhnt und freute mich darauf, in das kühle Nass zu springen. Die Landschaft zog mit ihren Getreidefeldern, Schafweiden und zerklüfteten Steilhängen an uns vorbei und ich dachte an Henriette, die sich noch nicht gemeldet hatte, seit ich sie aus Volterra angerufen hatte. Als ich schließlich für einen kurzen Moment die Augen schloss, machte das Auto plötzlich seltsame Geräusche und blieb abrupt stehen.

„Shit", hörte ich Finn sagen. „Was soll das?"

„Nicht gut", bemerkte Adrian. „Hast du denn getankt?"

„Das wollte Conny machen", sagte Finn.

Conny richtete sich auf. „Stimmt nicht. Das wolltest

du übernehmen."

Finn schüttelte den Kopf und schielte auf die Tankanzeige. „Mist, leer." Er schlug aufs Lenkrad. „Verdammt, Conny."

„Hey", erwiderte sie. „Das ist doch nicht meine Schuld, *du* wolltest doch vor dem Ausflug noch tanken."

„Passiert das wirklich?", fragte Pippa aufgeregt und schielte nach draußen in die dunkle Ödnis. „Das ist ja wie in einem Horrorfilm."

Adrian öffnete die Autotür.

„Und jetzt?", fragte ich.

„Jetzt werden wir wohl eine Tankstelle suchen müssen", sagte er und drückte mir einen beruhigenden Kuss auf die Wange. „Also, hoch mit dir, Finn."

„Großartig", murrte Finn. „Aber wenn mir jetzt so ein verfluchter Vampir über den Weg läuft, kann ich für nichts garantieren."

Kapitel 8

„Wir hätten ans Meer fahren sollen", ätzte Finn, als wir eine Stunde später zu Fuß in einer alten Pension ankamen, die glücklicherweise in der Nähe unseres gestrandeten Wagens lag.

Das alte Gemäuer schien früher einmal ein Bauernhof gewesen zu sein und strahlte noch immer dessen herben Charme aus. Die niedrigen Kommoden waren dunkel, von den Wänden bröckelte der Putz und die dünne Italienerin, die vor uns stand, musste sehr viel Zeit in der Sonne verbracht haben. Ihre Haut wirkte wie gegerbtes Leder und ihre schulterlangen braunen Locken waren von helleren Strähnen durchzogen.

„Ich gleich komme", sagte Signora Minelli in gebrochenem Deutsch und verschwand hinter einer der vielen Türen.

„Fantastisch", motzte Finn. „Das wäre uns am Meer nicht passiert."

„Dass du nicht getankt hast?", fragte Conny angepisst und blies sich eine Haarsträhne aus dem Gesicht.

Finn stöhnte. „Verdammt, Conny, wenn du einen Fehler machst, könntest du ihn auch mal eingestehen."

Conny verschränkte die Arme vor der Brust. „*Wenn* ich einen Fehler gemacht hätte", schnaubte sie, „*dann* würde ich ihn auch eingestehen. Fakt ist, dass du tanken wolltest."

„Leute", mischte sich Adrian ein und sog tief die Luft ein. „Das bringt uns jetzt überhaupt nicht weiter."

„Es hat doch auch was", sagte Pippa und sah sich in dem Vorraum, in dem wir standen, um. An den Wänden hingen Bilder in unterschiedlichen Größen, die überhaupt nicht zusammenpassten. Sie zeigten sowohl Blumenskizzen als auch Schwarzweißfotografien dieses toskanischen Hofes. „Zumindest werden wir diesen Trip dadurch niemals vergessen.“

„Ich wünschte, ich könnte diesen Trip vergessen. Und zwar sofort“, bemerkte Conny trocken und setzte ihren roten Hut ab.

Signora Minelli, die ein dunkles Kleid trug, kam zurück und hielt mehrere Schlüssel in der Hand. „Frederico morgen bringt Auto, si“, erklärte sie und blickte uns aus ihren dunklen Augen an. „Scusate, wie viele Zimmer ihr brauchen?“

Adrian nahm meine Hand und warf einen Blick in die Runde. „Quattro, per favore.“

„Ich habe“, sie hielt drei Finger hoch, „tre camere doppie.“

„Okay“, meine Adrian gedehnt und wandte sich uns zu. „Es gibt drei Doppelzimmer. Also: Wer mit wem?“

Finn steckte sich seine Hände in die Hosentaschen. „Ich bin flexibel. Ich gehe auch mit dir in ein Zimmer, Adrian. Aber wenn du schnarchst, gibt's was auf den Kopf.“

Adrian warf ihm einen ungläubigen Blick zu. „So flexibel bin ich nicht“, meinte er trocken und wandte sich der Pensionsbesitzerin zu, um in fließendem Italienisch etwas zu besprechen, was ich nicht verstand.

Finn zuckte währenddessen mit den Schultern. „Ich kann auch mit Pippa in ein Zimmer, wenn's sein muss“, sagte er und ein Schmunzeln schlich sich in sein Gesicht.

„Wenn's sein muss?“, wiederholte Pippa und rückte sich ihre Umhängetasche zurecht, während sie ihre roten Lippen zu einem Schmollmund verzog. „Also hör mal.“

Finn grinste breit und hob auffordernd die

Augenbrauen.

„Es *muss aber nicht sein*", sagte Conny schnell und streckte den Rücken durch. „Ich gehe mit Pippa in ein Zimmer, ist doch am logischsten."

Pippa nickte, aber in ihren Augen konnte ich einen Hauch Enttäuschung erkennen. „Gut, wenn es am logischsten ist."

Entschlossen ging Conny auf Signora Minelli zu, die ihr einen Schlüssel aushändigte.

„Venticinque Euro a testa", erklärte die dünne Italienerin.

„Fünfundzwanzig Euro pro Person", übersetzte Adrian und da wir keine Alternative hatten, stimmten wir alle zu. Danach führte uns die Besitzerin zu den Räumen, die sich im Obergeschoss befanden, und zeigte uns auch die kleine Dusche und das WC für die Ebene. Dabei gab sie uns den Ratschlag, keine Binden oder Tampons ins Klo zu werfen, was Adrian tapfer übersetzte.

Mit „Buonanotte" und dem Hinweis, dass es morgen ab acht Uhr Frühstück geben würde, verabschiedete sich Signora Minelli schließlich und wir wünschten uns alle eine gute Nacht, bevor wir uns in unsere Zimmer zurückzogen.

Unser Doppelzimmer roch nach Lavendel. Es war klein, aber vollkommen ausreichend. In der Mitte befand sich ein Doppelbett und ich war froh, dass wir überhaupt so schnell eine Unterkunft für die Nacht gefunden hatten.

„Hätte ich mit Conny in ein Zimmer gehen sollen?", fragte ich, als ich mich in dem Raum umsah, der mit gehäkelten Decken und kleinen Figuren dekoriert war.

Adrian sah mich irritiert an. „Wieso?"

„Weil es höflich gewesen wäre?"

Er rieb sich über das Kinn. „Mich allein zu lassen?"
„Du könntest dir mit Finn ein Zimmer teilen."
„Oder mit Pippa", sagte er unbewegt.
Ich stockte. „Gefällt sie dir denn?"
Seine dunkelgrünen Augen bohrten sich in meine. „Bist du etwa eifersüchtig?"
„Nein", erwiderte ich. „Pippa hat nur so eine Art, Jungs zu verzaubern."
„Aha", machte Adrian.
„Aha", wiederholte ich und hielt kurz inne. „War das ein Ist-mir-gar-nicht-aufgefallen-Aha oder ein Ist-mir-natürlich-aufgefallen-Aha?"
Adrian schnaubte belustigt. „Das war ein Ist-mir-vollkommen-egal-Aha."
„Es ist dir also nicht aufgefallen?", fragte ich und band mir meine blonden Haare zu einem Knoten zusammen.
Adrian nahm meine Hand. „Jo, ich war lange Zeit ein Jäger", sagte er. „Natürlich habe ich die Verführungskünste deiner Freundin bemerkt – die Art, wie sie sich auf die Lippe beißt, ihren Blick verändert oder ihre Stimmlage einen Hauch dunkler klingen lässt." Er sah mich an und hob mein Kinn an. „Aber es ist mir egal."
„Aha", sagte ich nur und er grinste, auf diese verdammt sexy Art.
„Aha", wiederholte er rau und zog mich dicht an sich heran. „Aber es ist mir nicht egal, mit wem ich die Nacht verbringe."
„Aha", entgegnete ich.
„Keine Ahas mehr", befahl er scharf.
„Ah-", setzte ich an, doch da verschloss er meine Lippen bereits mit seinem Mund und ich hätte es sofort vergessen, wenn ich überhaupt noch etwas hätte sagen wollen.

„Ich wusste gar nicht, dass du Italienisch sprichst“, sagte ich eine halbe Stunde später und setzte mich aufs Bett. Um meinen Körper trug ich nur ein Badetuch, weil ich mich vorhin noch unter der Dusche erfrischt hatte. Dabei versuchte ich bewusst, das Gespräch nicht auf den alten Mann in Volterra zu lenken, weil ich das Gefühl hatte, dass ich ihm heute schon genug Zeit und Energie geopfert hatte.

„Du weißt so einiges nicht von mir“, erwiderte Adrian geheimnisvoll und öffnete das kleine Fenster, um frische Nachtluft in den Raum zu lassen.

„Willst du mich etwa neugierig machen?“, fragte ich.

Seine Mundwinkel zuckten, als er sich zu mir umdrehte. „Bist du denn neugierig?“

„Vielleicht“, sagte ich und streckte die Beine aus. „Zum Beispiel bin ich neugierig, was du mit Signora Minelli so besprochen hast, während wir die Zimmerfrage klären mussten.“

Adrian sah mich unbewegt an. „Wir haben später noch ein Date.“

Ich hob die Augenbrauen. „Du und die Signora?“

„Schon wieder eifersüchtig?“, fragte er rau.

„Ich bin mir noch nicht sicher“, sagte ich. „Vielleicht. Welche Verführungskünste setzt die alte Dame denn ein?“

Adrian strich sich über seine dunklen Haare und kam auf mich zu. „Ganz subtile.“

„Wie subtil?“

„Es sind ihr Lächeln und die kleinen Falten, die sich um ihre Augen bilden, wenn ihr etwas gefällt.“

Ich schnappte mir ein Kissen und legte es mir unter den Rücken. „Du beobachtest gern.“

„Habe ich im Blut.“

„Und hat sie dich verführt?“

Er schüttelte den Kopf. „Sie ist leider schon vergeben.“

„Frederico?“

Adrian nickte. „Dem werde ich sie wohl nicht ausspannen können.“

Ich grinste. „Was macht dich so sicher?“

„Der Ehering, den sie um ihren Hals trägt, weil er ihr mittlerweile zu groß geworden ist, sie ihn aber so lassen möchte, wie er war. Oder wie sich ihr Puls noch immer beschleunigt, wenn sie den Namen ihres Mannes erwähnt.“

„Vielleicht beschleunigt sich ihr Puls, weil sie ihn so hasst“, hielt ich dagegen, „und den Ring will sie einfach später noch versetzen können.“

Adrian lachte leise. „Du alte Romantikerin.“

„Ich meine es ernst“, sagte ich. „Was macht dich so sicher?“

„Es sind kleine Gesten, Bewegungen, ich kann sie dir nicht alle nennen. Aber Signora Minelli scheint ihren Mann zu lieben, oder sie ist eine verdammt gute Schauspielerin.“ Er ging zu einem kleinen Tischchen und schenkte sich aus einer bunten Karaffe ein Glas Wasser ein. „Ihr Mann ist jetzt noch unterwegs, er wird sich aber morgen früh um den Wagen kümmern und einen Kanister Benzin mitbringen, wenn er von den Verwandten zurückkommt“, erklärte er und nahm ein paar Schlucke von dem Wasser. „Als ich mich vorhin mit ihr unterhalten habe, habe ich mich für ihre Hilfsbereitschaft bedankt.“ Er stellte sein Glas auf dem Tischchen ab. „Wenn sie Finn und mir nicht die Tür geöffnet hätte, hätten wir die Nacht im Auto verbringen müssen.“

Meine Augen weiteten sich bei diesem Gedanken.

„Die Nacht im Auto gemeinsam mit Conny, Finn und Pippa?", wiederholte ich und schüttelte den Kopf. „Das wäre der reinste Horror gewesen."

Adrian kam zu mir aufs Bett und setzte sich neben mich. „So ist es definitiv besser."

„Nur wir zwei?"

„Nur wir zwei", sagte er und strich mir über den Arm, als es an der Tür klopfte. Ich sprang auf und öffnete.

Vor mir stand Pippa. „Oh", sagte sie, als sie mich sah. „Habe ich euch bei etwas gestört?", fügte sie hinzu und lächelte leicht anzüglich. Dabei schielte sie an mir vorbei zu Adrian.

„Nein, brauchst du noch etwas?", fragte ich und musste schmunzeln. Auch Pippa stand mir im Handtuch gegenüber und ich kam mir beinahe vor wie auf einem Schulausflug.

Pippa schüttelte den Kopf. „Nein, ich brauche nichts. Ich wollte dir nur eine gute Nacht wünschen. Ich bin total froh, dich nach so lange Zeit endlich wiederzusehen, und es freut mich echt, dass wir heute in Volterra tratschen konnten."

„Mich auch", sagte ich. „Ist es okay im Zimmer mit Conny?"

Pippa machte eine wegwerfende Handbewegung. „Natürlich ist es okay", erklärte sie. „Conny ist doch cool." Dann drückte mir Pippa einen Kuss auf die Wange. „Gute Nacht ihr zwei!", rief sie uns zu und verschwand dann im dunklen Gang.

Als ich die Tür geschlossen hatte, lehnte ich mich kurz gegen das dunkle Holz. „Das war irgendwie seltsam", sagte ich, „aber es freut mich, dass sich Conny und Pippa verstehen."

„Natürlich war das seltsam", bemerkte Adrian, der

etwas in sein iPhone tippte.

„Wieso?“, fragte ich und legte automatisch meine Stirn in Falten.

„Weil sie sich in der Tür geirrt hat.“

„Wie bitte?“

„Sie wollte nicht zu dir, sondern zu Finn.“

Ich brauchte einen Moment, um es wirklich zu kapieren, und kam mir dann ein bisschen blöd vor. „Denkst du das wirklich?“, fragte ich, als ich mich auf das Bett zu Adrian setzte.

Er nickte nur und ich schüttelte schmunzelnd den Kopf. „Ganz schön durchtrieben“, sagte ich und musste gleichzeitig an Conny denken.

Adrian schien meine Gedanken lesen zu können, denn er nahm meine Hand und küsste sie sanft. „Das ist nicht deine Sache, Jo.“

Ich nickte, denn ich wusste, dass er recht hatte. Dennoch tat mir Conny leid, die eindeutig Gefühle für Finn hatte, auch wenn ihr erstes Date gehörig in die Hose gegangen war.

In dem Moment klingelte mein Telefon und ich sah Henriettes Namen auf dem Display. Schnell hob ich ab. „Hallo, Henriette“, sagte ich.

„Guten Abend, Jo“, erwiderte die Seherin. „Es tut mir leid, dass ich dich erst jetzt zurückrufe. Es war heute ein anstrengender Tag, der nicht so geplant war.“ Sie machte eine kurze Pause. „Wollen wir uns noch treffen?“

„Ich bin in der Toskana“, sagte ich. „Aber wir können sehr gern telefonieren.“

„Ach, ich fände ein Treffen schöner, das ist immer persönlicher“, sagte Henriette und machte eine kurze Pause, in der ich erst verstand, was sie meinte.

Ein violett-grüner Himmel spannte sich über meinen Kopf und die silbernen Gräser wiegten sich langsam im Wind. Vereinzelt waren Sterne am Firmament zu sehen, die in allen erdenklichen Farben glitzerten.

„Hallo, Jo", sagte Henriette und kam mit langsamen Schritten auf mich zu. Sie trug eine dunkle Tunika und das jugendliche Leuchten, das ich zuletzt noch in ihrem Gesicht gesehen hatte, schien verschwunden zu sein.

„Hallo, Henriette", sagte ich. „Ich hatte nicht an diese Möglichkeit gedacht."

„Dass wir uns auf meinem Erinnerungsfeld treffen?", fragte die Seherin mit den kurzen grauen Haaren und neigte den Kopf leicht. „Nun, das mache ich auch selten. Aber es ist praktisch, wenn man ungestört sprechen möchte." Sie machte eine kurze Pause und ihr Tonfall stimmte mich irgendwie nachdenklich.

„Weswegen hast du mich angerufen, Jo?", wollte sie wissen.

„Ich hatte heute eine seltsame Begegnung in Volterra", erklärte ich, während der Wind meine blonden Haare aufwirbelte.

„Was für eine Begegnung?"

„Ein alter Mann hat mich mitten auf der Straße angesprochen und zu mir gesagt, dass meine Zukunft ungewiss wäre. Und dass ich der Trauer nicht entgehen könne."

Henriette runzelte die Stirn und schwieg nachdenklich.

„Ich weiß nicht, ob es überhaupt von Bedeutung ist, aber in den letzten Nächten habe ich auch zwei Mal von einer Frau geträumt, einer Frau, die mit dem Feuer spielt und die Flammen zwischen ihren Fingern tanzen lassen kann. Dabei habe ich auch immer wieder eine Kinderstimme gehört. Und ich habe eine starke Bedrohung gespürt. Es

war ein Gefühl, als würde ich keine Luft mehr bekommen", sagte ich und schon allein daran zu denken, reichte, um wieder die gleiche Beklemmung zu empfinden.

Henriette atmete tief durch. „Adrian hat mir schon von deinen Träumen erzählt. Du konntest das Gesicht der Frau nie erkennen?"

Ich schüttelte den Kopf. „Sie trug immer einen Umhang mit einer Kapuze. Das letzte Mal war sie auch nicht allein, jemand schien sich hinter ihr zu befinden." Ich stockte. „Und dann habe ich diese Stimme gehört, die etwas geflüstert hat."

Die schlanke Seherin spannte ihren Körper an. „Was genau hat diese Stimme geflüstert?"

„Die Rache wird unser sein – leidet. *Weißt du, was das zu bedeuten hat?", fragte ich.*

Sie schüttelte den Kopf. „Ich weiß es nicht, Jo", sagte sie. „Aber ich bin mir sicher, dass es eine Bedeutung hat – auch wenn wir noch nicht in der Lage sind, sie vollständig zu erkennen. Träume können so viele verschiedene Ursachen haben. Sie können dir helfen, Erlebtes zu verarbeiten, es können Ratschläge deines Unterbewusstseins sein und manchmal können sie sogar einen Blick in die Zukunft ermöglichen."

„Alexis kann auf ihrem Traumfeld ja sogar andere Menschen besuchen", warf ich ein. „Bist du dir eigentlich sicher, dass sie die Träumerin aus der Prophezeiung ist?"

Henriette rieb sich die Nasenwurzel und schüttelte den Kopf. „Ich glaube es nicht, Jo", erwiderte sie dann zögernd. „Alexis arbeitet seit deiner letzten Begegnung mit ihr daran, ihre Fähigkeiten weiter auszubauen – bisher jedoch ohne großen Erfolg. Vielleicht ist sie die Träumerin, vielleicht bist es du – und vielleicht ist es auch jemand ganz anderes. Ich kann es dir nicht sagen." Sie machte eine kurze Pause. „In letzter Zeit häufen sich jedenfalls die Zeichen und das kann kein Zufall sein.“

„Was für Zeichen?“, fragte ich und Henriette streckte die Hand aus. „Komm, ich zeige es dir.“

Wir sprangen in eine von Henriettes Erinnerungen und landeten in einer einfachen Unterkunft. Eine Kerze brannte auf einem Nachttisch aus dunklem Holz, der neben einem Bett stand, in dem eine Frau lag.

Es war Saphira.

Sie wälzte sich auf den Laken hin und her und ihre verschwitzten Haare klebten ihr im Gesicht. Obwohl sie schlief, stöhnte sie immer wieder laut auf.

„Einigkeit ist eure Kraft“, *flüsterte sie abwesend,* „Einigkeit ist eure Kraft.“

„Die Prophezeiung“, sagte ich leise zu Henriette und schlang fröstelnd die Arme um meinen Oberkörper, da es in den alten Erinnerungen immer besonders kalt war.

Die alte Seherin nickte. „Ja, sie sieht die Zukunft in ihren Träumen. Aber das ist nicht der Grund, warum ich dich hergebracht habe.“ Sie deutete mit dem Kinn auf einen Holztisch, der in einer Ecke stand und beinahe in der Dunkelheit verschwand. Neben dem Tisch stand ein Mann, der ein einfaches Hemd und eine dunkle Hose trug. Er wrang gerade einen Lappen über einer Schale Wasser aus, während sein Blick immer wieder besorgt zu Saphira schweifte. Dann war er mit wenigen schnellen Schritten bei ihr.

„Liebes“, flüsterte er und kniete sich vor ihrem Bett nieder, um ihre Stirn mit dem nassen Tuch abzutupfen. „Du träumst schon wieder.“

Saphiras Körper begann zu zucken, ihre Beine und Arme zitterten unkontrolliert. „Die Träumerin muss sie sehen“, *flüsterte sie,* „sonst wird eure zeitlose Welt, eure zeitlose

Welt … die Zeit ist lose, die Zeit, das Kind der Zeit … für immer in Flammen, in Flammen vergehen."

Der Mann begann an Saphiras Schultern zur rütteln, doch sie wachte nicht auf. „Saphira", versuchte er es noch einmal, diesmal noch eindringlicher. „Wach auf, Liebes. Erlöse dich aus deinem Traum."

„In Flammen vergehen, nichts Neues entstehen, nichts Neues entstehen", drang es aus Saphiras Mund und dabei bäumte sich ihr Brustkorb auf und sie schnappte nach Luft.

„So ging es fast jede Nacht mit ihren Prophezeiungen", sagte Henriette und ich konnte das Bedauern in ihrer Stimme hören. „Unsere Gabe ist manchmal Fluch und Segen zugleich."

„Nichts Neues entstehen?", fragte ich und fühlte, wie sich mein Herzschlag beschleunigte. „Ist das ein neuer Teil der Prophezeiung?"

„Nicht wirklich", antwortete die alte Seherin und strich sich über ihre dunkle Tunika. „Es gibt mehrere Versionen der Prophezeiung, aber der Kern beschränkt sich auf das, was du in der Geheimkammer gelesen hast. Ich denke, dass Saphira hier von ihren Eindrücken schier überwältigt war, dass sie alles sah, was auf uns zukommen kann. Ihr Geist erfasste im Traum verschiedene Szenarien unserer Zukunft, die eintreten können, und ihre Worte formten die Essenz des Ganzen." Sie machte eine kurze Pause. „Hattest du auch schon mal Zukunftsvisionen, Jo?", fragte sie dann und blickte mich ernst an.

Ich schüttelte den Kopf. „Wieso fragst du?"

„Eine Zeit lang habe ich mit dem Gedanken gespielt, dass du Saphiras Fähigkeit vielleicht geerbt haben könntest. Aber vielleicht entwickelt sich diese Gabe auch erst bei dir."

Ich wollte mir nicht vorstellen, wie es war, verschiedene Szenearien unserer Zukunft sehen zu können. Die

Entdeckung meiner Erinnerungsfähigkeit war schon befremdlich genug gewesen. „Was ist mit dem Kind der Zeit*?", fragte ich, um das Thema zu wechseln. „Weißt du, was sie damit gemeint haben kann?" Dabei drängte sich das Bild der kleinen Mädchen vor mein inneres Auge, die mir zweimal im Traum erschienen waren.*

Henriette verzog nachdenklich das Gesicht. „Es gibt Gerüchte über besondere Kinder", begann sie dann, „deswegen folgt auch Marlene dieser Spur, aber man muss mit den Worten einer Prophezeiung generell vorsichtig umgehen. Ich persönlich glaube eher, dass sich Saphira auf uns Seherinnen bezieht. Schließlich sind wir alle Kinder der Zeit, da wir uns durch die Vergangenheit bewegen können."

Ich schwieg eine Weile. „Glaubst du, dass Saphira die Frau ist, die ich in meinen Träumen gesehen habe?", fragte ich dann, während der junge Mann versuchte, Saphira aus ihrer Vision zurückzuholen.

Henriette schüttelte den Kopf. „Ich glaube es nicht, denn Saphira war deine Urahnin, sie würde dir nur Gutes wollen. Ich habe mir Saphiras Leben angesehen, so gut ich konnte. Im Laufe der letzten Wochen bin ich in den Erinnerungen weit zurückgesprungen und du weißt, dass unsere Kräfte hier nicht endlos sind." Henriette sah mich an und ging auf Saphira zu. „Aber ich wollte dir noch mehr zeigen", sagte sie, „denn die Vergangenheit weist die Zukunft."

Wenig später fanden wir uns auf einem weiten Getreidefeld wieder. Der Himmel war wolkenlos und obwohl die Sonne schien, war es auch in dieser Erinnerung eiskalt. Außerdem waren die Farben extrem blass und hatten einen bläulichen Stich, als hätte jemand einen Fotofilter über die ganze Szene gelegt.

„Saphira, wo steckst du, wo steckst du?", hörte ich einen

Jungen rufen, der über die Ebene lief und dabei das Feld absuchte. Seine dunklen Haare lugten unter seiner braunen Mütze hervor und er schien nicht viel jünger zu sein als ich.

Henriette und ich waren über Saphiras Erinnerungsfeld hierher gesprungen und ich fragte mich, was mir die alte Seherin zeigen wollte.

„Saphira!", hörte ich den Jungen plötzlich erschrocken schreien. Im nächsten Moment rannte er, so schnell ihn seine Beine trugen, zu einem angrenzenden Waldstück. „Saphira!", brüllte er noch einmal und lief zu einem Mädchen in einem hellen Kleid.

Automatisch nahm uns die Erinnerung mit ihm mit. Das Mädchen lag mit zerzausten Haaren und aufgeschürften Knien auf dem schmutzigen Boden.

Er kniete sich zu ihr hin. „Saphira, wach auf, wach auf!", schrie er und Tränen rannen ihm über die Wangen.

Saphira öffnete die Augen und lachte. „John", sagte sie und setzte sich grinsend auf. „Sei doch nicht so ängstlich."

Johns Gesicht verzog sich und er boxte Saphira gegen den Oberarm.

„Aua", sagte sie und schürzte die Lippen.

„Wenn Vater das mitbekommt, dann wird es Hiebe geben", sagte der Junge und nahm seine Kappe ab.

„Er wird es nicht mitbekommen", erklärte Saphira und lächelte, aber dann verdrehte sie die Augen und fiel wieder zu Boden.

„Noch einmal werde ich nicht darauf reinfallen", sagte der Junge und schüttelte den Kopf. Saphiras Beine begannen zu zittern und auch ihre Arme zuckten.

Der Junge stand auf, klopfte sich seine Sachen ab und verschränkte die Arme vor der Brust. „Saphira, lass das. Du wirst uns noch Ärger einhandeln."

„Die deinen", flüsterte Saphira und ihr Gesicht nahm

einen entsetzten Ausdruck an, „werden es den meinen vergelten, die deinen werden es den meinen vergelten, die deinen werden es den meinen vergelten."

„Saphira, lass das", wiederholte der Junge, doch die Unsicherheit auf seinen Zügen nahm zu. „Ich gehe jetzt. Ich habe keine Lust mehr auf deine Spiele. Vater wird auch bald nach mir suchen, wenn ich zu spät nach Hause komme."

Doch Saphira wälzte sich auf dem Boden hin und her und der Junge, der noch mit sich selbst rang, ließ sich plötzlich auf die Knie fallen. „Saphira", flehte er, „Saphira, bitte lass das."

„Das wolltest du mir zeigen?", fragte ich, als wir kurze Zeit später wieder auf Henriettes Erinnerungsfeld standen, um unsere Kräfte zu sparen.

Henriette verschränkte die Arme hinter dem Rücken.

„Deine Urahnin besaß große Kräfte", sagte Henriette. „Sie hat sie schon früh entwickelt, obwohl sie sie nicht zu deuten wusste. Sie hat viel gesehen und die Verknüpfungen ihrer Weissagungen sind nicht zu missachten."

„Es geht um den Jungen, nicht wahr?", fragte ich. „Du wolltest mir den Jungen zeigen?"

Henriette nickte und ihr Blick wanderte über ihr Erinnerungsfeld. „Die Seherinnen sind gespalten, Jo. Ich habe die letzten Wochen damit verbracht, uns alle zusammenzuführen, aber das ist eine Herausforderung, die noch viel Zeit in Anspruch nehmen wird. Kai hatte recht, es ist nicht einfach, uns zu einen. Aber es ist nicht die einzige Herausforderung, der wir gegenüberstehen."

„Was meinst du?"

„Die größte Gefahr, droht euch zu verschlingen, und jene, die nah, Verderben euch bringen", *wiederholte Henriette eine Strophe aus der Prophezeiung. Sie sah mir in* die Augen. „Zuerst dachte ich, dass wir damit gemeint sind, die Seherinnen“, sagte sie. „Wir alle dachten das. Aber was ist, wenn es um eine andere Gruppe geht?“

„Du meinst, die Jäger?“, fragte ich und mein Puls schoss in die Höhe. „Gibt es noch Jäger, die über ihr Wissen verfügen? Jäger, deren Erinnerungen durch dieses Serum geschützt waren?“

Henriette schüttelte den Kopf. „Es geht nicht um die Jäger, Jo“, sagte sie. „Das Wissen der Jägerschaft wurde durch dein Erinnerungsfeuer ausgelöscht und jene paar Männer, die durch das Serum immun waren, wurden bereits aufgespürt und ihre Erinnerungen wurden überschrieben.“ Sie machte eine kurze Pause. „Aber die Beschützer könnten uns gefährlich werden.“

„Die Beschützer? War der Junge ein Beschützer?“, fragte ich.

„So ist es“, sagte Henriette. „Er war zuerst ein Jäger, aber er konnte Saphira nicht töten. Er hat versucht, sie zu beschützen.“

„Die Worte“, hauchte ich, „ihre Worte über die deinen werden es den meinen vergelten, damit waren die Beschützer gemeint?“

Henriette nickte. „Davon gehe ich aus. Ich habe deshalb begonnen, mich näher mit ihnen zu beschäftigen – wobei ich jedoch sehr vorsichtig sein muss. Die Beschützer standen uns jahrzehntelang zur Seite, weil sie die Praktiken der Jäger nicht unterstützten, da sie Gefühle für die Seherinnen entwickelt hatten. Trotzdem hießen sie unsere Gabe nicht gut und sahen sie ebenfalls als widernatürlich an. Jetzt, wo die Jäger weggefallen sind, gibt es keinen Grund mehr, uns zu beschützen … sondern eher, die Welt vor uns zu beschützen.“

„Aber wieso sollten sie sich plötzlich gegen uns wenden?“,

wollte ich wissen.

„Es gibt auch Beschützer, deren Liebe enttäuscht wurde. Und im Grunde ihres Herzens sind sie noch immer Jäger, Jo."

„So wie Adrian?", fragte ich.

Sie nickte. „So wie Adrian."

Kapitel 9

„Henriette denkt also wirklich, dass die Bedrohung von den Beschützern ausgeht?“

Ich nickte und beobachtete, wie Adrian vom Bett aufstand und zum Fenster ging. Er hatte die Augenbrauen fest zusammengezogen und seine ganze Körperhaltung drückte eine erhöhte Wachsamkeit aus.

„Bist du ihrer Ansicht?“, fragte er mich, ohne den Blick von der Straße zu nehmen.

Ich atmete tief durch, bevor ich meine Antwort gab. „Ich denke, wir sollten es zumindest in Betracht ziehen“, sagte ich. „Deshalb möchte ich selbst auch gern mehr über die Beschützer erfahren. Im Moment weiß ich kaum etwas über sie. Und bis vor Kurzem dachte ich ja noch, dass der letzte von ihnen vor 25 Jahren gestorben sei.“

„Das dachte ich ebenfalls“, erwiderte Adrian düster, während er noch immer durch das Fenster auf die Straße spähte. Dann drehte er sich langsam zu mir um. Sein Blick bohrte sich in meinen und war so eindringlich, dass ich unmöglich hätte wegsehen können.

„Du weißt, dass ich dir niemals etwas antun könnte, oder?“

„Natürlich weiß ich das“, sagte ich und stand auf. Mit wenigen Schritten war ich bei ihm und legte meine Hand auf seine Wange. „Und daran habe ich auch nie gezweifelt, nicht eine Sekunde, Adrian.“

„Gut.“ Er zog mich an sich und ich schmiegte mich an seinen starken Körper. Sobald Adrian seine Arme um mich schloss, durchflutete mich jedes Mal ein Gefühl von absoluter Geborgenheit und Sicherheit, so als ob nichts auf der Welt uns jemals auseinanderbringen könnte.

Ich ließ mich seufzend noch stärker in die Umarmung sinken, als ein leises Geräusch von der Tür unsere Aufmerksamkeit erregte. Gleichzeitig drehten wir unsere Köpfe in die Richtung und ich runzelte die Stirn, als ich den weißen Briefumschlag mit dem Goldrand entdeckte, der unter dem Türschlitz durchgeschoben worden war.

Noch bevor ich reagieren konnte, war Adrian schon bei der Tür und hob das Kuvert auf. Es war nicht verschlossen. Darin befand sich ein zusammengefaltetes Blatt Papier, das er mit einer raschen Bewegung entfaltete. Ich stellte mich neben ihn und blickte auf die Botschaft.

Conny hat absichtlich nicht getankt, stand dort in einer krakeligen Handschrift, die ich nicht kannte.

„Was soll denn das?", fragte ich, während Adrian schon die Tür geöffnet hatte und hinaus auf den Korridor trat. Dort blickte er einmal rasch nach rechts und links, bevor er tief durch die Nase einatmete, fast so, als würde er Witterung aufnehmen. Im selben Moment ging eine Tür auf der anderen Seite des Ganges auf und Finn kam mit einem Handtuch um die Hüften aus dem dampfenden Gemeinschaftsbad.

Er brachte einen Schwall heißer Luft mit, die nach Duschgel roch, und legte den Kopf leicht schief, als er Adrian so dastehen sah.

„Alles okay, Mann?", fragte er leicht spöttisch, während seine Augen zu mir wanderten. „Sie hat dich doch nicht rausgeworfen, oder?"

Adrian blickte noch immer den Korridor hinunter und schüttelte den Kopf. „Du solltest nicht von dir auf andere schließen", bemerkte er trocken.

Finn grinste schief. „Gute Nacht, Leute. Und macht keinen Krach. Ehrlich, ich will nichts von euch hören." Damit warf er mir einen letzten langen Blick zu und verschwand dann gemächlich in seinem Zimmer. Auch Adrian kam wieder herein und schloss die Tür hinter sich.

„Meinst du, Finn hat das geschrieben?", fragte ich leise und deutete mit dem Kinn auf den Zettel in seiner Hand.

Adrian besah sich noch einmal die Botschaft und schüttelte dann den Kopf. „Finn hat eine andere Handschrift."

„Aber wer soll es dann gewesen sein? Und warum? Pippa?"

„Wäre möglich", sagte Adrian.

„Aber Pippa hat auch eine andere Handschrift", hielt ich dagegen. „Und Conny wird wohl kaum einen Brief unter unserer Tür durchschieben, in dem steht, dass sie das Tanken *absichtlich* vergessen hat."

Adrian nickte schweigend und ich warf einen unbehaglichen Blick auf die Botschaft. Irgendetwas daran machte mich unruhig und als mein Blick zu dem weißen Briefumschlag mit dem Goldrand wanderte, wusste ich auch, was es war.

„Dieser Umschlag", flüsterte ich und griff danach. „Genau so einen hat Finn gestern in der Küche in den Müll geworfen."

Adrian sah mich eindringlich an. „Bist du sicher?"

Ich nickte. „Er hat nur einen kurzen Blick reingeworfen und meinte, das Kuvert sei leer. Dann hat er es weggeworfen."

Adrian nahm den Briefumschlag und betrachtete ihn schweigend. Dann gab er ihn mir zurück.

„Wer auch immer dafür verantwortlich ist, erwartet von uns jetzt wahrscheinlich eine Reaktion."

„Dann sollten wir nicht reagieren und stattdessen den anderen Brief suchen", sagte ich. „Wahrscheinlich handelt es sich ohnehin nur um einen blöden Scherz."

„Endlich wieder zu Hause", stöhnte Conny, nachdem Adrian die Eingangstür zur Finca aufgeschlossen hatte.

„Das hättest du schon gestern haben können, wenn du nicht das Tanken vergessen hättest", bemerkte Finn und ließ sich mit einem Seufzen auf die graue Polsterlandschaft fallen. „Waren eure Betten auch so durchgelegen, als hätte eine Horde Elefanten darin übernachtet?"

„Nein, mein Bett war *wunderbar*", erwiderte Conny kühl und zückte ihr Handy. Dann begann sie zu lächeln. „Habt ihr gesehen? Mein neues Pic mit der schlafenden Karotte auf dem Kissen hat schon über 300 Herzen bekommen."

„Phänomenal", bemerkte Finn.

„Wirklich phänomenal ist euer Pool", meinte Pippa und ließ ihre Tasche auf den Boden fallen. „Ich glaube, ich werde noch eine Runde schwimmen, bevor ich zurück nach Siena fahre." Sie zog nacheinander ihre Sandalen aus und zwinkerte Finn in ihrer leicht verruchten Pippa-Manier zu.

Conny lehnte mit dem Handy in der Hand an der Wand und beobachtete die beiden unter halb geschlossenen Lidern.

Ich tauschte einen kurzen Blick mit Adrian und folgte ihm in die Küche. Obwohl es sich wahrscheinlich nur um einen dummen Scherz handelte, war ich seit dem Zeitpunkt, in dem wir diese seltsame Nachricht erhalten hatten, irgendwie unruhig gewesen und wollte unbedingt wissen, was in dem anderen Brief stand. Oder ob der Umschlag wirklich leer war, wie Finn behauptet hatte.

Leise trat ich zu der Anrichte und sah zu, wie Adrian den Deckel des Mülleimers anhob. Dann wühlte er kurz zwischen den leeren Verpackungen und Papierservietten herum, bis er einen zerknitterten Briefumschlag mit einem Goldrand hervorzog. Abgesehen von den Tomatenflecken auf der Vorderseite sah er genauso aus wie der, der in der italienischen Pension unter unserem Türschlitz durchgeschoben worden war.

Adrian reichte mir mit ernstem Gesicht den Briefumschlag und ging zur Spüle, um sich die Hände zu waschen.

Ich warf einen nervösen Blick über die Kücheninsel in Richtung Wohnzimmer, wo Pippa mit Finn herumalberte, und drehte den Umschlag um. Er war nicht zugeklebt und enthielt wie der erste einen zusammengefalteten Zettel.

Rasch zog ich das Blatt Papier hervor und faltete es auseinander.

Danach starrte ich auf die maschinengeschriebene Zeile. Adrian stellte sich neben mich und las den Satz mit gerunzelter Stirn. Dann warf er mir einen kurzen Blick von der Seite zu.

„Was habt ihr da?“, fragte Conny quer durch den Raum und kam neugierig näher.

„Ich … äh, das ist nur …“, stammelte ich und wusste nicht so recht, was ich sagen sollte. Mein Gestotter führte dazu, dass nun sogar Finn und Pippa aufmerksam wurden und interessiert zu uns herübersahen.

„Ja?“, fragte Conny. „Was ist das nur?“

„Eine seltsame Botschaft“, sagte Adrian. „Und es ist schon die zweite.“

„Zwei seltsame Botschaften?“, wiederholte Conny interessiert. „Wie lauten sie denn?“

Ich zögerte, denn ich wusste nicht, ob es eine gute Idee war, das in der großen Runde zu besprechen. Aber so wie es aussah, hatte Adrian keine Lust auf weitere Spielchen.

„Hier steht: *Finn hat in den Pool gepinkelt*", las ich vor.

„Was?!", rief Finn von der Couch und Conny musste kichern.

„Ohne Scheiß, das steht da?", fragte sie und griff nach dem weißen Zettel. Dann prustete sie los. „Und das ...", sie schnappte keuchend nach Luft, „habt ihr aus dem Müll gefischt?"

Finn und Pippa kamen jetzt auch in die Küche und Finn schnappte mit genervter Miene nach dem Stück Papier. „Was soll dieser Bullshit?", fragte er, nachdem er die Nachricht mit eigenen Augen gelesen hatte.

„Gut zu wissen, *bevor* ich hineingesprungen bin", bemerkte Pippa mit hochgezogenen Augenbrauen.

„Sag bloß, du glaubst den Scheiß", knurrte Finn.

„Also *ich* glaub das sofort", kommentierte Conny.

„Dich hat keiner gefragt", blaffte er. „Hast du das etwa geschrieben?"

„Ich?" Conny schnaubte perplex. „Du hast wohl zu viel Pinkelwasser geschluckt."

„Ich. Hab. Nicht. In. Den. Verdammten. Pool. Gepinkelt", presste Finn überdeutlich hervor.

„Was steht denn in der zweiten Botschaft?", wollte Pippa wissen und stützte sich mit den Unterarmen auf der Kücheninsel ab.

„Da steht, dass Conny gestern absichtlich das Tanken vergessen hat", sagte Adrian und zog den Umschlag hervor.

„Ha!", rief Finn. „Wusste ich es doch!"

„Das ist jetzt aber nicht euer Ernst", zischte Conny und riss Adrian den Brief aus der Hand. Ihre Augen flogen über die Botschaft und ihre Wangen wurden vor Aufregung ganz rot. „Das hast DU geschrieben, gib es zu!“, fauchte sie Finn an und wedelte mit dem Brief vor seiner Nase herum.

„Ich hab zwar auch eine Klaue, aber es sieht immer noch besser aus als *das*“, murmelte er abfällig und steckte die Hände in die Hosentaschen.

„Und was soll das überhaupt heißen, *absichtlich vergessen*?“, fuhr Conny fort, als ob sie ihn gar nicht gehört hätte. „Das ist ja schon ein Widerspruch in sich. Entweder man vergisst etwas oder man macht es absichtlich, ein absichtliches Vergessen existiert gar nicht!“

„Wow“, murmelte Finn. „Du solltest echt deinen Berufswunsch überdenken und Deutschlehrerin werden.“

„Hast du nun ans Tanken gedacht oder nicht?“, warf Pippa ein und Connys Augen schleuderten Blitze in ihre Richtung.

„Ich bin doch noch nicht mal gefahren. Wieso redet ihr die ganze Zeit davon, dass ich das Tanken vergessen habe? Finn saß am Steuer!“

„Gestern. Aber den Weg vom Flughafen bis zur Finca bist du gefahren. Und da hast du gesagt, du wolltest dich ums Tanken kümmern“, reagierte Finn gelassen und verschränkte die Arme vor der Brust.

„Zu dem Zeitpunkt hatten wir ja auch noch genug Benzin“, erwiderte Conny durch zusammengebissene Zähne.

„Hey, vielleicht sollten wir uns alle mal beruhigen“, sagte ich und sah, wie sich Pippa zu mir rüberbeugte.

„Nicht doch“, flüsterte sie mir ins Ohr. „Jetzt wird es doch gerade erst spannend.“

Währenddessen schaukelte sich der Streit zwischen Conny und Finn weiter hoch und ich seufzte leise.

„Wahrscheinlich hast *du* die blöden Botschaften geschrieben", fauchte Conny in diesem Moment. „Weil du unbedingt deinen Punkt machen willst, dass ich das Tanken vergessen habe."

„Und deshalb sollte ich mich selbst beschuldigen, in den Pool gepinkelt zu haben?", erwiderte er ungläubig. „Wer hat hier denn jetzt zu viel Pinkelwasser geschluckt?"

„Vielleicht war es ja auch jemand anderes", sagte Adrian und fixierte Pippa aus seinen dunkelgrünen Augen. „Jemand, der es lustig findet, etwas Chaos zu verbreiten."

Pippa richtete sich auf und ihre knallroten Lippen bildeten ein perfektes rundes O. „Du meinst *mich*?", fragte sie fassungslos.

Adrian zuckte mit den Schultern. „Irgendjemand muss die Botschaft schließlich geschrieben haben."

„Und was ist mit der Nachricht, die ihr gerade aus dem Müll gefischt habt?", fragte sie und ihre Stimme wurde einen Tick höher. Von dem verführerisch-rauchigen Klang war nichts mehr zu hören. „Denkst du ernsthaft, ich komme hierher und wühle mich durch euren Abfall, um eine Nachricht zu hinterlassen, die wahrscheinlich ohnehin niemand jemals lesen wird? Außerdem, woher hätte ich denn die Schreibmaschine haben sollen?"

„Die Schreibmaschine steht oben in einem der Gästezimmer", warf Conny ein. „Dazu hat jeder hier im Haus Zugang."

„Aha!", rief Finn und deutete mit dem Finger auf Conny. „Du wusstest also, wo die Schreibmaschine steht!"

Sie verdrehte die Augen und band sich ihre dunklen Locken hoch. „Du wusstest auch, wo die Schreibmaschine steht, weil wir uns das Zimmer zusammen angesehen haben."

„Habt ihr?", fragte Pippa und biss sich im nächsten Moment auf die Lippe.

Conny sah sie giftig an. „Keine Sorge, ich nehme ihn dir nicht weg. Der Beckenpinkler gehört ganz allein dir."

„Nicht nur Deutschlehrerin, jetzt entscheidest du auch noch, mit wem ich meine Zeit verbringe", meinte Finn beißend.

„Hört auf", ging ich dazwischen. „Anscheinend kommen wir hier nicht weiter. Was ist, wenn wir jetzt alle mal tief durchatmen und dann versuchen, die Sache ganz logisch …"

„Moment", unterbrach mich Conny. „Warum streiten wir hier überhaupt? Du kannst doch nachsehen, wer die Briefe wirklich geschrieben –"

„Nein", sagte Adrian hart und sah ihr eindringlich in die Augen. Dabei schüttelte er kurz den Kopf.

Conny blickte von ihm zu Pippa und verstummte.

„Wie soll Jo das nachsehen können?", fragte Pippa in die plötzlich aufgetretene Stille hinein.

„Ach, vergiss es", murmelte Conny. „Ich geh jetzt in mein Zimmer", ließ sie uns wissen.

„Und ich gehe schwimmen", meinte Finn. „Im Pool. Und dort werde ich mit dem verdammten Beckenwasser gurgeln. Vielleicht glaubt ihr mir ja dann."

Pippa lachte. „Okay", sagte sie. „Wenn du gurgelst, komme ich mit."

Finn grunzte nur und beobachtete Connys Abgang, die mit erhobenem Kopf die Treppe hinaufmarschierte.

In dem Moment spürte ich Adrians Finger um mein Handgelenk. „Komm", raunte er mir zu. „Lass uns auch nach oben gehen."

Ich widersprach nicht und ließ mich von ihm

die Treppe hinaufziehen. In unserem Schlafzimmer angekommen, schloss er die Tür mit Nachdruck hinter sich.

„Das passiert, wenn zu viele Menschen von deiner Gabe wissen“, knurrte er mit gedämpfter Stimme und begann im Zimmer auf und ab zu tigern.

Ich sah ihn ungläubig an. „Machst du mir jetzt etwa einen Vorwurf, weil Conny sich beinahe verplappert hätte?“

„Ich finde einfach, du hättest es ihr nicht erzählen sollen.“

Fassungslos schüttelte ich den Kopf. „Aber sie ist meine Freundin.“

Er presste die Lippen aufeinander und blieb vor mir stehen. „Ja, Jo. Aber sie könnte auch deine Freundin sein, ohne von deiner Gabe zu wissen. Ich weiß, seit die Jägerschaft besiegt wurde, fühlst du dich sicher, aber …“

„Ich fühle mich überhaupt nicht sicher“, wandte ich energisch ein. „Glaubst du denn, meine Albträume machen mir Spaß? Natürlich mache ich mir Sorgen wegen der Prophezeiung und dieser neuen Bedrohung, von der da die Rede ist. Diese blöden Nachrichten nicht zu vergessen, die jetzt auch noch aufgetaucht sind.“

„Wahrscheinlich will uns einer von den dreien einfach nur verarschen“, meinte Adrian und schloss das Fenster, als man Pippa von der Terrasse leise summen hörte. Es schien dasselbe Lied zu sein, das auch Conny schon gesummt hatte – allerdings kannte ich es nicht.

Seufzend ließ ich mich auf das Bett fallen. „Das glaubst du wirklich?“

„Mehr, als die Geschichte, dass keiner von ihnen was damit zu tun hat“, erwiderte er kühl.

Ich rieb mir mit den Händen über das Gesicht und

ließ mich auf der Matratze zurücksinken. „Ich hab mir unseren Urlaub echt anders vorgestellt", murmelte ich und blickte an die weiße Decke, die von haarfeinen Rissen durchzogen war.

Das Bett knarrte leise und dann roch ich Adrians Duft, als er sich neben mich legte.

Eine Weile sagte keiner von uns ein Wort und dann spürte ich seine Hand auf meiner. „Ich habe mir meine Überraschung auch anders vorgestellt", meinte er leise. „Dass es letztendlich auch eine Überraschung für mich ist, dachte ich nicht …"

„Es ist zumindest ein wirklich überraschender Trip", sagte ich, „mit neuen überraschenden Ereignissen und Erkenntnissen." Unsere Finger verschränkten sich ineinander und ich blickte Adrian an. „Ich muss mehr über die Beschützer herausfinden", sagte ich ruhig und sprach damit aus, was mich seit gestern immer wieder beschäftigte. „Zuerst dachte ich, es macht Sinn, damit zu warten, bis wir wieder zurück in Hamburg sind – aber vielleicht ist das ein Fehler. Ich weiß nicht, ob es warten kann." Ich sah ihn eindringlich an.

Adrian nickte und seine Züge waren ernst.

„Dann lass es uns tun", meinte er.

„Okay", flüsterte ich. Und dann drückte ich mein Handgelenk gegen seines und fühlte, wie mich die unsichtbare Kraft aus dem Hier und Jetzt riss.

Kapitel 10

Ich sprang mit Adrian in jene Erinnerung, die mir Henriette gezeigt hatte. Gemeinsam landeten wir auf dem riesigen Getreidefeld mit dem angrenzenden Waldstück, wo Saphira und John in jungen Jahren miteinander gespielt hatten.

„Das ist die früheste Erinnerung, in der ich je gewesen bin“, flüsterte ich Adrian zu und fröstelte. „Es muss sich um das 16. Jahrhundert handeln. Das Mädchen hier ist meine Urahnin und dieser Junge wurde zu ihrem Beschützer.“

„Dann müssen wir in seine Erinnerungen“, sagte Adrian und ich nickte.

„Ich gehe davon aus, dass sein Vater der Jägerschaft angehörte. Sie muss sich zu dieser Zeit gerade erst gebildet haben, auch wenn es Jäger und Seherinnen schon länger gab.“ Ich ging zu John und sah ihm direkt in sein schmales Gesicht. Er blickte ängstlich auf Saphira, die mit aufgeschürften Knien auf dem Boden lag. Sanft berührte ich mit den Fingerspitzen sein Handgelenk und landete mit Adrian auf Johns Erinnerungsfeld. Ein lilafarbener Himmel spannte sich über seine silberne Ebene und ein heftiger Wind blies uns entgegen.

„Zeig mir die Jägerschaft!“, rief ich und sah, wie ein Halm goldfarben aufleuchtete. Rasch berührte ich ihn und ließ mich von John noch weiter in die Vergangenheit ziehen.

Wir fanden uns in einer Scheune wieder. Es war Abend und von draußen hörte ich die Grillen leise zirpen. John hockte neben uns auf dem strohbedeckten Boden und spähte zwischen zwei Heuballen hindurch auf eine Versammlung von acht Männern.

Obwohl die Erinnerung so alt war, dass sie einen bläulichen Stich hatte, ließ sich unsere Umgebung gut erkennen.

Am rückseitigen Ende der Scheune stand ein schlanker Mann mit schwarzen Haaren auf einem niedrigen Podest aus Holz.

Ich erkannte ihn auf den ersten Blick.

Es war Pierre, der Arzt, der die Jägerschaft gegründet und Saphira Jahre später auf den Scheiterhaufen gebracht hatte.

Er hatte die Hände hinter dem Rücken verschränkt und ließ seinen sengenden Blick langsam über die Anwesenden gleiten. Seine Miene drückte Entschlossenheit aus und seine Haltung zeugte von Durchsetzungskraft.

„Ich heiße euch willkommen zur ersten offiziellen Versammlung der Jägerschaft", sagte Pierre.

Der Junge neben uns atmete flach und beobachtete aus großen Augen, was in der Scheune geschah. Die Männer, die Pierre hier zusammengetrommelt hatte, saßen auf einfachen Holzstühlen und nickten dem Arzt ernst zu.

„Wie ihr wisst, gibt es noch mehr zwischen Himmel und Erde, als die meisten Menschen glauben möchten", begann Pierre mit ruhiger Stimme zu sprechen. „Ich war bis vor Kurzem selbst ein Unwissender, aber meine Erfahrungen haben mich eines Besseren belehrt." Er machte eine kurze Pause. „Es waren Erfahrungen, die ich niemandem auf dieser Welt wünsche, denn ich habe Wesen gesehen, deren Macht über die eines normalen Menschen weit hinausgeht."

Ein paar Männer räusperten sich und nickten zustimmend.

„Ich weiß, dass ihr wisst, wovon ich spreche, denn ihr", er deutete mit dem Finger auf die Männer, „habt das Gespür. *Die Natur hat uns ausgewählt, wie sie unsere Vorfahren schon ausgewählt hat. Doch wir werden handeln."*

Pierre trat vom Podest hinunter und ging gemäßigten Schrittes durch die Stuhlreihen. Der Junge neben uns kauerte sich noch kleiner hinter dem Heuballen zusammen und warf einen ängstlichen Blick auf einen breitschultrigen Mann mit Vollbart, der eine entfernte Ähnlichkeit mit ihm aufwies.

„Das muss sein Vater sein", bemerkte Adrian und ich nickte zitternd. Die Erinnerung war so kalt, dass sich kleine Atemwölkchen vor meinem Mund bildeten.

„Ich weiß, ihr hattet es nicht leicht. Die meisten von euch werden sich ihr Leben lang gefragt haben, woran es liegt, dass sie bei bestimmten Frauen immer wieder eine Gänsehaut bekommen – und keine der guten Art."

Ein paar Männer lachten.

Pierre lächelte ebenfalls schmallippig, wurde aber sofort wieder ernst. „Ich kann euch versichern, euer Gefühl hat euch nicht getäuscht – das Gefühl, dass hier etwas nicht mit rechten Dingen zugeht. Denn diese Frauen …", er machte eine kurze Pause, „haben dämonische Kräfte."

Der Junge neben uns strich sich unbewusst über den Arm und Adrians Augen verengten sich. „Er trägt die Veranlagung zum Jäger ebenfalls in sich", raunte er mir zu.

„Wir können das nicht dulden!", fuhr Pierre mit erhobener Stimme fort. „Sie sind unter uns und missbrauchen ihre enorme Macht, um in unseren Köpfen herumzuspuken und unsere Erinnerungen nach ihrem Willen zu verformen und zu verzerren. Sie haben die Macht, uns Dinge glauben zu lassen, die uns zu Mördern machen, sie haben die Macht, die ganze Welt in den Abgrund ihrer Verderbtheit zu reißen, und ich sage, wir werden uns dagegen wehren!"

Die Männer auf den Stühlen stimmten lauthals zu.

„Wir werden uns wehren und sie nicht davonkommen lassen, denn wir fürchten sie nicht! Gott hat uns auserwählt,

dieser dämonischen Brut das Handwerk zu legen und dafür zu sorgen, dass ihre unnatürlichen Kräfte nicht die ganze Menschheit versklaven. Eure Gabe", er sah die sieben Männer eindringlich an, „ist ein Zeichen Gottes. Ihr seid auserwählt, die Welt vor ihnen zu beschützen, und ich schwöre bei allem, was mir heilig ist, dass wir diese ehrenhafte Aufgabe annehmen werden!"

Wieder erklangen zustimmende Rufe in der Scheune.

Pierre blickte die Männer zufrieden an. „Wir sind noch wenige, doch ich werde nach weiteren suchen lassen, die das Gespür in sich tragen. Gemeinsam werden wir uns gegen die Hexen wehren und alles tun, was nötig ist, bis sie vom Antlitz dieser Erde verschwunden sind!"

Die Männer applaudierten und ein paar von ihnen sprangen sogar auf, nur einer zeigte deutliche Zurückhaltung. Er hatte eine gebrochene Nase und kluge Augen, mit denen er das Geschehen in der Scheune kritisch beobachtete.

„Er scheint von der Rede nicht sonderlich mitgerissen worden zu sein", sagte Adrian und deutete auf den jungen Mann, dessen Unbehagen mit jeder Sekunde anzuwachsen schien.

„Sehen wir uns seine Erinnerungen an", erwiderte ich und ging mit Adrian hinüber, um bei ihm einzutauchen.

Nachdem ich durch ein paar seiner Erinnerungen gesprungen war, landete ich mit Adrian in einer schmalen Gasse. Es war eine stürmische Nacht und der Regen prasselte auf die Dächer ringsum und bildete große Pfützen im schlammigen Boden. Ich taumelte kurz und griff nach Adrians Arm, um mich abzustützen. Da wir uns so weit in der Vergangenheit befanden, erschöpfte mich der Aufenthalt hier wesentlich schneller, als wenn ich mir Erinnerungen aus der Gegenwart angesehen hätte. Rasch riss ich mich zusammen und blickte mich um.

Männer mit Fackeln liefen brüllend durch das Dorf und trieben eine Gruppe von Frauen vor sich her durch die Häuserschluchten. Der Jäger mit der gebrochenen Nase, in dessen Erinnerung wir gesprungen waren, wirkte hier ein paar Jahre älter. In der linken Hand trug er eine Fackel und stand in der schmalen Gasse, während er das Treiben ringsum mit weit aufgerissenen Augen beobachtete. Das Regenwasser lief ihm in Bächen über das Gesicht und die qualvollen Schreie der Frauen, die in dieser Nacht ermordet wurden, hallten weithin hörbar durch das Dorf.

Ich schlang zitternd die Arme um mich. Es war furchtbar, diese Schrecken mitzuerleben, und ich wünschte, ich hätte irgendetwas tun können.

In diesem Moment stolperte ein junges Mädchen in die Gasse. An ihrem Körper klebte ein durchnässtes weißes Unterkleid, das an den Knien und am Saum schon völlig dreckverschmiert war. Ihre langen Haare hingen ihr wirr ins Gesicht und von ihren Fingernägeln waren einige abgebrochen. Sie sah aus, als ob sie sich heute schon gegen einen Angreifer gewehrt hätte, und blickte immer wieder hektisch über ihre Schulter, sodass sie dem Jäger mit der gebrochenen Nase praktisch in die Arme rannte.

Als sie den Schein der Fackel sah, schrie sie erstickt auf und schlug sich die Hand vor den Mund. Der Jäger strich sich mit der rechten Hand kurz über den Unterarm und fluchte derb, da er offensichtlich gehofft hatte, sich keiner Seherin gegenüberzufinden.

Einen Moment lang geschah gar nichts und ich ertappte mich dabei, wie ich den Atem anhielt, während sich der Jäger und die Seherin einfach nur anstarrten.

„Jetzt mach schon, Alister, bring es endlich hinter dich!“, brüllte ein bärtiger Jäger, der am Ende der Gasse aufgetaucht *war. Doch dann wurde er abgelenkt und stürzte weiter.*

Der Jäger mit der gebrochenen Nase namens Alister straffte die Schultern und wandte sich der jungen Seherin zu. Sie mochte Anfang zwanzig sein und wich wimmernd zurück, als er mit der Rechten seinen Säbel aus der Scheide zog.

„Nein", keuchte sie, stolperte über ihren von der Nässe schweren Rock und fiel in den Matsch. „Bitte nicht, ich habe nichts getan!", flehte sie und kroch auf allen vieren davon.

Alister knurrte und in seinem Gesicht war seine Zerrissenheit deutlich abzulesen.

„Ich muss es tun", presste er hervor und seine Finger schlossen sich noch fester um den Schaft seiner Waffe.

Dann ließ er den Arm hinuntersausen und das Mädchen schrie auf. Adrian zog mich an seine Brust, um mir den Anblick zu ersparen, aber ich sah trotzdem hin.

Im letzten Moment hielt Alister mit der zitternden Klinge vor ihrem Gesicht inne und wandte sich ab.

„Verflucht!", keuchte er. „Ich kann dich doch nicht einfach töten."

Das Mädchen schluchzte laut auf und Alister löschte fluchend seine Fackel. Dann presste er ihr die Hand auf den Mund. „Du musst still sein", raunte er ihr ins Ohr. „Sonst finden sie uns."

Sie sah ihn mit großen Augen an und nickte schließlich zögernd. Ihr ganzer Körper zitterte in dem durchnässten Kleid und Alister löste den Verschluss seines Umhangs und legte ihn ihr um die Schultern. Dann griff er nach ihrer Hand. „Komm", flüsterte er ihr zu. „Ich bring dich hier raus."

„Alister muss der erste Beschützer gewesen sein", hauchte ich, als ich sah, mit welcher Fürsorge er die junge Seherin in

Sicherheit brachte.

Adrian griff nach meiner Hand und drückte sie. „Er hat auf sein Herz gehört. Genau wie viele Jäger nach ihm."

Ich nickte und atmete tief durch, denn der Aufenthalt hier war nach wie vor sehr anstrengend. „Ich möchte wissen, wie es weitergegangen ist."

Wir folgten Alister und sprangen über sein Erinnerungsfeld zu einer anderen Szene seines Lebens.

Alister befand sich hier in einer Versammlungshalle aus Stein und blickte die Männer in dem Raum nacheinander ernst an. Die Szene erinnerte mich an die Gründung der Jägerschaft in der Scheune, nur dass die Stimmung hier wesentlich konzentrierter und ruhiger wirkte.

„Die Jäger werden uns noch heute Nacht angreifen", begann Alister zu sprechen. Seine Stimme klang überlegt und ihm war keine Angst anzumerken. „Sie haben unseren Aufenthaltsort wahrscheinlich von Matteo erfahren. Ihr wisst, dass sie auch vor Folter nicht zurückschrecken, um ihrem unheiligen Pfad zu folgen."

„Das wissen wir", sagte ein älterer Mann mit einer Narbe auf der linken Wange. „Obwohl ich wünschte, es wäre anders."

„Wir alle wünschten das", sagte Alister. „Aber wir haben geschworen, unsere Frauen zu beschützen – selbst wenn das bedeutet, dass wir gegen unsere ehemaligen Brüder kämpfen müssen."

„So ist es", sagte der Mann mit der Narbe und die anderen stimmten murmelnd mit ein.

„Ich weiß, dass auch ihr manchmal zweifelt, ob unser Weg der richtige ist", sprach Alister weiter. „Die Kräfte unserer Frauen sind groß – und oft denke ich, sie sind zu groß. Kein Mensch sollte über solch eine Macht verfügen." Er atmete

tief durch und hob energisch das Kinn. „Aber noch weniger sollte ein Mann eine Frau aus Furcht ermorden. Unsere ehemaligen Brüder sind Feiglinge, sie sind Feiglinge vor dem Herrn, und es fällt ihnen nicht einmal auf."

Alister hielt inne und es war so still, dass ich den röchelnden Atem des alten Mannes mit der Narbe hören konnte.

„Pierre sagt, das Gespür *wäre Gottes Segen, um den Frevel der Seherinnen vom Antlitz der Erde zu tilgen", fuhr er leise fort. „Doch Gottes Gebot sagt eindeutig: Du sollst nicht töten – und mein Herz sagt das Gleiche. Deshalb müssen wir heute Nacht kämpfen. Nicht um zu töten, sondern um zu beschützen. Sowohl unsere Frauen als auch unsere Seelen, damit sie nicht hinabfahren in die Hölle, sobald wir unseren letzten Atemzug getan haben."*

Wieder nickten die Männer und gleichzeitig begann draußen eine Glocke zu läuten.

„Sie sind da", sagte Alister ruhig.

Dann flackerte die Erinnerung und ich fand mich auf Alisters silbernem Feld wieder, das alle Erinnerungen seines Lebens beinhaltete. Mir war schwindelig und ich griff Halt suchend nach Adrians Arm.

„Was ist passiert?", fragte Adrian und half mir, mein Gleichgewicht wiederzufinden. Keuchend lehnte ich mich an seinen starken Körper.

„Es ist einfach nur anstrengend", wisperte ich. „Gib mir einen Moment."

Sobald ich mich ein wenig ausgeruht hatte, sprang ich wieder zurück.

Der Kampf der Beschützer gegen die Jägerschaft war schon in vollem Gange. Alister rannte aus einem steinernen Gebäude hin zu einer großen Mauer, deren hölzernes Tor aufgebrochen worden war. Ich sah, wie sich zwei Jäger gleichzeitig auf ihn stürzten und er brüllend vor Wut mit ihnen fertigwurde.

Rund um uns herrschte das absolute Chaos: Kampfschreie gellten durch die Nacht, eines der Gebäude hatte Feuer gefangen und dichte Rauchschwaden erschwerten die Sicht. Und obwohl die Jäger deutlich in der Überzahl waren, schlugen sich die Beschützer tapfer.

„Es liegt an den Seherinnen", sagte Adrian. „Die Liebe zu ihnen verleiht den Männern größere Kräfte."

„Aber sie haben diesen Kampf dennoch verloren", murmelte ich, als Alister sich schwer verwundet die Hand auf die Seite presste.

„Rückzug!", brüllte er. „Die Siedlung ist verloren!"

Ich spürte, wie mein Schwindelgefühl wieder stärker wurde, und griff schnell nach dem Handgelenk eines jüngeren Beschützers, der mit einer Seherin in seinen Armen an mir vorbeirannte. Mit der anderen Hand hielt ich den Kontakt zu Adrian und gemeinsam wurden wir auf das Erinnerungsfeld des jungen Beschützers gezogen. Von dort sprang ich mit Adrian weiter durch die Zeit. Jahrhunderte verstrichen und wir beobachteten einige kurze Ausschnitte, in denen sich die Beschützer nicht unterkriegen ließen und immer wieder nach Wegen suchten, um mit den Seherinnen in Sicherheit zu leben. Es schien immer wieder zu Kämpfen mit der Jägerschaft zu kommen, die sie mit großen Verlusten – aber nicht gebrochen – überlebten.

Schließlich landete ich mit Adrian in der jüngeren Vergangenheit. Die Erinnerung lag etwa dreißig Jahre zurück und zeigte uns ein weiß getünchtes Haus, draußen auf den Klippen, vor einem unruhigen Meer.

Die Beschützer waren anscheinend zu einer kleinen, verschworenen Gruppe zusammengeschrumpft und mein Herz war schwer bei dem Gedanken daran, wie viel Leid und wie viele Kämpfe sie schon im Laufe der Jahrhunderte erlebt haben mussten – und wie viel Blut geflossen war.

Adrian und ich folgten einem hochgewachsenen jungen Mann ins Innere des Hauses, das groß genug war, um mehreren Familien Platz zu bieten. Der Beschützer trug graue Kleidung und ging auf direktem Weg in die Küche, wo er einen Teekessel aufsetzte. Er hatte dichte, zurückgekämmte Haare und einen kleinen Leberfleck auf der Wange. Ich betrachtete sein Profil und spürte mein Herz aufgeregt gegen meinen Brustkorb schlagen, als ich erkannte, um wen es sich bei dem Mann handelte.

„Das ist Marius' Vater", flüsterte ich.

„Ja", gab Adrian zurück. „Er sieht noch genauso aus wie in Marius' Erinnerung."

„Gunter?", ertönte eine leise Männerstimme und dann trat ein Beschützer, den ich nicht kannte, in den Raum. „Was tust du denn hier? Ich hatte nicht mit deinem Besuch gerechnet."

Marius' Vater zuckte kurz zusammen und drehte sich dann halb um. „Peter", murmelte er. „Du hast mich erschreckt."

„Du hast mich auch erschreckt. Ich habe nicht erwartet, dass plötzlich jemand in meiner Küche auftaucht", erwiderte der andere, ein schlaksiger Kerl mit strubbeligen Haaren, und verschränkte die Arme vor der Brust.

„Ich musste nur mal raus", meinte Gunter und ließ sich mit einem Seufzen auf den nächstgelegenen Küchenstuhl fallen.

„Wieso? Hattet ihr Streit?", fragte Peter und nahm sich auch eine Teetasse aus dem Schrank.

„Ja … nein … keine Ahnung", erwiderte Gunter und rieb sich über seine Wange. „Manchmal habe ich das Gefühl, dass es ein Fehler war."

„Was genau?", fragte Peter und setzte sich zu Gunter an den Tisch.

„Ich weiß nicht … das alles", erwiderte er und fuhr sich mit der Hand über das Gesicht. „Ich habe alles aufgegeben. Meine Frau, meine Position, mein … Kind", hauchte er und seine Stimme zitterte.

Peter senkte den Blick und gab Gunter einen Moment, um sich zu fangen.

„Manchmal vermisse ich auch die alten Zeiten gemeinsam mit Nikolai und Norbert", sagte er dann. „Wir waren schon ein tolles Gespann. Weißt du noch?"

„Natürlich weiß ich es noch", erwiderte Gunter bitter. „Aber du sprichst nur von unseren Freunden, Peter. Du warst nie verheiratet und musstest nicht deine Familie zurücklassen. Alles, was du getan hast, war, dich in Lucinda zu verlieben und hierherzukommen."

Der andere Beschützer sah Gunter schweigend an und erwiderte nichts.

„Tut mir leid", murmelte Gunter nach einem Moment und nahm einen Schluck von seinem Tee. „Das war nicht fair."

„Nein", sagte Peter, „aber das Leben ist nun mal nicht fair. Du musstest für deine Liebe einen hohen Preis zahlen."

„Manchmal frage ich mich, ob er zu hoch war", flüsterte Gunter und blickte ins Leere. „Nikolai war mein bester Freund, ich war der Anführer einer riesigen Organisation. Und nun sitze ich hier und verstecke mich vor jenen, die mir früher gedient haben."

„Ich weiß", sagte Peter. „Aber du tust es auch aus einem bestimmten Grund."

„Und welchem?“, fragte Gunter nach einem Moment.
„Du tust es, weil es richtig *ist“, antwortete Peter.*

Keuchend landete ich mit Adrian wieder zurück auf dem Erinnerungsfeld.
„Geht es noch?“, fragte Adrian und strich mir besorgt eine Haarsträhne aus dem Gesicht.
Ich nickte angestrengt und hoffte, dass sich mein hämmernder Herzschlag bald beruhigen würde.
„Er tut mir leid“, presste ich dann hervor und versuchte genug Kraft zu sammeln, um noch etwas länger auf der Erinnerungsebene zu bleiben.
„Wer? Gunter?“, fragte Adrian.
Wieder nickte ich. „Es muss furchtbar für ihn gewesen sein, seine Familie aufzugeben. Sein eigenes Kind aufzugeben.“
„Ein Kind, das zum brutalsten Anführer der Jägerschaft wurde, den die Welt je gesehen hat“, bemerkte Adrian düster.
„Dennoch war Marius sein Kind“, sagte ich und empfand Mitleid mit dem jungen Mann, den ich eben gesehen hatte. Die Liebe zu einer Seherin hatte sein ganzes Leben auf den Kopf gestellt und schließlich hatte sein eigener Sohn dafür gesorgt, dass er ermordet wurde.
Dass meine Mutter ermordet wurde.
„Hast du noch Kraft für einen weiteren Sprung?“, fragte Adrian und ich nickte, während ich versuchte, nicht an den Tod meiner Mutter zu denken, sondern mich auf die Aufgabe zu konzentrieren. „Ich muss wissen, wie die Beschützer jetzt formiert sind“, antwortete ich rau. „Und dazu muss ich gar nicht weit zurück.“

Ich ging über Adrians Erinnerungsfeld, weil das einfacher für mich war, und sprang in die frische Erinnerung mit

Henriette im Zentrum der Jägerschaft, als wir Kai getroffen hatten. Dort berührte ich das Handgelenk des hochgewachsenen Beschützers und ließ mich von ihm mit in seine Erinnerungen nehmen.

Wir landeten in einem Penthouse, das hoch über der Stadt lag. Es war Abend und die Lichter einer Metropole breiteten sich unter uns aus und blinkten durch die bodentiefen Fenster. Kai saß mit einer Reihe anderer Beschützer an einem großen Tisch aus poliertem Holz und hatte die Fingerkuppen aneinandergelegt. In der Mitte des Tisches war das Zeichen des Falken in einem Kreis eingraviert.

„Wie ist euer Bericht?", fragte Kai in die Runde, die aus sechzehn weiteren Beschützern bestand.

„Die Aktien sind wieder gestiegen", ergriff ein Riese von einem Mann das Wort, der für mich eher in einen Boxring gepasst hätte. „Unsere Immobilienwerte steigen ebenfalls. Wir sind gut aufgestellt und können die neue Investition innerhalb der nächsten drei Wochen durchführen."

„Gut", sagte Kai und nickte. Der Blick aus seinen dunklen Augen schweifte über den Tisch zu einem anderen Beschützer, der eine Brille trug und dessen rote Haare ihm wild ins Gesicht fielen. „Wie laufen die Forschungen?"

Der angesprochene Mann räusperte sich und rückte seine Brille zurecht. „Die Ergebnisse der letzten Tage sind zufriedenstellend", gab er zurück. „Das Heilmittel scheint die Gabe zumindest für einen kurzen Zeitraum neutralisieren zu können. Ich bin guter Hoffnung, dass wir diese Zeitspanne ausdehnen können."

„Das ist gut, aber nicht exzellent", erwiderte Kai. „Arbeite weiter mit Hochdruck daran. Mich haben Berichte erreicht, dass jene Seherinnen, die lange im Verborgenen gelebt haben, ihre Gabe immer willkürlicher nutzen. Auch wenn

die Methoden der Jägerschaft indiskutabel waren, so haben sie doch dafür gesorgt, dass die Seherinnen ihre Gabe nicht missbraucht haben." Er machte eine kurze Pause. „Diese Zeit scheint nun vorbei zu sein."

Ich taumelte gegen Adrian und wurde aus der Szene gerissen. Einen Moment später waren wir wieder auf Kais Erinnerungsfeld und dann zurück in unserem Bett in der Finca.

„Jo!", rief Adrian und strich mir über die Stirn. „Alles in Ordnung?"

Ich nickte mit geschlossenen Augen und konzentrierte mich darauf, zu atmen. Die vielen Sprünge durch die Zeit waren unglaublich anstrengend gewesen und auch jetzt noch hatte ich das Gefühl, dass sich der ganze Raum drehte.

„Ich muss mich nur kurz ausruhen", flüsterte ich und leckte mir mit der Zunge über die Lippen, die ganz trocken waren. Adrian stand vom Bett auf und verschwand im angrenzenden Badezimmer.

„Hier", sagte er und brachte mir ein Glas Wasser. Dann half er mir beim Aufsetzen.

„Danke", erwiderte ich und trank ein paar Schlucke. „Ich fühle mich schon viel besser."

Er sah mich intensiv an und ich versuchte, einen frischen Eindruck auf ihn zu machen, damit er sich keine Sorgen machte – obwohl mir das, was Kai gesagt hatte, noch immer in den Knochen saß. Ich machte mir innerlich eine Notiz, nachher unbedingt Henriette anzurufen und ihr davon zu erzählen.

In diesem Moment klopfte es an unserer Tür.

„Herein", sagte ich und sah, wie Pippa im nächsten Moment den Kopf durch die Tür streckte.

„Hey“, meinte sie. „Kann ich kurz stören?“

„Klar“, erwiderte ich und lächelte sie erschöpft an. „Was ist denn?“

Sie blickte von Adrian zu mir und blieb an der Schwelle stehen. „Ich habe gerade mit meinem Onkel gesprochen“, erklärte sie mir dann, „und er meinte, es ist für ihn okay, wenn ich noch ein paar Tage hier bei euch bleibe. Wäre das okay für euch? Immerhin ist aus eurem Lovetrip ja ohnehin ein Gemeinschaftstrip geworden, da dachte ich, ihr habt vielleicht nichts dagegen.“

„Ich – ähm, klar“, erwiderte ich überrumpelt, während Adrian sich neben mir verkrampfte.

Pippa strahlte. „Wunderbar“, sagte sie und biss sich auf die Lippe. „Denn gerade jetzt, wo so viele kryptische Nachrichten auftauchen, kann ich euch ja unmöglich allein lassen, oder?“

Kapitel 11

„Mann, der Inhalt des Kühlschranks ist verdammt übersichtlich", murrte Finn, als er zu uns nach draußen kam. „Es gibt kaum noch was zu essen."

Adrian, der sich neben mir auf der Sonnenliege ausgestreckt hatte, verschränkte die Arme hinter seinem Kopf. „Die Vorräte waren auch für zwei Personen gedacht", bemerkte er trocken. „Fällt dir was auf?" Er sah Finn bezeichnend an, der seine Augen mit der Hand beschirmte und Richtung Pool blickte, in dem Pippa in ihrem knallengen schwarzen Bikini herumplanschte.

„Dass ihr zu wenig für Gäste eingeplant habt?", fragte er abwesend.

Adrians Miene verfinsterte sich. „Dass wir gar keine Gäste eingeplant haben."

„Dann sollte jemand einkaufen gehen."

„Genau", stimmte ich lächelnd zu, während ich mir meine Beine einschmierte. Der Himmel war strahlend blau und die Sonne schien auf uns hinunter – es war wieder Traumwetter und ich hatte beschlossen, den Tag zu genießen, nachdem ich mich von meinen Erinnerungssprüngen ein wenig erholen musste. „Bring doch bitte noch Sonnencreme mit."

„Warum muss *ich* das tun?", fragte Finn und steckte sich die Hände in seine blauen Badeshorts. „Immerhin seid ihr die Gastgeber."

„Nicht freiwillig", bemerkte Adrian.

„Aber dafür umso lieber, oder?", grinste Finn und fuhr sich durch seine hellblonden Haare. „Oder wir könnten den Ausflug ans Meer machen, der schon so lange geplant ist. Und dann unterwegs einkaufen." Seine hellblauen

Augen begannen zu leuchten. „Na, ist das eine Idee?“

„Was für eine Idee?“, fragte Conny, die gerade herauskam. Sie trug ein buntes Sommerkleid, das ihr wirklich gut stand, und hatte ihr iPad in der Hand, auf dem sie gedankenverloren herumtippte.

„Finn will schon wieder *mehr*“, bemerkte Adrian und lehnte sich mit geschlossenen Augen auf seinem Liegestuhl zurück. Ich nutzte den Moment, um meinen Blick über seinen athletischen Körper gleiten zu lassen. Seine Muskeln glänzten in der Sonne und seine Haut war bereits braun gebrannt, wodurch er in seiner schwarzen Badehose noch besser aussah als zu Beginn des Urlaubs.

„Ans Meer?“, wiederholte Conny. „Keine schlechte Idee.“

„Yep. Sehe ich auch so. Zumindest wenn du diesmal auch wirklich tankst“, sagte Finn und hob herausfordernd die Augenbrauen.

Conny ließ ihr iPad sinken und warf Finn einen gelangweilten Blick zu. „Wirklich, Finn?“

Er zuckte mit den Schultern. „Was, wirklich?“

„Dass du schon wieder damit anfängst, Beckenpinkler“, erklärte Conny seufzend und Finns Mundwinkel zuckten nach oben. Seit sie zuletzt aneinander geknallt waren, hatte sie sich glücklicherweise wieder beruhigt. Die Sache mit den Briefen war zwar noch immer nicht vergessen, aber es brachte nichts, sich gegenseitig die Schuld zuzuschieben. Natürlich hatte ich kurz überlegt, in den Erinnerungen von allen nachzusehen, wer die Briefe geschrieben hatte, mich dann aber doch dagegen entschieden. Ich brauchte meine Energie im Moment dringender für die Lösung der Prophezeiung und die Erinnerungssprünge zu den Beschützern hatten sich als ziemlich anstrengend herausgestellt, sodass ich meine

Kräfte schonen wollte.

Außerdem war die Sache mit den Briefen wahrscheinlich ohnehin nur ein blöder Scherz gewesen. Was man von Kai und seinem sogenannten *Heilmittel* nicht behaupten konnte. Die Vorstellung, dass er an einem Wirkstoff arbeitete, der die Gabe der Seherinnen lahmlegen konnte, ließ mir automatisch einen kalten Schauer über den Rücken laufen. Henriette hatte mir zwar telefonisch versichert, dass sie Kai und sein Forschungslabor im Auge behielt, aber das konnte mich leider auch nicht vollends beruhigen.

Für einen Moment hatte ich überlegt, nach Hamburg zurückzukehren, doch sowohl Henriette als auch Adrian hatten darauf bestanden, dass ich meinen Urlaub deswegen nicht abbrach. Stattdessen sollte ich hierbleiben und mich noch ein wenig erholen, während Henriette sich in der Zwischenzeit überlegte, wie wir die Beschützer observieren konnten, ohne ihre Aufmerksamkeit zu erregen.

„Also. Wohin genau wollen wir?", machte Finn mit seinen Ausflugsplänen weiter. „Conny, guck doch mal, was dein iPad zu den Stränden in der Nähe sagt. Welcher ist der coolste?"

Conny schnaubte und hielt ihr iPad hoch, dessen Display pechschwarz war. „Ich kann nichts nachsehen."

„Wieso?", fragte Finn spöttisch. „Hast du es auch nicht betankt?"

„Sehr witzig, Finn", sagte Conny und verdrehte die Augen. „Es reagiert einfach nicht mehr. Ich hab's auch schon mehrere Stunden aufgeladen, aber ich habe nur den toten Screen." Sie reckte ihr Kinn in Richtung Finn. „Hast du vielleicht draufgepinkelt?"

„Witzig, Conny", sagte Finn gedehnt, aber etwas in

seinem Blick verriet mir, dass er den Schlagabtausch mit Conny genoss. Er schnappte sich sein Smartphone, das auf einem kleinen Tischchen neben der Liege lag, und tippte etwas herum. „Okay“, sagte er nach kurzer Zeit, „Strände gibt’s genug, wir müssen nur sehen, dass wir nicht so einen Touristenstreifen erwischen, auf dem wir wie die Sardinen aneinander liegen.“ Dann tippte er weiter auf seinem Handy herum und klatschte kurz darauf in die Hände. „Leute, ich glaube, ich habe den perfekten Strand für uns gefunden.“ Er grinste übers ganze Gesicht. „Und es ist ein absoluter Geheimtipp.“

Ein paar Stunden später lagen wir nicht mehr auf unseren Liegen, sondern tatsächlich am Strand. Mit dem Geheimtipp hatte Finn etwas übertrieben, denn natürlich waren wir nicht allein. Doch das Wasser war tatsächlich türkisgrün und hatte eine beruhigende Wirkung, wie es in sanften Wellen an den hellen Sandstrand gespült wurde. Ich war froh, dass Finn uns zu dem Trip überredet hatte, denn hier konnte ich meine Sorgen etwas fallen lassen – und genoss die Weite des Ozeans und den salzigen Geruch des Meeres, den ich unheimlich gern mochte.

Die Jungs hatten uns aus Sonnenschirmen und einer Strandmuschel, die Adrian im Gartenschuppen gefunden hatte, einen schattigen Bereich geschaffen, der auch bitter notwendig war. Denn es war unendlich heiß und ich freute mich über jedes kleine Lüftchen, das etwas Erfrischung brachte.

Adrian und Finn schwammen gerade mit Pippa im Meer und Conny und ich lagen auf unseren Strandtüchern und lasen. Ich war gerade an einer spannenden Stelle meines Agatha-Christie-Romans, als Conny ihr Buch sinken ließ.

„Jo“, sagte sie, „darf ich dich mal was fragen?“

„Aber sicher doch“, antwortete ich und setzte mich auf. Dabei fiel mir auf, dass sie *Das Schicksal ist ein mieser Verräter* las – ebenjenes Buch, das ich ihr angeblich nie geliehen hatte. Mein erster Impuls war, sie darauf anzusprechen, doch als ich Connys besorgten Blick sah, beschloss ich, das auf später zu vertagen. „Was ist los?“, fragte ich stattdessen.

Conny, die einen rot-orange gepunkteten Bikini trug, nahm ihre Sonnenbrille ab. „Mich beschäftigt etwas, aber du musst es für dich behalten.“

Ich runzelte die Stirn. „Klar.“

„Okay“, sagte sie. „Sag mal, glaubst du, dass Finn und Pippa zusammenkommen?“

„Ich weiß es nicht“, sagte ich und überlegte. „Würde es dich denn stören, wenn sie zusammenkommen?“

Conny strich sich eine dunkle Locke aus dem Gesicht. „Es ist natürlich ihre Sache, aber es ist doch doof, wenn er in Hamburg wohnt und sie in Wien – außer, sie ist bereit, für ihn nach Deutschland zu ziehen.“

„Moment, Conny“, sagte ich, „ich glaube nicht, dass die beiden heiraten wollen.“

„Aber läuft da etwas zwischen ihnen?“

„Ich weiß es nicht“, antwortete ich wahrheitsgemäß und streckte meine Beine aus. „Ich habe wirklich keine Ahnung. Pippa flirtet für ihr Leben gern, ich kenne sie nicht anders, aber das hat noch nichts zu sagen.“

„Und Finn?“

„Was ist mit Finn?“

„Na, glaubst du, dass es für ihn etwas Ernstes ist?“

„Das weiß ich auch nicht“, erklärte ich. „Finn albert gern herum und klopft seine Sprüche, aber wie ernst er es wirklich meint“, sagte ich und zuckte mit den Schultern,

„kann ich dir echt nicht sagen."

„Aber du könntest es herausfinden", erwiderte Conny und sah mich intensiv an.

Ich kräuselte die Stirn. „Ich soll ihn fragen?"

Conny schüttelte den Kopf. „Nicht einfach fragen, das ist doch total auffällig. Ich meine, du könntest es *anders* herausfinden."

„Ach Conny", schnaufte ich und fischte mir eine Flasche Wasser aus meinem beigen Strandbeutel. „Du willst doch nicht wirklich, dass ich in Finns Erinnerungen gehe, oder?"

„Warum nicht?", sagte sie und straffte die Schultern. „Ich meine, es tut ja nicht weh."

„Mir vielleicht schon", sagte ich und schon der Gedanke daran ließ mich sofort das Gesicht verziehen. „Wer weiß, was ich sehen würde."

Conny blickte mich irritiert an und zog die Augenbrauen zusammen. „Du glaubst, dass sie schon miteinander …"

„Ich weiß es nicht", gab ich zurück. „Und ich will es auch nicht wissen." Dann nahm ich einen tiefen Schluck aus meiner Wasserflasche und hoffte, damit sämtliche Gedanken an intime Momente zwischen Finn und Pippa wegzuspülen.

„Okay, du hast recht. Es war eine schlechte Idee", bemerkte Conny und ließ sich auf ihr Badetuch zurückfallen. „Es ist sowieso eindeutig, dass sie auf ihn steht. Und all ihre Reize einsetzt, um bei ihm zu landen."

„Finn wird nichts tun, was er nicht tun will", entgegnete ich und schraubte meine Wasserflasche zu, während ich mich fühlte, als würde ich zwischen zwei Stühlen sitzen. Ich mochte Conny, und ich mochte Pippa, auch wenn die beiden total unterschiedlich waren.

„Du magst Finn richtig gern, oder?“, fragte ich Conny. „Selbst nach dem verpatzten Date?“

Sie presste die Lippen aufeinander. „Na ja“, sagte sie langsam und blickte aufs Wasser, wo Adrian und Finn gerade um die Wette schwammen, „wahrscheinlich pinkelt er gerade ins Meer.“ Dann grinste sie.

„Vielleicht“, sagte ich schmunzelnd, „aber das beantwortet meine Frage nicht.“

Conny zog eine Karotte aus ihrem Rucksack hervor und biss herzhaft hinein. „Ich finde ihn irgendwie noch immer ganz nett, zumindest solange er trocken ist.“

Ich grinste. „Ganz nett?“

„Ja, ganz nett“, bestätigte Conny. „Ich finde viele Menschen ganz nett.“

„Und Finn ist nur einer von vielen?“

Conny nickte und die Art, wie sie es machte, brachte mich zum Lachen. Das war so was von unglaubwürdig.

„Ich glaube dir kein Wort“, sagte ich. „Du findest Finn *wirklich* nett. Und das ist ja auch keine Schande.“

„Da bin ich mir nicht so sicher“, entgegnete Conny. „Aber es ist sowieso egal. Karotten und Karamell, du erinnerst dich? Außerdem bin ich eben mehr der Kumpeltyp. Das war ich schon immer.“

„Ach Conny“, seufzte ich. „Du bist doch so viel mehr als der Kumpeltyp. Du bist klug, witzig und total hübsch.“

„Das ist lieb, dass du das sagst“, sagte sie und biss noch einmal von ihrer Karotte ab. „Auch wenn du das als meine Freundin sagen musst.“

„Muss ich gar nicht“, erwiderte ich. „Aber wer nicht bemerkt, wie toll du bist, ist selbst schuld.“

„Genau“, sagte sie und reckte das Kinn in die Höhe. „Außerdem werde ich bald eine erfolgreiche Ärztin sein und dann werden sie Schlange stehen.“ Sie blickte mich an. „Also die Männer. Und natürlich auch die Patienten.“

„Natürlich“, sagte ich und lachte.

Und dann erzählte mir Conny von ihren Zukunftsplänen, die sie sich schon bis ins kleinste Details ausgemalt hatte. Conny wusste genau, wie viele Stunden sie später im Krankenhaus, ihrer Praxis und bei *Ärzte ohne Grenzen* verbringen würde.

Alles war haargenau geplant und ich musste unwillkürlich an meinen Plan denken, der einfach noch nicht vorhanden war. Gut, zuerst mussten wir die mündliche Prüfung bestehen, aber dann? Was würde ich dann machen? Wäre ich dann in einem Kampf mit den Beschützern involviert oder würde mir die Welt offen stehen? Fakt war, dass ich mich den Seherinnen gegenüber verpflichtet fühlte, ich konnte ihnen nicht einfach den Rücken kehren.

„Alles okay bei dir?“, fragte Conny und erst jetzt fiel mir auf, dass ich wohl eine ganze Zeit lang ins Nichts gestarrt haben musste.

„Klar.“

„Sieht aber nicht danach aus“, entgegnete sie.

Ich zupfte am Stoff meines dunkelblauen Bikinis herum. „Es ist nur“, sagte ich, „wegen dieser Seherinnensache und meiner Zukunft. Du hast schon einen perfekten Plan, Conny, du weißt genau, was du machen willst, und … na ja – den habe ich einfach noch nicht.“

Conny setzte sich in den Schneidersitz. „Nur weil ich einen Plan habe, heißt es nicht automatisch, dass der zu hundert Prozent auch so umgesetzt wird“, erklärte sie und runzelte die Stirn. „Wobei ich mit einer Wahrscheinlichkeit von 99 Prozent rechne.“ Sie grinste mich an. „Aber Jo, dir steht doch alles offen, du hast diese großartige Gabe und wirst damit noch viel Gutes, viel Erfüllendes tun können“, baute sie mich auf.

„Du willst mich jetzt aber nicht dazu bringen, dass ich doch noch in Finns Erinnerungen gehe?“

„Nein“, sagte sie mit voller Überzeugung und hielt dann inne. „Außer du willst es.“

„Ich möchte eigentlich nicht in Finns Kopf.“

„Das verstehe ich“, sagte sie schmunzelnd. „Wahrscheinlich ist es da drinnen auch verdammt leer.“ Ihr Blick fiel Richtung Wasser, in dem die Jungs noch immer schwammen. Pippa saß am Strand und sah ihnen dabei zu.

„Aber du könntest wegen der Briefe nachsehen“, sagte sie. „Ich meine, du weißt doch, dass ich keinen davon geschrieben habe.“

Ich nickte.

„Und ich glaube auch nicht, dass du oder Adrian sie geschrieben haben“, fügte sie hinzu. „Und auch bei Finn kann ich es mir nicht vorstellen.“

„Du denkst an Pippa?“, fragte ich.

„Wer soll es denn sonst sein?“, entgegnete sie.

In dem Moment kam wie aufs Stichwort Pippa auf uns zugeschlendert.

„Das Wasser ist herrlich“, sagte sie und schnappte sich ein Badetuch, um sich ihre kurzen schwarzen Haare trocken zu rubbeln. „Der Strand ist wirklich wunderschön.“

„Ich gehe mal kurz schwimmen“, bemerkte Conny und war eine Sekunde später auch schon weg.

Pippa ließ sich neben mich auf ein Strandtuch plumpsen.

„Das Meer ist wirklich gigantisch“, sagte ich.

„Komm doch nach der Schule mit mir nach

Australien“, sagte Pippa und drehte sich zu mir um. Ihre dunklen Augen strahlten mich an. „Dort gibt es noch schönere Strände und wir könnten zusammen durchs Land trampen und die Zeit so richtig genießen. Freiheit, Jo, absolute Freiheit!“

„Ich wäre ungern so lange von Adrian getrennt“, sagte ich, auch wenn es kitschig klang.

„Er kann gern mitkommen“, erwiderte Pippa und begann ihre Arme mit Sonnencreme einzuschmieren. „Und Finn auch, wenn er Lust hat.“

„Finn?“, wiederholte ich und dachte gleich an Conny. Ich band mir meine blonden Haare zu einem Zopf zusammen. „Stehst du denn wirklich auf ihn?“

Pippa legte den Kopf leicht schief. „Definiere *auf jemanden stehen*.“

„Bist du in ihn verliebt?“

Sie zuckte mit den Schultern. „Ich finde ihn heiß. Sogar sehr heiß.“ Ihr Blick wanderte zum Meer, wo die Jungs gerade aus den Wellen stiegen und eine wirklich gute Figur machten. Ich musste mich beherrschen, Adrian nicht zu lange anzustarren.

„Und du wolltest letztens in der Pension nicht zufällig zu ihm ins Zimmer?“

Pippa setzte einen gespielt entsetzten Gesichtsausdruck auf. „Also hör mal, was denkst du von mir?“ Und dann grinste sie mich breit an. „Du kennst mich doch schon ziemlich gut.“

Der Tag am Meer war wunderschön und wir kehrten erst abends wieder zurück in die Finca. Auf dem Weg machten wir bei einem Restaurant halt und nahmen noch Pizzen fürs Abendessen mit.

Dann setzten wir uns draußen an den langen Tisch

und aßen die Pizzen gemütlich aus den Pappkartons. Die Sterne leuchteten am Nachthimmel und ein kühler Wind wehte über die Terrasse. Pippa hatte ein paar Kerzen angezündet und es war wirklich nett, hier mit allen in Ruhe zusammenzusitzen.

„Schmeckt anders als in Hamburg“, kommentierte Finn seine Pizza.

„Schlechter oder besser?“, wollte Conny wissen.

Finn schnitt sich noch ein Stück Pizza ab. „Anders.“

Conny nahm einen Schluck von ihrer Cola. „Ich finde sie besser. Viel besser.“

„Sie ist auch wirklich lecker“, bestätigte ich. „Außerdem ist es ein wunderschöner Abend.

Adrian kam von drinnen heraus. „War jemand im Keller?“, wollte er wissen. Alle schüttelten nacheinander den Kopf.

„Warum?“, fragte ich.

Adrians Haltung wirkte angespannt. „Weil die Tür schon wieder offen war und ich bin mir sicher, dass ich sie zugeschlossen hatte.“

„Vielleicht ist das Schloss kaputt“, bemerkte Finn und schob sich noch ein Stück Pizza in den Mund.

Adrian schüttelte den Kopf. „Ich habe es mir angesehen. Es ist vollkommen intakt und dürfte definitiv nicht von allein aufgehen.“

„Ach so, ich hab mich vorhin tatsächlich kurz unten umgesehen“, bemerkte Pippa in ihrem kurzen schwarzen Jumpsuit und massierte sich den Nacken. „Sorry, ich war mit den Gedanken einfach woanders.“ Dabei lächelte sie Finn an.

Conny stand auf und schnappte sich die leere Wasserflasche. „Ich hole noch Wasser, soll ich sonst noch jemandem etwas mitbringen?“

„Ketchup", sagte Finn.
„Ketchup?", wiederholte Conny ungläubig. „Du willst doch nicht etwa Ketchup zu deiner Pizza essen?"
Finn grinste. „Doch, warum nicht. Manchmal probiere ich gern neue Dinge aus", sagte er und brachte damit Pippa zum Lächeln.
Conny verengte ihre Augen. „Okay, wenn du dir deinen Magen verderben möchtest", sagte sie und ging dann nach drinnen.
Finn streckte die Beine aus und verschränkte die Arme hinter seinem Nacken. „Leute, ich kann es nur wiederholen, es ist herrlich hier." Er sah Adrian an. „Mann, noch mal danke für die Einladung."
Adrian wischte sich seine Hände an einer Serviette ab. „Einladung würde ich nicht gerade dazu sagen."
„Wir könnten das ruhig öfter machen, ich meine, wenn der Schuppen deinem Vater gehört", überging Finn Adrians Kommentar. „Jedes Jahr eine Woche in deiner Finca. Kilian fände es sicher auch mega hier."
In dem Moment kam Conny wieder zurück, aber statt einer Wasser- und einer Ketchupflasche hielt sie ein Briefkuvert mit einem goldenen Rand in der Hand.
„Der lag auf dem Küchentisch", sagte sie, hielt den Umschlag hoch und hatte damit schlagartig unsere ganze Aufmerksamkeit.
„Und was steht diesmal darin?", wollte Finn wissen. „Hat jetzt jemand in den Garten gekackt?"
Conny schüttelte den Kopf und ihre Augen richteten sich auf den weißen Zettel, den sie aus dem Kuvert zog. „*Pippa hat Connys iPad in den Pool geschmissen*", las sie vor.
„So ein Blödsinn", sagte Pippa. „Das hab ich nicht."
„Aber es funktioniert nicht mehr", erwiderte Conny.

„Na und?", schnaubte Pippa und richtete sich auf ihrem Stuhl auf. „Deswegen muss ich es nicht baden geschickt haben."

„Vielleicht kannst du dich einfach nicht mehr daran erinnern", konterte Conny. „So wie du vorhin die Kellertür vergessen hast."

Pippa zog scharf die Luft ein. „Ich war einfach in Gedanken und dein iPad ist mir shitegal, wahrscheinlich hast du den Brief selbst geschrieben."

Conny riss die Augen auf und ihr ganzer Körper spannte sich an. „Ich soll was?"

„Ja", blieb Pippa dabei und lehnte sich lässig auf ihrem Stuhl zurück. „Wahrscheinlich willst du mir dein kaputtes iPad nur in die Schuhe schieben, weil du mich lieber nicht hier hättest. Ist das deine perfide Art, mich loszuwerden?"

„Nun mal halblang", meldete sich Finn zu Wort und hob beschwichtigend die Hände. „So sehr ich auf einen Chick-Fight stehe und gegen eine Runde Schlammcatchen nichts einzuwenden habe, aber macht mal halblang, Mädels. Pippa wird doch sicher nicht dein iPad zerstört haben, diese Nachrichten sind der absolute Witz." Er hielt kurz inne. „Abgesehen davon, dass Conny absichtlich nicht getankt hat", sagte er.

Ich sah ihm an, dass er es als Scherz gemeint hatte, der in dem Moment aber mächtig danebenging.

„Das kommt dir ja sehr recht", blaffte Conny. „Natürlich hast du nicht in den Pool gepinkelt und Pippa hat selbstverständlich nicht mein iPad zerstört, aber *ich* habe absichtlich nicht getankt."

„Das war nur ein Witz, jetzt beruhige dich doch mal", sagte Pippa und verdrehte die Augen.

„Du sagst mir nicht, was ich tun soll", erklärte Conny

hart. „Du tauchst uneingeladen hier auf und tust so, als würde dir alles gehören, als könntest du alles, ohne zu fragen, nehmen und kaputt machen. Ich habe doch gesehen, dass du gestern mein iPad benutzt hast, und du hast mich nicht einmal gefragt. “

„Ich habe dein beschissenes iPad nicht in den Pool geworfen“, zischte Pippa. „Aber weißt du was? Jetzt würde ich es liebend gern tun.“

Conny schnaubte und verschränkte die Arme vor der Brust. „Ach? Schade nur, dass du es schon getan hast.“

„Habe ich nicht.“

„Das glaube ich dir nicht.“

„Ist mir egal, was du mir glaubst, du hysterische Kuh“, schnappte Pippa und Conny wurde schlagartig knallrot im Gesicht.

„Wow“, sagte sie nur, „wie eloquent von dir. Wahrscheinlich schreibst du deswegen lieber Nachrichten.“

„Hey“, mischte ich mich ein. „Jetzt hört damit auf.“

„Wir sollen damit aufhören?“, sagte Pippa. „Deine Freundin geht mit haltlosen Anschuldigungen auf mich los, Jo. Da könnte ich ruhig ein wenig Unterstützung gebrauchen.“

„Aber ich weiß doch auch nicht …“, begann ich, doch da unterbrach mich Conny bereits.

„Es wäre am einfachsten, wenn wir wüssten, *wer* die Nachrichten schreibt, Jo. Dann kannst du ein für alle Mal bestätigen, dass es Pippa ist.“

„Du hast sie doch nicht alle. Jetzt sollen die Nachrichten von mir sein?“, erwiderte Pippa scharf. „Drehst du jetzt vollkommen durch? Ich war ja noch nicht mal hier, als der erste Brief aufgetaucht ist.“

„Es wäre wirklich am einfachsten, wenn wir wüssten,

wer die Briefe schreibt, Jo“, versuchte es nun auch Finn mit Nachdruck und Pippa wurde auf einmal hellhörig.

„Finn, halt den Mund“, sagte Adrian scharf. Sein Kiefer war angespannt und mit seiner wachsamen Haltung erinnerte er mich schlagartig wieder an den Jäger, der er gewesen war.

Pippa blickte von Adrian zu Finn und dann zu mir. „Was verheimlicht ihr mir? Wieso glaubt ihr alle, dass Jo das Rätsel um die Briefe lösen kann?“ Sie sah mich an und in ihrem Gesicht war eine Mischung aus Neugierde und Verwirrung zu sehen. „Jo, was ist los?“, fragte sie. „Wir kennen uns hier doch am längsten. Was wissen die, was ich nicht weiß?“

Sie sah mich enttäuscht an und irgendwie kam es mir falsch vor, meine Gabe noch länger vor ihr zu verheimlichen.

„Ich kann …“, begann ich, weil ich sie nicht länger anlügen wollte.

„Jo“, unterbrach mich Adrian hart. „Nicht.“

„Doch“, sagte ich.

Er schüttelte den Kopf. „Tu es nicht“, sagt er leise, aber bestimmt.

„Sie ist meine Freundin, Adrian“, sagte ich, „ich muss es tun.“ Und dann weihte ich Pippa vor allen in mein Geheimnis ein.

Kapitel 12

„Du kannst also in Erinnerungen sehen“, wiederholte Pippa emotionslos.

Ich nickte. „Das kann ich.“

„Klar.“ Jetzt klang ihre Stimme nur noch wütend. „Ich weiß nicht, was für ein Spiel ihr hier alle spielt, aber ich kann euch sagen, ich finde es nicht lustig.“ Ihre dunklen Augen funkelten mich an und ich konnte neben der Wut auch Verletztheit erkennen.

„Das ist kein Scherz“, erwiderte ich leise und sah aus dem Augenwinkel, wie Adrian neben mir ruckartig aufstand und die Terrasse verließ.

Mit dem Anflug eines schlechten Gewissens schaute ich ihm hinterher. Ich wusste, dass er sich Sorgen um mich machte, aber gleichzeitig kam es mir so falsch vor, Pippa außen vor zu lassen, wenn alle anderen hier von meiner Gabe wussten.

„Und er?“, fragte Pippa und verschränkte die Arme vor der Brust. „Spielt er mit? Ich verstehe echt nicht, was das alles soll. Wir hatten doch Spaß, oder nicht?“ Conny schnaubte und Pippa sandte einen kurzen, verärgerten Blick in ihre Richtung. „Bis auf die Tatsache, dass ich für etwas verantwortlich gemacht werde, das ich nicht getan habe“, fügte sie hinzu.

„Vielleicht solltest du nicht lange rumquatschen, sondern jetzt einfach in ihren Erinnerungen nachsehen“, schlug Finn vor und hob bezeichnend beide Augenbrauen.

„Was nachsehen?“, wollte Pippa wissen. „Ob ich das iPad auf dem Gewissen habe? Und wie willst du das nachsehen? Hypnotisierst du mich jetzt, oder was?“

„Ich muss nur dein Handgelenk anfassen“, sagte ich ruhig und beugte mich auf meinem Stuhl vor.

Pippa klappte der Mund auf und sie sah zwischen Finn, Conny und mir hin und her. „Sagt mal, glaubt ihr das alle *echt*?“, fragte sie fassungslos. Die anderen gaben keine Antwort und ich wartete nicht mehr länger und berührte mit den Fingerspitzen ihre helle Haut.

Die unsichtbare Kraft katapultierte mich auf Pippas Erinnerungsfeld, dessen silberne Gräser von heftigen Windböen umtost wurden.

Pippas aktuelle Verwirrung sorgte dafür, dass sich ihre Himmelsfarben ständig änderten und in schnellem Wechsel ihre Gefühle ausdrückten. Im Moment dominierte rote Wut, aber auch violette Angst und gelbe Wachsamkeit waren zu sehen. Ich hielt mich nicht lange auf und stellte ohne Umschweife die erste Frage: „Hast du Erinnerungen daran, dass Connys iPad mit Wasser in Berührung gekommen ist?“

Kein einziger Erinnerungshalm leuchtete auf, das Gräsermeer blieb silberfarben.

Ich blickte mich um und atmete erleichtert auf. Hier hatte Pippa schon mal die Wahrheit gesagt und ich hoffte, dass es die Situation zwischen meinen Freunden wieder entspannen würde.

„Wie sieht es mit den Briefen aus?“, fragte ich weiter. „Zeig mir deine letzte Erinnerung, in der du einen Brief geschrieben hast.“

Der Wind blies mir entgegen und ein einzelner Halm leuchtete goldfarben auf.

Ich lief die paar Schritte über das Erinnerungsfeld und strich sanft darüber.

Augenblicklich wechselte die Szenerie und ich stand in einem der hellen Zimmer unserer Finca. Die Sonne schien durch das Fenster und Pippa gähnte, während sie mit geübten Bewegungen eine WhatsApp-Nachricht auf ihrem Handy tippte. Sie lag noch im Bett und trug ihr Schlafshirt, offenbar war sie erst vor Kurzem aufgewacht. Rasch beugte ich mich über ihre Schulter, um zu sehen, wem sie schrieb. Es war Franzi, der sie vorschwärmte, dass Finn in Wirklichkeit noch heißer war als über Skype – und dass sie ihn noch nicht geknackt hätte, es aber nicht mehr lange dauern könne.

Seufzend ließ ich mich auf ihr Erinnerungsfeld zurückziehen. Offenbar hatten Pippa und ich unterschiedliche Auffassungen darüber, was alles als „Brief" durchging, daher entschied ich mich, meine nächste Bitte sehr viel genauer zu formulieren, um wirklich die richtigen Erinnerungen zu sehen.

„Zeig mir deine letzte Erinnerung an einen Brief, den du mit der Schreibmaschine getippt hast", verlangte ich und ließ meinen Blick über das gräserne Meer schweifen. Der Halm, der jetzt aufleuchtete, war deutlich weiter weg. Ich joggte hinüber und tauchte in die Erinnerung ein.

Sie war etwas kühler und zeigte Pippa in unserer alten Schule, im Textverarbeitungsraum, der dank unserer altmodischen Lehrerin noch mit echten Schreibmaschinen ausgestattet war. Jeder Schüler hatte einen Text vor sich liegen und Pippa tippte gelangweilt einen Geschäftsbrief ab, in dem es um die Bestellung weißer Rollläden ging.

„Das ist gut", murmelte ich und war froh, dass sich Adrians Vermutung nicht bestätigt hatte und Pippa nicht für die maschinengeschriebenen Briefe verantwortlich war. Weshalb eigentlich nur noch Conny und Finn übrig blieben.

Mit einem seltsamen Gefühl im Bauch kehrte ich zu Pippas Erinnerungsfeld zurück und stellte meine letzte Frage: „Wann hast du den letzten Brief mit der Hand geschrieben?"

Wieder leuchtete ein einzelner Halm auf und ich lief hin, um mir die Erinnerung anzusehen.

Sie war etwas frischer und zeigte Pippa in ihrem chaotischen Zimmer zu Hause in Wien. Sie hörte gerade Musik von Andreas Bourani und schrieb eine Entschuldigung für die Schule, in der stand, dass sie wegen einer akuten Kreislaufschwäche leider nicht am Sportunterricht teilnehmen konnte. Dann unterschrieb sie mit dem Namen ihrer Mutter und griff nach ihrer Gitarre, auf der sie ein paar Akkorde spielte. Sie war gar nicht schlecht und es machte Spaß, Pippa beim Spielen zuzusehen. Vielleicht hatte sie tatsächlich eine Karriere als Rockstar vor sich. Als die Tinte getrocknet war, nahm sie die Entschuldigung und packte sie zufrieden lächelnd in ihren Rucksack.

Nachdem ich das gesehen hatte, kehrte ich wieder in die Gegenwart zurück.

„Sie war es nicht“, sagte ich zu Finn und Conny und zog meine Hand zurück. „Sie hat keinen der Briefe geschrieben. Und das iPad ist ihr auch nicht in den Pool gefallen.“

„Was?“, rief Conny. „Aber wer war es dann? Finn?“

Mein Stiefbruder hob beide Hände. „Ehrlich, Mädels, glaubt ihr, ich schmeiße Connys iPad in den Pool und sag dann nichts? Ich mag vieles sein, aber sicher kein Schisser.“

„Ihr seid verrückt“, stieß Pippa hervor. Sie war aufgesprungen und tigerte nun neben unserem Esstisch hin und her. „Ehrlich, was soll das? Du legst mir für eine Sekunde deine Finger auf mein Handgelenk und behauptest dann, genau zu wissen, was ich getan oder nicht getan habe?“

Conny kniff die Augen zusammen und sah mich eindringlich an. „Kann es denn sein, dass du dich geirrt hast, Jo?"

Ich schüttelte den Kopf. „Pippa hat noch nie ein iPad mit Wasser zerstört, keine einzige Erinnerung hat darauf reagiert."

„Okay. Ihr seid tatsächlich verrückt, aber nicht auf die gute Art", ließ sich Pippa vernehmen. „Das ist Wahnsinn. Du bist also wirklich davon überzeugt, in meine Erinnerungen sehen zu können?"

„Ich kann in die Erinnerungen von jedem sehen", erwiderte ich ernst.

„Was ist mit den Briefen?", mischte sich Conny ein, der Pippas anhaltende Fassungslosigkeit herzlich egal war.

„Ich habe jede Erinnerung überprüft, die mit einem Brief zu tun hatte", antwortete ich mit gedämpfter Stimme. „Der aktuellste handgeschriebene Brief war eine Entschuldigung für eine versäumte Turnstunde und das Letzte, was Pippa in eine Schreibmaschine getippt hat, war ein Geschäftsbrief über weiße Rollläden."

Pippa keuchte leise auf und wich einen Schritt zurück. „Das kannst du nicht wissen", hauchte sie.

Ich sah ihr direkt in die Augen. „Die Gabe wird vererbt", erklärte ich ihr. „Immer nur an die Frauen einer Familie, über Generationen hinweg. Meine Mutter hatte dieselbe Fähigkeit und wurde deswegen umgebracht. Aus diesem Grund wollte Adrian nicht, dass ich dir davon erzähle. Er macht sich Sorgen um mich."

„Ihr verarscht mich doch", sagte Pippa und blickte von mir zu Conny und Finn, die beide außergewöhnlich still waren. „Ist das so eine Art Prank? Habt ihr hier irgendwo eine Kamera versteckt? Habt ihr vor, den Scheiß auf

Youtube hochzuladen?“

„Du musst in unsere Erinnerungen sehen“, sagte Conny in dem Moment. „Ich will wissen, wer die verdammten Briefe geschrieben hat.“

„Nur zu“, entgegnete Finn. „Ich habe nichts zu verbergen.“

„Sagt mal, hört ihr euch eigentlich selbst zu?!“, schrie Pippa.

„Vielleicht sollten wir die Sache mit den Briefen auf später verschieben“, wandte ich ein, doch Conny ließ nicht locker.

„Nein“, widersprach sie energisch. „Für uns vergeht doch ohnehin keine Zeit. Ich will, dass du jetzt nachsiehst.“

Ich nickte seufzend, dann stand ich auf und legte meine Finger kurz auf Connys Handgelenk.

„Nichts“, sagte ich, als ich von ihrem Erinnerungsfeld wieder zurück war. „Conny hat keinen der Briefe geschrieben.“

„Interessant, denn ich war es auch nicht“, meinte Finn und streckte mir unaufgefordert seinen Arm entgegen. „Du kannst gern nachsehen.“

Ich beobachtete, wie Pippa ungläubig den Kopf schüttelte, und entschied, nachher noch in Ruhe mit ihr zu sprechen. Dann griff ich nach Finns Handgelenk und kam stirnrunzelnd wieder von seinem Erinnerungsfeld zurück.

„Finn war es auch nicht“, ließ ich die anderen beiden Mädchen wissen.

Pippa sagte gar nichts mehr und Conny klappte der Mund auf. „Er war es *auch nicht*?“, wiederholte sie. „Jo, bist du sicher, dass es funktioniert hat?“

„Ja, das bin ich."

„Okay, dann bleiben aber nur du und Adrian übrig", kommentierte Finn und verschränkte die muskulösen Arme vor der Brust.

„Das ergibt keinen Sinn", sagte Conny. „Die Briefe sind doch nicht Adrians Art von Humor."

Finn zuckte mit den Schultern. „Mag sein, aber wenn wir es nicht waren, müssen der Logik zufolge Adrian oder Jo dafür verantwortlich sein."

„Adrian und ich standen zusammen am Fenster, als der erste Brief in der Pension unter der Tür durchgeschoben wurde", sagte ich schnell. „Wir waren es beide mit Sicherheit auch nicht."

Conny legte die Stirn in Falten. „Dann war es vielleicht jemand ganz anderes."

„Blödsinn", schnaufte Finn. „Dann wäre dieser Jemand doch gleichzeitig mit uns in der Finca gewesen. Und er hätte uns bis zur Pension folgen müssen."

Bei seinen Worten bildete sich eine Gänsehaut auf meinen Armen und auch Conny und Pippa waren mit einem Mal so still, dass nur noch das Zirpen der Grillen zu vernehmen war. Ich atmete die laue Nachtluft ein und versuchte, nicht zu viel über die offen stehende Kellertür nachzudenken.

„Denkt ihr das Gleiche, was ich denke?", fragte Conny in diesem Augenblick in die Stille hinein.

Pippa stieß ein nervöses Lachen aus. „Ihr seid gut", meinte sie dann. „Für einen Moment hätte ich euch den ganzen Scheiß beinahe abgenommen. Aber so zu tun, als ob sich ein Irrer in unserem Haus rumtreibt, geht zu weit. Lasst mich raten: Gleich werdet ihr euch getrennt auf die Suche nach dem anonymen Briefeschreiber machen und mich hier allein zurücklassen. Dann werde ich ein paar spitze Schreie hören und dann wird sich einer von euch anschleichen und mich zu Tode erschrecken."

„Du siehst zu viele Horrorfilme", erwiderte Conny stoisch.

„Wobei ich finde, dass das gar keine schlechte Idee ist", warf Finn ein.

„Was? Getrennt durchs Haus schleichen und schreien?", gab Conny spitz zurück.

Er grinste. „Fast. Ich würde vorschlagen, wir ziehen gemeinsam los – ob wir dann schreien oder nicht, wird sich schon zeigen."

„Okay", meinte Conny. „Dann los. Du gehst voran, falls ein irrer Axtmörder im Keller lauert."

„Wer hat jetzt zu viele Horrorfilme gesehen", murmelte Pippa und ließ sich mit zusammengekniffenen Augen zurück auf ihren Stuhl fallen.

Finn grinste. „Gut. Das heißt, wir fangen gleich mit dem Keller an?"

„Klar", meinte Conny und reckte entschlossen das Kinn in die Höhe. „Ich kann auch vorgehen, wenn du Angst hast."

Darauf lachte er nur und die beiden verschwanden im Inneren des Hauses.

Unruhig sah ich ihnen hinterher. „Warst du vorhin wirklich im Keller?", fragte ich Pippa.

Sie nickte. „Ja. Und da war niemand, Jo."

Ich rieb mir über die Stirn. „Gut."

Pippa beugte sich nach vorn und fixierte mich mit ihren dunklen Augen. „Das mag für dich gelten, aber für mich ist hier gar nichts gut. Ich habe noch immer das Gefühl, dass ihr mich alle einfach nur verarschen wollt."

„Nein, Pippa." Ich schüttelte den Kopf. „Glaub mir, das Gegenteil ist der Fall."

„Das kann ich nicht glauben.“ Sie presste ihre roten Lippen aufeinander. „Ehrlich, würdest du das glauben können?“

„Wahrscheinlich nicht“, gab ich zu. „Aber ich kann es dir beweisen.“

Die nächsten zwanzig Minuten brachte ich damit zu, Pippa meine Gabe zu beweisen – und als ich ihr dann sagte, dass sie zu der Zeit, als sie und Franzi mit den Zwillingen zusammen waren, einmal aus Versehen dem falschen Zwilling an den Po gegriffen hatte, war sie endlich überzeugt.

„Das habe ich niemandem je erzählt“, flüsterte sie mit kugelrunden Augen.

„Ich an deiner Stelle würde es auch eher für mich behalten“, antwortete ich und stand auf. „Ich komm gleich wieder“, sagte ich dann. „Ich geh nur kurz auf die Toilette.“

Sie nickte abwesend und blieb sitzen. Offenbar musste sie den Schock erst mal verdauen.

Gedankenversunken trat ich durch die Terrassentür in den großen Wohnbereich. Von der Treppe hörte ich Finn und Conny miteinander zanken und verdrehte die Augen. Allerdings klang ihr Tonfall nicht böse, sondern eher provokant, und im nächsten Moment hörte ich ein dumpfes Geräusch, gefolgt von einem leisen Keuchen, das mich aufhorchen ließ.

Alarmiert blieb ich stehen und linste hinüber zur Treppe. Da ich nichts erkennen konnte, schlich ich vorsichtig näher und erstarrte mitten in der Bewegung, als ich Finn sah, der Conny mithilfe seines Körpers gegen die Wand drückte. Im ersten Moment dachte ich, die beiden hätten einen Streit, bis ich erkannte, dass sie sich in Wahrheit leidenschaftlich küssten. Finn hatte Connys Handgelenke über ihrem Kopf fixiert und ich starrte einen Moment ungläubig auf die Szene, bevor ich mich schnell abwandte und meinen Weg zur Toilette fortsetzte.

Danach ging ich zurück zu Pippa und blickte erst wieder auf, als Conny und Finn zusammen in der Terrassentür erschienen. Beide wirkten erhitzt und ich konnte das glückliche Strahlen in Connys Augen erkennen.

„Und?“, fragte Pippa angespannt.

„Nichts“, antwortete Finn und räusperte sich. „Wir haben das ganze Haus auf den Kopf gestellt. Da ist nur Adrian, sonst niemand – es sei denn, der Typ hat die Fähigkeit, sich unsichtbar zu machen.“

Ich nickte ihnen zu. „Danke, dass ihr nachgesehen habt.“

„Klaro“, meinte Finn und hakte seine Daumen in die Schlaufen seiner Jeans. „Es ist spät. Ich hau mich aufs Ohr.“

„Ich auch“, sagte Conny. „Gute Nacht.“

„Gute Nacht“, sagte ich lächelnd zu den beiden.

„Ich bin noch nicht müde“, meinte Pippa schnell, als ich sie ansah. Sie fuhr sich durch ihre kurzen schwarzen Haare. „Und ich will verdammt noch mal alles über deine abgefahrene Gabe erfahren.“

Ich lächelte schwach und dann erzählte ich ihr die ganze Geschichte.

Als ich zwei Stunden später in unser Schlafzimmer kam, war Adrian noch wach. Er saß mit seinem Laptop auf dem Bett und blickte nicht auf, als ich hereinkam.

Leise schloss ich die Tür hinter mir und lehnte mich mit dem Rücken dagegen. „Wir müssen reden“, meinte ich dann.

„Müssen wir nicht“, entgegnete er kühl.

„Doch, das müssen wir. Du kannst mich ja nicht einmal ansehen.“

Er wandte mir sein Gesicht zu und seine dunkelgrünen Augen bohrten sich in meine. „Was willst du jetzt noch besprechen, Jo? Du hast doch schon alles allein entschieden.“

„Ja, weil es um meine Freundin ging“, erwiderte ich. „Und auch um meine Gabe. Ich dachte nicht, dass ich deine Erlaubnis benötige, um meinem Bauchgefühl zu folgen.“

Er sah mich einen Moment lang schweigend an. „Und ich dachte, in einer Beziehung geht es auch darum, Dinge vorher gemeinsam zu besprechen, bevor man sich einfach über die Wünsche des anderen hinwegsetzt.“

Ich öffnete den Mund, wusste aber nicht wirklich, was ich darauf sagen sollte. „Es hat sich einfach richtig angefühlt“, meinte ich dann.

Er klappte mit einer heftigen Bewegung den Laptop zu. „Und für mich hat es sich einfach *falsch* angefühlt. Es gibt diese neue Prophezeiung, du wirst mitten auf der Straße von einem blinden alten Mann angemacht, hast Albträume, von denen wir nicht wissen, woher sie kommen, und als wäre das noch nicht genug, scheinen sich die Beschützer neu zu formieren – aber du läufst herum und erzählst jedem von deiner Gabe.

„Pippa ist nicht *jeder*“, erwiderte ich automatisch.

„Aber sie ist dir auch nicht so nah, dass sie es unbedingt hätte erfahren müssen.“

Ich stieß mich von der Tür ab. „Wieso traust du mir nicht zu, diese Entscheidung selbst zu treffen?“

„Weil du sie ausschließlich mit deinen Gefühlen triffst,

Jo! Das hat nichts mit Logik zu tun – Pippa einzuweihen, war ein Fehler.“ Er stellte den Laptop auf dem Nachttisch ab und stand auf.

„Nicht so laut!“, zischte ich.

Er schüttelte den Kopf. „Ehrlich, Jo? Darüber machst du dir Sorgen? Dass jemand mitkriegt, wenn wir streiten? Du setzt eigenartige Prioritäten.“

„Wieso? Weil ich meine Freunde über irgendwelche diffusen Prophezeiungen stelle?“

Adrian blieb stehen und fuhr sich mit beiden Händen durch seine kurzen dunklen Haare. „*Irgendwelche Prophezeiungen*?“, wiederholte er ungläubig. „Merkst du eigentlich selbst, dass du das alles viel zu sehr auf die leichte Schulter nimmst?“

„Ich nehme es nicht auf die leichte Schulter, mir sind nur meine Freunde wichtiger“, beharrte ich.

Adrian schnaubte. „Und genau da liegt der Fehler.“

Die absolute Überzeugung in seiner Stimme machte mich unsagbar wütend. „Was soll ich denn deiner Meinung nach tun?“, fuhr ich ihn an. „Soll ich mein ganzes Dasein in Angst verbringen und niemanden mehr an mich ranlassen, um nur ja kein Risiko einzugehen? Ist das das Leben, das du dir für mich vorstellst?“

„Ich stelle mir ein Leben für dich vor, in dem du überhaupt keine Angst haben musst“, presste Adrian hervor. „Was glaubst du, weshalb ich tue, was ich tue?“

„Was tust du denn?“, schrie ich ihn an. „Mal abgesehen davon, dass du mir Vorwürfe machst?“

„Ich versuche dich zu beschützen“, knurrte er. „Aber du machst es mir verdammt schwer.“ Mit diesen Worten verließ er unser Zimmer und knallte die Tür hinter sich zu.

Am nächsten Tag wurde ich von der Morgensonne geweckt, die mir direkt ins Gesicht schien. Desorientiert setzte ich mich im Bett auf und strich mit der Hand über die unbenutzte zweite Hälfte. Die Bettdecke lag ordentlich gefaltet neben mir und fühlte sich kühl an. Offenbar hatte Adrian heute Nacht nicht bei mir geschlafen.

Schwermütig stand ich auf und ging hinunter. Heute war unser letzter Tag in der Finca, bevor wir morgen zurück nach Hamburg fliegen würden, und ich hatte auf einen schöneren Abschluss unseres Urlaubs gehofft.

Conny war schon in der Küche. Anscheinend war sie damit beschäftigt, ein Frühstück vorzubereiten, und sang dabei leise vor sich hin.

„Guten Morgen", sagte ich und setzte mich auf einen der Hocker.

„Morgen", empfing mich Conny lächelnd. „Du siehst müde aus."

„Ich bin auch müde", murmelte ich.

„Soll ich dir eine Karotte reiben?"

Ich schüttelte den Kopf. „Gibt's auch Toast?"

„Das Toastbrot ist aus", erwiderte Conny und öffnete die Kühlschranktür. „Aber Marmelade ist noch da."

In diesem Moment hörte ich Finn auf der Terrasse etwas sagen und Pippa als Antwort darauf lachen. Conny und ich blickten gleichzeitig durch die Terrassentür nach draußen und mir klappte der Mund auf, als ich sah, wie Finn Pippa mit einer leidenschaftlichen Bewegung zu sich heranzog und seine Lippen auf ihre senkte.

Conny schnappte nach Luft und ich starrte auf die Szene, ohne wirklich glauben zu können, was ich sah. Schließlich lösten sich die beiden wieder voneinander und Pippa wischte Finn lächelnd ihren Lippenstift vom

Gesicht. Dann drückte sie die Terrassentür auf und kam ins Haus geschlendert.

„Guten Morgen“, begrüßte sie uns beide und strahlte mich an.

„Hi“, krächzte ich und verfluchte Finn im selben Augenblick dafür, dass er so ein Arsch war, der sich einen Dreck um Connys Gefühle scherte.

„Was gibt es zum Frühstück?“, fragte Pippa und öffnete den Kühlschrank.

„Nichts, denn das Toastbrot ist alle“, sagte Conny tonlos und tat mir so leid, dass ich sie am liebsten in den Arm genommen hätte.

„Stimmt, und von der Milch ist auch nur noch ein Lackerl übrig“, bemerkte Pippa.

„Was ist denn ein Lackerl?“, fragte Finn, der gerade den Wohnbereich betrat.

Pippa hielt inne. „Äh … wie sagt man denn bei euch dazu? Ein Pfützchen?“

„Man sagt einfach, es ist nicht mehr viel da“, warf ich schnell ein und war gedanklich noch immer bei Conny.

„Also Toastbrot und Milch“, meinte Conny abwesend. „Dann fahre ich jetzt einkaufen.“

„Ich komme mit“, erklärte Pippa überraschend, während sie den Obstkorb inspizierte. „Ich hätte gern noch ein paar frische Äpfel.“

„Soll ich euch begleiten?“, fragte ich rasch.

„Nicht nötig“, erwiderte Conny zerstreut.

Pippa lachte und zwinkerte mir zu. „Solange ich das Toastbrot nicht in den Pool werfe, wird schon alles glattgehen“, meinte sie dann.

Ich sah, wie Conny Finn einen tief verletzten Blick zuwarf und wortlos hinaus zu ihrem Mietwagen ging.

„Halt, Pippa“, sagte ich und stand auf. „Ich kann

doch mit Conny mitfahren." Dabei versuchte ich, nicht in Finns Richtung zu sehen, weil ich sein Benehmen einfach unmöglich fand.

„Jetzt mach dir nicht ins Hemd", erwiderte Pippa kopfschüttelnd. „Wir sind schon große Mädchen. Wir schaffen das." Mit diesen Worten folgte sie Conny hinaus zum Auto.

Kaum waren sie und Pippa weggefahren, drehte ich mich zu Finn um.

„Was soll das?", fauchte ich ihn an. „Zuerst Conny und dann Pippa? Sag mal, hast du sie noch alle? Ich weiß, dass dir deine Freiheiten wichtig sind, aber das hier ist einfach nur widerlich."

„Hä?", erwiderte er. „Was hast du für ein Problem?"

„Du kannst doch nicht mit beiden rummachen!"

„Mit beiden rummachen? Geht's dir noch gut? Außerdem geht dich das gar nichts an", schnaubte er, „das ist doch meine Sache."

„Ist es eben nicht nur, aber dazu müsstest du mitbekommen, dass sich die Erde nicht nur um dich dreht", knurrte ich, stand auf und stapfte hinaus.

Eine halbe Stunde später hörte ich, wie Connys Mietwagen auf die Kiesauffahrt einbog, und trat aus dem Haus. Mit gerunzelter Stirn sah ich, dass Conny allein im Auto saß und der Beifahrersitz leer war.

„Wo ist Pippa?", fragte ich, als Conny summend ihre Einkäufe aus dem Wagen räumte.

„Pippa wollte zu Fuß nach Hause gehen", erklärte sie und trug seelenruhig die beiden Tüten ins Haus. Ich folgte ihr.

„Zu Fuß, ehrlich?", hakte ich nach und ein ungutes Gefühl beschlich mich. „Ist irgendwas passiert? Habt ihr euch gestritten?“

„Nein, wir haben uns nicht gestritten“, schnaufte Conny. „Sie wollte einfach nur zu Fuß nach Hause gehen.“ Mit einem hörbaren Geräusch stellte sie die beiden Tüten in der Küche ab.

„Einfach so? Aber wieso sollte sie bei der Hitze zu Fuß nach Hause gehen wollen? Das ergibt doch überhaupt keinen Sinn.“

Conny holte eine Packung Toastbrot aus einer der Tüten und sah mich böse an. „Glaubst du mir etwa nicht? Willst du vielleicht in meine Erinnerungen sehen, ob ich die Wahrheit sage?“

Hartnäckig erwiderte ich ihren zornigen Blick. „Ich verstehe es einfach nicht, Conny. Ihr seid gemeinsam mit dem Auto losgefahren, der Supermarkt ist über zehn Kilometer entfernt. Wieso sollte sie plötzlich zu Fuß gehen wollen?“

Conny schnaubte. „Sie ist doch *deine* Freundin, woher soll ich das wissen? Aber wenn du sie aufsammeln willst, nur zu.“ Mit zwei Schritten war sie bei mir und drückte mir energisch den Autoschlüssel in die Hand.

Frustriert schloss ich meine Finger darum. „Was soll das, Conny? Du weißt genau, dass ich noch keinen Führerschein habe.“

„Tja, das ist Pech. Denn *ich* fahre jetzt bestimmt nicht zurück und hole sie, nachdem sie unbedingt zu Fuß gehen wollte“, erwiderte Conny stur und steckte zwei Scheiben Toastbrot in den Toaster.

Ich atmete tief durch. „Okay.“

„Ich fahr dich“, hörte ich da Finns Stimme hinter mir, der unser Gespräch offenbar mit angehört hatte und zu uns kam. Meinen Ausbruch von vorhin schien er mir nicht übel zu nehmen und ich war froh, dass er mir jetzt zu Hilfe kam – während Conny nur die Lippen aufeinanderpresste, nichts sagte und die Treppe nach oben verschwand.

Zehn Minuten später bogen Finn und ich auf den Parkplatz vor dem Supermarkt ein. Auf der ganzen Strecke hatte ich Ausschau nach Pippa gehalten, sie aber nirgendwo gesehen. Währenddessen war ich immer unruhiger geworden, da ich das starke Gefühl hatte, dass hier irgendetwas ganz und gar nicht stimmte.

Als Finn nun auf den Parkplatz fuhr, entdeckte ich eine alte Italienerin auf Pippa einreden. Mein Herz begann immer heftiger zu klopfen, als ich den aufgelösten Zustand meiner Freundin bemerkte und sah, dass sie ihre Hand ganz seltsam an ihren Körper gepresst hielt.

Finn hatte kaum den Wagen angehalten, da sprang ich schon hinaus und rannte zu ihr. Sie war käseweiß im Gesicht und schien starke Schmerzen zu haben.

„Pippa!“, rief ich. „Was ist denn passiert?“

Pippa sah mich mit verweinten Augen an. „Conny …“, stieß sie hervor. „Wir waren gerade mit den Einkäufen fertig und ich wollte die Tragetasche in den Kofferraum hieven, als sie mir die Heckklappe auf die Hand geknallt hat.“ Bei ihren Worten füllten sich ihre Augen wieder mit Tränen.

„Oh Gott“, flüsterte ich. „Kannst du die Hand jetzt bewegen?“

Pippa biss sich auf die Lippen und schüttelte den Kopf. „Es tut so weh, ich weiß nicht, ob sie gebrochen ist.“

Finn hatte den Wagen in der Zwischenzeit geparkt und kam jetzt auch angelaufen.

„Was ist passiert?“, fragte er besorgt.

„Conny hat mir die Kofferraumtür auf die Hand

geknallt und dann … hat sie sich einfach in den Wagen gesetzt und ist … weggefahren.“ Pippas Stimme wurde eine Oktave höher und ich legte beruhigend den Arm um ihre Schultern.

„Sie ist einfach weggefahren?“, wiederholte ich. „Einfach so?“

Finn schüttelte den Kopf. „Das kann nicht sein. Das würde sie nie tun.“

„Aber sie hat es getan!“, schrie Pippa hysterisch. „Sie ist einfach weggefahren!

Kapitel 13

„Was ist passiert?“, fragte Adrian, der uns in seinen schwarzen Badeshorts die Tür öffnete. Sein Blick haftete kurz auf Pippas bandagierter Hand, bevor er zu mir blickte.

„Conny hat mir die Hand mit der Kofferraumtür eingeklemmt, das ist passiert“, zischte Pippa anklagend und schnaubte. „Und sie hat es mit voller Absicht getan.“

„Ich habe was?“, hörte ich Connys Stimme von drinnen. Sobald wir das Wohnzimmer betreten hatten, kam sie auf uns zugestürmt. „Was soll ich bitte schön getan haben?“, fragte sie entrüstet. „Was erzählst du wieder für Lügen?“

Adrian schloss die doppelflügelige Eingangstür hinter uns, während sein Blick auf uns gerichtet war.

„Lügen?“, fauchte Pippa und ihre dunkel geschminkten Augen wurden ganz klein. „Du hast die Heckklappe mit voller Wucht zugeschmissen!“

„Wir waren bei einem Arzt, nicht weit vom Einkaufszentrum entfernt“, erklärte ich ruhig. „Es sieht nach einer Prellung aus, er hat die Hand sicherheitshalber auch geröntgt.“

„Tut jetzt sicher Hölle weh, sollte aber wieder in Ordnung kommen“, bemerkte Finn und setzte sich in einen der grauen Ohrensessel.

„Wieder in Ordnung? Wahrscheinlich werde ich wegen Conny nie wieder Gitarre spielen können“, schnappte Pippa und ging zur Couch, auf die sie sich fallen ließ, bevor sie ihre langen schlanken Beine übereinanderschlug. Dabei ließ sie Conny nicht aus den Augen. „Ich werde dafür sorgen, dass mein Vater dich und deinen fetten Arsch verklagt."

Conny presste die Lippen zusammen, während sie rasch an ihrem kurzen weißen Sommerkleid mit den schwarzen Punkten zupfte. Dabei röteten sich ihre Wangen. „Was für Drogen hast denn du bitte schön eingeworfen? Ich habe dir weder eine Heckklappe noch sonst irgendetwas auf die Hand geschmissen, obwohl ich jetzt nicht übel Lust dazu hätte!"

„Dann tu es doch", blaffte Pippa. „Dann sehen die anderen endlich, was für eine hinterhältige Schlampe du bist."

Connys Brustkorb hob und senkte sich schwer und es fiel ihr sichtlich nicht leicht, die Kontrolle zu behalten.

„Pippa", ging ich dazwischen, bevor die Situation noch weiter eskalierte.

„Was?", fuhr sie mich böse an. „Bitte sag nicht, dass du jetzt noch immer auf ihrer Seite bist. Das kann echt nicht dein Ernst sein, Jo."

Ich schüttelte den Kopf. „Ich bin auf keiner Seite, denn ich glaube weder, dass Conny dir absichtlich wehtun würde, noch, dass du mich anlügst."

„Hey, aber das mit der Hand ergibt so wirklich keinen Sinn", meinte Finn. Er streckte seine Beine aus und hob die Augenbrauen.

Conny funkelte ihn an. „Ach ja? Und deswegen muss ich diejenige sein, die lügt? Ist das deine Erklärung, Finn?", schnappte sie und ihre Stimme wurde lauter.

„Jo, du musst das überprüfen", ging Adrian kühl dazwischen. Sein Blick war ernst und seine Körperhaltung angespannt. „Es ist die schnellste Möglichkeit. Wir müssen wissen, was los ist." Wir sahen uns an und er begegnete mir mit dem Ausdruck eines Jägers, der auf der Hut war. Für einen Sekundenbruchteil war ich wieder bei unserem Streit, aber der hatte jetzt keine Priorität. Ich musste herausfinden, was zwischen Conny und Pippa passiert war. Hatte Conny sich wegen Finns Kuss an Pippa gerächt?

Ich nickte zustimmend. „Okay. Conny – bitte gib mir dein Handgelenk."

Conny wich einen Schritt zurück und ihre dunklen Locken fielen ihr ins Gesicht. „Du willst mich überprüfen?"

„Adrian hat recht. Wir müssen Klarheit in die Situation bringen", erwiderte ich und straffte die Schultern, während Conny mich fixierte, als hätte ich soeben vorgeschlagen, uns gemeinsam die Augen piercen zu lassen.

„Conny, jetzt zier dich nicht wie eine Jungfrau", sagte Finn und strich sich durch seine hellblonden Haare. „Du willst doch auch, dass deine Unschuld bewiesen wird."

„Von mir aus", schnaubte Conny. „Bitte schön." Und dann hielt sie mir verärgert die Hand hin.

Ich sprang auf ihr Erinnerungsfeld und von dort direkt in die Erinnerung an den Supermarkt-Einkauf. Conny und Pippa redeten ganz normal miteinander und packten die Lebensmittel nacheinander in ihren Einkaufswagen. Dann bezahlten sie an der Kassa und trugen die Einkäufe zum Wagen.

Conny hievte die Tüten in den Kofferraum, Pippa stand ruhig neben ihr und sah zu. Ein leises Summen einer Frau war zu hören, das immer lauter wurde, und ich blickte mich um, um zu sehen, woher es kam. Die rhythmische Melodie kam mir vertraut vor, allerdings gelang es mir nicht, das Geräusch auf dem riesigen Parkplatz zu lokalisieren. Das Summen schwoll an und wurde mal lauter und mal leiser, aber es schien von keiner bestimmten Person zu kommen. Schließlich machte Conny den Kofferraum zu und ging zur Fahrerseite des Wagens. Dabei drehte sie sich zu Pippa um, die bewegungslos neben dem Auto stand.

„Was ist los?", fragte Conny. „Kommst du?"

„Nein", antwortete Pippa. „Ich gehe zu Fuß nach Hause." Und mit diesen Worten wandte sie sich ab und ging auf die Straße zu. Conny runzelte die Stirn und ich ließ mich zurück in die Gegenwart ziehen.

„Das ergibt keinen Sinn", murmelte ich und blickte von Pippa zu Conny.

„Was ergibt keinen Sinn?", hakte Finn nach, der mit verschränkten Armen darauf wartete, dass ich sagte, was los war.

„Was hast du gesehen?", fragte Adrian und seine dunkelgrünen Augen bohrten sich in meine, während ich nicht verstand, wie Connys Erinnerungen zu Pippas geprellter Hand passten.

„Es war wirklich so", antwortete ich irritiert. „Es war genau so, wie Conny gesagt hat."

„Nein", zischte Pippa und warf mir einen vorwurfsvollen Blick zu, der mich ins Herz traf. „Wieso tust du das? Wieso lügst du jetzt auch noch, Jo?" Ihre Augen begannen zu schimmern.

„Siehst du! Wer ist jetzt die Lügnerin?", blaffte Conny und reckte ihr Kinn in die Höhe.

„Was ist los, Jo?", fragte Adrian, ohne auf Conny oder Pippa einzugehen. Er machte einen Schritt auf mich zu. Auf seiner Stirn bildete sich eine kleine Falte. „Irgendetwas stimmt doch nicht. Da war doch noch etwas."

„Ich habe dieses Summen gehört", erklärte ich. „Dieses

rhythmische Summen von einer Frau, aber ich habe die Frau nicht gesehen."

„Und darüber machst du dir Gedanken?", fragte Pippa scharf und stand von der grauen Couch auf, während sie ihre bandagierte Hand hielt. „Du machst dir Gedanken, wer gesummt hat, aber nicht darüber, dass du mich hier gerade vollkommen im Stich lässt? Dass du mich hintergehst?!", fauchte sie und wischte sich eine Träne von ihrer Wange. „Das hätte ich nicht von dir erwartet, wir sind doch Freundinnen. Wieso tust du das?!"

„Irgendetwas stimmt hier nicht, Pippa", erklärte ich und fühlte, wie mein Herz heftig gegen meine Brust schlug. „So ganz und gar nicht."

Pippa lachte bitter. „Da hast du recht, hier stimmt einiges nicht, Jo."

„Du verstehst es nicht", erwiderte ich. „Ich glaube, dass hier etwas abläuft, das wir nicht sehen. Wir sind nicht allein. *Da war noch jemand.*"

„Du musst in Pippas Erinnerungen gehen", sagte Adrian und griff nach meiner Hand. „Sofort. Und ich werde mit dir kommen." Die Berührung seiner Finger fühlte sich gut an und gab mir Zuversicht, auch wenn mein ganzes Ich gerade in Alarmbereitschaft war.

Pippa schüttelte den Kopf. „Damit dein Freund dann mit dir lügen kann?", fragte sie und schützte ihr Handgelenk. „Sicher nicht."

„Pippa", versuchte ich es, doch sie schüttelte nur den Kopf.

„Jetzt lass Jo doch nachsehen", meinte Finn. „Hey, wir wollen doch alle die Wahrheit herausfinden."

„Aber ich kann mir nicht sicher sein, dass ihr sie auch erzählt", sagte Pippa. „Wer weiß, was hier noch alles abgeht. Zuerst dachte ich, es werden ein paar nette Tage hier, aber erst kamen die Briefe, dann die Anschuldigungen und jetzt noch diese Verrückte." Sie warf Conny einen dunklen Seitenblick zu.

„Ich bin ganz und gar nicht verrückt, das hat Jo doch soeben bewiesen", fuhr Conny sie an. „Du hast ja nur Schiss, dass Jo die Wahrheit herausfindet, deswegen soll sie nicht in deinen Erinnerungen nachsehen."

Pippa tat so, als hätte sie Conny nicht gehört. Stattdessen ging sie auf mich zu. „Gut, du kannst in meine Erinnerungen sehen", erklärte sie. „Aber nur, wenn *ich* mitkomme."

Wir landeten auf Pippas silberfarbenem Feld, über das sich ein roter Himmel spannte, der von blauen Schlieren durchzogen war. Ein kräftiger Wind wehte über die Ebene und Pippa drehte sich einmal um ihre eigene Achse.

„Wow", sagte sie, als hätte sie für einen Moment den ganzen Streit vergessen. „Das ist wunderschön."

„Das ist es", sagte ich.

„Ist es immer so?", fragte Pippa und legte den Kopf in den Nacken.

Ich schüttelte den Kopf. „Das Feld ist immer silberfarben, die Farben des Himmels ändern sich, weil sie deine Gefühlslage widerspiegeln. Dein Himmel ist rot und blau, das heißt, du empfindest Wut und Trauer." Ich hielt kurz inne. „Wahrscheinlich ist es Enttäuschung, weil du denkst, dass ich nicht hinter dir stehe."

Pippa drehte den Kopf in meine Richtung und ihre geschminkten Augen verengten sich. „Du stehst auch nicht hinter mir, Jo", sagte sie voller Bitterkeit.

„Doch, Pippa. Ich stehe hinter dir, aber ich stehe auch hinter Conny. Ich kann mich nicht zwischen euch entscheiden, das will ich nicht – ihr bedeutet mir beide viel",

sagte ich und zog tief die Luft ein. „Und deswegen müssen wir die Wahrheit herausfinden“, erklärte ich weiter. „Zeig mir die Erinnerung, in der Conny und Pippa nach dem gemeinsamen Einkaufen zum Wagen gehen!“, rief ich und in einiger Entfernung leuchtete ein Grashalm golden auf.

„Komm“, sagte ich zu Pippa und nahm sie an der Hand. Sie zuckte kurz zurück, doch sie ließ meine Berührung zu. Und dann liefen wir über das Feld und als ich den Halm berührte, zog es uns in ihre Erinnerung.

Conny und Pippa gingen gerade über den Parkplatz und der Pippa neben mir klappte der Mund auf. „Das ist so abgefahren“, sagte sie und ich nickte automatisch, auch wenn die Erinnerungsgänge für mich schon zur Selbstverständlichkeit geworden waren. Aber ich konnte mich auch noch daran erinnern, wie überwältigend es gewesen war, zum ersten Mal in eine Erinnerung zu tauchen.

„Diese Details“, hauchte Pippa, als Conny gerade summend den Kofferraum des alten VWs öffnete, um die Einkäufe hineinzuhieven. Ich schluckte und mein Herzschlag beschleunigte sich. Conny summte dieselbe Melodie, die ich auch bei Finn und Pippa in den letzten Tagen schon mal wahrgenommen hatte. Dieselbe Melodie, die auch in Connys Erinnerung allgegenwärtig gewesen war.

Angespannt beobachtete ich, was als Nächstes geschah.

Schon jetzt war die Erinnerung anders als bei Conny. Pippa stand nicht einfach nur abwesend daneben, sie griff nach einer der Tüten.

„Warte mal“, sagte sie, „ich helfe dir.“

Sie war gerade dabei, den Einkauf in den Kofferraum zu stellen, als die summende Conny sich nach oben streckte, mit einer schnellen Bewegung den Kofferraumdeckel fasste und nach unten schleuderte.

Mein Puls schoss in die Höhe.

„Siehst du", sagte Pippa und strich sich über ihre geprellte Hand. „So war es."

Ich starrte noch immer Conny an, während die Erinnerungs-Pippa vor Schmerz aufschrie, und als ich ein kleines Lächeln auf Connys Gesicht sah, hatte ich genug gesehen.

„Pippa hat recht", sagte ich, als wir wieder in der Gegenwart waren.

„Wie bitte?", fragte Conny entrüstet.

„Ich habe gesehen, dass du ihr absichtlich den Kofferraumdeckel auf die Hand geknallt hast", sagte ich und atmete tief ein.

„Aber das habe ich nicht!", beteuerte Conny wütend und schlang die Arme um ihren Körper. Dabei schnappte sie nach Luft. „Was soll das, Jo? Du hast doch in meiner Erinnerung gesehen, dass ich es *nicht* getan habe."

„Das ist es ja", sagte ich. „Ich habe *beides* gesehen. Das ist eigentlich unmöglich – und lässt für mich nur den Schluss zu, dass du manipuliert wurdest."

Eine eigenartige Stille senkte sich über uns, in der keiner wusste, was er sagen sollte. Die Gedanken flogen nur so durch meinen Kopf und das ungute Gefühl in meiner Magengegend breitete sich aus.

„Wir müssen vorsichtig sein", sagte Adrian schließlich und ließ seinen Blick über alle Anwesenden gleiten. Und dann sprach er das aus, was ich dachte. „Jemand spielt hier mit uns."

„Aber warum sollte das jemand tun?", wollte Finn gefühlt zum hundertsten Mal wissen, als wir wenig später beim gemeinsamen Essen saßen. Adrian hatte darauf bestanden, dass wir jetzt nicht den Kopf verloren, denn Hysterie brachte uns überhaupt nicht weiter. Ich war froh, Adrian bei mir zu haben, und unsere Auseinandersetzung schien beinahe vergessen. Adrian brachte Ruhe in die Gruppe, auch wenn es in mir brodelte und mir tausend Fragen durch den Kopf schossen. Wer manipulierte uns? Und wieso?

Henriette hatte ich noch nicht erreicht, aber ich hoffte, dass sie mir weiterhelfen konnte. Vielleicht hatte sich in der Zwischenzeit auch endlich etwas mit ihren Nachforschungen ergeben. Konnte es sein, dass die Geschehnisse vielleicht mit der Prophezeiung im Zusammenhang standen?

Glücklicherweise hatten sich auch Conny und Pippa auf ein vorläufiges Friedensabkommen geeinigt, sodass wir gemeinsam an dem Terrassentisch sitzen und essen konnten – selbst wenn sich die beiden nach wie vor misstrauische Blicke zuwarfen.

„Es muss eine Seherin dahinterstecken", sagte Adrian und rollte ein paar Nudeln auf seiner Gabel auf.

„Mann, wie kannst du jetzt essen?", stöhnte Finn und ließ sich auf seinem Stuhl nach hinten fallen. Die Sonne stand hell am Himmel und tauchte die hügelige Landschaft der Toskana in ein warmes Licht. Unter anderen Umständen hätte ich den Anblick genossen, vor allem, da wir morgen schon wieder nach Hamburg zurückfliegen würden.

„Ich esse, weil es notwendig ist", sagte Adrian nüchtern. „Es nützt niemandem, am wenigsten Jo, wenn ich nicht im Besitz meiner ganzen Kräfte bin. Wahrscheinlich hat es jemand auf sie abgesehen." Er wandte sich an mich. „Du solltest auch etwas essen."

Ich nickte und brach mir ein Stück von einem Baguette ab. „Ich verstehe es nicht, Adrian. Warum sollte jemand hinter mir her sein? Und wieso sollte dieser Jemand dann über meine Freunde gehen?"

„Weil dieser Jemand wahrscheinlich nicht an deine Erinnerungen gelangt", meinte Adrian und Conny runzelte daraufhin die Stirn.

„Warum?", wollte sie wissen.

„Weil Jos Kräfte zu stark sind und sie es wahrscheinlich bemerken würde, wenn sich jemand in ihrem Kopf herumtreibt."

„Und da Adrian ein ausgebildeter Jäger ist, würde er es auch wahrnehmen, wenn sich jemand an seinen Erinnerungen zu schaffen macht", setzte ich hinzu.

„Und bei uns macht es nichts aus?", fragte Pippa und legte den Kopf leicht schief, während sich Verunsicherung und Empörung in ihrem Gesicht breitmachten.

„Anscheinend nicht", sagte Finn trocken. „Oder hast du bemerkt, dass jemand in dir drinnen war? Also in deinem Kopf", fügte er schmunzelnd hinzu. Finn schien sich nach dem kurzen Schock wieder zu fassen.

Pippa verdrehte nur die Augen.

„Du bist echt widerlich, Finn", bemerkte Conny, die überhaupt nicht mehr an den Kuss mit ihm zu denken schien. „Kannst du für einen Moment mal ernst sein? Jemand spielt mit uns wie mit Marionetten. Darum auch die Briefe", sagte sie und stützte sich mit den Armen auf dem langen Terrassentisch ab. „Anscheinend versucht jemand, uns auseinanderzubringen."

„Genau wie in der Prophezeiung", murmelte ich leise vor mich hin und dachte an die vielen seltsamen Begebenheiten in der letzten Zeit – angefangen bei der ständig offenen Kellertür bis hin zu solchen Kleinigkeiten wie meinem verliehenen Buch, von dem Conny anscheinend nichts mehr wusste.

„Aber Jo hat doch zu den Briefen nichts in den Erinnerungen gefunden“, bemerkte Finn. „Wer hat sie also geschrieben?“

„Vielleicht habe ich nicht die richtigen Fragen gestellt“, mutmaßte ich und schob mir das Stück Baguette in den Mund.

„Was meinst du?“, fragte Adrian.

„Auf dem Erinnerungsfeld. Vielleicht hat die Seherin, die für all das hier verantwortlich ist, die Erinnerung so manipuliert, dass ich nicht auf sie zugreifen kann. Dass es nicht reicht, nach einem Brief oder einer Nachricht zu suchen. Vielleicht hat sie die Erinnerungen von demjenigen, der die Nachrichten geschrieben hat, auch einfach wieder gelöscht.“

„Aha“, machte Finn nur. „Und wie willst du das dann beweisen?“

„Ich halte es für besser, wenn Jo gar nichts versucht zu beweisen“, erklärte Adrian entschieden. „Wenn es sich um eine Seherin handelt, sollten wir nicht das Risiko eingehen, dass sie bemerkt, dass wir ihr auf der Spur sind.“

„Ihr glaubt also wirklich, dass wir die Briefe selbst verfasst haben?“, hakte Pippa nach und nippte an ihrem Wasserglas.

„Und die böse Seherin soll uns dazu gebracht haben, das alles wieder zu vergessen?“, fügte Conny hinzu und schüttelte den Kopf.

„Das ist durchaus möglich“, überlegte ich laut. „Einige Seherinnen können Erinnerungen verändern, können sie manipulieren oder löschen. Doch wenn jemand von uns dazu gebracht wurde, die Briefe zu schreiben, das iPad zu zerstören oder den Kofferraumdeckel zuzuschlagen – dann geht das weit über die *normalen* Fähigkeiten einer Seherin hinaus."

„Du kannst dich doch an Bärbels Worte in der Zentrale erinnern", sagte Adrian. „Es gibt Spielarten der Kräfte, von denen wir keine Ahnung haben."

Pippa stockte. „Ihr meint, es gibt welche, die auf unsere Gedanken zugreifen können?"

Adrian zuckte mit den Schultern. „Möglicherweise. Vielleicht können sie auch nur auf die neuesten Erinnerungen Einfluss nehmen, sodass du denkst, dass du etwas tun musst. Immerhin ist das", sagte er, „was wir hier gerade besprechen, auch schon eine Erinnerung."

„Alles wird sofort zur Erinnerung, weil die Gegenwart so kurz ist", stimmte Conny gedankenverloren zu.

„Dieses Summen", bemerkte Adrian und sein Blick verfinsterte sich. „Jeder von euch hat in letzter Zeit gesummt."

„Ich summ doch nicht, Mann", erklärte Finn entschieden.

„Doch, doch", erwiderte Conny. „Ich habe dich summen gehört."

Finn kräuselte seine Stirn und wickelte ein paar Spaghetti auf seine Gabel. Der Appetit schien nun auch langsam wiederzukommen. „Echt?", murmelte er ungläubig und sah zu Pippa, die mit den Schultern zuckte.

Ich atmete tief ein und musste wieder an meine Träume und die Mädchen denken, die auch immer vor sich hin gesungen hatten. *„Du wirst schon bald sehr traurig sein*", hallte es in meinem Kopf wider und ich fühlte einen kalten Schauer über meinen Rücken rinnen.

„Wenn eure Vermutungen stimmen sollten", sagte

Pippa und riss mich damit aus meinen Gedanken, „wenn jemand wirklich in unsere Köpfe eindringen kann …“ Sie hielt kurz inne und ich wusste, worauf sie hinauswollte. „Wer sagt uns, dass er es jetzt gerade nicht auch tut?“

Kapitel 14

Die Rückreise nach Hamburg verlief angespannt. Den ganzen Flug zurück hatten Adrian, Conny, Finn und ich kaum miteinander gesprochen, jeder schien mit seinen eigenen Gedanken beschäftigt gewesen zu sein. Vielleicht lag es daran, dass wir unsere Köpfe nicht mit Erinnerungen füllen wollten, auf die irgendjemand zugreifen konnte – vielleicht lag es aber auch einfach an der allgemeinen Unsicherheit. Es war gruselig, dass wir nicht wussten, wer für das alles verantwortlich war.

Mit Henriette hatte ich abgemacht, sie gleich nach unserer Ankunft in Hamburg aufzusuchen, um persönlich alles zu besprechen. Sie wollte nicht am Telefon darüber reden und sich mit ihr in den Erinnerungen zu treffen, kam mir jetzt auch zu unsicher vor. Ich hoffte inständig, dass Henriette eine Antwort auf meine Fragen hatte und wusste, welches Spiel hier gespielt wurde.

Pippa hatten wir vor unserem Abflug bei ihrem Onkel in Siena abgesetzt, mit dem Versprechen, sie auf dem Laufenden zu halten. Es tat mir leid, dass ich Pippa, Finn und Conny in dieses Chaos mit hineingezogen hatte, ein Chaos, das ich selbst nicht verstand.

„Ich hole nur schnell die Autoschlüssel", sagte Adrian, als das Taxi uns auf der breiten Auffahrt vor Adrians Haus abgesetzt hatte. Conny und Finn hatten ebenfalls ein Taxi nach Hause genommen und Finn war so nett gewesen, meinen Trolley mitzunehmen – im Austausch gegen Informationen, sobald ich selbst welche hatte. Es war ihm anzusehen gewesen, dass er gern selbst aktiv geworden wäre – da er aber weder ein Jäger noch eine Seherin war, hielt er sich zurück.

Adrian schloss die Tür auf, stellte seine Tasche im Flur

ab und verschwand im Hausinneren. Ich reckte den Kopf Richtung Himmel, der von grauen Wolken bedeckt war. Es war fast so, als hätten die sonnigen Tage in der Toskana in einem anderen Leben stattgefunden. In dem Moment begann es zu nieseln und ich streckte die Hand aus, um die Tropfen auf meiner Haut zu spüren.

Ein silberner Audi setzte den Blinker und bog in die Auffahrt ein. In dem Auto saß Adrians Vater und es war noch immer eigenartig, ihm zu begegnen. Auch wenn ich wusste, dass er kein Jäger mehr war und keine Erinnerungen an die Jägerschaft mehr in sich trug, so war er doch dabei gewesen, als meine Mutter gefoltert worden war. Unweigerlich musste ich auch an die Wölfin denken, die auf dem Erinnerungsfeld verbrannt und dann von der Ebene verschwunden war. Sie war es gewesen, die meine Mutter getötet hatte – aber so viele waren an dem Tod meiner Mutter schuld.

„Hallo, Jo", sagte Adrians Vater, als er aus dem Wagen ausgestiegen war. Er war groß und schlank, hatte grau melierte Haare und markante Gesichtszüge. In seinem anthrazitfarbenen Anzug mit der dunkelblauen Krawatte sah er absolut geschäftsmäßig aus. Mit einem dumpfen Knall ließ er die Autotür zufallen.

„Hallo, Herr Vahlkamp", erwiderte ich und versuchte die Befangenheit, die mich umgab, abzustreifen.

„Wie oft soll ich es dir noch sagen?", schmunzelte er. „Du kannst mich ruhig Aaron nennen."

„Aber natürlich", sagte ich und lächelte, während der Wind mir meine blonden Haare ins Gesicht blies. „Hallo, Aaron."

„Schon besser. Viel besser", erklärte er. Im nächsten Moment kam Adrian mit dem Autoschlüssel aus dem Haus. „Wir können los", sagte er zu mir und betrachtete seinen Vater. „Hallo, alter Mann."

Aaron zog die Augenbraue hoch und blickte mich an. „Ich hoffe, mein Sohn ist zu dir nicht so frech, Jo. Falls doch, lass es mich wissen. Dann kümmere ich mich darum."

Adrian grinste. „Ach ja? Und wie?"

„Das ist mein Geheimnis", erklärte Aaron vielversprechend. „Aber es ist ein Geheimnis, das ich ungern lüften würde."

„Gut, dann behalte es lieber für dich. Jo und ich müssen los, wir wollten nur mein Auto holen."

„Du bist eine Woche weg und gibst mir gar keinen Statusbericht?"

„Einen Statusbericht?", wiederholte Adrian und runzelte die Stirn. „Du hast die ganze Woche nur gearbeitet, oder?"

Adrians Vater zuckte mit den Schultern. „Was soll ich denn machen, wenn mein Sohn die ganze Zeit zu beschäftigt für seinen alten Herrn ist", seufzte er und sah mich dann aus seinen freundlichen Augen an. „Aber okay, wenn ich eine Freundin wie Jo gehabt hätte", meinte er, „wäre ich früher wahrscheinlich auch nie zu Hause gewesen."

Eine junge Seherin mit geflochtenen blonden Haaren und einem langen grünen Kleid empfing Adrian und mich beim Eingang der ehemaligen Jägerschaft und führte uns durch die weißen Gänge zu Henriettes Büro.

„Henriette erwartet Sie", sagte sie zu uns über die Schulter. „Sie hat mir gesagt, ich soll Sie gleich zu ihr bringen."

Ich nickte und wir folgten der Seherin durch die verwinkelten Gänge, vorbei an unzähligen weißen

Laboren, die jetzt in normale Büroräume umfunktioniert worden waren. Adrian griff nach meiner Hand und unsere Finger verschränkten sich ineinander.

„Es wird alles gut", sagte er leise und sah mich an.

„Ich hoffe es", entgegnete ich ebenso leise, sodass nur er es hören konnte. „Momentan weiß ich einfach nicht, was ich denken soll. Ich verstehe überhaupt nicht, was los ist. Und es tut mir so leid, dass ich die anderen mit reingezogen habe." Ich presste die Lippen aufeinander. „Vielleicht hattet du recht. Vielleicht hätte ich ihnen allen nichts von meiner Gabe erzählen sollen."

Adrians Mundwinkel zuckten nach oben.

„Was ist?"

„Hast du soeben gesagt, dass ich recht hatte?", fragte er und seine Augen funkelten.

Ich hob die Augenbrauen. „War das das Einzige, was du gerade gehört hast?"

„Natürlich nicht", sagte er, „aber es war das Einzige, was mir gefallen hat."

Ich verdrehte die Augen, musste aber unwillkürlich lächeln.

„Gut", sagte Adrian. „Du entspannst dich. Ich weiß, dass es schwer ist, aber wir dürfen uns jetzt nicht verrückt machen lassen, denn genau das will jemand." Er atmete tief ein. „Natürlich bin ich nach wie vor kein Fan davon, dass du Conny und Pippa eingeweiht hast, aber mach dir keine Vorwürfe, Jo. Dass sie in die Sache reingezogen wurden, hat nichts damit zu tun, dass sie von deiner Gabe wissen."

„Nicht?"

Er schüttelte den Kopf. „Sie stehen dir nahe, das ist der Grund, warum sie und Finn manipuliert wurden", fuhr Adrian mit gesenkter Stimme fort. Bei seinen Worten lief mir ein kalter Schauer über den Rücken.

Die junge Seherin in dem grünen Kleid stoppte in dem Moment vor Henriettes Tür und klopfte zart mit den Fingerknöcheln dagegen.

„Herein“, erklang Henriettes klare Stimme und die Seherin drückte die Klinke hinunter.

Adrian und ich betraten Henriettes Büro, das hauptsächlich in Weiß gehalten war und aus einem modernen Schreibtisch, mehreren Bücherregalen und einer gemütlichen Sitzecke aus hellgrauem Stoff bestand.

Henriette selbst hatte sich schon halb von dem Sofa erhoben und richtete ihre wachen Augen auf uns. Sie trug heute eine hochgeschlossene weiße Seidenbluse zu einer fließenden blauen Hose und wirkte damit besonders elegant.

„Ah, Jo und Adrian. Wie gut, euch beide zu sehen“, sagte sie mit einem Lächeln.

„Wir sind so schnell gekommen, wie wir konnten“, sagte ich.

„Sehr gut“, sagte die alte Seherin und bedeutete uns, auf dem Sofa neben ihr Platz zu nehmen. Auf dem Couchtisch standen drei Gläser und eine Wasserkaraffe. Adrian und ich setzten uns und begannen sogleich, von den eigenartigen Vorkommnissen in der Finca zu erzählen, von den Briefen, der Kellertür und Pippas geprellter Hand sowie meinen Erinnerungssprüngen.

„Es muss sich um eine Seherin mit speziellen Kräften handeln“, erklärte Adrian abschließend und ich nickte.

„Und die Manipulationen wurden nur bei deinen Freunden festgestellt, nicht auch bei dir selbst?“, fragte Henriette und ich brauchte einen Moment, um zu kapieren, worauf sie hinauswollte.

„Meine Träume … Du denkst, dass auch meine

Träume manipuliert wurden?“, fragte ich.

„Ich weiß es nicht“, erwiderte Henriette und fuhr sich durch ihre kurzen grauen Haare. „Es wäre möglich, muss aber nicht sein. Du bist eine starke Seherin, Jo, und es wäre inzwischen sehr schwer, unmerklich deine Erinnerungen zu manipulieren. Bei Träumen ist das vielleicht etwas anderes“, sagte sie und zog tief die Luft ein, während sie kurz die Augen schloss. „Aktuell habe ich das Gefühl, vor einem Puzzle zu stehen. Ich sehe die einzelnen Teile, verstehe aber nicht, wie sie zusammengehören.“

„Was habt ihr denn noch über die Beschützer erfahren?“, wollte Adrian wissen, der seine Ellbogen auf seinen Oberschenkeln abstützte und sich nach vorn lehnte. Sein Blick war wachsam und Henriette öffnete wieder ihre Augen.

„Wir haben schon eine Zeit lang unseren Blick auf Kai und seine Verbündeten geworfen“, erwiderte sie ernst. „Von dem sogenannten Heilmittel wussten wir bereits, jedoch nicht, dass es sich schon in so einem finalen Entwicklungsstadium befindet. Die Beschützer formieren sich, sei es aus Vorsicht oder zur Vorbereitung, hierzu gibt es unterschiedliche Ansichten – Fakt ist, dass sie es tun.“ Sie machte eine kurze Pause und schenkte aus der Karaffe Wasser in unsere Gläser.

„Die Beschützer haben Angst vor uns“, machte sie weiter, „Angst vor unserer Macht. Sie denken, dass wir unberechenbar sind und die Welt in den Abgrund reißen könnten.“

„Und stimmt das?“, fragte ich.

Henriette seufzte. „Ja, natürlich stimmt es“, antwortete sie. „Die Seherinnen sind mächtig, aber die Menschheit ist noch viel mächtiger. Sieh dir an, was auf der Welt geschieht. Die Umweltverschmutzung, die Völkermorde,

Kindersoldaten – es gibt so viel Unheil. Abtrünnige Seherinnen, die nur an ihr eigenes Wohl denken, sind eine Gefahr unter vielen, aber die Beschützer richten ihr Augenmerk ausschließlich darauf."

„Wenn die Beschützer an dem Heilmittel für die Gabe arbeiten und die Vernichtung der Seherinnen zu ihrem Ziel erklärt haben, warum sollten sie dann Jos Umfeld manipulieren?", warf Adrian ein. „Das würde doch nur Sinn machen, wenn sie speziell Angst vor Jo hätten."

„Vielleicht geht es um die Prophezeiung", mutmaßte Henriette. „Wir wissen, dass die Beschützer sie kennen und sich auch mit ihr beschäftigen." Sie machte eine kurze Pause und faltete ihre Hände. „Die Frage ist nur, *warum*. Wollen sie das Unglück verhindern – oder es hervortreten lassen?"

„Seid ihr denn bei der Entschlüsselung der Prophezeiung weitergekommen?", fragte ich und Henriette nickte.

„Wie du weißt, folgt Marlene seit geraumer Zeit einer Fährte, aber die ist noch immer sehr schwach. Wir treffen nachher die anderen Seherinnen und werden euch auf den neuesten Stand bringen. Nur wollte ich zuerst mit euch allein sprechen. Denn ich bin mir nicht sicher, ob die Beschützer wirklich unsere Feinde sind. Mein Gefühl sagt mir, dass Kai jemand ist, der vorbereitet sein möchte, aber niemand, der uns wirklich Leid zufügen will."

Ich dachte an die Erinnerung, die ich gesehen hatte.

„Wie kommst du darauf?", fragte ich. „Ich hatte einen anderen Eindruck von ihm."

„Am besten zeige ich es euch", sagte Henriette, streckte ihre Hand aus und nahm uns mit in ihre Erinnerungen.

Wir sprangen über Henriettes Erinnerungsfeld in einen luxuriösen Wohnraum mit bodentiefen Fenstern. Unter uns erstreckte sich die Stadt und an den Wänden hingen teuer aussehende abstrakte Gemälde. Auf einem modernen schwarzen Sofa saß Kai und unterhielt sich mit einem kleinen dunkelhaarigen Mädchen, das vor ihm auf dem Boden kniete und an dem Couchtisch mit Buntstiften malte.

„Wir müssen vorsichtig sein und dürfen nicht zu lange in Kais Erinnerung verweilen", erklärte Henriette, „aber es war mir wichtig, dass ihr es selbst seht."

Kai betrachtete das Mädchen, das vielleicht sieben Jahre alt war, und das kantige Gesicht des Beschützers wirkte plötzlich viel weicher, was vielleicht daran lag, dass er lächelte.

„Das machst du großartig, mein Schatz", sagte er und seine Stimme klang ungewohnt sanft.

„Das ist für dich, Papa", erklärte das Mädchen und begann, mit schwungvollen Bewegungen zu malen. Ich sah, wie sie das Gesicht einer Frau auf das Papier bannte, und war selbst überrascht, mit welcher Präzision die Kleine zeichnen konnte.

„Sie werden zu dir kommen", sagte das Mädchen und kicherte, „und sie werden das hier sehen." Mit klopfendem Herzen trat ich einen Schritt näher und starrte auf das Bild, auf dem das Mädchen zwei weitere Personen hinzugefügt hatte. Sie arbeite die Gesichtszüge heraus und ich wich schlagartig mit einem Keuchen zurück.

Denn das Mädchen hatte die Gesichter von Adrian, Henriette und mir gemalt.

„Aber wie … wie konnte sie das wissen?", fragte ich, als wir uns wieder in der Gegenwart befanden.

„Ist sie eine …", setzte Adrian an, doch Henriette unterbrach ihn.

„Ich werde es euch gleich erklären", sagte sie, „aber

lasst uns jetzt zu den anderen gehen. Sie warten schon."

Die Seherinnen befanden sich in einem Raum, der sich im unteren Geschoss der ehemaligen Jägerschaft befand. Die Wände waren aus Stein und ein ovaler Eichentisch stand in der Mitte des großen Zimmers, das mehr an einen Keller als an einen Besprechungsraum erinnerte. Ein riesiges, verstaubtes Bücherregal erstreckte sich von der einen Seite des länglichen Raumes zur nächsten.

Bärbel, Marlene, Kim und Alexis hatten bereits Platz genommen und begrüßten uns, als wir uns neben sie setzten.

„Erzählt, was ihr herausgefunden habt", wies Henriette ihre Seherinnen an.

Alexis strich sich ihren glänzenden roten Zopf zurück und streckte den Rücken durch. „Wir haben die Bücher durchforstet und nach Hinweisen zur Prophezeiung gesucht. In der geheimen Bibliothek der Jägerschaft haben wir in einem versteckten Fach ein altes schwarzes Buch entdeckt, in denen von Seherinnen die Rede ist, deren Kräfte über unsere Vorstellungskraft hinausgehen."

„Natürlich wussten wir, dass es vereinzelt solche Seherinnen gibt", machte Kim, die blasse Asiatin mit den dunklen Haaren, weiter. Auch heute wirkte ihr Gesicht so unfreundlich wie das letzte Mal. „Und wahrscheinlich sind sie nur eine Laune der Natur."

Ich kam nicht umhin, zu bemerken, dass Henriette Kim einen strengen Blick zuwarf.

„Diese *vereinzelten* Seherinnen", sprach die Asiatin ungerührt weiter, „entwickeln ihre Kräfte nach ihrem 17. Geburtstag oder eben auch früher."

„So wie bei dem Mädchen, das wir gesehen haben", sagte Adrian kalt und blickte Henriette an. Er wirkte total angespannt und obwohl die Erinnerung, die wir soeben besucht hatten, auch bei mir einige Fragen aufwarf, schien es bei Adrian doch mehr zu sein. „War das eines von den Kindern?“, fragte er.

Für einen Moment war es ungewöhnlich still und Henriette nickte, während die anderen Seherinnen auf den Tisch starrten. „Ja, Adrian, das war eines von den Kindern.“

„Es sind also keine Märchen?“

Henriette schüttelte den Kopf. „Nein, ich fürchte, es sind keine Märchen.“

Eine eisige Stille spannte sich plötzlich über den Raum.

„Was für Kinder?“, wollte ich wissen und blickte von Adrian zu Henriette. „Wovon sprecht ihr?“

„Wir sprechen von den *andersartigen Kindern*“, sagte Henriette und zog tief die Luft ein. „Es gibt sie wirklich.“

„Mein Vater hat mir beim Einschlafen von diesen Kindern erzählt, es waren Horrorgeschichten“, sagte Adrian wenig später, nachdem die Seherinnen diverse Bücher aus den Regalen gezogen hatten, in denen es immer wieder undurchsichtige Anspielungen auf die andersartigen Kinder gegeben hatte. „Es sind Kinder von Jägern und Seherinnen, ein Bund, der von der Natur nicht so vorgesehen war – zumindest laut der Jägerschaft.“

„Wir wissen nicht, was der Plan der Natur war, als die Gabe der Seherinnen aufkam oder die Jäger mit der Gänsehaut bedacht wurden – natürlich wissen wir nichts über die Pläne der Natur“, erklärte Marlene, die heute ein taubenblaues Kostüm trug, das gut zu ihren kurzen brünetten Haaren passte. Ihre schlanken Finger spielten wieder mit dem Lilienanhänger ihrer Kette, den ich schon das letzte Mal an ihr bemerkt hatte. „Und wir wissen kaum etwas über die andersartigen Kinder."

„Aber das Kind, das wir in Kais Erinnerung gesehen haben, ist so ein andersartiges Kind?", wollte ich wissen und sah das dunkelhaarige Mädchen mit den Buntstiften deutlich vor mir. „Wusste sie deswegen davon, dass wir sie in Henriettes Erinnerung sehen würden?"

Bärbel, die sich bislang zurückgehalten hatte, nickte. „Die andersartigen Kinder verfügen über Fähigkeiten, die weit über unsere Möglichkeiten hinausgehen", erklärte sie harsch. „Doch in Wirklichkeit haben wir keine Ahnung, welche Kräfte sie besitzen können, denn wir haben vor Kais Tochter noch kein andersartiges Kind tatsächlich *erlebt* – wir kennen lediglich die Gerüchte und die schwachen Anspielungen aus den alten Aufzeichnungen." Die Seherin mit den tiefen Falten und dem grauen Dutt deutete auf die Bücher, die vor uns lagen. „Fakt ist, dass nicht aus jeder Verbindung von einem Jäger – beziehungsweise Beschützer – und einer Seherin ein andersartiges Kind hervorgeht", erklärte sie weiter. „Deswegen sind sie auch sehr selten, denn die meisten Nachkommen werden als ganz normale Kinder geboren, die überhaupt keine Gabe geerbt haben, weder die von der Mutter noch die vom Vater. Doch einige wenige von ihnen haben nicht nur die Fähigkeit übernommen, in die Erinnerungen zu blicken oder Seherinnen aufzuspüren – sondern können wesentlich mehr."

„Wie in die Zukunft zu sehen?", fragte ich und war wieder bei Kais Tochter, die gewusst hatte, dass wir uns diese Erinnerung ansehen würden.

„Wie in die Zukunft zu sehen", bestätigte Marlene und strich sich über ihre perfekt sitzende Kurzhaarfrisur. „In den alten Büchern werden Kinder erwähnt, die in die

Zukunft blicken, Gedanken beeinflussen oder die Zeit verändern können."

„Gedanken beeinflussen? Die Zeit verändern?", fragte ich und fühlte einen hässlichen Knoten in meinem Magen, der sich noch weiter zusammenzog.

„Genau aus diesem Grund habe ich diese Information so lange zurückgehalten", murmelte Henriette. „Ich hatte einfach gehofft, dass es nicht wahr ist. Es ist zu viel Macht für nur eine Person."

„Glaubt ihr, dass es ein andersartiges Kind auf Jo abgesehen hat?", fragte Adrian und ich musste wieder an meine Träume mit dem kleinen Mädchen denken.

„Es könnte sein", sagte Henriette und ihre Stimme klang dunkel vor Besorgnis. „Zumindest kann ich es nicht ausschließen."

„Aber warum?", fragte ich, doch die Antwort sickerte bereits in meinen Kopf. „Rache", sagte ich dann.

Marlene nickte und nestelte an dem Anhänger ihrer Goldkette herum. „Du warst der Schlüssel, um die Jägerschaft auszulöschen, Johanna. Du hast Marius zu dem gemacht, was er jetzt ist, nicht mehr als ein sabbernder Idiot. Und du hast vielen Männern ihre Erinnerung genommen, Männer, die die Väter von andersartigen Kindern sein könnten. Und die Erinnerungen dieser Kinder wurden nicht verändert."

Ich fühlte die Schwere ihrer Worte an mir ziehen, denn ich wusste, dass sie recht hatte. Mit dem Erinnerungsfeuer hatte ich etwas getan, das weitreichende Konsequenzen hatte.

„Aber es ist nicht die einzige mögliche Erklärung", sagte Adrian, der mir sanft über den Rücken strich.

„Natürlich nicht", erklärte Kim streng und ihre schmalen Augen verengten sich noch weiter. „Es könnte auch sein, dass Kais Kind einfach speziell und einzigartig ist – und dass es sich bei den andersartigen Kindern nur um Horrorgeschichten handelt, wovon ich ausgehe. Es gibt immer wieder Genmutationen in der Natur, warum sollte es bei den Seherinnen anders sein?“

„Aber was ich noch nicht verstehe“, warf ich ein, „ist Folgendes: Wäre dann Saphira der Logik nach nicht auch ein andersartiges Kind gewesen?“

Henriette zögerte kurz. „Möglich wäre es“, erklärte sie dann. „Obwohl ich es nicht glaube. Zumindest habe ich in meinen Erinnerungssprüngen keinen Hinweis darauf gefunden, dass ihr Vater ein Jäger oder Beschützer gewesen ist.“

„Die Jägerschaft wurde ja auch erst nach Saphiras Geburt gegründet“, warf Adrian ein.

„Das ist wahr, aber die Kräfte der Seherinnen und jener Männer, die ihre Macht fühlen konnten, existierten schon vor der Gründung der Jägerschaft“, gab Marlene zu bedenken. „Insofern ist es rein theoretisch möglich, dass Saphira so ein Kind war.“

„Aber ich bin kein andersartiges Kind, denn mein Vater war weder ein Jäger noch ein Beschützer“, fügte Alexis hinzu und sah mich an. „Falls sich diese Frage in deinen Kopf drängt. Ich weiß auch nicht, warum ich Träume verändern kann – vielleicht bin ich tatsächlich nur eine Laune der Natur.“ Sie lächelte schwach und Henriette ging zu ihr und tätschelte sie an der Schulter.

„Du bist so viel mehr, mein Liebes“, sagte sie.

„Wir können natürlich nie ausschließen, dass die Frauen nicht fremdgegangen sind“, gab Bärbel zu bedenken und Alexis zuckte leicht zusammen. „Ich meine Saphiras Mutter“, fügte Bärbel schnell hinzu. „Wenn es zu einer kurzen Zusammenkunft mit einem

Jäger gekommen wäre, könnte auch sie ein andersartiges Kind gewesen sein, das seine Andersartigkeit innerhalb seiner Ahnenreihe weitervererbt hat."

„Bärbel hat recht, auch wenn dieser Fall sehr unwahrscheinlich ist", erwiderte Henriette, die zu ihrem Platz zurückging, um sich zu setzen.

„Aber wäre es möglich?", fragte ich. „Könnte ich selbst theoretisch so ein Kind sein, wenn Saphira eines war?"

„Korrekt", antwortete Marlene. „Allerdings haben meine Nachforschungen ergeben, dass du unbesorgt sein kannst. In deiner Ahnenreihe gab es sonst keine andersartigen Kinder."

In Henriettes Zügen konnte ich Erleichterung wahrnehmen und auch Adrian schien sich etwas zu entspannen. „Aber was ist so schlimm an den andersartigen Kindern?", wollte ich wissen.

„Andersartige Kinder handeln unkontrolliert", beantwortete Marlene meine Frage und straffte dabei mit einer eleganten Bewegung die Schultern. „Zumindest steht das in den Aufzeichnungen der Jägerschaft. Angeblich sind diese Kinder von ihrer eigenen Kraft überfordert, wodurch ihr Verstand aus dem Gleichgewicht gebracht wird – und das wiederum führt zu einer Zerstörungswut und einer Boshaftigkeit, schwärzer als die Dunkelheit der Nacht."

„Und woher wisst ihr, dass das der Wahrheit entspricht? Sind das nicht nur Vermutungen?", fragte ich und lehnte mich auf dem Stuhl zurück.

„Damals, als alles begonnen hat", erklärte Henriette, „als die zwei Schwestern Sophie und Juliette von dem jungen Arzt Pierre in Misskredit gebracht wurden, da entwickelte sich schon bald ein Kampf zwischen den Jägern und den Seherinnen. Es war ein Kampf, der zu einem jahrelangen Krieg mutierte, in dem viel Blut floss. Auf beiden Seiten gab es empfindliche Verluste und dann kam der Moment, als wir uns zurückzogen."

„Ich weiß", sagte ich, „die Seherinnen haben sich in die Isolation begeben, während die Jäger noch immer hinter ihnen her waren."

Henriette nickte. „Zuerst waren auch die Jäger geschwächt, aber es dauerte nicht lange, bis sie ihre Kräfte wieder sammelten und ihre Hexenjagd weiterführten, während sich die Seherinnen aus Angst verkrochen und für die Isolation entschieden." Sie hielt kurz inne. „Das ist alles bekannt. Aber die wenigsten wissen, was der ursprüngliche Grund war, warum wir uns zurückgezogen haben." Henriette sah mir fest in die Augen. „Es ist damals etwas passiert, etwas, über das sich der Mantel des Schweigens ausgebreitet hat."

„Und was?", wollte Adrian wissen, dessen Anspannung wieder zurückzukehren schien.

„Es kam zu einem geheimen Treffen von einer Gruppe Jägern und Seherinnen, es war ein Versuch, nach all den schrecklichen Kämpfen so etwas wie Frieden zu finden." Henriette verschränkte die Hände ineinander. „Bei dem Treffen waren Jäger, Beschützer und Seherinnen anwesend und alle Seiten schworen, einander nicht anzugreifen. Doch die Versammlung lief nicht so ab, wie man es erwartet hatte", fügte die alte Seherin hinzu. „Ein junger Knabe wurde von einem Jäger während des Treffens angerempelt, es schien unabsichtlich passiert zu sein. Vielleicht war es auch Absicht, das lässt sich im Nachhinein nur noch schwer sagen. Aber hätte der Jäger gewusst, was er damit auslöst, wäre er sicher vorsichtiger gewesen. Denn der Junge fühlte sich gekränkt, und diese Kränkung führte zu einer unbändigen Wut und öffnete das Ventil zu seiner Gabe, die er nicht unter Kontrolle hatte.“ Sie holte tief Luft. „Der Junge konnte die Zeit beeinflussen. Er hatte die Fähigkeit, die Zeit vor und rückwärts zu spulen, aber er war nicht Herr über seine Kraft. Sein Wutausbruch führte dazu, dass die Zeit hin und her sprang, in Sekundenabschnitten und mit einer derartigen Geschwindigkeit, dass die Körper der Anwesenden diesen Sprüngen nicht standhalten konnten und es sie buchstäblich zerriss.“ Henriette seufzte. „Es war das reinste Blutbad.“

„Und das hast du gesehen?“, fragte ich und wollte mir nicht vorstellen, wie schwer diese Erinnerung auf ihr lasten musste.

Henriette nickte widerwillig. „Keiner der Anwesenden hat das Treffen überlebt, nicht einmal der Junge selbst“, erklärte sie dann. „Nur eine junge, neugierige Magd hatte die Versammlung in der Scheune durch einen Türspalt beobachtet, zumindest Teile davon. In ihren Erinnerungen bin ich gewesen – und es war furchtbar.“

„Das passt mit dem überein, was mir mein Vater erzählt hat“, fügte Adrian hinzu. „Die andersartigen Kinder bringen Zerstörung – und sie können im Gegensatz zu den Seherinnen sowohl weiblich als auch männlich sein.“

Henriette nickte. „Was es nicht leichter macht, sie zu finden.“ Sie stockte. „Auf alle Fälle müssen wir davon ausgehen, dass es sich bei Kais Tochter um ein andersartiges Kind handelt. Denn ihre Fähigkeit ist erschreckend groß, obwohl sie noch so jung ist.“ Sie presste die Lippen zusammen, bevor sie weitersprach. „Wir im engeren Kreis sind uns uneinig, was die Bedrohung der Beschützer betrifft und ob sie dieses andersartige Kind gegen uns einsetzen wollen – ob es das ist, wovor uns die Prophezeiung warnt.“

Henriette stand auf und begann durch den Raum zu wandern.

„Einige der Seherinnen sehen eine Gefahr in Kai, dem Kind und seinem sogenannten Heilmittel", sagte sie und sah uns der Reihe nach an. „Aber ich denke nicht, dass er den Wirkstoff gegen uns einsetzen will", fügte sie hinzu und machte eine kurze Pause, „sondern für sein Kind."

„Aber selbst wenn du recht hast und von dem andersartigen Kind keine direkte Gefahr ausgeht", warf Bärbel mit ihrer tiefen Stimme ein, „was macht dich so sicher, dass der Einsatz dieses Heilmittels nicht nur der Anfang wäre? Vielleicht würden sich plötzlich andere kinderlose Beschützer für dieses Mittel interessieren? Beschützer, die Angst vor uns Seherinnen haben? Oder gar der letzte Jäger?"

Adrians Muskeln spannten sich automatisch an. „Ich dachte, ihr hattet inzwischen alle Jäger neutralisiert", sagte er hart.

„Das ist auch das, was wir dachten", entgegnete Henriette und faltete ihre Hände. „Es gab einen Jäger, dessen Name durch die Datenbank gerutscht ist, ein Jäger, der damals an der Studie teilgenommen und seine Erinnerungen jetzt eventuell behalten hat. Wir wissen es noch nicht."

„Und das sagt ihr mir jetzt?", knurrte Adrian und ballte die rechte Hand zur Faust.

„Wir wissen es erst seit heute Morgen und es sind Seherinnen unterwegs, um ihn zu finden", erklärte Henriette beherrscht. „Ich mache mir ebenfalls Sorgen, aber es bringt nichts, Panik zu verbreiten. Endlich ist eine Vereinigung der Seherinnen in Sicht, Adrian. Ich habe in der Zwischenzeit schon Kontakt mit einigen knüpfen können, die sich bislang noch immer versteckt hielten –

doch die Bande sind noch sehr zart. Was bedeutet, dass wir besonders sensibel vorgehen müssen. Gerade jetzt, wo eine echte Gemeinschaft in greifbare Nähe gerückt ist, dürfen wir keine Unruhe verbreiten."

„Und was ist, wenn er der Jäger ist, der hinter Jo her ist? Was ist, wenn er Verbindung zu einer Seherin oder einem andersartigen Kind aufgenommen hat und nun Vergeltung übt?", fragte Adrian. Als keiner eine Antwort parat hatte, richtete er sich auf. „Wusste ich es doch", sagte er hart. „Sagt mir den Namen und ich werde nach ihm suchen. Sofort."

In der folgenden Nacht konnte ich nicht schlafen, obwohl mein Körper den Schlaf dringend gebraucht hätte. Ich war noch immer erschöpft von der frühen Abreise aus Italien und dem, was ich danach noch erfahren hatte. Mein Kopf schwirrte und ich wusste nicht, was ich denken sollte. Ging es bei den Vorkommnissen in der Toskana um die Prophezeiung oder nur um Rache? Hatten die andersartigen Kinder wirklich etwas damit zu tun? Welche Gefahr ging tatsächlich von den Beschützern aus und stellte der Jäger, der gegen die Erinnerungsveränderung vielleicht immun war, eine Bedrohung dar?

Ich wälzte mich von einer Seite des Bettes auf die andere und machte mir Sorgen um Adrian, der nach dem Gespräch bei den Seherinnen gleich aufgebrochen war. Er hatte mir noch eine WhatsApp-Nachricht geschrieben, dass er unterwegs war und alles gut sei – aber wie lange konnte ich mir dabei sicher sein? Wenn es jemand tatsächlich auf mich abgesehen hatte, dann war Adrian wohl der beste Weg, um mich zu verletzen.

Einigkeit ist eure Kraft, die Träumerin muss sie sehen,

sonst wird eure zeitlose Welt für immer in Flammen vergehen, hallte es durch meinen Kopf, aber die Worte ergaben keinen Sinn. Was war, wenn wir die Worte falsch interpretierten? Wenn die zeitlose Welt nicht die Erinnerungsfelder meinte, sondern wenn es tatsächlich um *die Zeit* ging und mit den andersartigen Kindern zusammenhing? Meine Gedanken wurden immer wirrer, schoben sich übereinander, bis sie schließlich miteinander verschmolzen und ich irgendwann doch einschlief.

In den folgenden Tagen versuchte ich mich auf die näher rückende mündliche Prüfung zu konzentrieren, was mir nur schwer gelang. Aber so sehr ich mir auch den Kopf über alles, was passiert war oder noch passieren könnte, zermürbte, ich kam nicht weiter.

„Ich bin so froh, wenn das alles vorbei ist“, seufzte Conny und ließ sich auf mein Bett fallen, auf dem unendlich viele Bücher ausgebreitet waren. Conny hatte ein rot gepunktetes orangefarbenes Top zu einer bunten Hose kombiniert und erinnerte mich mit ihrem Outfit ein wenig an einen Kanarienvogel.

„Nur noch die mündliche Prüfung, Conny“, sagte ich. „Und dann ist es vorbei.“

„Ja, wahrscheinlich ist mein Leben dann vorbei. Wenn ich durchfalle und nicht Ärztin werden kann“, erklärte sie theatralisch und hielt dann inne, als sie meinen Blick bemerkte. „Sorry, ich weiß, du hast andere Themen im Kopf. Bei denen es vielleicht wirklich um Leben und Tod geht.“

„Schon gut“, sagte ich.

„Hat Adrian denn diesen Jäger schon ausfindig gemacht?“, fragte sie und richtete sich auf.

Ich schüttelte den Kopf. „Noch nicht, aber er sagt, er

hätte eine Spur."

„Das sind doch gute Nachrichten", versuchte Conny mich aufzuheitern. „Okay", meinte sie nach einem kurzen Moment des Schweigens, „bessere Nachrichten wären es natürlich, wenn er ihn schon hätte. Oder wir wüssten, wer in der Toskana seine Spielchen mit uns gespielt hat. Oder was diese Prophezeiung bedeutet."

„Du bist ja aufbauend", entgegnete ich.

Conny runzelte die Stirn. „Zu ehrlich? Zu deprimierend?"

„Ein wenig", erwiderte ich. „Es macht mich einfach fertig, dass ich nichts tun kann. Adrian ist unterwegs und ich sitze hier und lerne für die mündliche Prüfung. Es kommt mir so absurd vor."

„Aber dir sind doch im Moment die Hände gebunden, oder?"

Ich nickte verdrossen. „Die Seherinnen haben ein Treffen mit Kai anberaumt. Henriette meinte, dass ich jetzt besser nicht aktiv werden sollte. Vielleicht hat sie auch einfach nur Sorge, dass meine Beteiligung noch alles verschlimmern könnte." Ich lehnte mich auf meinem Schreibtischstuhl zurück.

„Wie meinst du das?", wollte Conny wissen und stand auf.

„Ach, es war nur so ein Gedanke. Ob hier vielleicht mehrere Kräfte am Werk sind und ich einfach zu viel Aufmerksamkeit auf mich und die Sache ziehen würde."

Conny zuckte mit den Schultern, ging zum Fenster und drehte sich zu mir um. „Am Anfang habe ich dich irgendwie um deine Gabe beneidet", sagte sie gedankenverloren, „aber jetzt tue ich es nicht mehr."

„Komisch", sagte ich und wir beide mussten schmunzeln.

„Hey“, sagte Conny dann, als sie aus dem Fenster sah. „Wer ist denn das Schnuckelchen?“

Ich stand auf und stellte mich neben sie. Der alte und der junge Gärtner waren schon wieder im Garten der Biederbeck beschäftigt, dessen Umgestaltung offenbar noch immer nicht abgeschlossen war. Wir beobachteten, wie der jüngere von beiden eine Spitzhacke in den Boden trieb und das Erdreich rund um einen alten, verdrehten Haselnussstrauch lockerte. Er trug ein graues T-Shirt über einer ausgewaschenen Jeans und wir sahen, wie sich seine Muskeln bei jedem Schlag anspannten.

„Was für ein Mann“, hauchte Conny und ich musste lachen. Offenbar hatte sie Finn nach dem Kuss mit Pippa endgültig abgeschrieben.

„Soll ich dir was zu trinken holen? Oder eine Zigarette?“, fragte ich.

Sie schüttelte den Kopf. „Nein danke, aber den Gärtner könntest du mir holen“, entgegnete sie mit einem Augenzwinkern.

„Ich wusste gar nicht, dass du auf alte Männer stehst“, erklärte ich und blickte auf den Gärtner mit der großen Nase, der sich gerade wieder mit Frau Biederbeck unterhielt.

Conny verdrehte die Augen. „Der junge Typ sieht einfach verdammt gut aus, Jo. Wenn der bei meiner Nachbarin im Garten arbeiten würde, würde ich nur noch am Fenster stehen.“

„Stalkerin“, sagte ich und brachte Conny damit zum Grinsen.

„Bei dem auf jeden Fall.“ Und dann zuckten wir beide leicht zusammen, als sich der junge Gärtner plötzlich umdrehte und direkt zu uns hochsah. Unsere Augen trafen sich und für einen Moment lag eine seltsame

Spannung in der Luft. Ich wollte wegsehen, aber es gelang mir nicht, außerdem wäre es mir irgendwie feige vorgekommen. Deshalb erwiderte ich den Blickkontakt, bis er sich mit einer lässigen Bewegung an die Stirn tippte und uns schief angrinste.

Conny winkte ihm kurz zu, während ich schnell nickte.

Dann drehten wir uns um.

„War das peinlich?“, fragte Conny.

„Ja“, sagte ich und dann mussten wir beide laut lachen.

„Ist Conny schon weg?“, wollte Finn wissen, als ich später in die Küche kam. Mein Vater stand gerade mit Kochschürze am Herd und hantierte mit mehreren Pfannen, während Finn seine Sportsachen in seine Tasche packte.

„Warum fragst du?“, erwiderte ich. „Vermisst du sie denn schon?“

Finn fuhr sich durch seine hellblonden Haare. „Schwachsinn.“

Mein Vater holte eine Gemüsepackung aus dem Tiefkühler. „Heute gibt es Curry“, erklärte er und gähnte dabei. Lilli hatte die Nacht nicht gut geschlafen und Lea war gerade mit ihren Freundinnen für einige Tage an der Ostsee, um sich selbst einmal zu erholen. „Ein Rezept eines Arbeitskollegen. Soll superlecker sein.“

„Für mich nicht, danke“, sagte Finn und zog den Reißverschluss seiner Tasche zu. „Ich geh noch zum Sport.“

„Wir können dir gern was übrig lassen, Finn“, sagte mein Vater.

Finn schielte in die Pfanne, in der mein Vater gerade Karotten röstete. „Nö, danke. Ich werde mir unterwegs einen Burger reinziehen.“

Mein Vater zog eine Augenbraue hoch. „Schade, dass Conny nicht zum Essen geblieben ist, die hätte die Karotten sicher gemocht.“

„Nicht nur die Karotten“, sagte ich und musste an unsere Fensteraktion denken. Es hatte gutgetan, mit Conny mal wieder unbefangen lachen zu können, und für einen Moment hatte es sich angefühlt, als würde wieder etwas Normalität in mein Leben einkehren. Mit Pippa hatte ich auch schon wieder geskypt, ihrer Hand ging es leider noch nicht viel besser, dafür hatte sie beim MRT einen netten Sanitäter kennengelernt.

Mein Vater holte eine Dose Kokosmilch aus dem Küchenschrank. „Wie meinst du das?“

„Der Gärtner“, sagte ich, „hat es ihr angetan.“

„Wer? Dieser abgefuckte Typ?“, fragte Finn.

„Ja, der Toy Boy von Frau Biederbeck“, bestätigte ich.

Mein Vater hielt inne und verzog das Gesicht. „Unsere Nachbarin hat einen Toy Boy?“, fragte er. „Mensch, Jo, jetzt sind Bilder in meinem Kopf, die ich nie wieder loswerde.“

Ich lachte.

„Auf den Typen kann sie doch nicht abfahren“, meinte Finn ernst.

„Warum nicht? Immerhin ist er Gärtner und kennt sich sicher mit Karotten aus“, sagte ich und genoss es, dass Finn von Connys Schwärmerei ganz und gar nicht begeistert war. Geschah ihm nur recht, nachdem er meine Freundinnen der Reihe nach geküsst hatte. Fehlte nur noch Franzi, dann hatte er alle durch.

„Ja, aber der abgefuckte Kerl passt doch gar nicht zu ihr“, sagte Finn leicht angepisst.

„Aha“, machte mein Vater und gähnte schon wieder.

„Langweilt dich unser Gespräch dermaßen, Jens?", fragte Finn. „Oder hat dich unsere kleine Schwester dermaßen im Griff?"

„Und wie", seufzte mein Vater. „Entschuldigt, Kinder, ich bin einfach nur fertig. Ich werde jetzt kochen, dann essen wir und danach gehe ich ins Bett und hoffe inständig, dass Lilli dann immer noch schläft." Er sah mich erschöpft an. „Auch wenn wir alle wissen, dass die Hoffnung zuletzt stirbt."

Ich ging nach draußen in den Garten, um ein wenig Abendluft zu schnuppern. Mein Vater wollte mich rufen, sobald das Essen fertig war, und ich setzte mich in der Zwischenzeit auf unsere Terrasse und genoss den lauen Abend in Hamburg.

„Hey", hörte ich eine Stimme neben mir und drehte mich um. Der junge Gärtner stand auf der Terrasse der Biederbeck und rauchte eine Zigarette.

„Hey", erwiderte ich.

„Scheint unser Ritual zu sein", erklärte er mit rauer Stimme und ging auf den Zaun zu. Seine dunklen Haare hingen ihm in die Stirn und ja, Conny hatte recht, er sah wirklich gut aus.

„Wie bitte?", fragte ich.

„Das ist schon das zweite Mal, dass wir uns hier begegnen. Könnte der Beginn eines Rituals sein."

„Oder reiner Zufall", erwiderte ich.

„Vielleicht aber auch Schicksal", meinte er und zog an seiner Zigarette. „Hier", er hielt mir ein Glas mit einer orangefarbenen Flüssigkeit hin, „gehört zu unserem neuen Ritual."

„Was ist das?", fragte ich und runzelte die Stirn.

„Orangensaft", erwiderte er. „Ohne den wäre das

Ritual doch nicht komplett." Er lächelte und entblößte dabei ein Grübchen, das ihn in Kombination mit seiner Narbe wirklich sexy aussehen ließ. Conny wäre jetzt wahrscheinlich in Ohnmacht gefallen.

Ich nahm das Glas, nippte vorsichtig daran und trank dann einen Schluck.

„Du warst dir nicht sicher", bemerkte er amüsiert. „Was dachtest du, was ich dir gebe? Alkohol?"

„Nein", erwiderte ich. „Natürlich nicht."

„Natürlich nicht", wiederholte er mit rauer Stimme.

„Und? Wo ist dein Chef?", fragte ich.

„Wieder im Flirtmodus", antwortete er und hob beide Augenbrauen, wobei ich nicht wusste, ob die beiden die Einzigen damit waren.

„Glaubst du etwa, dass ich mit dir flirte?", fragte er, als könne er meine Gedanken lesen.

Ich schmunzelte. „Tust du es denn?"

Er steckte die Hände in die Taschen seiner Jeans. „Willst du es denn?"

„Ich habe einen Freund", sagte ich.

Er zuckte mit den Schultern. „Ich habe auch viele Freunde", sagte er gedehnt und grinste mich an.

In dem Moment klingelte mein Handy. Es war Adrian.

„Da muss ich ran", sagte ich.

„Dein Freund scheint den sechsten Sinn zu haben", erklärte der junge Gärtner und ich gab ihm schnell sein Glas zurück, bevor ich mein Handy aus der Hosentasche zog.

„Jo", sagte Adrian, „du musst mir gut zuhören." Ich ging ein paar Schritte durch den Garten, als ich plötzlich Rauch wahrnahm, der aus dem Wohnzimmerfenster quoll.

„Warte", presste ich hervor, „irgendetwas stimmt hier

nicht."

So schnell ich konnte, lief ich zur Terrassentür und riss sie auf. Rauch quoll mir entgegen, viel zu viel Rauch, und ich hörte Adrians besorgte Stimme, die dumpf in meinen Ohren klang. Ich hörte, wie er etwas über einen Gärtner sagte, und keuchte auf, als ich aus der Küche die Flammen sah. Das ganze Wohnzimmer war schon total verqualmt und ich lief hinein und rief nach meinem Vater. Er antwortete nicht. Ich schrie noch mal, so laut ich konnte, und rannte hustend durch das verrauchte Wohnzimmer. Mein Herz hämmerte wie verrückt und aus der Küche peitschten mir die Flammen entgegen. Ich spürte die Hitze in meinen Lungen, spürte, wie sich der beißende Rauch in meinen Körper fraß, und dachte an Lilli. Hektisch wandte ich mich um und taumelte in die Richtung, in der ich die Treppe vermutete. Dann wurde mir plötzlich schwarz vor Augen.

Kapitel 15

Da war Rauch, viel Rauch. Er brannte in meinen Lungen und trübte meine Sicht. Ich hörte Lilli weinen und mich selbst schreien. Ich rief nach meinem Vater, aber ich konnte ihn nirgendwo finden, ich konnte kaum die Hand vor den Augen sehen. Alles war voller Flammen, die Hitze glühte auf meiner Haut und jeder weitere Schritt hinein in diese Hölle machte es noch schlimmer. Alles um mich herum begann sich zu drehen und ich presste mir ein Stück meines T-Shirts vors Gesicht. Dabei taumelte ich gegen den Esstisch und seine harte Kante stach mir in die Seite. Der Schmerz ließ mich aufkeuchen, während noch mehr Rauch in meine Lungen drang und ich kaum das Gleichgewicht mehr halten konnten. Lillis markerschütterndes Kreischen erklang und mein Herz setzte einen Schlag aus.

Durch eine leichte Berührung auf meinem Handrücken wachte ich auf. Dann hörte ich eine Männerstimme, die sich leise räusperte, und fühlte einen kühlen Luftzug auf meiner Wange. Es war ruhig hier, ruhig und still. Im Hintergrund war ein seltsames Piepsen zu vernehmen und ich versuchte meine Augen aufzubekommen, aber es funktionierte nicht. Nichts funktionierte – mein ganzer Körper war so schwer, als ob ich hundert Jahre geschlafen hätte, und noch während ich das dachte, spürte ich eine Welle des Unbehagens durch meinen Körper rauschen.

Wo war ich? Und wie war ich hierhergekommen?

Ich erinnerte mich vage an unseren Urlaub in der Toskana, aber ich wusste nicht, was danach geschehen war. Pippa hatte sich an der Hand verletzt – doch was war dann passiert? Wir hatten doch unsere Rückreise schon geplant gehabt.

War etwa der Flieger abgestürzt? Wo war Adrian? Wo waren Conny und Finn? Hektisch versuchte ich die Augen aufzuschlagen, doch statt wach zu werden, driftete ich wieder weg.

Der Rauch war überall, genau wie die Flammen. Sie fraßen sich knisternd durch unser Haus und ich wusste, ich musste in den oberen Stock, irgendetwas war im oberen Stock.

Mein Herz klopfte heftig und laut in meiner Brust. Ich spürte eine unbändige Angst durch meine Adern kriechen, eine Angst, die mich ungeachtet der Schmerzen weitertrieb. Ich musste hinauf in den oberen Stock, dorthin, wo der schrille Schrei hergekommen war.

Meine Knie waren so weich und ich konnte nichts sehen. Nur die Dunkelheit, die sich von rechts und links in mein Blickfeld schob und mich mit sich riss, hinein in einen tiefen Abgrund aus bodenloser Panik und absoluter Finsternis.

Die Angst durchflutete mich von den Zehen bis zu den Fingerspitzen und das leise Piepsen ringsum wurde schneller. Hektisch blinzelte ich gegen die Finsternis an und nahm die verschwommenen Konturen eines dunklen Zimmers wahr.

„Sie ist wach“, hörte ich jemanden sagen und dann erklangen schnelle Schritte. Im nächsten Moment wurde eine Tür geöffnet und wieder geschlossen.

„Du bist in Sicherheit“, sagte ein Mann zu mir. Seine Stimme kam mir irgendwie bekannt vor und ich versuchte etwas zu erwidern, aber meine Kehle war wie ausgedörrt.

„Bleib ganz ruhig“, sagte der Mann, von dem ich

nur die Umrisse erkennen konnte. „Du bist hier im Krankenhaus. Wir kümmern uns um dich.“ Ich spürte seine kühlen Finger auf meiner Stirn und wollte ihn fragen, was passiert war, aber plötzlich fehlte mir die Kraft, meine Augen noch länger offen zu halten.

Als ich das nächste Mal zu mir kam, war es anders. Ich war nicht mehr so orientierungslos wie zu Beginn. Die Kühle des Zimmers, der schwache Geruch nach Desinfektionsmittel und das leise Piepsen der Geräte waren mir schon vertraut geworden. Mit hämmerndem Herzen blieb ich liegen und versuchte zu verstehen, was passiert war. Meine Gedanken wirbelten die ganze Zeit im Kreis und ich hatte das drängende Gefühl, etwas Wichtiges vergessen zu haben. Blinzelnd öffnete ich die Augen. Es war Tag und die Sonne schien durch das Fenster, das gegenüber von der Tür lag. Die Wände waren in einem zarten Zitronengelb gestrichen und ich erkannte eine Flasche mit einem Handdesinfektionsmittel an der Wand.

Offenbar befand ich mich in einem Krankenhaus.

Die Erinnerung an eine männliche Stimme wehte durch meinen Geist, doch ich bekam sie nicht zu fassen.

Schwerfällig sah ich mich um. Mein Bett war das einzige in dem großzügig geschnittenen Zimmer. An der gegenüberliegenden Wand konnte ich einen quadratischen Tisch mit einer weißen Tischplatte erkennen, um den zwei Besucherstühlen standen. Auf dem Fensterbrett befand sich eine Vase mit orangeroten Tulpen und ich starrte auf die Blumen, als die Tür zu meinem Krankenzimmer plötzlich aufgestoßen wurde.

Ein großer, älterer Mann mit einem weißen Arztkittel und einer schmalen Brille kam herein. Er hatte helle

Augen, mit denen er mich aufmerksam betrachtete, und hielt eine Krankenakte in der Hand.

„Hallo, Jo“, sagte der schlanke Mann mit den zurückgekämmten weißen Haaren und trat an mein Bett. Ein leichter Duft nach Old Spice umgab ihn und ich schnappte nach Luft, als ich plötzlich den Geruch von Rauch wahrnahm.

Eines der Geräte neben meinem Bett begann laut zu piepsen und der ältere Arzt beugte sich rasch über mich.

„Beruhige dich“, sagte er und legte mir sanft die Hand auf den Arm. „Ruhig atmen. Tief ein und aus.“

„Ich … ich rieche … Rauch“, presste ich hervor und sah mich mit vor Angst geweiteten Augen in dem Krankenzimmer um.

„Ich versichere dir, hier ist kein Rauch“, antwortete er geduldig und griff nach meinem Handgelenk, um den Puls zu messen. „Du bist hier in Sicherheit.“

Der Satz ließ mich aufschrecken.

„Sie waren schon einmal hier“, sagte ich und versuchte in eine sitzende Position zu gelangen.

„Ja, ich sehe jeden Tag nach dir“, bestätigte der Arzt und ließ mein Handgelenk los. Dann griff er nach einem Stethoskop, das locker um seinen Hals hing, und steckte sich die beiden Bügel in die Ohren. „Mein Name ist Doktor Rosenberg. Ich werde jetzt deine Lunge abhören“, erklärte er weiter und half mir, mich aufzusetzen.

Verwirrt ließ ich zu, dass er mein Krankenhaushemd leicht anhob und mir das kühle Bruststück auf die Haut legte. Konzentriert horchte Doktor Rosenberg meine Lunge ab und hängte sich das Stethoskop dann wieder um seinen Nacken. „Du hattest eine Rauchgasvergiftung“, bemerkte er ernst und sah mich aufmerksam an. „Weißt du noch, was passiert ist?“

Ich öffnete den Mund und schüttelte gleichzeitig den Kopf. Die Erinnerungen an meine letzten Tage waren wie fortgewischt. Das Einzige, was ich noch mit Sicherheit wusste, war, dass ich Angst gehabt hatte.

„Wo ist mein Vater?", fragte ich das Erste, was mir in den Sinn kam.

Ein Schatten huschte über Doktor Rosenbergs Gesicht. „Du solltest dich jetzt wieder ausruhen. Durch das Cyanid hattest du mehrere Krampfanfälle und dein ganzer Organismus ist noch geschwächt." Er beugte sich zu einem Infusionsbeutel, der mit einem durchsichtigen dünnen Schlauch mit einem Zugang auf meinem Handrücken verbunden war, und kontrollierte die Tropfgeschwindigkeit. „Das hier dient deinem Aufbau, damit du schnell wieder auf die Beine kommst."

„Cyanid?", wiederholte ich verständnislos. „Was ist passiert?", fragte ich dann schleppend. Ich fühlte mich so müde, als ob ich seit drei Tagen durchgängig wach gewesen wäre.

„Schlaf, Jo. Wir reden, wenn du wieder aufwachst", sagte Doktor Rosenberg. Ich nickte und spürte, wie mir die Augen zufielen, auch wenn ich es gar nicht wollte. Das Letzte, was ich sah, war das ernste Gesicht des Arztes und für einen Moment dachte ich, dass es mir irgendwie bekannt vorkam.

Lilli schrie und meine Knie gaben unter mir nach. Ich spürte, wie ich fiel. Tiefer und immer tiefer, hinein in die Schwärze. Ich wusste, dass ich ihr nicht nachgeben durfte, denn wenn ich das tat, wenn ich jetzt das Bewusstsein verlor, dann würde ich Lilli und meinen Vater vielleicht nie wiedersehen.

Mit einem Keuchen wachte ich auf. Die Geräte rings um mein Bett piepsten leise und mein Krankenhaushemd klebte verschwitzt an meinem Körper. Mit aufgerissenen Augen blickte ich mich um. Draußen war es Nacht und der Mond warf einen schmalen Streif silbernen Lichts in mein Zimmer. Abgesehen von meinem Atem und dem Piepen der Geräte war es absolut still und ich versuchte mich zu erinnern, wie ich hierhergekommen war.

Es fühlte sich an, als wäre es nicht das erste Mal, dass ich darüber nachdachte, und meine Augen huschten unruhig durch das Zimmer, als sich die Türklinke bewegte. Sie wurde sanft hinuntergedrückt und mein ganzer Körper verkrampfte, während ich auf die Tür starrte. Wer war das? Hektisch krallte ich meine Finger in die Bettdecke und fühlte im nächsten Moment eine Welle der Erleichterung, als ich das freundliche Gesicht von Doktor Rosenberg erkannte.

Er trug ein Tablett mit einem Krug voll Wasser und einem Plastikbecher. Außerdem hatte er einen Joghurt dabei.

Als er sah, dass ich wach war, lächelte mir der weißhaarige Arzt zu.

„Wie geht es dir, Jo?“

„Ich … bin mir nicht sicher“, gab ich nach kurzem Zögern zurück. Dann versuchte ich mich aufzurichten. Trotz der Tatsache, dass ich ständig schlief, empfand ich eine bleierne Müdigkeit, die nie nachzulassen schien.

„Ich habe dir etwas zu trinken gebracht“, sagte Doktor Rosenberg und stellte das Tablett mit dem Wasserkrug auf dem Tischchen neben mir ab.

„Wie spät ist es?“, fragte ich schleppend und wünschte, ich würde mich etwas fitter fühlen.

„Es ist kurz nach zehn“, sagte Doktor Rosenberg und

zog sich einen Besucherstuhl zu meinem Bett heran. „Meine Schicht war eben zu Ende und ich dachte, ich sehe noch mal nach dir."

Ich nickte und versuchte meine Gedanken zu ordnen.

„Wo ist mein Vater?", fragte ich dann. „War er heute schon da?"

Doktor Rosenberg räusperte sich leise und wich meinem Blick aus. Dann schenkte er etwas Wasser in den Becher und schlug die langen Beine übereinander.

„Was ist das Letzte, woran du dich erinnerst, Jo?"

Ich schluckte trocken und versuchte das Gefühl von Panik zu ignorieren, das mich kurz ergriff.

„Alles ist so durcheinander", antwortete ich stockend. „Ich war in Italien … mit meinen Freunden."

Doktor Rosenberg nickte aufmunternd und hielt mir den Becher hin. Ich griff danach und hatte das Gefühl, als würde das kleine Plastikding zehn Kilo wiegen. Mühevoll nahm ich einen Schluck und stellte den Becher wieder auf dem Tablett ab. „Pippa hat sich verletzt. Danach sind wir nach Hause geflogen", fuhr ich fort.

Wieder nickte Doktor Rosenberg und sah mich aufmerksam an.

„Und dann … bin ich mit Adrian in die Jä-", setzte ich an und biss mir noch gerade rechtzeitig auf die Lippen.

Doktor Rosenberg runzelte die Stirn, doch sein Blick blieb geduldig.

„Ich bin mit meinem Freund unterwegs gewesen", sagte ich, während die Erinnerungen an unseren Besuch bei Henriette wieder auf mich einprasselten. Fetzen unseres Gesprächs kamen zurück, über die Beschützer, mächtige Seherinnen und andersartige Kinder. An je mehr Details ich mich erinnern konnte, desto heftiger begann mein Herz zu pochen und der Überwachungsmonitor auf meiner linken Bettseite begann Alarm zu schlagen.

„Ruhig", sagte Doktor Rosenberg. „Es ist alles in Ordnung."

Rastlos schüttelte ich den Kopf. „Ich weiß nicht mehr, was danach geschehen ist. Ich kann mich nicht mehr erinnern!"

Der Arzt warf einen kurzen Blick zu dem Infusionsbeutel an dem Ständer und beugte sich dann zu mir vor. Sein schwacher Geruch nach Old Spice hüllte mich ein und ich bemerkte einen goldenen Siegelring an seinem Finger, als er beruhigend meinen Arm drückte. „Das ist in Situationen wie deiner nicht ungewöhnlich, Jo."

„In Situationen wie meiner?", wiederholte ich verständnislos und spürte, wie sich mein Magen in einen festen, harten Klumpen verwandelte. „Was meinen Sie damit?"

Er sah kurz auf seine Hände mit den akkurat gestutzten Fingernägeln, die einen schmalen schwarzen Schmutzrand aufwiesen. „Das menschliche Gehirn verfügt über hochkomplexe Strategien, um sich zu schützen", begann er dann zu sprechen. „Wenn ein Mensch ein schweres Trauma erlitten hat, kommt es vor, dass er sich an die Ereignisse nicht erinnert. Das nennt sich dissoziative Amnesie, Jo."

„Und Sie denken, ich leide darunter?", fragte ich und hätte beinahe nervös aufgelacht. Dass gerade ich unter Gedächtnisverlust leiden sollte, war irgendwie absurd.

Doktor Rosenberg sah mir direkt in die Augen und nickte dann behutsam.

„Okay." Ich atmete tief durch und versuchte ruhig zu bleiben, obwohl meine Hände zitterten. „Können Sie mir sagen, was passiert ist?"

Doktor Rosenberg zögerte und strich sich über sein

glatt rasiertes Kinn. „Es hat einen Unfall gegeben“, sagte er dann.

„Was für einen Unfall?“

„Einen schweren Unfall bei dir zu Hause.“

Seine Worte fühlten sich so an, als würde mir jemand Eiswasser in die Adern pumpen, und mein ganzer Körper versteifte sich. Ich wollte ihn fragen, was er damit meinte, und gleichzeitig wollte ich ihn nicht fragen, als ich plötzlich das Gefühl hatte, Rauch in die Nase zu bekommen. Hektisch blickte ich mich um. „Riechen Sie das auch?“, fragte ich alarmiert.

Doktor Rosenberg sah sich kurz um. „Ich rieche nur Desinfektionsmittel und Seife“, meinte er dann. „Was riechst denn du?“

„Rauch“, stieß ich hervor. „Ich rieche Rauch.“

Die Flammen tanzten hinter meinen geschlossenen Augenlidern. Ich hörte Sirenen im Hintergrund und Schreie. Dann packten mich starke Arme um die Leibesmitte und hoben mich hoch. Jemand presste mir eine Maske aufs Gesicht und ich atmete automatisch ein. Der Sauerstoff brannte in meiner Kehle, alles brannte, meine Haut, meine Lippen, mein Hals. Ich versuchte zu sprechen, aber es ging nicht, ich konnte nur atmen.

Ich wurde auf eine Liege gelegt, die Rufe ringsum erinnerten mich an Kommandos. Ich dachte an meinen Vater und an Lilli. Sie waren beide in dem Haus gewesen. Sie waren beide da drinnen gewesen.

Mit einem Schrei fuhr ich in die Höhe. Mein Herz klopfte wie wild in meiner Brust und meine Finger waren schweißnass. Mit einem Gefühl, als hätte mir jemand in den Bauch getreten, blickte ich mich um. Die

Morgensonne schien in das Zimmer und ich bemerkte einen Strauß roter Rosen auf dem Fensterbrett. Von wem waren die? Und was war mit den Tulpen passiert? War schon wieder so viel Zeit vergangen?

In dem Moment ging die Tür auf und Doktor Rosenberg kam herein. Er trug ein frisches hellblaues Hemd unter seinem Arztkittel und nickte mir gut gelaunt zu.

„Guten Morgen, Jo. Wie hast du geschlafen?“, fragte er und trat an mein Bett.

„Wo ist meine Familie?“, wollte ich wissen, ohne auf seine Frage einzugehen. „Wo sind meine Freunde? Wieso besuchen sie mich nicht?“

Der alte Arzt fuhr sich mit einem Seufzen durch seine weißen Haare und stützte das Klemmbrett auf seiner Hüfte ab.

„Sie haben dich besucht, Jo“, meinte er dann. „Viele Male sogar. Aber du hast es immer wieder vergessen.“

„Ich habe … was?“, flüsterte ich und starrte auf die Blumen auf dem Fensterbrett. „Diese Rosen …“

„Schön, nicht wahr?“, erwiderte Doktor Rosenberg. „Oder soll ich sie lieber wegstellen?“

Rasch schüttelte ich den Kopf. „Von wem sind sie?“

„Von einem großen, gut aussehenden jungen Mann“, sagte Doktor Rosenberg. „Er sagte, sein Name wäre Adrian.“

„Adrian war hier?“, hauchte ich und konnte nicht glauben, dass ich seine Besuche einfach vergessen haben sollte.

„Ja, viele Male sogar“, erwiderte Doktor Rosenberg. „Auch dein Stiefbruder und ein Mädchen mit einem sehr extravaganten Kleidungsstil waren ständig hier.“

„Und Lea?“, fragte ich und wollte nicht daran denken,

wie sie sich jetzt fühlen musste.

Der Arzt antwortete nicht sofort. „Deine Stiefmutter macht eine sehr schwere Zeit durch", meinte er dann. „Aber sie hat dich natürlich auch besucht." Er machte eine kurze Pause. „Allerdings ist dein … Zustand für niemanden leicht gewesen. Schließlich hast du dich an keinen Besuch je erinnert. Deshalb sind deine Freunde in letzter Zeit auch nicht mehr so oft gekommen. So etwas ist, wie gesagt, schwer – für alle."

„In letzter Zeit?", wiederholte ich und fühlte, wie sich meine Kehle zuschnürte. „Wie lange bin ich denn schon hier?"

Doktor Rosenberg legte das Klemmbrett mit einem Seufzen am Fußende meines Bettes ab und verschränkte die Arme vor der Brust. „Schon eine ganze Weile, Jo." Seine Stimme klang mitfühlend und als ich seinen besorgten Blick sah, kam schon wieder das furchtbare Gefühl der Panik zurück, das mich manchmal aus dem Schlaf hochschrecken ließ – ohne Erinnerung daran, was ich eigentlich geträumt hatte.

„Was meinen Sie damit?", fuhr ich ihn an. „Ich will eine Zahl hören. Wie viele Tage?" Das leise Piepsen der Herzüberwachungsmaschine wurde immer schneller und der Arzt warf einen kurzen Blick darauf.

„Jo, ich möchte, dass du dich beruhigst", sagte Doktor Rosenberg streng. Die Falten um seine Augen vertieften sich und mit einem Mal wirkte er gar nicht mehr so nett wie eben noch.

„Ich will mich nicht beruhigen!", schrie ich. „Ich will wissen, was passiert ist! Ich will wissen, wie lange ich schon hier bin!" Aufgebracht schlug ich die Decke zurück und versuchte meine Beine über die Bettkante zu schwingen, aber ich war so kraftlos, dass es bei dem

Versuch blieb.

Doktor Rosenberg betrachtete meine Bemühungen unbeeindruckt und ging dann gemäßigten Schrittes zur Tür. „Schwester!“, sagte er laut, nachdem er den Kopf hinausgestreckt hatte. „Ich brauche eine Spritze.“

„Nein! Ich will keine Spritze!“, keuchte ich und versuchte mir den Infusionsschlauch mitsamt Zugang aus meinem Handrücken zu reißen, doch da war Doktor Rosenberg schon bei mir und hielt mich fest.

„Es ist zu deinem Besten, Jo“, murmelte er in mein Ohr, während mich sein schwacher Duft nach Old Spice einhüllte. Dann verspürte ich einen Einstich in meiner Ellenbeuge und wurde auf der Stelle unglaublich schläfrig. So schläfrig, dass ich nicht mehr länger sitzen konnte.

„Schhh“, sagte Doktor Rosenberg. „Schlaf, Jo.“

Ich kippte nach hinten und versuchte die Augen offen zu halten, aber sie fielen mir einfach zu. Das Letzte, was ich sah, war sein zufriedener Gesichtsausdruck und die Silhouette einer schlanken Frau im Türrahmen.

Meine Augen klappten immer wieder auf und zu. Jedes Mal, wenn sie aufklappten, sah ich die lodernden Flammen, die hoch in den Himmel schlugen, und die Feuerwehrmänner, die alles taten, um den Brand zu bekämpfen. Sobald ich meine Augen schloss, war da tröstliche Dunkelheit, aber ich wollte sie nicht schließen, ich wollte wissen, was passierte.

„Was ist mit meinem Vater und meiner Schwester?“, flüsterte ich immer wieder, doch der Sanitäter hörte mich nicht oder er wollte mir einfach nicht antworten. Seine Augen waren nicht auf mich gerichtet, während er mir die Sauerstoffmaske ins Gesicht drückte, sondern auf unser Haus, das lichterloh brannte.

Aus dem Garten nebenan hörte ich die Biederbeck schreien und von der Straße ertönte der Klang der Sirenen. Ich folgte dem Blick des Sanitäters bis zu unserer Eingangstür und hielt den Atem an. Ein Feuerwehrmann kam aus unserem Haus gelaufen und alle Geräusche ringsum verschmolzen zu einem einzigen langen und lautlosen Augenblick, als ich den kleinen, rußverschmierten Körper in seinen Händen sah. Die dünnen Arme und Beinchen baumelten leblos herab und als ich auf den Schopf hellblonder Locken blickte, der allen Umständen zum Trotz in der Sonne glänzte, wurde alles dunkel um mich herum.

Als ich aufwachte, rannen mir Tränen über die Wangen. Mein ganzer Körper fühlte sich wie eine offene Wunde an und ich schüttelte weinend den Kopf, da ich nicht wahrhaben wollte, was ich gesehen hatte. Es musste ein Traum gewesen sein, ein furchtbarer Albtraum, es konnte nicht real gewesen sein. Verzweifelt tastete ich nach meinem Handgelenk, um in meine eigene Erinnerung zu gehen und nachzusehen, was wirklich mit Lilli passiert war, als die Tür zu meinem Zimmer behutsam geöffnet wurde. Doktor Rosenberg erschien im Türrahmen und warf mir einen langen, prüfenden Blick zu.

„Du kannst dich wieder erinnern", sagte er ruhig.

Ich schluchzte auf und presste meine Finger auf mein eigenes Handgelenk. Dabei versuchte ich alle Erwartungen loszulassen, um in den Zustand zu gelangen, der mich in meine eigene Erinnerung eintauchen ließ – doch nichts passierte.

„Es tut mir leid, Jo", sagte der alte Arzt und ich schüttelte heftig den Kopf.

„Nein! Es ist nicht wahr!“, stieß ich verzweifelt hervor.

Doktor Rosenberg schritt bedächtig durch das Zimmer und nahm sich einen Besucherstuhl, den er neben meinem Bett abstellte.

„Ich weiß, dass das schwer zu verkraften ist“, sagte er leise.

„Was ist mit meinem Vater?“, presste ich hervor. „Lebt er noch?“

Der Arzt antwortete nicht sofort, aber sein Gesichtsausdruck sprach Bände. „Die Hilfe kam leider zu spät. Für alle beide“, sagte er dann.

Seine Worte schienen von weit her zu kommen und in meinen Ohren setzte ein Brausen ein. Ich krallte meine Finger in die Bettdecke und hatte das Gefühl, mich übergeben zu müssen. Der ganze Raum drehte sich um mich und ich schloss kurz die Augen.

„Was ist passiert?“, wollte ich dennoch wissen.

„Laut den Ermittlungen der Polizei lag der Brandherd in der Küche“, erklärte mir der Arzt mit sanfter Stimme. „Dein Vater hat anscheinend eine Zeitung auf dem Herd liegen gelassen. Sie hat Feuer gefangen und die Vorhänge in Brand gesetzt, so hat es begonnen. Dein Vater wurde auf der Couch gefunden, anscheinend war er dort eingeschlafen.“

„Oh Gott“, schluchzte ich und hatte das Gefühl, als würde ich in der Mitte auseinanderbrechen. „Und Lilli?“

„Deine kleine Schwester war im Obergeschoss, als der Brand ausbrach. Sie ist …“ Doktor Rosenberg machte eine kurze Pause. „Sie ist an den giftigen Rauchgasen erstickt.“

Ich schlang die Arme um meinen Körper und begann zu zittern. Der Schmerz drohte mich auseinanderzureißen und ich wurde wieder zurückkatapultiert in die Zeit, als meine Mutter gestorben war. Mein Leben lang hatte ich geglaubt, dass nichts schmerzhafter sein könnte als der Moment, in dem ich realisiert hatte, dass ich Mama nie wiedersehen würde. Als ich jetzt an Lilli und meinen Vater dachte, wusste ich, dass ich mich geirrt hatte.

„Ich will sie sehen", presste ich hervor.

„Das ist leider nicht möglich", antwortete Doktor Rosenberg. „Du kannst in deinem jetzigen Zustand noch nicht entlassen werden, du bist zu schwach."

„Was ist mit Lea und Finn?", fragte ich und wischte mir mit dem Unterarm über das Gesicht. „Wieso sind sie nicht hier?"

„Deine Stiefmutter ist schon benachrichtigt worden", sagte Doktor Rosenberg. „Ich bin sicher, sie werden dich so schnell wie möglich wieder besuchen kommen, jetzt, wo es dir besser geht."

Danach stand er auf und tauschte meinen Infusionsbeutel gegen einen neuen aus. Völlig erschöpft sah ich ihm dabei zu. In den letzten Minuten war etwas in mir zerbrochen und ich war nicht sicher, ob es jemals wieder heilen würde.

„Schlaf jetzt", sagte Doktor Rosenberg und kontrollierte die Tropfgeschwindigkeit meiner Infusion.

„Brauche ich die denn überhaupt noch?", fragte ich noch schlaftrunken, während mir schon wieder die Augen zufielen.

„Solange du zu schwach bist, um allein aufzustehen, fürchte ich, dass wir auf die Aufbauinfusionen nicht verzichten können", antwortete der Arzt und wandte sich zum Gehen. „Ich sehe später noch einmal nach dir", sagte er über die Schulter und verließ den Raum.

Ich blieb am Boden zerstört zurück. Die Bilder des

Feuerwehrmanns, der Lillis kleinen Körper aus unserem brennenden Haus getragen hatte, wollten und wollten nicht verschwinden. Egal, ob ich die Augen schloss oder sie offen hatte, überall verfolgte mich dieser Anblick.

In dieser Nacht lag ich lange wach. Die Müdigkeit ließ mich immer wieder kurz wegdriften, doch es waren nicht mehr als wenige Sekunden, dann erinnerte ich mich wieder an den Rauch und die Schreie – und an Lilli.

Mit brennenden Augen blickte ich zum Fenster. Es war Neumond und die Dunkelheit im Zimmer passte zur Dunkelheit in mir. Immer wieder rannen Tränen unkontrolliert über meine Wangen und ich wollte nicht glauben, dass das, was ich gesehen hatte, tatsächlich wahr war.

Als ich so erschöpft war, dass ich nicht einmal mehr die Hand vom Bett in die Höhe heben konnte, fiel ich in einen unruhigen Schlaf und träumte.

Überall waren Flammen und Rauch. Ich sah Lillis rußgeschwärzten Körper auf der Erde in unserem Garten liegen und Henriette mit den anderen Seherinnen danebenstehen. Henriette trug ein langes schwarzes Kleid und blickte von dem zerstörten Haus in meine Richtung. Die Flammen spiegelten sich in ihren Augen und sie senkte die Stimme, als sie zischte: „Sie sind hinter dir her, Jo.“

Danach wechselte das Bild und ich befand mich auf Lillis und Papas Beerdigung. Lea stand weinend an Finn geklammert vor dem offenen Grab und warf weiße Lilien auf die unterschiedlich großen Särge. Die beiden bildeten so eine Einheit, dass ich das Gefühl hatte, sie nicht stören zu dürfen. Als ich dennoch näher trat, hob Lea den Kopf und starrte mich an.

„Die Zeit lässt sich nicht zurückdrehen“, presste sie hervor

und gab mir einen Stoß, der mich rücklings in das offene Grab taumeln ließ. Von allen Seiten schloss sich die Erde um mich, rieselte auf mich herab, und ich schrie, als ich tiefer und tiefer fiel. Dabei hörte ich eine Frauenstimme meinen Namen rufen. Sie klang furchtbar weit weg und ich wollte antworten, aber es gelang mir nicht. Das Letzte, was ich hörte, waren ihre geflüsterten Worte: „Jo, wo bist du?"

„Gut geschlafen?", fragte eine männliche Stimme und ich schreckte in die Höhe. Vor mir stand Doktor Rosenberg mit einem frischen Strauß weißer Lilien in der Hand.

Ohne genau zu wissen, weshalb, beschleunigte sich mein Herzschlag.

„Von wem sind die?", fragte ich verwirrt.

„Die Blumen? Ach, die sind von deinem Freund", antwortete Doktor Rosenberg und schnupperte kurz daran.

„Adrian war hier?", fragte ich atemlos und versuchte mich aufzusetzen.

Doktor Rosenberg nickte. „Ja. Ich habe ihm gesagt, dass du große Fortschritte machst."

„Warum haben Sie mich denn nicht aufgeweckt?", fragte ich ungläubig.

Der Doktor kam zu meinem Bett und lächelte mich an. „Du brauchst deinen Schlaf, Jo. Er ist sehr wichtig für deine Genesung – vor allem jetzt, nachdem deine verdrängten Erinnerungen zurückgekehrt sind. Gib mir bitte deinen Arm." Er streckte auffordernd die Hand aus.

Ich blickte auf meinen Arm hinunter und bemerkte die vielen Einstiche in meiner Ellenbeuge. Unbewusst rückte ich ein Stück zurück. „Wieso?"

„Weil ich eine Blutprobe nehmen möchte."

Ich schluckte und schüttelte den Kopf. „Jetzt nicht. Ich möchte gern aufstehen."

Doktor Rosenberg schnalzte bedauernd mit der Zunge. „Ich fürchte, dafür bist du noch zu schwach, Jo. Du musst dich schonen. Vor allem jetzt, nachdem deine kleine Schwester und dein Vater gestorben sind. Adrian erzählte mir, deine Mutter wäre auch gestorben, als du noch klein warst. Das ist sicher schwer für dich." Doktor Rosenberg kratzte sich an einem Muttermal auf seiner Wange und sah mich mitfühlend an.

„Wieso tun Sie das?", stieß ich hervor.

„Was denn, Jo?"

„Wieso reden Sie von ihnen?"

Der Arzt schüttelte den Kopf. „Ich verstehe nicht, worauf du hinauswillst."

„Wieso sprechen Sie über meine tote Familie?", fragte ich mit Tränen in den Augen.

Er sah mich geduldig an. „Es ist wichtig, darüber zu reden, Jo. Auch wenn es wehtut." Dann schlich sich ein kurzes Lächeln auf sein Gesicht und er griff nach meinem Arm. „Und jetzt nehme ich deine Blutprobe." Dabei bohrten sich seine hellen Augen in meine und plötzlich wusste ich, warum er mir von Anfang an so bekannt vorgekommen war.

Kapitel 16

Atemlos sah ich zu, wie er die Blutprobe nahm, und hoffte, dass er nicht bemerkte, wie schnell mein Herz plötzlich schlug. Als er ein Pflaster auf meine Wunde drückte, fielen mir einmal mehr seine Hände auf. Der Schmutz unter seinen Fingernägeln war noch immer zu sehen und ich fragte mich, warum ich so lange gebraucht hatte, um ihn zu erkennen – auch wenn seine Nase nun anders aussah als in meiner Erinnerung.

„So“, sagte der weißhaarige Mann, von dem ich nicht mehr glaubte, dass er ein echter Arzt war. „Das Blut lasse ich ins Labor bringen. Ich hoffe, deine Werte sind besser als gestern.“ Mit diesen Worten stand er auf und ging beschwingten Schrittes zur Tür.

Mein ganzer Körper war gespannt wie eine Feder und ich hoffte, dass er bald draußen war.

Kurz vor der Schwelle blieb er noch einmal stehen und drehte sich zu mir um.

„Ach, und Jo“, meinte er. „Versuch zu schlafen. Manchmal, wenn man geschlafen hat, sieht die Welt gleich viel besser aus. Die Schwester kommt nachher vorbei und bringt dir ein Mittagessen.“ Dabei lächelte er mich freundlich an, aber ich sah ein sadistisches Funkeln in seinem Blick, das mir bisher nicht aufgefallen war. Dann drückte er schwungvoll die Türklinke hinunter und verließ den Raum.

Auf diesen Moment hatte ich gewartet. Kaum war er weg, schlug ich die Bettdecke zurück und versuchte auf die Beine zu kommen. Mein Herz schlug mir bis zum Hals und mein ganzer Körper zitterte. Kaum saß ich, begann sich das ganze Zimmer um mich herum zu drehen und ich hatte das Gefühl, niemals aufstehen zu können.

Mein Blick fiel auf den durchsichtigen Schlauch, der den Infusionsbeutel mit meinem Zugang verband, und mir wurde schlecht. Konnte es sein, dass ich die ganze Zeit statt Aufbaumittel genau das Gegenteil bekommen hatte?

Mit zitternden Händen löste ich den Schraubverschluss des Schlauches und zog ihn aus dem Zugang. Dann versuchte ich aufzustehen.

Kaum hatten meine nackten Füße den Boden berührt, hatte ich das Gefühl, als würden meine Knie unter meinem Gewicht wegsacken. Panisch stützte ich mich auf der Matratze des Krankenhausbettes ab und versuchte mich zu beruhigen.

Ich musste an mein Handy gelangen, vielleicht war es hier irgendwo. Unsicher machte ich meinen ersten Schritt und griff dabei nach dem fahrbaren Infusionsständer, um mich abzustützen. Dann bewegte ich mich wie eine Hundertjährige durch das Zimmer.

In meinem ganzen Leben – selbst als ich mit zwölf Jahren diese schlimme Grippe gehabt hatte – hatte ich mich noch nie so schwach gefühlt. Gleichzeitig jagte das Adrenalin durch meinen Körper. Endlich – in meiner Wahrnehmung waren Stunden vergangen – hatte ich das Fenster erreicht. Dort griff ich nach dem Fensterbrett und ruhte mich für einen Moment aus. Mir stand der Schweiß auf der Stirn und mein Atem ging zitternd und flach.

Dann blickte ich zum ersten Mal aus dem Fenster und konnte nicht glauben, was ich da sah. Eine weite, einsame Wiesenlandschaft erstreckte sich vor meinen Augen, die bis zu einem Küstenabschnitt reichte. In weiter Entfernung konnte ich den blauen Streifen eines Meeres erkennen und das allein reichte, um meinen Puls in die Höhe schnellen zu lassen. Wo, um Himmels willen, war ich? Wo hatten sie mich hingebracht?

„Schöner Ausblick, nicht wahr?", hörte ich Doktor Rosenbergs Stimme hinter mir und fuhr herum. Er stand im Türrahmen und betrachtete mich ruhig. Seine weißen Haare schimmerten im Sonnenlicht und in diesem Moment kam er mir noch größer vor als sonst.

„Wo bin ich?", flüsterte ich.

„In einem Krankenhaus, das sagte ich doch schon."

„Das glaube ich nicht."

„Ach nein?" Seine Stimme klang belustigt. „Denkst du, dass es an der Ostsee keine Krankenhäuser gibt?"

„Was wollen Sie von mir?", fragte ich weiter. „Ich weiß, wer Sie sind."

Doktor Rosenberg verzog geringschätzig das Gesicht. „Wirklich, Jo? Jetzt schon?"

„Sie sind der Gärtner von Frau Biederbeck", fuhr ich fort und versuchte, ruhig zu wirken, obwohl mein Herz schwer in meinem Brustkorb wummerte.

Er hob eine Augenbraue. „Wenn du meinst."

„Ich weiß es", flüsterte ich und hielt mich mit beiden Händen an dem Fensterbrett hinter meinem Rücken fest. Hier zu stehen, strengte mich furchtbar an und ich hoffte, dass er meine zitternden Knie nicht bemerkte.

„Du weißt es", erwiderte Doktor Rosenberg spöttisch. „Du weißt doch gar nichts. Ich kann mich noch genau an deinen vertrauensseligen Gesichtsausdruck erinnern, als ich dir den Schlüssel von deiner Stiefmutter gegeben habe, du dummes, naives kleines Ding."

„Haben Sie das Feuer gelegt?", hauchte ich und konnte nicht verhindern, dass sich meine Augen mit Tränen füllten.

Der falsche Arzt schüttelte den Kopf. „Du traust mir wirklich zu, dass ich einen Mann und sein unschuldiges Kind ermorde?"

„Ich traue Ihnen alles zu, ich verstehe nur nicht, warum."

„Ich denke, du solltest jetzt wieder zurück ins Bett gehen, Jo", entgegnete Doktor Rosenberg und machte einen Schritt auf mich zu.

„Nein!", stieß ich hervor und versuchte zur Seite auszuweichen, aber trotz seines höheren Alters war er viel schneller als ich. Entschlossen packte er mich an den Händen und zerrte mich zurück zum Bett. Ich war von meinem Ausflug so geschwächt, dass ich ihm körperlich nichts entgegensetzen konnte. Ich versuchte mich zu wehren, aber es ging nicht. Mit voller Wucht drückte er mich auf die Matratze, ich roch seinen Duft nach Old Spice, sah sein hämisches Grinsen und wusste, dass mir nicht viel Zeit blieb. Doktor Rosenberg war wahrscheinlich der letzte Jäger. Und er suchte Vergeltung, weil er mich für die Zerstörung seiner Organisation verantwortlich machte. Mein Herz schlug mir bis zur Brust und meine Finger zitterten, als er eine Spritze aus seinem weißen Kittel zog. Und dann nutzte ich meine einzige Chance, um blitzschnell sein Handgelenk zu berühren.

Augenblicklich riss mich der Sog aus dem Krankenzimmer fort und ließ mich auf ein bewegtes Erinnerungsfeld stürzen. Der Wind zerrte an meinen Haaren und ich schwankte, da die Erde als Antwort auf mein Eindringen zu beben anfing. Obwohl das Erinnerungsfeld des falschen Arztes offenbar geschützt war, genoss ich es, dass meine körperliche Schwäche hier nicht zu spüren war. Mein anhaltender Schwindel war wie weggeblasen und meine wackeligen Knie existierten hier nicht. Dennoch wusste ich, dass ich mich beeilen musste.

„Zeig mir, was an dem Tag passiert ist, als es bei uns gebrannt hat", verlangte ich schnell und sah einen silbernen Erinnerungshalm goldfarben aufleuchten. Sofort stürzte ich hin und legte meine Finger darum.

Die Erinnerung zog mich in die Küche von Frau Biederbeck. Statt eines Arztkittels trug Doktor Rosenberg hier eine dunkelgrüne Latzhose und blickte aus dem Küchenfenster hinaus in den Garten. Obwohl ich wusste, dass es sich um den falschen Arzt handelte, hätte ich ihn fast nicht erkannt. Nicht nur, dass er hier keine Brille, dafür aber einen weißen Bart trug – auch seine Nase musste falsch sein, denn sie sah viel größer aus als in Wirklichkeit. Draußen war es bereits Abend und der Gärtner holte aus einer Küchenvitrine ein Trinkglas, in das er Orangensaft einfüllte. Dann zog er ein dunkelbraunes Fläschchen aus seiner grünen Hose und kippte den Inhalt in den Saft. Schließlich rührte er mit einem Löffel um und pfiff leise durch die Zähne.

„Was ist?", erklang eine raue Stimme und der junge Gärtner mit den zerzausten Haaren erschien im Türrahmen.

„Gib ihr das", sagte der Alte und hielt ihm das Glas Orangensaft hin. „Und sorg dafür, dass sie zumindest einen Schluck trinkt."

„Was ist da drin?", fragte der Jüngere und steckte sich eine Zigarette an.

„Das hat dich nicht zu interessieren. Wenn du deine Schulden loswerden willst, dann mach es, ohne irgendwelche Fragen zu stellen."

Der junge Gärtner grunzte abfällig und griff nach dem Glas. In dem Moment erschien mein Erinnerungs-Ich auf der Terrasse vor dem Haus und meine Augen füllten sich mit Tränen, als ich daran dachte, was gleich passieren würde, dass ich sehen würde, wie mein Vater und Lilli in dem Haus verbrannten. Doch im nächsten Moment wurde ich zurück auf das Erinnerungsfeld gezogen.

Blitze zuckten über den Himmel und das Gräsermeer wurde vom Wind gepeitscht. Doktor Rosenbergs Schutzmechanismus musste mich aus der Erinnerung geschmissen haben. Die Erde erzitterte so heftig, dass ich auf die Knie fiel. Keuchend krallte ich meine Finger in den Boden und versuchte meine Gedanken zu sortieren. Der falsche Gärtner-Arzt hatte mir irgendetwas in den Orangensaft gemischt, etwas, das mich wahrscheinlich daran gehindert hatte, meine Familie zu retten.

„Wieso hasst du mich so?", schrie ich über das aufgewühlte Erinnerungsfeld.

In einiger Entfernung leuchtete ein Grashalm auf und ich sprang auf die Beine. Dann lief ich über die bebende Wiese.

Die Erinnerung, in die ich nun sprang, schien ein paar Monate älter zu sein. Doktor Rosenberg saß mit einer Tasse Tee vor einem prasselnden Kaminfeuer und las in einem ledergebundenen Buch. Draußen war es schon dunkel und als ich durch das Fenster blickte, konnte ich dieselbe weite Einöde erkennen, die ich mit eigenen Augen gesehen hatte. Offenbar stammte die Erinnerung aus demselben Haus, in dem ich jetzt festgehalten wurde.

Doktor Rosenberg trug statt seines Arztkittels einen bordeauxfarbenen Pullover zu einer dunkelgrauen Hose. Es war das erste Mal, dass ich ihn weder in der Rolle des

Arztes noch in der des Gärtners sah, und sein Anblick löste ein vages Gefühl des Erkennens in mir aus. Irgendwann hatte ich sein Gesicht schon einmal gesehen, auch das Muttermal an seiner Wange kam mir bekannt vor. In diesem Moment klingelte sein Telefon. Umständlich zog er es aus seiner Hosentasche und warf einen Blick auf das Display. Dann runzelte er die Stirn und ging ran.

„Hallo, Peter. Was verschafft mir das Vergnügen?“, fragte er mit selbstbewusster Stimme.

Als ich den Namen hörte, machte mein Herz einen Satz und ich musste an die Erinnerung der Beschützer denken, die ich mit Adrian gesehen hatte. Unwillkürlich wich ich einen Schritt zurück. Während der Mann, den ich als Doktor Rosenberg kennengelernt hatte, seinem Gesprächspartner lauschte, fiel es mir wie Schuppen von den Augen.

Ich kannte diesen Mann. Ich hatte ihn schon einmal gesehen, da war er jedoch deutlich jünger gewesen.

Und ich kannte seinen Sohn.

Vor mir saß Marius' Vater Gunter.

Der ehemalige Jäger, der später zum Beschützer geworden war, war anscheinend doch nicht gestorben, wie Marius behauptet hatte.

Gunter setzte sich in seinem Ohrensessel auf und presste das Handy an sein Ohr. „Die Jägerschaft ist was?“, stieß er hervor.

Obwohl es mich Überwindung kostete, trat ich näher, um die Antwort von Peter zu hören.

„Zerschlagen“, drang es leise aus dem Telefon. „Die Jägerschaft existiert nicht mehr, mein Freund.“

Gunter blieb völlig still sitzen und in seinem Gesicht zeigte sich eine Vielzahl unterschiedlicher Gefühle.

„Was ist mit meinem Jungen?“, fragte er dann.

„Ich weiß es nicht“, vernahm ich Peters gedämpfte Stim-

me. „Aber er soll noch am Leben sein. Angeblich wurden ihnen nur die Erinnerungen genommen."

Gunter atmete tief aus.

„Ich weiß selbst noch nicht, wie es jetzt weitergeht", sagte Peter als Nächstes. „Ich wollte nur, dass du es weißt."

„Ja. Danke", meinte Gunter und legte auf. Dann saß er einen Moment nur da und starrte in die Flammen.

Ich blieb neben ihm stehen und begann zu ahnen, wieso mich der alte Beschützer so sehr hasste.

In diesem Moment wurde ich wieder auf das Erinnerungsfeld gezogen. Ein Sturm tobte auf der Ebene und der Wind peitschte mir ins Gesicht. „Was ist als Nächstes passiert? Was ist passiert, nachdem Gunter von der Vernichtung der Jägerschaft erfahren hat?", schrie ich und als ich einen wogenden Halm golden aufleuchten sah, rannte ich los.

Gunter betrat die Klinik durch eine gläserne Schiebetür. Sein Gesichtsausdruck war angespannt und er räusperte sich mehrfach, bevor er zum Empfang ging und dort nach seinem Sohn fragte.

Die Empfangsdame schickte ihn in den zweiten Stock und ich stieg hinter Gunter in den ansonsten leeren Aufzug und sah, wie seine Finger leicht zitterten, als er auf den beleuchteten Knopf mit der 2 drückte. Im Inneren der Kabine hing ein Spiegel und Gunter, der Jeans und ein blaues Hemd trug, strich sich nervös über seine zurückgekämmten weißen Haare. Jetzt, wo ich ihn mit dem jungen Beschützer aus meiner Erinnerung in Verbindung gebracht hatte, war es mir schleierhaft, warum ich ihn nicht schon viel früher erkannt hatte. Vielleicht lag es an den Medikamenten, die mir verabreicht worden waren. Als der Lift in der Erinnerung hielt, öffneten sich die Türen mit einem leisen

Pling. Kaum wahrnehmbar zuckte Gunter zusammen und zögerte einen kurzen Augenblick, bevor er in den grasgrün gestrichenen Flur trat. Ein helles Neonlicht stach mir in die Augen und ich merkte, wie meine Nervosität mit jedem Schritt von Gunter anstieg. Ich wusste nicht, ob es seine Anspannung war, die sich auf mich übertrug – oder ob es daran lag, dass ich wusste, was ihn erwartete.

Mit zusammengeschnürter Kehle folgte ich ihm durch den langen geraden Gang.

Nachdem er sich bei einer Krankenschwester nach dem richtigen Zimmer erkundet hatte, wurde Gunter von einem breitschultrigen Pfleger in Gesundheitsschuhen in Empfang genommen und zu einer weißen Tür geführt. Sie hatte einen Glaseinsatz in Augenhöhe und ich sah, wie Gunters Gesichtszüge entgleisten, als er einen Blick hineinwarf.

Dann betrat er hinter dem Pfleger das steril wirkende Zimmer.

Marius saß teilnahmslos auf seinem Bett und starrte aus tief liegenden Augen die Wand an. Ein Brotkrümel hing in seinem kurzen grauen Bart und von seiner ehemaligen Autorität als Anführer der Jägerschaft war nichts mehr übrig. Der ehemals so große Mann wirkte völlig gebrochen, wie er da so in dem fensterlosen Raum saß. Ich blickte mich um und erkannte das Zimmer als jenes wieder, in das ich auch über Henriettes Erinnerungsfeld gesprungen war.

„Du hast Besuch, Marius", sagte der Pfleger freundlich und ging zum Tisch, um einen heruntergefallenen Zauberwürfel aufzuheben. Marius reagierte nicht.

„Ich lasse Sie beide allein. Wenn Sie etwas brauchen oder gehen wollen, drücken Sie einfach die Klingel", sagte der Pfleger zu Gunter und verließ den Raum. Mit einem satten Geräusch fiel die Tür ins Schloss.

„Hallo, Junge", sagte Gunter leise und schluckte sichtbar.

Dabei hüpfte sein Adamsapfel in die Höhe. „Ich bin's."

Er machte einen unsicheren Schritt auf Marius zu, dessen Gesicht völlig leer blieb. Ich hielt mich in der Nähe der Tür und wünschte, ich müsste das nicht mit ansehen.

Gunters Gesicht zeigte eine Mischung aus Hoffnung und Schmerz, doch vor allem die Hoffnung war es, die so schwer mit anzusehen war.

„Du hattest recht", sprach Gunter weiter. „Es war falsch, euch zu verlassen. Das weiß ich jetzt." Er ging vor Marius in die Knie. „Nur damals wusste ich es nicht. Ich war blind und … nicht ich selbst." Er griff nach Marius' Hand, der seine Finger im selben Augenblick zurückzog, ohne seinen Blick auf Gunter zu richten.

Es sah aus wie ein Reflex und ich war mir nicht sicher, ob Marius überhaupt wusste, dass sein Vater hier war. Tatsächlich sah es so aus, als würde nichts von dem, was in der Außenwelt passierte, auch nur in irgendeiner Weise zu ihm durchdringen.

Der Schmerz auf Gunters Zügen nahm Überhand und seine Augen begannen feucht zu schimmern.

„Marius", flüsterte er. „Erkennst du mich nicht?"

Marius rückte von Gunter weg und begann mit rhythmischen Bewegungen vor und zurück zu wippen. Dieses Verhalten bei einem erwachsenen Mann zu sehen, ließ auch mich schlucken. Ich hatte das nicht gewollt.

„Marius", versuchte es Gunter erneut und legte vorsichtig eine Hand auf den Unterarm seines erwachsenen Sohnes.

Daraufhin riss Marius seinen Arm weg und begann zu schreien.

Im nächsten Augenblick war ich wieder auf dem Erinnerungsfeld. Meine Haare wehten mir wild ins Gesicht und über die Ebene zuckten bedrohliche Blitze, die immer *wieder in die Erde einschlugen. Ein Donnergrollen rollte über das Feld und ich wusste, dass ich nicht mehr viel Zeit hatte. „Zeig mir die Seherin, mit der du zusammenarbeitest!“, schrie ich und lief sofort los, als ich den leuchtenden Halm entdeckte.*

Ich befand mich in demselben Raum mit dem Kamin, in dem Gunter zuvor schon telefoniert hatte. Es war Nacht und die einzige Lichtquelle stellten die brennenden Holzscheite dar, die zuckende Schatten in den Raum warfen.

Gunter saß in einem ausladenden Ohrensessel vor dem Feuer und starrte in die Flammen. Ich sah, wie eine Frau auf der Zimmerschwelle kurz stehenblieb und ihren Lilienanhänger mit einer Hand umschloss, bevor sie zu ihm ging.

Es war Marlene.

Ich schluckte, während sich das Puzzle in meinem Kopf zusammenfügte. Der Lilienanhänger und Gunters Siegelring. Die beiden gehörten zusammen. Marlene musste die Frau gewesen sein, für die Gunter seine Familie verlassen hatte und wegen der er zum Beschützer geworden war.

Marlene war die Seherin, die uns betrogen hatte. Eine Mischung aus Enttäuschung und Wut über ihren Verrat durchströmte mich und meine Gedanken wirbelten durch meinen Kopf. Was hatte sie ihm alles erzählt? Was hatten sie vor?

„Was willst du?“, fauchte Gunter.

„Ich habe etwas gefunden“, erklärte Marlene mit fester Stimme und straffte elegant den Rücken. „Aber soll es jetzt so weitergehen, mein Schatz?“, schnaubte sie. „Wirst du mich für immer verachten?“

„Mein Schatz?“, wiederholte Gunter abfällig, ohne Marlene auch nur anzusehen. Sein Blick war noch immer auf das Feuer gerichtet. „Du bist nicht mein Schatz, du bist

eine Missgeburt."

„Aber ich liebe dich", erklärte sie und machte einen Schritt auf Gunter zu. „Und du liebst mich."

Gunter schüttelte den Kopf „Ich habe dich nie geliebt. Du hast mich mit deinen Spielchen dazu gebracht, etwas für dich zu empfinden und alles aufzugeben, was mir wichtig war, du Teufelsweib."

Marlene ließ sich vor Gunter auf die Knie fallen und versuchte nach seiner Hand zu greifen, doch er stieß sie weg.

„Ich habe es doch nur aus Liebe getan, aus Liebe, verstehst du?", keuchte sie und ihre Augen begannen zu schimmern. „Wir gehören zusammen."

Gunter drehte seinen Kopf in ihre Richtung und in seinen Augen loderte die pure Verachtung. „Wir gehören nicht zusammen. Du hast mich manipuliert, seit wir uns zum ersten Mal begegnet sind. Jetzt endlich, nach den vielen verschwendeten Jahren, höre ich nicht mehr diese Musik in meinem Kopf, diese Musik, die mich irreleitet. Endlich bin ich wieder frei, endlich bin ich wieder, wer ich war. Und endlich verstehe ich, was du mir angetan hast, du Missbildung der Natur."

Marlene zog ihre zitternde Hand zurück und Tränen rannen über ihre Wangen.

„Spar dir das", zischte Gunter. Der Widerschein der Flammen wurde von seinen weißen Haaren reflektiert, dennoch wirkte er weder alt noch schwach. „Sag, was du hast. Halte dich an dein Versprechen."

Marlene nickte. „Das werde ich auch, denn ich liebe dich noch immer und das wird sich auch niemals ändern." Im nächsten Moment zog sie etwas aus ihrem Blazer. „Dieses Schriftstück", erklärte sie, „habe ich aus Saphiras Tagebuch gerissen, noch bevor die anderen es sehen konnten. Saphira nimmt hier Bezug auf die Prophezeiung und schreibt, dass die Kleine der Schlüssel ist." Marlene hielt Gunter das Stück Pergament hin und er riss es ihr aus der Hand.

„Es heißt, dass sie als Urenkelin überleben muss, damit sich die Prophezeiung nicht *erfüllt", fügte sie hinzu. „Wir müssen also nur sie töten, um die zweite Prophezeiung wahr werden zu lassen. Aber davor werden wir noch mit ihr spielen und sie ebenso sehr leiden lassen, wie Marius gelitten hat." Ihre Worte ließen mir einen eiskalten Schauer über den Rücken laufen.*

„Ich muss sie einfach nur töten?", hakte Gunter mit neuem Interesse nach.

„Einigkeit ist eure Kraft", wiederholte Marlene und strich sich über ihren Lilienanhänger. „Der Zusammenschluss der Seherinnen ist im Moment noch sehr fragil. Sobald die anderen realisieren, dass ihre große Heldin von einem Beschützer umgebracht wurde, wird das die ohnehin brüchige Gemeinschaft zerschlagen – und zum Krieg zwischen den Seherinnen und den Beschützern führen." Sie hielt kurz inne. „Sie werden alle sterben. Und du wirst deine Rache bekommen, mein Schatz."

Die Erinnerung endete abrupt und katapultierte mich zurück auf das bebende Erinnerungsfeld, das bereits so starke Abwehrreaktionen zeigte, dass ich von dort direkt weiter in meine Gegenwart glitt.

Mein Körper war noch immer genauso schwach wie zuvor und ich brauchte einen Moment, um mich wieder an die Schwäche in meinen Gliedern zu gewöhnen.

Gunter hielt mich keuchend an den Oberarmen fest und starrte mich aus hasserfüllten Augen an. „Was hast du gesehen, du verdammte Missgeburt?", fragte er aggressiv. „Euch Hexen ist kein Stück zu trauen."

„Marius ist Ihr Sohn", erwiderte ich und fühlte bei

meinem nächsten Gedanken eine Welle der Übelkeit über mich hinwegbranden. Hatte das, was Gunter erlebt hatte, meinen Vater und Lilli das Leben gekostet?

„Ja, das *war* er“, presste Gunter zwischen zusammengebissenen Zähnen hervor. „Und du hast ihn zu dem gemacht, was er jetzt ist – nicht mehr als ein sabbernder Vollidiot. Durch dein Feuer hast du ihn und all meine Freunde zerstört. Da ist es nur gerecht, dass auch deine Familie verbrannt ist.“

Eine seltsame Leere breitete sich bei seinen Worten in mir aus. „Und jetzt werden Sie mich töten?“, fragte ich tonlos.

Gunter lachte böse auf. „Noch nicht, mit dir habe ich noch etwas Besonderes vor. Aber danach wirst du sterben, genau wie die anderen Hexen, die sich in unseren Geist geschlichen und uns manipuliert haben, um uns unseren Familien zu entreißen.“ Er atmete tief ein. „Wenn ich damals nicht das Serum genommen hätte, dann wüsste ich noch immer nicht, was ihr uns angetan habt. Dann würde ich noch immer von einer von euch manipuliert werden.“

„Aber nicht alle Seherinnen manipulieren“, hielt ich dagegen. Es war mir in dem Moment egal, was mit mir passierte, aber ich konnte nicht verantworten, dass Gunter einen neuen Krieg heraufbeschwor, um Vergeltung wegen Marius’ Schicksal und Marlenes Liebesmanipulation zu üben.

Gunter schüttelte nur den Kopf. „Das denkst du wirklich, du dummes Ding? Glaubst du wirklich, dass es nur ein paar böse Seherinnen gibt, die Unrecht zufügen? Jede von euch ist in der Lage, ihre Hexengabe einzusetzen, wenn sie es für richtig hält. Aber was ist richtig und was ist falsch? Wer entscheidet darüber? Wohl ihr selbst, oder etwa nicht?" Seine Augen funkelten mich an. „Eine von euch hat mich manipuliert, jahrzehntelang. Sie hat mich dazu gebracht, meine Familie zu verlassen. Mein einziges Kind. Für eine Liebe, die es nicht gibt. Und jetzt, wo ich endlich zu meinem Sohn gehen könnte, um wenigstens ein kleines Stück der verlorenen Zeit wiedergutzumachen, hast *du* es verhindert. Und dafür wirst du leiden. Und mehr, als du denkst, denn *dein Tod* muss noch warten." Mit diesen Worten jagte er mir grinsend die Spritze, die er noch immer in Händen hielt, in die Haut.

Ich träumte.

„Jo, ich weiß jetzt wieder, welchen Plan deine Mutter und ich hatten", hörte ich plötzlich Henriettes Stimme neben mir. Ich befand mich wieder in Teresas Küche, es war der Moment, kurz bevor die Jäger die Wohnung gestürmt hatten. Doch nun war es anders. Henriette stand in einem schwarzen Abendkleid neben mir. Sie trug lange funkelnde Ohrringe und blickte mich ernst an, wobei sie älter wirkte als je zuvor. „Sara hatte vor, Marius' Schlüsselerinnerung zu finden – jene Erinnerung, die dafür verantwortlich ist, dass er die Seherinnen so sehr hasst. Sie wollte sie für immer verändern."

„Jo, wo bist du?", hörte ich plötzlich das Flüstern einer Frau. „Sag uns, wo du bist!" Ich drehte mich um, konnte aber niemanden sehen. Nur Henriette und ich befanden uns in der kleinen Küche und sie schien die Stimme nicht zu hören.

„Die Schlüsselerinnerungen sind der eine Funke, der alles auslöst", machte Henriette weiter. „Deine Mutter war drauf und dran, Marius' Schlüsselerinnerung für die Verachtung der Seherinnen zu finden. Dafür war sie oft auf seinem Erinnerungsfeld und bevor sie gestorben ist, ist sie ihr bereits

recht nah gekommen." Henriette beugte sich verschwörerisch zu mir. „Als Seherin kann man die Schlüsselerinnerung spüren", flüsterte sie. „Es wird für einen Moment wärmer und man weiß einfach, wenn man auf eine trifft." Dann richtete sie sich wieder auf und machte eine ausholende Handbewegung. „Aber jetzt muss ich erst mal tanzen gehen, hörst du denn nicht die schöne Musik?"

Im nächsten Moment fand ich mich in einer dunklen Gasse wieder. Meine Hände waren hinter meinem Rücken an einem schmalen Pfosten festgebunden und Holzsplitter bohrten sich in meine nackten Füße. Ich stand auf einem aufgeschichteten Holzhaufen und ein schlanker Mann mit schwarzen Haaren fixierte mich mit hasserfülltem Blick. Eine unbändige Hitze rollte plötzlich über mich hinweg, ich konnte kaum atmen, so heiß war es. Panisch zerrte ich an meinen Fesseln, um mich zu befreien, doch sie saßen zu fest.

„Du bist ein Geschöpf des Satans", erklärte der Mann, den ich als Pierre wiedererkannte. Es war der junge Arzt, der mit der Jagd auf die Seherinnen begonnen hatte. „Meine Männer sind von Gott gesandt worden, um Hexen wie dich zu enttarnen und euch mitsamt eurer diabolischen Kraft in Flammen aufgehen zu lassen." Er machte einen Schritt zurück. „Zündet die Hexe an!", schrie er und ein bulliger Mann mit definierten Muskeln hob eine Fackel und trat hervor. Ich begann zu kreischen, aber die Hitze der Flammen war nichts gegen das, was in meinem Inneren tobte. Wüste Bilder schoben sich vor mein Gesicht, ich sah Marius, der hasserfüllt von seinem toten Vater sprach, ich sah Bilder des Krieges, sah, wie die Beschützer auf die Seherinnen losgingen und wie Kai Henriette ein Messer in den Rücken rammte. Überall war plötzlich Blut und dann

verschwammen die Eindrücke zu einem grauen Nebel und ich hörte wieder diese Frauenstimme, die nach mir rief.

„Jo, sag uns, wo du bist!", verlangte sie und in dem Augenblick tauchte ein Junge mit Sommersprossen und roten Haaren, nicht älter als vierzehn, vor mir auf.

„Du bist eine von uns", sagte er und lächelte verschmitzt. „Aber das ist nicht schlimm." Sein Lächeln verzog sich zu einem breiten Grinsen. „Denn wer glaubt denn heute noch an Märchen?"

Im nächsten Moment stand ich auf einem schmalen Sandstreifen mit dünenartigen Verwehungen, aus denen Heidekräuter und Gräser hervorwuchsen. Das Meer brandete donnernd gegen den Strand. In weiter Entfernung konnte ich einen rot-weiß gestreiften Leuchtturm entdecken und daneben eine Ansammlung von Häusern. Der Wind trug den Geruch von Salzwasser mit sich und obwohl ich nur mein Krankenhaushemd trug, war mir nicht kalt.

„Du wirst dich noch verkühlen, wenn du dir nichts anziehst", sagte eine bekannte Stimme hinter meinem Rücken und ich drehte mich um.

Hinter mir stand Henriette in einem weißen Jogginganzug und lächelte mich freundlich an.

„Henriette", rief ich erleichtert, als ich erkannte, dass die Seherin doch noch lebte, und machte schnell einen Schritt auf sie zu. „Was passiert hier mit mir?"

„Das weiß ich nicht", antwortete sie. „Schließlich bin ich nur eine Figur in deinem Traum."

„Das ist wieder nur ein Traum?", murmelte ich enttäuscht und setzte mich in einen blau-weiß gestreiften Strandkorb.

„Nur ein Traum?", wiederholte Henriette ungläubig und schüttelte den Kopf. „Dass du so etwas sagst, Jo. Deine

Träume öffnen dir den Zugang zu verschüttetem Wissen, zu Erkenntnissen, auf die du in der Gegenwart nicht zugreifen kannst. Vertraue ihnen und deute sie richtig." Henriette legte den Kopf in den Nacken, als eine Möwe am Himmel schrie. „Träume sind so wertvoll, mein Kind", sagte sie gedankenverloren. „Höre ihnen zu, wie der Musik des Meeres. Möglicherweise leiten sie dich auf deinem Weg in die Zukunft."

Henriette lächelte mir noch einmal zu. Dann verwandelte sie sich vor meinen Augen in eine weiße Möwe und flog davon.

„Nein!", rief ich und streckte den Arm nach ihr aus. Im selben Moment wurde der Strandkorb von einer heftigen Bö erfasst und ich sprang auf, als der Wind begann, ihn über den Strand zu wehen. Dabei entdeckte ich in weiter Entfernung Adrian und Finn. Sie befanden sich auf der Höhe des Leuchtturms und rannten in Richtung der kleinen Häusersiedlung.

„Jo", hörte ich wieder diese leise Frauenstimme im Brausen des Windes. „Jo, wo bist du? Gib uns einen Hinweis."

Ich drehte mich einmal im Kreis und schlang die Arme um meinen Körper. „Ich weiß nicht, wo ich bin! Er hat von der Ostsee gesprochen", rief ich dann. „Ich muss hier weg!"

„Genug geträumt!", ertönte eine strenge männliche Stimme und dann tauchte Gunter in seinem weißen Arztkittel zwischen den bewachsenen Dünen auf. In der Hand hielt er eine Spritze. „Ich bin nicht tot, aber du wirst es bald sein, wenn du genug gelitten hast! Sofort zurück ins Bett mit dir!"

Mit einem Keuchen fuhr ich aus dem Schlaf hoch. Das Zimmer lag still und dunkel da. Offenbar waren seit meiner letzten Spritze einige Stunden vergangen. Meine langen Haare klebten verschwitzt in meinem Nacken und ich hasste das Gefühl, keinerlei Kontrolle zu besitzen.

„Ausgeschlafen?“, fragte Gunter plötzlich in die Stille hinein und ich zuckte zusammen, als sich die Silhouette seiner großgewachsenen Gestalt aus der Dunkelheit löste. Er blieb neben meinem Bett stehen und blickte auf mich herunter. Dann knipste der weißhaarige Mann ein kleines Licht neben meinem Bett an und blickte mich abschätzig an.

„Marius dachte, dass Sie tot sind“, murmelte ich schleppend.

Er verschränkte die Hände hinter dem Rücken und nickte.

„Ich weiß“, erwiderte Gunter und trat an mein Bett heran. „Alle dachten es, weil ich wollte, dass sie es dachten. Ich hatte es damals satt, von meinem eigenen Sohn gejagt zu werden, weil ich zu einem Beschützer“, er sprach das Wort voller Abscheu aus, „geworden war. Deshalb habe ich Nikolai aufgetragen, die Nachricht von meinem Tod zu verbreiten.“

„Aber Nikolai war doch Marius’ rechte Hand“, sagte ich leise. Dabei wünschte ich, meine Stimme hätte kräftiger geklungen – aber die Spritze, die mir Gunter gegeben hatte, hatte mich völlig ausgeknockt.

„Dennoch war er mein Freund“, entgegnete Gunter hart. „Mein letzter Freund in der Jägerschaft, mein treuer Freund, der mich nie verraten hat. Bis du gekommen bist und ihm seine Erinnerungen genommen hast. Jetzt hat er keine Ahnung mehr, wer ich bin, er weiß nichts mehr über unsere Freundschaft und das, was uns verbunden hat. Du hast ihm die Erinnerung genommen, genau wie jedem anderen Jäger, den ich jemals gekannt habe.“ Seine Stimme triefte vor Verachtung und Schmerz.

„Was haben Sie jetzt mit mir vor?“, fragte ich und blickte zu ihm hoch.

„Das habe ich doch schon gesagt, Jo“, erwiderte er langsam. „Ich werde dich leiden lassen, genauso wie ich leide, wenn ich an meinen Sohn denke.“

Er zog sich einen Stuhl heran. Dann ließ er sich darauf sinken und lächelte. „Dein Freund ist bereits auf dem Weg hierher“, informierte er mich gelassen und schlug seine langen Beine übereinander.

Automatisch schnellte mein Puls in die Höhe. „Ich glaube Ihnen nicht!“, stieß ich hervor.

Er zuckte mit den Schultern. „Du wirst schon sehen.“

„Nein. Sie lügen“, sagte ich und hoffte, dass ich mich nicht irrte. Denn obwohl ich mir sehnlichst wünschte, Adrian wiederzusehen, wollte ich nicht, dass er auf Gunter traf, der irgendeinen bösartigen Plan zu haben schien.

„Doch, doch, dein Freund kommt schon. Schließlich hat er großspurig verkündet, er würde diesen Ort finden und dich befreien.“

Automatisch dachte ich an Marlene, die diese Information an Gunter weitergegeben haben musste. Aber wo war Marlene jetzt?

Panik überkam mich. Adrian war auf dem Weg hierher und Gunter erwartete ihn. Plötzlich wurde mir schwarz vor Augen und die Wirklichkeit schien vor mir zu verschwimmen.

Ich spürte, wie eine schreckliche Hitze durch mich hindurchschoss. Es war, als würde jede Zelle meines Körpers Feuer fangen, als würde ich direkt auf dem Scheiterhaufen verbrennen. Die sengende Hitze wurde begleitet von zarten Violinenklängen, die mit jedem Atemzug lauter wurden. Was war das? Was passierte hier?

Keuchend krallte ich meine Finger in die Bettdecke.

„*Nein, nein, täusche jetzt keine Ohnmacht vor, du Missgeburt*", hörte ich Gunters Stimme dumpf an mein Ohr dringen, während die Violinenmusik wieder etwas leiser wurde.

„Mir ist so heiß", antwortete ich gequält. Mein Blick huschte zu Gunters Handgelenk und er hob arrogant eine Augenbraue. „Denk nicht einmal daran. Noch einmal werde ich mich nicht überrumpeln lassen."

„Gehen Sie weg von ihr", erklang in diesem Moment Adrians Stimme von der Tür und mir traten Tränen in die Augen.

Er war tatsächlich gekommen.

Mit einem raschen Schritt war Adrian im Zimmer und ich saugte seinen Anblick in mich auf. Seine markanten Gesichtszüge waren angespannt, doch als er mich ansah, wusste ich, dass alles gut werden würde.

Es musste einfach gut werden.

Gunter drehte sich überrascht um und stand auf. „Du kommst früher als erwartet." Mit diesen Worten ging er zu einer Kommode neben meinem Bett und betätigte einen grauen Knopf an der Wand, der mir noch nie zuvor aufgefallen war.

Mit einem satten Ton glitt die Tür ins Schloss und klickte leise. Gleichzeitig ertönte ein leises Zischen, als würde Gas in den Raum strömen. Entsetzt beobachtete ich, wie Gunter eine Schublade aufzog und sich mit einer routinierten Bewegung eine Atemschutzmaske überzog, die sein gesamtes Gesicht bedeckte.

Adrian war mit zwei Schritten an der Tür und rüttelte an der Klinke.

„Bemüh dich nicht", hörte ich Gunters gedämpfte Stimme unter der Maske hervordringen. „Ihr werdet gleich ohnmächtig werden, und danach werdet ihr euch wünschen, nie wieder aufgewacht zu sein." Die Endgültigkeit, mit der er das sagte, ließ einen kalten Schauer durch meinen Körper jagen.

„Steh auf, Jo!", stieß Adrian hervor und stürzte sich auf Gunter. „Versuch, hier irgendwie rauszukommen!"

Ich hörte noch immer diese zarten Violinenklänge und sah, wie Adrian Gunter die Atemschutzmaske vom Gesicht reißen wollte. Der alte Mann wehrte sich und Adrian streckte ihn mit einem Faustschlag nieder. Rasch schlug ich die Decke zurück und zwang mich, die Schwäche in meinen Gliedern zu ignorieren. Die Hitzewellen schwemmten noch immer durch meinen Körper und ich spürte das bekannte Schwindelgefühl, als ich mich aufsetzte, aber ich wusste, dass jede Sekunde zählte.

„Ihr kommt hier nicht raus!", keuchte Gunter, der sich mit den Händen und Knien auf dem Boden abstützte. Eine Schlüsselkarte war ihm bei dem Sturz aus seinem Arztkittel gerutscht und ich sah, wie sich beide Männer gleichzeitig darauf stürzten. Adrian schaffte es, die Karte in meine Richtung zu kicken, und krümmte sich zusammen, als Gunter ihm in den Bauch boxte.

„Beeil dich, Jo!", keuchte Adrian gepresst, während ich mich nach der Karte bückte. „Verschwinde von hier! Lauf!"

Ich sah, wie er unter der Wirkung des Gases schwankte, und alles in mir wehrte sich dagegen, ihn allein zu lassen.

„Jetzt!", brüllte Adrian und meine Beine folgten seinem Befehl und taumelten zur Tür.

Meine Knie waren butterweich, aber das Adrenalin peitschte mich vorwärts und ich schaffte es, die Tür mit der Schlüsselkarte zu entriegeln und das Zimmer zu verlassen. Draußen stützte ich mich für einen Moment an der weiß getünchten Wand ab. Obwohl das Gas geruchlos gewesen war, merkte ich, dass ich hier freier durchatmen konnte. Dann blickte ich mich schnell um.

Ich befand mich in einem schmalen Flur, der überhaupt nicht mehr nach Krankenhaus aussah. Nach rechts führte er zu zwei geschlossenen Türen und links zu einem offenen Durchgang. Meinem ersten Impuls folgend, wandte ich mich nach links und schwankte durch den Korridor. Ich musste irgendetwas finden, um Adrian zu helfen. So, wie ich jetzt war, war ich ihm keine Hilfe.

Meine nackten Füße hasteten über den hellen Läufer, während die Angst um Adrian durch meinen Körper rauschte. Aus dem Krankenzimmer klang ein lautes Scheppern und ich zuckte zusammen.

Hektisch warf ich einen Blick über die Schulter und wäre fast hingefallen, als mein rechtes Knie plötzlich unter mir wegknickte. Mein Schwung trug mich durch den offenen Durchgang in eine geräumige Küche und ich stützte mich an einer Vitrine zu meiner Rechten ab. Der Raum, in dem ich mich befand, war rustikal eingerichtet.

Alte, helle Holzmöbel standen in dem Zimmer, in dessen Mitte sich ein gedeckter Esstisch mit zwei brennenden Kerzen befand. Dahinter wurde die ganze stirnseitige Wand von einer langen Küchenzeile eingenommen und an den seitlichen Wänden hingen Fotografien einer grün bewachsenen Dünenlandschaft vor einer Küste. Angespannt sah ich mich um. Ein Topf mit Suppe köchelte auf einem alten Gasherd und ich entdeckte nur eine einzige Tür links neben der Küchenzeile. Gegenüber der Tür befand sich ein Fenster und auf der Anrichte darunter lag ein benutztes Schneidebrett mit einem

Messer und einer halb geschnittenen Karotte.

Mein Herz machte einen Satz, als ich die blitzende Klinge sah. Damit konnte ich Adrian vielleicht helfen. Ich hatte gerade ein paar wackelige Schritte in Richtung des Messers gemacht, als die Tür hinter mir geöffnet wurde. Erschrocken fuhr ich herum und blickte Marlene in die Augen.

Sie kam gerade aus der Vorratskammer und schien für einen Moment überrascht zu sein, mich hier zu sehen, fing sich jedoch gleich wieder.

„Sieh an“, murmelte sie mit funkelnden Augen. „Da hat unsere kleine Patientin ihr Bett verlassen.“

Ich wich zu der Anrichte mit dem Schneidebrett zurück und ließ die schlanke Seherin mit den kurzen brünetten Haaren nicht aus den Augen, während ich blind nach dem Messer hinter mir tastete. Sie sah ganz anders aus, als ich sie in der Zentrale der Seherinnen kennengelernt hatte: Statt eines schicken Kostüms trug sie einen Pulli zu ausgewaschenen Jeans – und auf ihrem Gesicht zeigte sich kein bisschen Besorgnis. Aus dem Korridor drangen Kampfgeräusche zu mir und als ich Adrian stöhnen hörte, wandte ich für einen winzigen Moment den Kopf in seine Richtung. Zum Glück hatte er es aus dem Zimmer mit dem Gas geschafft.

Sofort war Marlene bei mir und stieß mich zur Seite. Dann schnappte sie sich das Messer vom Schneidbrett und richtete es überlegen lächelnd auf mich. Die glänzende Klinge sah furchtbar scharf aus und mir schlug das Herz bis zum Hals, als ich einen Schritt zurück machte und dabei gegen den gedeckten Esstisch stieß.

„Was hast du vor?“, flüsterte ich und versuchte das Zittern aus meiner Stimme zu verbannen, während ich noch immer die Violinenklänge in meinem Ohr hatte.

„Wonach sieht es denn aus? Ich werde dich töten“, erwiderte sie und hieb mit dem Messer nach mir.

Ich wich mit einem Schrei zur Seite aus und stolperte neben dem Tisch rückwärts auf den offenen Durchgang zu.

„Wieso?“, keuchte ich. „Was hast du davon, wenn die Gemeinschaft der Seherinnen auseinanderbricht?“

„Mir ist die Gemeinschaft der Seherinnen völlig egal“, erklärte Marlene. „Aber *er* ist mir nicht egal. Er ist mein Ein und Alles.“ Die Kampfgeräusche aus dem Korridor schienen näher zu kommen und ich war froh, dass Adrian sich von der Quelle des Gases weiter entfernte.

„*Du* hast uns manipuliert, *du* warst das in Italien“, sagte ich, um etwas Zeit zu gewinnen.

„Natürlich war ich das und es hat auch Spaß gemacht, dich und deine Freunde zu entzweien und euch mit den Briefen und dieser lächerlichen Kellertür Angst zu machen“, schnaubte Marlene belustigt und ich verstand, dass das erste Zufallen der Kellertür nur der Wind gewesen war – der Rest ging auf Marlenes Konto. „Deine Freunde hatten keine Chance gegen mich und meine Kräfte. Sie waren wie Wachs in meinen Händen – und du warst genauso leicht zu manipulieren. Du hättest die Angst in deinen Augen sehen sollen, als wir den Rauchgeruch in dein Zimmer geleitet haben. Es war herrlich.“ Marlene lächelte böse.

„Es bereitet dir Vergnügen, andere zu quälen“, murmelte ich bitter.

„Aber ja doch. Schließlich bin ich eines der Kinder, das die Seherinnen so fürchten.“

„Du bist ein andersartiges Kind?“

Marlene nickte. „Alle Seherinnen, die über spezielle Fähigkeiten verfügen, sind andersartige Kinder. Auch deine Vorfahrin Saphira war eines, aber natürlich habt ihr mir geglaubt, dass es nicht so war."

„Aber Saphira hat nicht diese Zerstörungswut in sich getragen", widersprach ich.

Marlene lachte laut auf. „Diese Zerstörungswut ist nichts als ein Märchen, du dummes Kind. Ein Gerücht, das damals von den Jägern in die Welt gesetzt wurde, um etwaige Friedensverhandlungen gleich im Keim zu ersticken. Eine abtrünnige Gruppe von Jägern wollte Waffenstillstand mit den Seherinnen schließen, eine andere hat dafür gesorgt, dass dies nie wieder passiert."

„Dann ist die Sache mit dem Jungen, der die Zeit verändern konnte, nie passiert?"

„Nichts anderes als ein Märchen", bestätigte Marlene. „Die Jäger waren schon damals nicht blöd und haben eine Seherin dazu gezwungen, die Erinnerung der jungen Magd zu verändern. Diese hatte in Wirklichkeit nur die radikalen Jäger gesehen, die alle Beteiligten niedergemetzelt haben. Und die Geschichte von den andersartigen Kindern sollte die Jäger nur zusätzlich abschrecken, jemals eine Verbindung mit einer Seherin einzugehen."

Dann fixierten Marlenes Augen plötzlich einen Punkt hinter mir und im nächsten Moment war sie bei mir, wirbelte mich herum und hielt mir das Messer an die Kehle.

„Noch ein Schritt weiter und ich töte sie", zischte sie Adrian zu, der im Korridor erschienen war. Er stützte sich schwer atmend an der Wand ab und hatte eine kleine Platzwunde auf der Stirn, direkt über seiner schwarzen Augenbraue, doch ansonsten wirkte er unverletzt. Offenbar hatte ihn das Gas in der kurzen Zeit nicht so sehr geschwächt, wie Gunter gehofft hatte. Hinter ihm hörte ich den alten Beschützer unter der Maske gedämpft stöhnen und sah, wie Adrian nach einem Blick auf das Messer mitten in der Bewegung erstarrte. Unsere Augen trafen sich und ich wünschte, ich wäre nicht so geschwächt gewesen.

Ein paar Schritte weiter rappelte sich Gunter auf, der gegen die Wand gesunken war. Ich sah, wie der alte Beschützer eine Spritze aus seinem Arztkittel zog und die Plastikabdeckung von der Nadel zerrte.

„Pass auf!", rief ich Adrian zu und er drehte den Kopf in Gunters Richtung. Im selben Moment zersplitterte das Küchenfenster hinter Marlene und mir und dann ging alles ganz schnell.

Adrian fuhr wieder besorgt zu mir herum und bekam Gunters Spritze von hinten in den Hals gestochen. Ich schrie auf und nahm aus dem Augenwinkel einen Schatten wahr, der Marlene von mir wegstieß und das Messer mit dem Fuß in die andere Ecke der Küche kickte. Dann tauchte plötzlich Finns Gesicht vor meinem auf und ich sah in seine vertrauten hellblauen Augen.

„Jo, alles okay?", fragte Finn und blickte rasch über seine Schulter. Adrian war auf der Schwelle zur Küche bewusstlos zusammengesunken und der keuchende Gunter stand mit der leeren Spritze in der Hand hinter ihm. Dabei riss er sich die Maske vom Gesicht.

„Du musst ihm helfen", stieß ich hervor und Finn nickte. Schnell drückte er mir eine Dose Pfefferspray in die Hand, bevor er mit einer fließenden Bewegung aufstand und sich umdrehte.

Ich sah Unsicherheit in Gunters Augen aufflackern und richtete meinen Pfefferspray auf Marlene, die neben der Tür zur Vorratskammer stand.

Ohne ihr Messer und mit genügend Abstand zwischen uns, wirkte sie gleich weniger gefährlich. In der Zwischenzeit näherte sich Finn dem alten Beschützer. Ich sah, wie Gunter seinen Arztkittel nach einer zweiten Spritze abklopfte und einen Schritt nach hinten machte. Offenbar hatte er von Adrian schon ordentlich einstecken müssen, denn er humpelte leicht.

Ich atmete lange und tief aus.

Es sah wirklich so aus, als ob alles gut werden würde. Selbst die Violinenklänge in meinem Ohr verstummten beinahe.

Ich blickte zu Marlene, die völlig starr neben der Vorratskammer stand und ihre Finger gegen ihr eigenes Handgelenk presste – doch das war nicht das Schlimmste. Das Schlimmste waren ihre Augen, die sie so weit nach oben verdreht hatte, bis nur noch das Weiße darin zu sehen war.

In diesem Moment begann Finn zu summen. Es war die rhythmische Melodie, die ich von unserem Urlaub in der Toskana kannte, und mir stellten sich sämtliche Nackenhaare auf.

Erschrocken sah ich, wie Finn Gunter plötzlich links liegen ließ und stattdessen neben Adrian in die Hocke ging. Dann griff er mit beiden Händen nach Adrians Kopf und riss ihn mit einem kräftigen Ruck herum, bis ein fürchterliches Knacken zu hören war. Und dann hörte ich nichts mehr bis auf mein eigenes völlig hysterisches Schreien.

Kapitel 17

Eine schreckliche Dunkelheit überrollte mich und riss mich in die Tiefe des Nichts.

Adrian war tot.

Finn hatte ihn vor meinen Augen getötet.

Der Schmerz stieß mich in einen Strudel aus Angst und Verzweiflung und dem Gefühl, nicht mehr atmen zu können. Es war, als hätte mir jemand einen Dolch mitten ins Herz gerammt, und ich schnappte nach Luft, um das Bild nicht vor meinen Augen sehen zu müssen.

Finn, der neben Adrian in die Hocke ging.

Finn, der mit beiden Händen nach seinem Kopf griff.

Und das schreckliche Knacken, als er ihn mit einem kräftigen Ruck herumriss.

Ich fiel auf die Knie und alles um mich herum drehte sich. Die Wirklichkeit verschwamm vor meinen Augen und mit ihr der schreckliche Anblick von Adrians Leichnam, während die Violinenmusik von vorhin wieder anschwoll und so laut wurde, dass sie jeden Gedanken in meinem Kopf übertönte.

„*Nein, nein, täusche jetzt keine Ohnmacht vor, du Missgeburt*“, hörte ich Gunters Stimme dumpf an mein Ohr dringen und dann öffnete ich langsam meine Augen. Ich lag wieder in meinem Bett, in dem gefakten Krankenzimmer. Ungläubig blickte ich mich um. Meine Haare klebten mir verschwitzt im Nacken und mein Brustkorb hob und senkte sich schnell, während ich zu verstehen versuchte, was hier gerade passiert war. Gunter saß gelassen auf dem Stuhl neben mir und hatte seine Beine übereinandergeschlagen.

„Gehen Sie weg von ihr“, erklang in diesem Moment Adrians Stimme von der Tür und ich schluchzte auf. Er lebte. Ich wusste nicht, wie, aber er lebte!

Mit einem raschen Schritt war Adrian im Zimmer und ich saugte seinen Anblick in mich auf. Seine markanten Gesichtszüge waren angespannt, doch er wirkte völlig unversehrt.

Gunter drehte sich überrascht um und stand auf. „Du kommst früher als erwartet.“ Mit diesen Worten ging er zu einer Kommode neben meinem Bett und betätigte einen grauen Knopf an der Wand, woraufhin die Tür mit einem satten Ton ins Schloss glitt und leise klickte. Gleichzeitig ertönte ein leises Zischen, als würde Gas in den Raum strömen. Ungläubig beobachtete ich, wie Gunter eine Schublade aufzog und sich mit einer routinierten Bewegung eine Atemschutzmaske überzog, während Adrian an der Tür rüttelte, die sich nicht mehr öffnen ließ.

„Bemüh dich nicht“, hörte ich Gunters gedämpfte Stimme unter der Maske hervordringen. „Ihr werdet gleich ohnmächtig werden, und danach werdet ihr euch wünschen, nie wieder aufgewacht zu sein.“

„Steh auf, Jo!“, stieß Adrian hervor und ich gehorchte automatisch, während mein Gehirn zu verarbeiten versuchte, was hier vor sich ging. Ich hatte das alles hier schon mal erlebt, nur hatte ich dabei diese Violinenmusik wahrgenommen, die ich jetzt nicht mehr hörte.

Konnte es sein, dass ich auch eine von ihnen war?

„Ihr kommt hier nicht raus!“, keuchte Gunter, nachdem ihn Adrian mit einem Faustschlag zu Boden gestreckt hatte. Seine Schlüsselkarte war ihm bei dem Sturz aus seinem Arztkittel gerutscht und ich sah, wie Adrian sie zu mir kickte.

„Beeil dich, Jo!“, befahl er gepresst, während ich noch immer nicht glauben konnte, was hier gerade passierte. „Jetzt mach schon“, stöhnte Adrian, als Gunter ihn in den Bauch boxte und ich gab mir selbst einen Ruck. So schnell ich konnte, bückte ich mich nach der Karte und stolperte zur Tür, genau in dem Moment, als Adrian schwankend auf die Beine zu kommen versuchte. Meine Knie waren butterweich, als ich aus dem Krankenzimmer auf den weiß getünchten Flur hinaustaumelte.

Dabei wirbelten die Gedanken durch meinen Kopf. Konnte das sein? Konnte es wirklich sein, dass ich Saphiras Fähigkeit geerbt hatte? Hatte ich soeben eine Version der Zukunft erlebt?

Entschlossen drehte ich mich dieses Mal nach rechts und stützte mich an der Wand ab, als ich zu den beiden Türen taumelte. Als ich die Klinken hinunterdrückte, blinkte bei beiden ein rotes Licht auf und ich versuchte, die Schlüsselkarte zu benutzen, um die Tür zu öffnen, aber sie funktionierte nicht. Mit klopfendem Herzen kehrte ich wieder um. Der ganze Korridor drehte sich um mich und ich hatte das Gefühl, dass meine Beine jeden Moment unter mir wegknicken würden. Als ich an dem Krankenzimmer vorbeikam, erklang daraus ein lautes Scheppern und ich sah, dass Adrian gegen den Infusionsständer getaumelt war und ihn umgeworfen hatte.

Rasch schwankte ich weiter zur Küche. Wenn es mir diesmal gelang, vor Marlene an dem Messer zu sein, konnte ich die Zukunft vielleicht noch ändern. Meine Panik trug mich durch den offenen Durchgang in das geräumige Esszimmer mit dem gedeckten Tisch und dem Geruch nach Suppe.

In dem Moment, als ich reinkam, trat Marlene aus

der Vorratskammer und schien für einen Moment überrascht zu sein, mich zu sehen. Aus dem Korridor drangen Kampfgeräusche zu mir, aber ich ignorierte sie, selbst als ich Adrian stöhnen hörte.

„Was machst du denn hier?“, fragte Marlene kühl.

„Ich ändere die Zukunft“, flüsterte ich. „Außerdem lasse ich nicht zu, dass ihr die Prophezeiung wahr werden lasst und die Seherinnen für immer vernichtet“, fuhr ich fort und musste mich an dem gedeckten Tisch in der Mitte kurz festhalten, da mein Körper umzukippen drohte.

Sie runzelte kurz die Stirn, fing sich aber gleich wieder. „Im Moment siehst du nicht wie jemand aus, der Forderungen stellen kann“, bemerkte sie spitz, als ich Adrian plötzlich im Korridor hinter mir hörte. Automatisch drehte ich mich um. Er stützte sich schwankend an der Wand ab und hatte eine kleine Platzwunde auf der Stirn, doch ansonsten wirkte er unverletzt. Hinter ihm war Gunter gegen die Wand gesunken und ich sah, wie der alte Beschützer eine Spritze aus seinem Arztkittel zog und die Plastikabdeckung von der Nadel zerrte.

„Pass auf!“, rief ich Adrian zu und er drehte sich zu Gunter um. Im selben Moment zersplitterte das Küchenfenster und ich schnappte mir einen Kerzenleuchter vom gedeckten Tisch und schleuderte ihn auf Gunter.

Dann passierte alles ganz schnell.

Der weißhaarige Beschützer wich aus und der Kerzenleuchter traf Adrian an der Schläfe. Mit einem Stöhnen ging er in die Knie und ich schrie erstickt auf, da ich das nicht gewollt hatte.

Gleichzeitig nahm ich einen Schatten wahr, der

Marlene von mir wegstieß, und dann war plötzlich Finns Gesicht vor meinem und ich sah in seine vertrauten hellblauen Augen.

„Jo, alles okay?“, fragte Finn und drückte mir die Dose Pfefferspray in die Hand, während er selbst aufstand und sich zu Gunter umdrehte. Dann warf ich einen Blick auf Marlene. Sie stand ein Stück entfernt und presste ihre Fingerspitzen gegen ihr eigenes Handgelenk. Im nächsten Moment verdrehte sie die Augen nach oben, bis nur noch das Weiße zu sehen war. So schnell ich konnte, war ich bei ihr und griff nach ihrem Handgelenk.

Ihr Erinnerungsfeld war gut geschützt und als ich auf der weiten Ebene landete, wusste ich, dass mir kaum Zeit blieb. Dutzende Orkane tobten über das Feld und ich konnte kaum meine Hand vor den Augen sehen. Ich musste mich beeilen, wenn ich Adrian retten und das Schlimmste verhindern wollte.

„Zeig mir den Moment, in dem du dich in Gunter verliebt hast!“, schrie ich über die tosende Ebene. Zuerst konnte ich den leuchtenden Grashalm nicht sehen, daher rannte ich einfach los. Der Sturm zerrte an mir und brachte mich immer wieder zu Fall. Schwerfällig richtete ich mich auf, kämpfte mühsam gegen Marlenes Abwehrkräfte und als ich endlich ein sanftes Leuchten wahrnahm, setzte ich alles daran, es auch zu erreichen.

Ich stand auf einer Straße, vor einem Café. Es war eiskalt in dieser Erinnerung und die Farben wirkten blass. Durch die Fensterfront sah ich Gunter, er musste in der Erinnerung ungefähr dreißig Jahre alt sein. Seine dunklen Haare hatte er zurückgekämmt und er las gerade in einer Zeitung, während er von seinem Kaffee trank. Auf der anderen

Straßenseite stand die junge Marlene in einer Telefonzelle und ich ging zu ihr. Sie hatte glänzende lange Locken und ich hörte, wie sie telefonierte. „Ich habe ihn gefunden“, sagte sie leise.

Im selben Moment wollte eine ältere Dame mit Gehstock das Café betreten. Sie hatte Schwierigkeiten, die schwere Tür aufzudrücken, und Gunter sprang nach einem kurzen Blick zu ihr sofort auf, um ihr zu helfen.

„Aber so böse wirkt er gar nicht“, sagte Marlene in dem Moment und drückte den Hörer des Münztelefons an ihr Ohr. „Und er sieht gut aus, sehr gut.“ Sie machte eine kurze Pause und ließ Gunter durch den Glaseinsatz der Telefonzelle dabei nicht aus den Augen. „Hast du etwas Angst, dass ich mich in ihn verliebe, Roberta?“, fragte sie und lächelte kurz. „Und was wäre so schlimm daran? Immerhin wäre ich nicht die Erste, die sich in einen Jäger verliebt.“

Roberta schien auf sie einzureden, aber Marlene schüttelte nur den Kopf. „Ich weiß, dass ich versprochen habe, ihn mir nur anzusehen – aber was wäre denn so schlimm daran, auch ein wenig mit ihm zu spielen?“, fragte sie und ihr Blick war noch immer auf Gunter gerichtet, so als könne sie einfach nicht mehr wegsehen. „Du weißt doch, dass er gegen meine Kräfte keine Chance hat. Und helfe ich den Seherinnen nicht am meisten, wenn ich ihn aus dem Verkehr ziehe?“ Und in dem Moment, als sie das sagte, wurde die Erinnerung ganz warm und leuchtend und ich fühlte, dass Henriette recht gehabt hatte. Denn plötzlich wusste ich, dass es sich dabei um eine Schlüsselerinnerung handelte. Im selben Moment wurde ich zurück auf Marlenes Erinnerungsfeld gezogen.

Mit klopfendem Herzen landete ich wieder auf der stürmischen Ebene. Die einzelnen Orkane hatten sich mittlerweile zu einem riesigen Wirbelsturm verbunden, der in bedrohlicher Geschwindigkeit auf mich zuraste. Ich konnte mich kaum auf den Beinen halten, deshalb ließ ich mich schnell auf die Knie sinken, während mir der Wind entgegenpeitschte. Und dann legte ich meine Finger um den Halm mit der Schlüsselerinnerung und zerrte ihn mit einem kräftigen Ruck heraus.

Zurück in dem Haus an der Ostsee, zog ich meine Finger von Marlenes Handgelenk, die hochgradig verwirrt wirkte. Ihre Augen sahen ganz normal aus, was mich beruhigte, dennoch wollte ich so schnell wie möglich weg von ihr.

Adrian hatte sich in der Zwischenzeit von meinem Kerzenleuchter-Wurfmanöver erholt und wich gerade dem tobenden Gunter aus. Der weißhaarige Beschützer stieß gegen den gedeckten Tisch und warf die zweite noch brennende Kerze um. Dabei brüllte er Marlene an, verdammt noch mal was zu unternehmen, aber die Seherin reagierte nicht darauf. Sie benahm sich, als wäre sie gerade aus einem Traum aufgewacht, und starrte ihn an, als würde sie ihn zum ersten Mal sehen. In der Zwischenzeit fingen die Servietten auf dem Tischtuch Feuer und ich sah wie paralysiert zu, wie sich die Flammen ausbreiteten. Sie erfassten den weißen Baumwollstoff und ich spürte, wie Finn nach meiner Hand griff.

„Wir müssen hier raus, Mann!“, rief er Adrian zu, der den tobenden Gunter mit einem gezielten Faustschlag kampfunfähig machte, während Marlene noch immer in der Ecke stand und uns einfach nur stumm ansah. Ihr Verhalten war gruselig und Finn streifte sie mit einem kurzen Blick, bevor er sich Richtung Korridor wandte.

„Nicht dorthin!“, rief ich. „Die Türen sind alle

verschlossen!“

„Dann durchs Fenster“, schnaufte Finn und half mir, über die Küchenanrichte hinaus ins Freie zu klettern. Adrian war direkt hinter mir und sobald ich das feuchte Gras unter meinen bloßen Füßen fühlte, rannte ich los. Hinter uns wurde das Knistern der Flammen immer lauter und ich warf einen Blick über die Schulter. Marlene hatte sich aus ihrer Starre gelöst und versuchte nun im Alleingang die Flammen zu löschen, während von Gunter nichts zu sehen war.

„Blick nach vorn“, hörte ich Adrians tiefe Stimme direkt hinter mir und sein Ton duldete keinen Widerspruch. Als ich immer langsamer wurde, fühlte ich plötzlich seine starken Arme unter meinen Knien und dann wurde ich von ihm hochgehoben, als ob ich nicht mehr als eine Feder wöge. Adrian und Finn rannten immer weiter in die Nacht und erst als der Gasherd hinter uns mit einem gewaltigen Knall explodierte, verstand ich, warum.

Irgendwann hatten wir den schwarzen Audi erreicht, den die beiden mindestens einen Kilometer entfernt geparkt hatten. Adrian hatte mich unterwegs nicht abgesetzt und ich war ihm sehr dankbar dafür, denn ich genoss es viel zu sehr, mich in seinen Armen so sicher zu fühlen. Ich hatte meine Hände um seinen Nacken geschlungen und fühlte seinen Herzschlag an meinem Ohr – und nach allem, was meine Welt in den letzten Tagen zum Einstürzen gebracht hatte, war es das Einzige, woran ich mich festhalten konnte.

Als wir vor dem schwarzen Wagen standen, drehten sich Adrian und Finn noch einmal um und blickten zurück auf das einsame Landhaus, das in der Abenddämmerung lichterloh brannte.

„Meint ihr, einer von den beiden Alten hat es noch hinausgeschafft?“, fragte Finn.

Adrian schüttelte den Kopf. „Nein“, erwiderte er entschieden. „Die Explosion war zu stark.“

Ich blickte auf die Flammen und konnte nichts dagegen unternehmen, dass mir die Tränen über die Wangen rannen.

„Wieso heulst du denn jetzt?“, fragte Finn. „Wir drei leben doch noch.“ Seine Stimme klang betont heiter und ich hatte das Gefühl, das war seine Art, den Schock zu verarbeiten.

„Lass sie in Ruhe“, sagte Adrian scharf und drückte mich an seine warme Brust. „Du weißt nicht, was sie durchgemacht hat.“

„Schon gut“, murmelte Finn. „Aber ich hab auch einiges durchgemacht. Jens war die letzten Tage kaum zu ertragen.“

„Heißt das …“, begann ich und konnte nicht weitersprechen, weil mir die Stimme versagte. „Heißt das, Papa und Lilli geht es gut?“ Die Tränen schossen sturzbachartig aus meinen Augen, während ich voller Hoffnung und Angst zugleich auf die Antwort wartete.

Finn sah mich überrascht an. „Klar geht’s ihnen gut. Dein alter Herr hat sich zwar mächtig Sorgen gemacht und wir konnten ihn nur mit Mühe und Not davon abhalten, die Polizei zu rufen, aber sonst ist alles okay. Na ja, Lilli hat ihn wie üblich nicht schlafen lassen, aber das ist ja nichts Neues …“

Seine weiteren Worte gingen in meinem Schluchzen unter und dann spürte ich Adrians Lippen auf meiner Schläfe, der mir irgendwelche beruhigenden Dinge ins Ohr flüsterte, während er mich sanft in seinen Armen wiegte und Finn immer wieder fragte, ob er was Falsches gesagt hätte, bis ich endlich so weit war, den Kopf zu schütteln.

„Nein, Finn“, flüsterte ich erstickt. „Du hättest nichts Schöneres sagen können.“

Kapitel 18

Die Fahrt nach Hamburg dauerte einige Stunden und obwohl das brennende Landhaus schon bald aus meinem Blickfeld verschwunden war, hatte ich das Gefühl, die Flammen noch immer zu sehen, wenn ich die Augen schloss.

Auch wenn es Adrians Wagen war, fuhr Finn, damit Adrian bei mir hinten auf der Rückbank sitzen und mich in seinen Armen halten konnte.

„Irgendwie endet es immer im Feuer“, sagte ich gedankenverloren und dachte an Saphira, als wir in völliger Dunkelheit über die nächtliche Autobahn fuhren. Das Brummen des Motors dröhnte einschläfernd in meinen Ohren und ich kuschelte mich an Adrians Brust. Dabei fühlte ich mich so geborgen wie schon lange nicht mehr.

„Deine Eltern hätten dich besser *Carrie* nennen sollen“ bemerkte Finn und ich hätte liebend gern ein Kissen nach ihm geworfen, aber leider hatte ich keines – bis auf das lebende und atmende Kissen mit den straffen Bauchmuskeln direkt neben mir und das hätte ich für kein Geld der Welt geworfen, weder auf Finn noch auf sonst jemanden.

„Ich bin jedenfalls froh, dass es vorbei ist“, murmelte ich schläfrig und fühlte, wie mir bei den Worten die Augen zufielen.

„Ich bin auch froh, dass es vorbei ist. Der Typ da neben dir war ganz schön anstrengend“, bemerkte Finn und warf Adrian über den Rückspiegel einen bedeutsamen Blick zu.

„Blödsinn“, antwortete Adrian gelassen, doch aufgrund

der Art, wie er mich festhielt, konnte ich mir vorstellen, dass Finn recht hatte.

„Vielleicht erzählt ihr mir das alles morgen", murmelte ich gähnend. Und das Letzte, was ich hörte, war Adrians Stimme, der mir leise ins Ohr flüsterte, dass ich nun schlafen könne.

Ich erwachte in meinem Lieblingsschlafshirt in meinem eigenen Bett. Der Morgen graute bereits und die Vögel zwitscherten leise. Adrian lag neben mir und sein Brustkorb bewegte sich langsam und regelmäßig. Er hatte seinen muskulösen Arm über meine Hüfte gelegt und schien mich selbst im Schlaf beschützen zu wollen. Eine Weile blieb ich so liegen und ignorierte mein immer stärker werdendes Bedürfnis, aufs Klo zu gehen, bis ich es schließlich nicht mehr aushielt und mich unter seinem schweren Arm hervorzwängte.

Als ich wiederkam, war er wach und lächelte mich auf seine unwiderstehliche Art an. Durch die kleine Narbe über seiner Augenbraue wirkte er noch einen Tick verwegener und ich seufzte wohlig, als ich mich wieder zu ihm ins warme Bett kuschelte.

„Wie fühlst du dich?", fragte er sanft und strich mir mit den Fingerspitzen ein paar unbändige Haarsträhnen hinters Ohr.

„Fantastisch", hauchte ich und sah ihm tief in die Augen.

„Auch wenn ich nicht mehr wirklich weiß, wie ich in dieses Schlafshirt gekommen bin."

„Du wolltest unbedingt noch duschen, weißt du nicht mehr?", fragte Adrian und zeichnete mit den Fingern die Konturen meines Gesichts nach.

Ich runzelte die Stirn und schüttelte den Kopf. „Nein,

ich kann mich nur erinnern, dass Papa mich für ungefähr fünf Minuten nicht mehr losgelassen hat."

Ein kurzes Lächeln huschte über Adrians Gesicht, auf dem heute ein dunkler Bartschatten zu sehen war. „Genauso wie du Lilli ungefähr fünf Minuten lang an dich gedrückt hast. Danach warst du aber ziemlich durch."

Ich nickte bestätigend, denn die Ereignisse der letzten Nacht verschwanden immer wieder wie in einer Art Nebel. Aber ich konnte mich zumindest erinnern, dass ich mich entschieden hatte, meinem Vater nicht von der wahnsinnigen Seherin zu erzählen, die mir falsche Erinnerungen ins Gedächtnis gepflanzt hatte, in denen er und Lilli gestorben waren, nur um mich zu quälen. Offenbar war Gunter auch nach den vielen Jahren noch immer dem Kodex der Jägerschaft gefolgt, der besagte, dass es zwar okay war, junge Seherinnen zu ermorden, ihrer Familie aber nichts geschehen durfte, weil sie normale Menschen waren – und sich die Jäger dem Schutz dieser Menschen verschrieben hatten.

„Und meinen Vater hat es nicht gestört, dass du mir beim Duschen und Umziehen geholfen hast?", fragte ich leise und kuschelte mich noch enger an ihn.

Adrian vergrub sein Gesicht in meinem Haar und küsste dabei sanft meinen Hals. „Na ja, das fand er nicht so cool."

„Dachte ich es mir doch", erwiderte ich grinsend.

„Deswegen hat Finn das übernommen", fuhr Adrian fort und ich versteifte mich in seinen Armen. „Das ist ein Witz."

Er lachte leise und ich gab ihm einen Klaps auf die Brust. „Nicht lustig."

„Doch. Du hättest mal deinen Gesichtsausdruck sehen

müssen."

Ich schnaubte. „Na warte, das zahl ich dir heim."

Adrian legte sich auf den Rücken und warf mir einen amüsierten Blick von der Seite zu. „Wie denn? Indem du Conny dazu zwingst, mit mir zu duschen?"

Ich schüttelte schmunzelnd den Kopf. „Du bist ganz schön frech, weißt du das?"

Er grinste kurz und wurde dann plötzlich ernst. „Ich hatte eine Scheißangst um dich, Jo."

„Ich hatte auch Angst", gab ich zu und versuchte die ganzen grauenvollen Details meiner Entführung zur Seite zu schieben. „Woher wusstest du eigentlich, wo ich war?", wollte ich dann wissen und stützte mich auf dem Ellbogen auf. Seit ich die angeblichen Aufbauinfusionen und die Beruhigungsspritzen nicht mehr bekam, fühlte ich mich schon wieder fast normal.

„Dank der Hilfe von Alexis", antwortete er auf meine Frage. „Sie war die Träumerin aus der Prophezeiung – und sie hat dich, so oft sie konnte, in deinen Träumen besucht. Leider hat das nicht immer geklappt, weil sie ihre Fähigkeit noch nicht ganz unter Kontrolle hat. Aber als du diesen einen Traum vom Strand hattest, an dem du dich mit Henriette unterhalten hast, da hast du Alexis den Tipp mit der Ostsee gegeben. Und der Leuchtturm mit der Siedlung daneben hat sein Übriges getan – sowie natürlich die Tatsache, dass wir zu dem Zeitpunkt schon von Gunter wussten."

„Wie bist du auf ihn gekommen?", fragte ich. „Jetzt erinnere ich mich auch wieder, dass du mich schon bei unserem Telefonat vor dem Gärtner warnen wolltest."

Adrian nickte und legte einen Arm als Stütze hinter seinen Kopf. „Ich habe den letzten Jäger gesucht, der durch das Raster der Seherinnen gerutscht war, der damals auch an der Studie mit dem Serum teilgenommen hat. Sein Name ist Norbert Bischof und er war zu Zeiten der Jägerschaft einer von Gunters drei besten Freunden. Allerdings hat er sich irgendwann von der Jägerschaft abgewandt, ohne ein Beschützer zu werden, und lebte seitdem ganz abgeschieden in einem Haus auf Sylt. Als ich dort war, habe ich ihm das Anti-Serum verabreicht und dabei auch ein gemeinsames Foto von ihm, Peter, Gunter und Nikolai auf der Kommode gefunden. Ich habe einen Moment gebraucht, aber dann ist mir die Ähnlichkeit zwischen dem Gärtner und Marius' Vater aufgefallen. Zu dem Zeitpunkt habe ich dich angerufen."

„Und Marlene muss meine Erinnerungen an deinen Anruf und meine darauffolgende Ohnmacht mit den falschen Erinnerungen an den Brand vermischt haben", überlegte ich laut.

„Wenn sie nicht schon tot wäre, würde ich sie dafür am liebsten umbringen", murmelte Adrian.

Ich schüttelte den Kopf. „Es war ja nicht real. Was ist dann passiert, also nachdem ich verschwunden war?"

Adrians Gesichtszüge verhärteten sich. „Ich wusste nicht, wo ich die Suche beginnen sollte. Der alte Gärtner war verschwunden und auch von dem jungen fehlte plötzlich jede Spur. Er scheint jede Menge Spielschulden zu haben und ist untergetaucht, nachdem du verschwunden bist. Ich habe mich also auf Gunter konzentriert, der meinen Informationen zufolge bereits vor fünfundzwanzig Jahren gestorben war – aber wenn er jetzt noch immer als Beschützer lebte, war es nicht unwahrscheinlich, dass er eine Seherin bei sich hatte. Und nach dem, was uns in der Toskana passiert war, musste ich davon ausgehen. Deshalb mussten wir auch extrem vorsichtig vorgehen."

„Und da hast du Finn mitgenommen?“, fragte ich grinsend.

„Finn war mein Joker“, bestätigte Adrian. „Eine Seherin konnte ich nicht mitnehmen, weil Gunter sie gespürt hätte. Außerdem wusste ich nicht, welcher Seherin überhaupt noch zu trauen war – ich konnte nur vermuten, dass es sich bei seiner Komplizin um eine ältere Seherin handelte. In der ehemaligen Jägerschaft habe ich verkündet, ganz allein gehen zu wollen. Mit Finn habe ich mich erst getroffen, als ich sicher war, dass uns niemand gefolgt ist.“ Er machte eine kurze Pause. „Von Alexis hatte ich die ungefähre Region erfahren und in der Jägerschaft gab es noch Aufzeichnungen über ein altes Versteck der Beschützer. Ich hatte gehofft, dass Gunter es wieder aktiviert hatte, und ich hatte recht.“

„Er wollte ja, dass du uns findest“, erwiderte ich. „Durch das Betäubungsgas, Marlene und seine Spritzen fühlte er sich offenbar unbesiegbar. Er wollte dich töten, um mich leiden zu sehen.“

Adrian schnaubte leise. „Bastard.“

„Zum Glück hat er dich unterschätzt“, murmelte ich.

„Du meinst wohl eher dich“, gab Adrian zurück. Und dann zog er mich an sich und bedeckte mein Gesicht und meinen Hals mit Küssen, die meinen Körper in Brand setzten – aber diesmal auf die gute Art.

„Oh mein Gott, ich bin so froh, dass es dir gut geht!“, rief Conny, gleich nachdem ich die Eingangstür aufgemacht hatte, und umarmte mich stürmisch. „Du weißt gar nicht, welche Sorgen ich mir gemacht habe!“ Tatsächlich hielt sie mich etwas länger fest als üblich und ich erwiderte die Umarmung gern.

„Ich bin auch verdammt froh, wieder hier zu sein“,

murmelte ich in ihr Ohr.

„Jetzt ist dann aber langsam genug mit schrecklichen Prophezeiungen und lebensgefährlichen Entführungen", fügte sie etwas leiser hinzu.

Ich seufzte und nickte. „Da bin ich ganz deiner Meinung."

Conny zog ihre leichte Sommerweste aus, unter der sie heute ein dunkelblaues Neckholder-Kleid mit weißen Blümchen trug, und sah sich vorsichtig in der Diele um. „Was habt ihr denn Lea gesagt? Sie weiß noch immer nichts von deiner Gabe, oder?"

Ich schüttelte den Kopf. „Nein. Aber da sie mit ihren Freundinnen gerade ein paar Tage an der Ostsee verbringt, hat sie gar nicht mitgekriegt, dass ich weg war."

„Und wenn sie hier gewesen wäre?", fragte Conny leise.

„Dann hätte Papa ihr wahrscheinlich erzählt, dass ich zu Besuch bei Pippa bin, um sie nicht aufzuregen", murmelte ich.

„Apropos Pippa. Wie geht es denn ihrer Hand?", fragte Conny betont beiläufig und ging ins Wohnzimmer.

„Schon viel besser", sagte ich. „Wir haben heute geskypt und Pippa hat mir erzählt, dass das letzte MRT gezeigt hat, dass keine Schäden zurückbleiben werden. Das heißt, der Rockstar-Karriere steht nichts im Weg." Ich lächelte.

„Fein", meinte Conny, aber es klang nicht ganz so herzlich, wie ich es sonst von ihr gewohnt war.

„Sie ist jetzt übrigens auch in den Sanitäter verschossen", fügte ich hinzu und beobachtete meine Freundin dabei von der Seite.

Conny blieb stehen und sah mich an. „Ehrlich?"

Ich nickte.

„Na, das ging ja schnell."

„Was ging ja schnell?", fragte Finn und kam gemeinsam mit Adrian die Treppe heruntergeschlendert. Finn trug lässige Shorts mit einem weißen T-Shirt und Adrian eine verwaschene graue Jeans, mit der er mich an ein Calvin-Klein-Model erinnerte. Nur dass er für mich noch viel besser aussah.

„Dass Pippa frisch verliebt ist", antwortete Conny wie aus der Pistole geschossen. „Du sagtest, er ist Arzt, nicht wahr, Jo?"

„Äh … ja, so ungefähr", murmelte ich, da ich ihr nicht dazwischenfunken wollte.

„Schön für sie", reagierte Finn gelassen und warf einen Blick in die Küche. „Wann gibt's Essen?"

„Papa sagte, er will noch zum Markt", sagte ich und setzte mich aufs Sofa. Langes Stehen strengte mich noch immer ein wenig an und zeigte mir, dass noch nicht das gesamte Beruhigungsmittel der Infusionen aus meinem Körper verschwunden war.

„Na toll", murrte Finn. „Dann wird es wieder supergesund."

„Hey, Kinder", mischte sich mein Vater ein, der eben von oben nach unten kam. „Hat einer von euch Lust, kurz auf Lilli aufzupassen? Dann fahre ich jetzt zum Markt und könnte nachher noch einen Abstecher zum Supermarkt machen."

„Ich habe Lust", meinte ich schnell und streckte Lilli die Arme entgegen. Sie strahlte mich an und griff mir mit ihren kleinen Händchen sofort an die Nase, als mein Vater sie auf meinem Schoß absetzte. Glücklich darüber, sie im Arm halten zu können, drückte ich mein Gesicht in ihre weichen Locken. Dabei durchströmte mich ein tiefes Gefühl der Dankbarkeit, dass es ihr gut ging.

„Wollt ihr auch etwas aus dem Supermarkt?", fragte mein Vater, der den Autoschlüssel schon in der Hand hielt. „Morgen ist Sonntag, also ist das eure letzte Chance."

„Bifi!", rief Finn. „Und Cornflakes. Adrian hat heute Morgen alles leer gefuttert."

Adrian schlug Finn auf die Schulter. „Komm drüber weg."

„Äh, ja", antwortete mein Vater und warf zuerst Adrian und dann mir einen zwiegespaltenen Blick zu. Irgendwie schien er die Aktion mit dem gemeinsamen Duschen und Zusammen-in-einem-Bett-Schlafen besser zu finden, wenn es nicht unter seinem Dach passierte.

„Sag mal … dieser junge scharfe Gärtner arbeitet nicht mehr bei der Biederbeck, oder?", fragte Conny, als mein Vater das Haus verlassen hatte. Dabei warf sie einen sehnsüchtigen Blick durch die Küchenfenster auf das Nachbargrundstück.

Ich schaukelte Lilli auf meinen Knien und machte etwas Platz, als Adrian sich neben mich setzte. Kaum war er da, wollte Lilli natürlich zu ihm, was ich irgendwie verstehen konnte.

„Du meinst den heißen Typen, der mich zuerst mit einem Orangensaft betäubt und dann vermutlich bei meiner Entführung geholfen hat?", fragte ich mit hochgezogenen Augenbrauen. „Nein, der arbeitet aus irgendeinem Grund nicht mehr bei der Biederbeck."

„Schade", seufzte Conny und ich fing einen seltsamen Blick von Finn auf, der mir sagte, dass ihm die neue Gesprächsrichtung ganz und gar nicht gefiel.

„Hast du jetzt eigentlich schon für die mündliche Prüfung gelernt?", wollte er im nächsten Moment von ihr wissen.

Conny schüttelte den Kopf. „Ich konnte mich echt nicht aufs Lernen konzentrieren, als Jo verschwunden war."

„Es waren doch nur drei Tage", sagte ich. „Das holst du locker wieder auf."

„ODER", fiel Finn mir ins Wort, „du nutzt deine neue supergeile Ich-kann-in-die-Zukunft-sehen-Fähigkeit und sagst uns einfach, was in der Prüfung drankommt."

„Du kannst WAS?", rief Conny und wandte mir ihre komplette Aufmerksamkeit zu.

„Das ist nur einmal passiert", murmelte ich. „Und ich habe es absolut nicht unter Kontrolle."

„Aber du HAST in die Zukunft gesehen?", hakte Conny nach und starrte mich an, als ob mir ein Paar Glitzerflügel gewachsen wäre.

„Ich habe eine mögliche Variante der Zukunft gesehen. Keine besonders schöne", fügte ich hinzu und wich Adrians Blick aus. Er war der Einzige, dem ich die gesamte Geschichte erzählt hatte – und dabei wollte ich es auch belassen.

„Fakt ist, mein Schwesterchen kann in die Zukunft sehen", fasste Finn nur die Informationen zusammen, die ihm gefielen. Dabei blickte er mich irgendwie seltsam an.

„Ich kann dir aber nicht sagen, welche Noten du auf die schriftlichen Tests bekommst. Da musst du genauso warten wie wir anderen auch", warnte ich ihn schon mal vor.

In dem Moment piepste Connys Handy und sie zog es aus einer Seitentasche ihres Kleides. Als sie die Nachricht öffnete, huschte ein kurzes Lächeln über ihr Gesicht.

„Jo, kann ich dich mal sprechen?", fragte Finn

auffordernd. Ich runzelte die Stirn, stand aber auf. Lilli war im Moment ohnehin glücklicher bei Adrian, der sie wie einen Hubschrauber fliegen ließ.

„Was ist?“, fragte ich, als ich Finn die Treppe hoch in sein Zimmer gefolgt war. Hier war es wie immer superchaotisch, aber ich mochte das Chaos. Nach der sterilen Reinheit in dem gefakten Krankenzimmer mochte ich alles, was auf dem Boden lag und mir das Gefühl gab, zu Hause zu sein.

„Ich möchte, dass du mich in eine Erinnerung mitnimmst“, sagte er ohne Umschweife.

Überrascht sah ich ihn an. „Du willst mit mir in eine Erinnerung?“

„Gut wiederholt“, erwiderte er und fuhr sich durch seine kurzen blonden Haare. „Also – wenn du fit genug dafür bist“, setzte er hinzu.

Ich warf einen kurzen Blick in den Flur und schloss dann seine Zimmertür, damit wir in Ruhe reden konnten.

„Wenn du nicht ins 16. Jahrhundert willst, würde es schon gehen“, sagte ich. „Aber ich hab irgendwie den Grund verpasst, warum du jetzt unbedingt mit mir in eine Erinnerung springen willst.“

„Weil du mit jedem anderen schon gesprungen bist, reicht das nicht?“, fragte Finn und ließ sich auf sein Bett fallen. „Immerhin bin ich der Typ, der dir aus einem explodierenden Haus geholfen hat.“

„Das stimmt“, erwiderte ich und verschwieg, dass er auch der Typ gewesen war, der Adrian in einer alternativen Zukunft das Genick gebrochen hatte. „Hat es was mit Marlene zu tun?“, fragte ich aus einem Impuls heraus und setzte mich neben Finn aufs Bett.

„Mann“, murrte er und ließ sich nach hinten kippen.

„Geht das auch ohne Psycho-Gequatsche?“

„Keine Ahnung“, erwiderte ich. „Klappt es auch ohne mich?“

„Du nervst.“

Ich grinste ihn an.

„Das ist nicht witzig. Ich hab das Gefühl, außer mir waren schon alle mal mit – sogar Pippa.“

„Conny war noch nie in einer Erinnerung dabei“, widersprach ich.

„Aber wie ich dich kenne, nimmst du sie bald mit“, konterte Finn.

„Okay“, schnaufte ich ergeben. „Dann nehm ich dich halt mit. Was willst du dir ansehen?“

Er setzte sich wieder auf dem Bett auf und sah mir direkt in die Augen. „Das bleibt unter uns?“

Ich zuckte mit den Schultern. „Klar. Es sei denn, es geht ums Abi. Da bin ich raus.“

Finn schüttelte den Kopf. „Vergiss das Abi“, murmelte er. „Ich bin manipuliert worden, Jo. Das lässt mir keine Ruhe.“

„Ihr seid wahrscheinlich alle von Marlene manipuliert worden“, versuchte ich die Sache herunterzuspielen, aber an seinem Gesichtsausdruck sah ich, dass das nicht funktionierte. „Das ist mir egal“, meinte er sofort. „Ich will zurück in die Toskana. Ich muss wissen, was da passiert ist.“

Ich nickte und streckte ihm meine Hand entgegen. „Leg deine Handfläche gegen meine, bis sich unsere Handgelenke berühren“, wies ich ihn an.

Finn atmete tief durch und obwohl er so breite Schultern hatte, wirkte er in dem Moment wie ein kleiner Junge. Dann legte er seine große warme Hand auf meine und im nächsten Moment stürzten wir gemeinsam auf sein silbernes Erinnerungsfeld.

„Fuck, Alter! Ist das krass!“, stieß Finn hervor und ließ nach kurzem Zögern meine Hand los. Dann fuhr er sich mit beiden Händen über den Kopf und drehte sich ein paar Mal im Kreis.

„Ein bisschen kleiner als die Erinnerungsfelder der anderen, aber ganz okay“, sagte ich bei einem Blick über die bis zum Horizont reichenden silbernen Gräser.

„Meins ist … kleiner?“, wiederholte Finn geschockt.

Ich grinste.

„Du verarschst mich doch“, meinte er dann.

„Das war für deine ungewaschene Socke auf dem Esstisch letzte Woche.“

„Mann, Jo“, murmelte er und sein Himmel verdunkelte sich für einen Moment. „Das ist nicht cool.“

„Die Socke war auch nicht cool. Ich glaube, die konnte schon von allein laufen“, gab ich schmunzelnd zurück und genoss das Farbenspiel von Finns wechselnden Gefühlen in dem Himmel.

„Du hast ja schon ein paar Mal davon erzählt – aber in echt ist das noch ein ganzes Stück besser als in meiner Vorstellung“, murmelte Finn und sah sich ergriffen um.

„Ich weiß“, sagte ich und stellte mich neben ihn. Der Wind fuhr uns sanft durch die Haare und es war so friedlich, dass ich für einen Moment die Augen schloss.

„Wie ist es auf Connys Feld?“, fragte Finn unvermittelt und ich hob eine Augenbraue.

„Ich weiß nicht. Auch schön“, erwiderte ich.

Finn grunzte und nickte. „Dann lass uns mal loslegen“, meinte er und atmete tief durch. „Ich will wissen, was die Hexe bei mir alles gemacht hat – und woran ich mich aktuell nicht *erinnern kann.“*

„Okay“, sagte ich und hob das Kinn. „Ich denke, dass deine Erinnerungen nicht komplett von Marlene gelöscht worden sind, sonst hättest du Löcher in deinem Feld. Die Erinnerungen müssen also unterbewusst noch existieren und sind anscheinend nur verändert worden. Vielleicht klappt es ja so.“ Ich rief mir die exakte Melodie ins Gedächtnis und summte sie leise. „Zeig mir alle Erinnerungen dazu!“, rief ich dann.

Drei Grashalme leuchteten goldfarben auf.

„Hat es funktioniert?“, fragte Finn unsicher und ich nickte.

„Gib mir deine Hand. Wir sehen uns die erste Erinnerung gleich an.“

Gemeinsam sprangen wir zu dem Tag, an dem Finn und Conny in die Toskana fliegen wollten. Es war strahlend schönes Wetter und Finn saß mit der gepackten Reisetasche auf der Terrasse in unserem Garten und genoss ein paar Sonnenstrahlen.

„Wow“, sagte Finn mit einem Blick auf sich selbst und grinste breit. „Jetzt weiß ich, warum die Mädels dauernd um mich fighten.“

Ich verdrehte nur die Augen und blickte mich in Finns Erinnerung um. Obwohl er die Augen halb geschlossen hatte, steckte die ganze Umgebung voller Details. In dem Moment klingelte sein Handy und ich sah den Eingang einer WhatsApp-Nachricht, in der Conny fragte, wo zum Teufel er bliebe – sie sei schon am Flughafen und würde auf ihn warten. Finn begann Marlenes Melodie zu summen und löschte die Nachricht. Dann spazierte er summend über den Rasen bis zum Zaun der Biederbeck, wo er stehen blieb.

„Was mache ich da?“, flüsterte er mir geschockt zu. „Ich kann mich gar nicht erinnern, das gemacht zu haben.“

Ich nickte. „Da hat sie dich kontrolliert." Dann beobachteten wir, wie der alte Gärtner aus dem Haus der Biederbeck trat und sich kurz umsah. Danach ging er mit schnellen Schritten auf Finn zu und ließ einen Stapel Briefumschläge mit Goldrand in seine Hand fallen. Finn packte die Umschläge in seine Tasche und marschierte zurück zum Haus. Dort rief er sich ein Taxi zum Flughafen und das Summen verstummte.

„Fuck", murmelte Finn. „War das spooky. Gut, dass die alte Hexe tot ist."

Nach zwei weiteren Erinnerungssprüngen ließ ich mich mit Finn wieder zurück in die Realität gleiten. Durch die Melodie des Summens war es leicht gewesen, die manipulierten Erinnerungen von Marlene aufzuspüren.

Finn zog sein Handgelenk zurück und sprang auf.

„Ich hab Pippa geküsst", murmelte er, während er durch sein Zimmer tigerte. „Die alte Hexe hat mich tatsächlich dazu gebracht, Pippa zu küssen und es wieder zu vergessen!" Fassungslos blickte er mich an.

„Aber der Kuss mit Conny war dann dementsprechend echt, oder?", grinste ich.

„Moment. Woher weißt du davon?" Er kniff die Augen zusammen. „Hast du dich etwa ohne mich in meinen Erinnerungen herumgetrieben?"

„Nein, Finn, ich hab euch einfach gesehen", stellte ich klar. „Ihr wart ja nicht gerade leise", fügte ich hinzu und beobachtete, wie ein kurzes Grinsen über sein Gesicht huschte.

„Auf alle Fälle hast du einen von den Briefen tatsächlich selbst geschrieben."

Er nickte und schüttelte gleich darauf den Kopf. „Das hätte ich echt nicht gedacht."

„Die Gabe von Marlene war wirklich sehr speziell“, sagte ich.

„Mann, ich bin froh, dass du das nicht kannst“, murrte Finn und rieb sich übers Gesicht. „Sollen wir es den anderen erzählen?“

„Du meinst, wer welchen Brief geschrieben hat?“, fragte ich.

Finn nickte. „Dass Conny den Pinkelbrief geschrieben hat, war ja klar.“

„Genauso wie klar war, dass du sie beschuldigt hast, absichtlich nicht zu tanken?“

Er grinste. „Irgendwie absurd, dass Pippa den Brief getippt hat, in dem sie sich selbst die Schuld an der iPad-Wasserleiche gegeben hat.“

Ich nickte. „Marlene hat einfach nur gern mit uns gespielt“, sagte ich und wechselte dann das Thema. „Apropos spielen: Was ist eigentlich zwischen Pippa und dir in der italienischen Pension passiert?“

Finn blieb stehen und sah mich an. „Was genau meinst du?“

Ich machte es mir auf seinem Bett bequem und zog die Beine in den Schneidersitz. „Ich weiß, es geht mich nichts an, ob da was zwischen euch in der Nacht gelaufen ist, aber …“

„Aber was?“, fragte Finn amüsiert. „Wenn ich es dir nicht sage, siehst du einfach selbst nach?“

„So etwas würde ich nie tun“, versicherte ich. „Dafür hätte ich viel zu viel Angst, etwas zu sehen, das ich nie wieder aus meinem Gedächtnis löschen kann.“

„Aha.“ Er verschränkte grinsend die Arme vor der Brust und ließ seine Brustmuskeln spielen. „So etwas wie das hier?“

„Bitte, Finn. Das ist auch schon grenzwertig“, meinte

ich lachend und hielt abwehrend die Hand vors Gesicht. „Nein, ernsthaft", sagte ich dann. „Du musst es mir nicht sagen."

Finn ließ sich neben mich aufs Bett fallen und die Matratze wackelte unter seinem Gewicht. „Zwischen Pippa und mir ist nichts gelaufen", meinte er dann. „Also zumindest nicht ohne Gedankenmanipulation."

„Okay. Und wieso nicht?", fragte ich interessiert nach.

Er starrte auf das Poster von irgendeiner Hockey-Mannschaft an der Wand und schwieg für einen Moment. „Keine Ahnung", murmelte er dann. „Es hat sich einfach nicht richtig angefühlt." Er schüttelte den Kopf. „Mann, das hört sich total bescheuert an."

„Nein, tut es nicht", sagte ich. „Ich finde es gut, auf seine Gefühle zu hören."

Er warf mir einen kurzen Seitenblick zu und grunzte.

„Du bist ja auch ein Mädchen."

„Das hat doch damit nichts zu tun."

„Natürlich", entgegnete er. „Ihr Mädels labert doch ständig über eure Gefühle." Er runzelte die Stirn. „Hat Conny eigentlich gesehen, dass ich Pippa geküsst habe?"

Ich nickte.

„Mann, deswegen war sie wieder so unlocker", sagte er und stockte kurz, bevor er mich ansah. „Hey, Jo, diese WhatsApp-Nachricht heute von Conny … bei der sie so komisch gegrinst hat … Glaubst du, sie trifft sich mit jemandem?"

„Keine Ahnung", sagte ich. „Ich war die letzten drei Tage weg vom Fenster, schon vergessen?"

„Fuck", murrte Finn und vergrub die Finger in seinen kurzen blonden Haaren. „Wieso muss diese Beziehungskacke immer so scheiße kompliziert sein?"

Nach dem Gespräch mit Finn ging ich wieder runter und sah, dass Lilli in Adrians Armen eingeschlafen war. Sie nuckelte im Schlaf an ihrem rosa Schnuller und die beiden gaben so ein süßes Bild ab, dass ich unwillkürlich lächeln musste.

„Alles in Ordnung?", fragte mich Conny, als ich den unteren Treppenabsatz erreicht hatte. „Ist mit Finn alles okay?"

„Klar", sagte ich und versuchte, unbefangen zu lächeln. „Von wem war denn die WhatsApp-Nachricht vorhin?", fragte ich dann.

„Ach die. Ein Fan hat mir geschrieben. Er findet meine Karottenfotos ganz toll."

„Und da gibst du ihm einfach so deine Telefonnummer?", fragte Finn vom oberen Treppenabsatz.

Conny kniff die Augen zusammen und sah ihn an. „Wieso nicht? Du gibst ja auch einfach so deine Zunge in jeden rot geschminkten Mund." Sie reckte angriffslustig das Kinn in die Höhe und Finn lachte leise.

„Punkt für dich – *wenn* mich zu dem Zeitpunkt nicht die verrückte Seherin manipuliert hätte."

Conny öffnete den Mund, um eine schlagfertige Antwort zu geben, und schloss ihn dann wieder. „Heißt das, du wolltest Pippa gar nicht küssen?", fragte sie ungläubig.

Finn schüttelte den Kopf und kam langsam die Treppe runter.

Sie schluckte. „Und … das andere Mal?"

„Das wollte ich", erwiderte er bestimmt und sah ihr direkt in die Augen.

„Und was willst du jetzt tun?", murmelte sie.

„Wie wär's mit Kino?", fragte Finn. „Da muss man nicht so viel reden."

Adrian grinste und Conny strich sich eine dunkle Locke hinters Ohr. „Stimmt, das mit dem Reden hat beim ersten Mal ja nicht so wahnsinnig gut geklappt. Aber ich darf den Film aussuchen."

Finn schnaubte spöttisch. „Vergiss es."

„Dann vergiss du es", sagte Conny bestimmt und die beiden blickten sich angriffslustig in die Augen.

„Okay, von mir aus", gab Finn irgendwann nach. „Aber keine Liebesschnulzen."

„Mal sehen", schmunzelte Conny.

„Hast du denn fürs Kino überhaupt Zeit?", mischte ich mich kurz ein und lehnte mich an Adrian. „Ich meine, mit deiner mündlichen Prüfung und so."

Conny grinste breit. „Ach, das wird schon klappen."

Zwei Stunden später lümmelte ich gerade auf dem Sofa und zappte mich mit Adrian durch die Fernsehprogramme, als mein Telefon klingelte.

„Jo, ich bin so froh, dass es dir gut geht", erklang Henriettes Stimme, kaum dass ich abgehoben hatte.

Lächelnd setzte ich mich auf und drehte den Fernseher ab.

„Hallo, Henriette", begrüßte ich sie. „Ich hab schon an dich gedacht."

„Und ich die ganze Zeit auch an dich, aber ich wollte dir und deiner Familie gern eine Verschnaufpause gönnen", antwortete Henriette und seufzte dann schwer. „Es tut mir so leid, was passiert ist."

Ich spürte, wie Adrian mir sanft über den Rücken strich. „Du kannst ja nichts dafür", winkte ich ab.

„Trotzdem hätte ich dich vor Marlene beschützen müssen", meinte sie. „Du kannst dir nicht vorstellen, wie enttäuscht ich von ihr bin … wir alle."

Ich atmete tief durch und versuchte, mich den Erinnerungen nicht hinzugeben. „Ist sie denn …?“

„Tot?“, fragte Henriette direkt. „Oh ja, das ist sie, Jo. Kai und seine Männer haben das abgebrannte Haus untersucht. Es wurden zwei verkohlte Leichen gefunden – eine männliche und eine weibliche. Gunter und Marlene werden dir nie wieder etwas tun können.“

„Ich weiß nicht, was ich sagen soll“, murmelte ich.

„Du brauchst gar nichts zu sagen. Du hast schon dafür gesorgt, dass sich Saphiras Prophezeiung nicht erfüllt hat. Und dafür sind wir dir alle sehr dankbar.“

„So ganz habe ich noch immer nicht verstanden, was eigentlich passiert ist“, gab ich zu und kuschelte mich in Adrians Arme. „Wieso hatte ich diese ganzen Träume? Wollten sie mich von Beginn an vor den andersartigen Kindern warnen? Und bin ich selbst auch so ein Kind? Hatte ich deswegen diese Zukunftsvision?“

„Das ist auch alles nicht so leicht zu verstehen“, erwiderte Henriette geduldig. „Aber ja, ich vermute, dass sich deine Zukunftsvisionen schon in deinen Träumen aufgebaut haben, da du tatsächlich ein andersartiges Kind bist – genau wie Marlene und Saphira welche waren.“ Sie machte eine kurze Pause. „Als ihre Ahnin hast du ihre Fähigkeit anscheinend geerbt, auch wenn uns Marlene etwas anderes weismachen wollte.“

„Und diese Musik, die ich da gehört habe?“, fragte ich. „Was war das?“

„Anscheinend hören alle andersartigen Kinder eine spezielle Art der Musik, wenn sie ihre besondere Fähigkeit einsetzen“, beantwortete Henriette meine Frage. „Ich gehe davon aus, dass sich deine Kraft jetzt noch weiter aufbauen und entwickeln wird.“

„Vielleicht will ich das gar nicht“, murmelte ich und

Adrian drückte mir einen Kuss auf die Stirn.

„Ich fürchte“, erwiderte Henriette vorsichtig, „dagegen lässt sich nichts machen, mein Kind. Aber mit der Zeit wirst du lernen, auch mit dieser Gabe umzugehen.“

Ich seufzte. „Wie geht es mit den Seherinnen nun weiter? Wie ist die aktuelle Stimmung?“

„Die Stimmung ist gut und man spürt die Erleichterung unter den Seherinnen, denn die Prophezeiung lag wie ein Schatten über uns. Es scheint sich alles zu entspannen“, antwortete Henriette. „Die Sache mit Marlene hat uns wieder einmal gezeigt, wie wichtig es ist, dass wir alle zusammenhalten. Auch Kai und seine Beschützer haben das verstanden und uns mit ihren Seherinnen in Kontakt gebracht. Wir haben intensive Gespräche geführt und ich denke, dass der Zusammenschluss der Seherinnen so stark ist wie nie zuvor. Außerdem haben sich die Beschützer bereit erklärt, das sogenannte Heilserum zu vernichten.“ Sie machte eine kurze Pause und ich konnte das Lächeln in ihrer Stimme hören. „Als Zeichen seines Vertrauens hat uns Kai sogar seine Tochter vorgestellt. Sie ist entzückend und ich denke, dass Kai auch froh ist, dass er sie nicht mehr verstecken muss. Er scheint seinen Frieden mit ihrer Gabe geschlossen zu haben.“

„Wow. Das klingt ja … fantastisch“, sagte ich.

„Das ist es auch“, sagte Henriette. „Mal sehen, was die Zukunft bringt, aber zum ersten Mal seit langer Zeit blicke ich ihr wirklich zuversichtlich entgegen, Jo.“

Epilog

An diesem Abend saß ich mit Adrian in eine leichte Decke gehüllt auf der Terrasse. Die Sonne war bereits untergegangen und die ersten Sterne funkelten am Himmel. Es war ein wunderschöner Abend und ich hatte das Gefühl, die ganze Welt läge uns zu Füßen.

„Woran denkst du?", fragte er mich leise, nachdem ich eine Weile in den Sternenhimmel gestarrt hatte.

„An die Zukunft", murmelte ich. „In ein paar Wochen ist die mündliche Prüfung und ich weiß noch gar nicht so recht, was ich danach mit meinem Leben anfangen soll." Ich schwieg und spürte Adrians Arme um meinen Körper.

„Ist das so schlimm?", fragte er leise. „Wir können es doch gemeinsam herausfinden."

Seine Worte brachten mich zum Lächeln. „Gemeinsam herausfinden klingt gut", flüsterte ich und sah ihn von der Seite an. Sein attraktives Gesicht näherte sich meinem, bis ich seinen Atem auf meinen Lippen fühlen konnte. Seufzend schloss ich die Augen und ließ mich hineinsinken in seinen sanften Kuss, der mir das Gefühl gab, dass nichts und niemand jemals zwischen uns stehen würde.

„Jo?", hörte ich in dem Moment Leas Stimme aus dem Wohnzimmer. Sofort riss ich die Augen auf und unterbrach den Kuss. „Tut mir leid, ich wollte euch nicht stören", sagte Lea und streckte den Kopf zur Tür hinein. „Hier ist ein Mädchen, das zu dir möchte."

„Ein Mädchen?", wiederholte ich überrascht, da ich absolut nicht mit Besuch gerechnet hatte. Auch Adrian runzelte irritiert die Stirn, bis eine schlanke Gestalt im

Türrahmen erschien. Das Mädchen trat auf die Terrasse und ich lächelte, als ich die elfenzarten Gesichtszüge von Alexis erkannte. Sie trug ihre glänzenden roten Haare zu einem Pferdeschwanz hochgebunden und hatte einen riesigen Rucksack umgeschnallt, der beinahe größer wirkte als sie selbst.

„Alexis", begrüßte ich sie erfreut. „Das ist ja eine Überraschung." Spontan stand ich auf, um sie zu umarmen. „Ich habe mich noch gar nicht persönlich dafür bedankt, dass du mich im Traum gefunden hast."

Alexis' Gesicht strahlte, dennoch winkte sie ab. „Ach, das war doch keine große Sache", meinte sie bescheiden.

„Setz dich doch", sagte Adrian. „Willst du was trinken?"

„Nein, ich muss meinen Zug erwischen", erwiderte sie und sah mich mit leuchtenden Augen an. „Ich wollte nur schnell vorbeikommen und sehen, wie es dir geht. Immerhin hast du nicht nur die erste Prophezeiung erfüllt, sondern auch die zweite verhindert. Dafür kann man sich schon mal bedanken."

„Ach", sagte ich und winkte nicht weniger ab, als sie es zuvor getan hatte. „Irgendwie ist mir ja auch nichts anderes übrig geblieben."

„Und wie geht es dir jetzt? Also mit deiner neuen Gabe?", wollte Alexis wissen.

Ich zuckte mit den Schultern und setzte mich wieder zu Adrian. „Ehrlich gesagt weiß ich es noch gar nicht so recht. Ich konnte schließlich nur einmal in die Zukunft sehen und wer weiß, wann es überhaupt das nächste Mal klappt. Henriette meinte zwar, dass sich meine Fähigkeit noch entwickeln würde, aber ich bin gar nicht unglücklich, wenn das noch etwas dauert."

„Ich verstehe, was du meinst", entgegnete Alexis. „Ich

bin auch noch dabei, die Möglichkeiten meiner Fähigkeit auszuloten. Aber jetzt habe ich zumindest verstanden, warum ich immer diese wunderschöne Klaviermusik höre."

„Weil du ein andersartiges Kind bist?"

Sie nickte. „Auch wenn ich diese Bezeichnung überhaupt nicht mag."

„Ich auch nicht", pflichtete ich ihr bei. „Es klingt so, als wären wir irgendwie falsch."

„Und das seid ihr nicht", bemerkte Adrian und zog mich zu sich heran. „Ganz und gar nicht."

„Ich werde Henriette vorschlagen, uns umzubenennen", sagte Alexis lächelnd. „In Seherinnen mit speziellen Fähigkeiten? Das könnte eine coole Abkürzung ergeben."

„SMSF?", fragte ich ungläubig.

„Okay, darüber muss ich vielleicht noch nachdenken", erwiderte Alexis lachend und schielte dann auf ihre Armbanduhr. „Mist, ich muss jetzt schon wieder los. Irgendwie bin ich so nervös, dass ich momentan mit der Zeit nicht zurande komme. Aber ich wollte es mir nicht nehmen lassen, dich noch einmal persönlich zu sehen, bevor ich losfahre."

„Wohin fährst du denn?", fragte ich und musterte sie neugierig.

„Es gibt da eine Universität, vielleicht hast du davon schon gehört", erklärte sie. „Ein Ort für Menschen mit besonderen Kräften. Ich habe vorletzte Nacht von ihr geträumt. Und in diesem Traum hat mich ein junger Mann in die Uni eingeladen, der über ähnliche Fähigkeiten verfügen muss wie ich – allerdings scheinen seine weiter ausgeprägt zu sein."

„Was wird in dieser Uni denn unterrichtet?", fragte ich und spürte ein leichtes Flattern in meiner Magengegend.

Alexis zuckte mit den Schultern. „Ich weiß noch nicht, Jo. Aber ich habe ein gutes Gefühl dabei und Henriette hat mich ermutigt, es einfach mal auszuprobieren. Zu viel wollte sie mir nicht verraten, aber sie hatte anscheinend schon positiven Kontakt zu dem Rektor der Uni. Wenn du möchtest, schreibe ich dir und sag dir, wie es mir gefällt."

„Das fände ich schön", antwortete ich.

„Und du brichst jetzt einfach so dorthin auf, ohne genau zu wissen, was dich erwartet?", wollte Adrian wissen.

Alexis' Augen funkelten, als sie nickte. „Das wird das erste echte Abenteuer meines Lebens", meinte sie selbstbewusst und rückte den schweren Rucksack auf ihren Schultern zurecht. Dann winkte sie mir und Adrian zu. „Wünscht mir Glück", meinte sie lächelnd.

„Viel Glück, Alexis", verabschiedete ich mich und blickte ihr nach, wie sie mit beschwingten Schritten unser Haus umrundete.

„Und? Bist du jetzt neugierig geworden?", fragte Adrian und zog mich an den Hüften zu sich heran.

„Was diese Uni anbelangt?", fragte ich.

Er nickte.

„Ich weiß nicht", sagte ich. „Vielleicht. Aber erst mal habe ich von Abenteuern genug."

Adrians dunkelgrüne Augen bohrten sich in meine und er strich mir sanft über die Wange. „Von allen Abenteuern?", fragte er rau.

Ich zuckte mit den Schultern. „Vielleicht."

„Aber nicht alle Abenteuer sind schlecht", meinte er verführerisch und ich musste lächeln.

„Ist das ein Angebot oder eine Drohung?"

„Beides", sagte er und senkte seine warmen Lippen auf

meine. Ich ließ mich in seine starken Arme sinken und seufzte leise, als er mich noch näher an sich zog. Er roch fantastisch und meine Haut prickelte überall, wenn er mich berührte. Unsere Lippen verschmolzen miteinander und ich hätte ewig so weitermachen können. Mit Adrian fühlte ich mich sicher und geborgen und als ich mich wenig später wieder an ihn schmiegte, war ich einfach nur glücklich.

„Und was willst du heute noch machen?“, fragte Adrian.

„Wir könnten mit Conny und Finn ins Kino gehen“, scherzte ich.

„Niemals“, sagte Adrian. „So wie es sich angehört hat, möchte ich nicht einmal davon *erzählt* bekommen.“

„Vielleicht sehen sie sich einen coolen Film an“, erwiderte ich und schmiegte mich noch enger an Adrian.

„Ich glaube nicht, dass sie von dem Film etwas mitbekommen“, sagte er trocken und brachte mich damit zum Lachen.

„Ist doch auch an der Zeit“, sagte ich. „Schließlich ist es ihr erstes *richtiges* Date, nachdem das erste ordentlich in die Hose gegangen ist.“

„Das ist schon ihr zweites Date?“, fragte Adrian skeptisch. „Sicher, dass sie das jetzt nicht auch noch versauen?“

Ich nickte. „Ganz sicher“, erklärte ich und lächelte, „denn schließlich kann ich in die Zukunft sehen.“

Liebe Leserin und lieber Leser!

Manchmal kommt es im Leben anders als man denkt – und manchmal wird aus einer abgeschlossenen Trilogie eine unverhoffte Tetralogie!

So erging es uns mit der Geschichte von Adrian & Jo, von der wir eigentlich dachten, sie wäre nach dem dritten Band zu Ende erzählt. Dank eurer entzückenden E-Mails hat es aber irgendwann plötzlich KLICK gemacht und die Idee für eine Fortsetzung war da. Wir hoffen, sie hat euch gefallen!

Doch wie geht es nun weiter?

So viel können wir verraten: Wir arbeiten derzeit an einer neuen Trilogie, die voraussichtlich im Juni 2017 erscheint. Darin geht es um Stella, die gemeinsam mit ihrem Zwillingsbruder auf eine ominöse Universität stößt, an der mehr gelehrt wird, als sie erwartet ...

Wenn Du informiert werden möchtest, sobald es losgeht, melde Dich gerne bei unserem Newsletter an:

www.rosesnow.de/newsletter

Und wenn Du in Kontakt mit uns treten möchtest, komm doch am besten in unsere Facebook-Gruppe „Eine magische Welt der Gefühle“ – da veranstalten wir Gewinnspiele, halten euch über unsere Buchprojekte am Laufenden und holen uns auch mal Rat, wenn Freund Google nicht weiterhilft.

Nun sagen wir Danke für den Weg, den Du mit uns gehst und wünschen Dir bis zu unserem Wiederlesen eine erinnerungsträchtige Zeit!

Deine Rose Snow

Über die Autorinnen

Hinter dem Pseudonym Rose Snow stecken wir, Carmen und Ulli. Zusammen sind wir 72 Jahre alt, haben 2 Männer, 6 Kinder und einen Hund. Wir können ewig reden, lieben Pizza und Schokolade und lachen unheimlich gerne, vor allem über uns selbst.

Seit dem Sommer 2014 schreiben wir gefühlvolle Liebesromane und Fantasybücher – außerdem ist im September 2016 unser erster Jugendroman „Für dich soll's tausend Tode regnen" unter dem Pseudonym Anna Pfeffer bei cbj erschienen. Im März 2017 folgte „Flo oder der Tag an dem die Maus verrutschte", ein witziges Buch zum Thema Cybermobbing, das auch schon ab 11 Jahren gelesen werden kann.

Kühn nachgerechnet sind wir schon seit unfassbaren 22 Jahren befreundet. Wir kennen uns aus unserer Schulzeit und schreiben trotz der Distanz Wien – Hamburg miteinander. Bedeutet: Unzählige Stunden via Skype, schallendes Gelächter und das Teilen tiefster Geheimnisse, auch wenn sie noch so peinlich sind.

Wenn ihr informiert werden möchtet, sobald ein neues Buch von uns erscheint, dann meldet euch gerne bei unserem Newsletter an:

www.rosesnow.de/newsletter

Und wenn ihr einfach mal quatschen oder Hallo sagen wollt, besucht uns doch auf unserer Autorenseite oder auf Facebook. Wir freuen uns immer sehr über das Feedback und den direkten Austausch mit unseren Lesern.

www.rosesnow.de
www.facebook.com/rose.snow.was.sich.liebt

Übrigens: Eine extra Portion Romantik gibt es auch jeden Dienstag und Freitag bei unserem kostenlosen Blogroman von Eric & Esther, den menschlichen Ichs von Ben & Lee:

www.rosesnow.de/blogroman

18249616R00207

Printed in Poland
by Amazon Fulfillment
Poland Sp. z o.o., Wrocław